IL DONO

PAOLA BARBATO

IL DONO

PIEMME

Questo romanzo è un'opera di fantasia. Personaggi e situazioni sono invenzioni dell'autrice e hanno lo scopo di conferire veridicità alla narrazione e sono quindi utilizzati in modo fittizio. Qualsiasi analogia con fatti, eventi, luoghi e persone, vive o scomparse, è puramente casuale.

Pubblicato per

PIEMME

da Mondadori Libri S.p.A.

ISBN 978-88-566-9009-5

I Edizione maggio 2023

Anno 2023-2024-2025 – Edizione 1 2 3 4 5 6 7 8 9 10

A Elisa.
TU!

PROLOGO

«È stato il mio cuore!» aveva gridato l'uomo.

I poliziotti lo tenevano sotto tiro, gli gridavano di alzare le mani e di lasciare il coltello, ma lui sembrava non vederli e non sentirli. I due corpi erano entrambi a terra e non c'era alcuna possibilità che fossero ancora vivi. Per quanto in servizio attivo da più di dieci anni, il tenente Luca Apuano fece fatica a dominare la nausea, così trattenne il respiro per non sentire l'odore di sangue e viscere che impregnava l'aria. Una carneficina. Nessuno voleva entrare per primo nella stanza e a nessuno sarebbe saltato in testa di sparare, a meno che l'ordine non venisse dall'alto. L'uomo che barcollava in mezzo a un lago di sangue lo conoscevano tutti, era un giornalista di cronaca nera, bravissimo, che aveva portato avanti inchieste scomode ed era stato spesso ospite in tv. Quasi tutti se l'erano ritrovato a gironzolare intorno a una scena del crimine, con molti aveva scambiato due parole o chiesto dettagli, sempre con quell'aria sorniona che faceva tanto simpatia. Apuano stesso ci aveva preso un caffè almeno un paio di volte ed era rimasto dispiaciuto quando aveva saputo che si sarebbe ritirato per motivi di salute. Una volta rimessosi, il giornalista aveva scritto due libri di successo, si era fatto un po' di ospitate in tv e poi, improvvisamente, era sparito dalla circolazione. Quella sera del 27 marzo 2023, a sessantadue anni compiuti da tre mesi, aveva massacrato suo padre e sua madre nello stesso appartamento del Quadraro dove era cresciuto. I vicini avevano dato l'allarme per via delle urla, prima tre voci, poi due, poi solo la sua, che aveva continuato a urlare fino a quando gli agenti non avevano sfondato la porta. Lo avevano trovato così, il coltello in mano, grondante del sangue dei suoi genitori, mentre urlava, rivolto a una parete:

«È stato il mio cuore! Non sono stato io, è stato il mio cuore!».

DISPEPSIA

L'ispettrice Flavia Mariani camminava veloce a lato della strada, guardando per terra. Era scesa dall'auto di servizio, esasperata dalla lentezza del traffico. L'agente Iacoangeli, che la stava accompagnando, l'avrebbe raggiunta, prima o poi, ma nel frattempo non sarebbe rimasta seduta come un'imbecille ad aspettare. Guardava l'asfalto, le crepe, le cicche di sigaretta, le cartacce, la cornice del marciapiede a tratti rotta, a tratti rialzata. Niente sampietrini. Per otto anni era stata costretta a vivere a Torino, una città che chiamavano "signora" e a cui, secondo lei, sarebbe stato meglio "salma", e per otto anni aveva sognato Roma e i suoi sampietrini. Poi ci era tornata e i sampietrini non c'erano mai. Ovvio che ci fossero in centro, nelle zone belle e turistiche, ma lei non era una turista. Eppure cercava i sampietrini a ogni passo, come una tedescotta con i sandali anche a febbraio. Un'auto le passò di fianco e il guidatore le suonò il clacson, forse attratto dall'esplosione rossa dei suoi capelli. La Flavia di un tempo avrebbe reagito augurandogli le peggio cose, adesso subì il fastidio a testa bassa. Era cambiata, in quei dieci anni, senza mai accorgersene. Torino l'aveva intossicata e resa fiacca, nel corpo e nello spirito. Il suo stomaco, per esempio. La prima sera che era uscita con gli amici, si era presa una cacio e pepe e una coda alla vaccinara, poi per tutta la notte aveva vagato avanti e indietro nel suo nuovo appartamento, cercando di digerire. Da allora era sempre stato così, finché una sera Giulia, che la conosceva da quando avevano dieci anni, non era sbottata:

«A Fla', per forza poi stai male, ti magni solo le peggio cose. Pari un americano che ordina dalla guida dei cibi tipici!».

Solo allora Flavia aveva preso coscienza che forse Roma se l'era sì sempre portata nel cuore, ma come una cartolina, un film con Alberto Sordi, uno sketch di Verdone. O, peggio, era diventata come quei suoi colleghi torinesi che tanto detestava, convinti che la città eterna fosse composta solo di luoghi comuni. Che i sampietrini fossero ovunque, che i romani fossero tutti indolenti, che gli autobus prendessero sempre fuoco, che l'immondizia occupasse ogni angolo delle strade, e che il traffico, oh, quello fosse insostenibile. Sul traffico, almeno su quello, avevano ragione. Finalmente la volante la raggiunse e le si accostò.

«Ispettrice, salga, siamo quasi arrivati» buttò fuori la testa Iacoangeli.

«Ci arrivo prima a piedi.»

«Sì, ma io che figura ci faccio?»

La Flavia di un tempo lo avrebbe fulminato con lo sguardo e gli avrebbe spiegato due o tre cosette su quanto gliene fregasse a lei della figura che ci avrebbe fatto. Ma questa donna, avvelenata dal morbo torinese, si limitò a sbuffare e a risalire in macchina, seguita da un coro di clacson.

«Quanto ci vuole, fino a Rebibbia?» chiese.

«Cinque minuti, è dietro l'angolo.»

Ce ne misero ventotto.

Il reparto G6 del carcere, ovvero l'infermeria, non era indicato per la detenzione di pazienti psichiatriche. Tuttavia per ottenere il trasferimento in una REMS* ci voleva

* Residenza per l'esecuzione delle misure di sicurezza.

tempo, così il giornalista che aveva massacrato i suoi genitori era stato parcheggiato lì, la sera dell'omicidio, in attesa di visite mediche, test, valutazioni. Ciò che conteneva la sua cartella clinica, per il momento, era solo il suo stato di salute fisica, che era buono, se non ottimo.

«Tossicologico negativo, esami a posto. Ha la pressione un po' alta» disse l'infermiere, allungando all'ispettrice Mariani i risultati delle analisi da mettere a verbale.

«Pure mio padre» rispose lei prendendole soprappensiero, mentre evitava di guardare l'uomo steso sul lettino, con una flebo attaccata e le cinghie a polsi e caviglie.

Il suo viso le era familiare, non dal vivo, come ai colleghi che lo avevano incrociato negli ultimi anni di indagini, ma attraverso lo schermo sì. Da assidua spettatrice delle trasmissioni di approfondimento sui crimini più noti del paese, lo aveva visto spesso ospite, in molti casi addirittura autore di un'intervista esclusiva col mostro di turno. Era un uomo distinto, garbato, ironico, gli occhi buoni all'ingiù e il naso importante, come l'aveva anche lei. Le era sempre rimasto simpatico, lo considerava un signore. Che dispiacere saperlo lì, che delusione. Sfogliò le carte mediche con indolenza, almeno gli avessero trovato qualcosa, che so, un tumore al cervello, una malattia che giustificasse quella violenza inaudita, invece niente, i referti parlavano chiarissimo: era sano, di corpo e di mente. Chiuse la cartella con un sospiro.

«Allora, ci si può parlare?»

La domanda era rivolta non solo all'infermiere, ma anche al secondino che piantonava il letto.

«Può provarci.» L'operatore sanitario si strinse nelle spalle. «Ma lo teniamo comunque contenuto e sedato, anche se a basso dosaggio. È un uomo forte, se si agitasse troppo potrebbe farsi del male, pure con le cinture.»

Cinture.

Flavia piegò la bocca con disprezzo. Perché la gente aveva sempre così paura delle parole? Quelle erano cinghie, non cinture, e l'uomo era legato, non contenuto. Si avvicinò al letto, guardando con intenzione il secondino, che fece prima un passo indietro, poi due.

«Sentite, di sicuro non può saltarmi addosso. E comunque questo è un colloquio preliminare, esplorativo e senza la presenza di un avvocato. Allontanatevi un po' e non ascoltate.»

I due si guardarono perplessi, poi andarono verso la porta, rimanendo però sulla soglia. Meglio che niente. Era stata lei a volere quell'incontro, quando la sera precedente le era stato assegnato il caso. Non per approfittarne, a Flavia facevano schifo quei poliziotti che facevano leva sullo stato di shock delle persone per estorcere loro informazioni, pronti a rivoltargliele contro alla prima occasione. Non lo avrebbe fatto nemmeno con il peggiore dei delinquenti. Perché la legge era la legge, le regole erano le regole e lei era integerrima, dritta come nessun altro al mondo. Mai, nemmeno una volta, si era minimamente spostata dai limiti invalicabili del regolamento. Oggi voleva incontrarlo solo per farsi un'idea, per capire con chi aveva a che fare. L'esperienza le aveva insegnato che una prima impressione a freddo aiutava a non farsi sviare dopo, quando fosse iniziato il circo che ogni indagine portava con sé. Si chinò sull'uomo e gli posò una mano sul petto, scuotendolo appena.

«Ehi?»

Quello mosse la testa, ma non aprì gli occhi.

«Sono l'ispettrice Mariani, mi occupo del suo caso. Sono venuta a conoscerla.»

Il caso probabilmente sarebbe stato chiuso a tempo di record, viste le enormi prove a carico dell'uomo, ma nel frattempo lei faceva il suo dovere.

«Se mi sente vorrei farle qualche domanda, solo io e lei, una cosa informale, per gli avvocati c'è sempre tempo.»

L'uomo girò il capo a sinistra, verso di lei, e disse: «Acqua».

Flavia si risollevò e si voltò verso la porta.

«Può bere?»

Subito l'infermiere si mosse, ma lei lo anticipò.

«No, ci penso io, devo solo sapere se può.»

«È già idratato per via endovenosa, comunque sì.»

Su un tavolino poco distante dal letto c'era un bicchiere di plastica, con accanto una bottiglietta d'acqua e una cannuccia. L'ispettrice versò un po' d'acqua, sistemò la cannuccia e la tenne ferma tra l'indice e il medio della stessa mano che impugnava il bicchiere. All'infermiere non sfuggì che fosse il gesto di qualcuno che si era già occupato di un invalido, prima di allora.

«C'è la cannuccia» avvisò l'uomo legato al letto, chinandosi di nuovo su di lui. «Succhi piano, piccoli sorsi, o le va di traverso.»

Gli mise la mano libera dietro alla nuca e guidò la cannuccia tra le sue labbra. Dopo un'iniziale esitazione l'uomo bevve, e al secondo sorso aprì finalmente gli occhi. Erano offuscati dal sedativo, eppure presenti. Quando ebbe finito disse subito

«Grazie»

e Flavia apprezzò di nuovo il suo garbo, pensando nel contempo

che peccato.

Mise via il bicchiere e si appoggiò alla sponda del letto.

«Se la sente di parlare?»

L'uomo annuì.

«Io sono l'ispettrice Flavia Mariani» ripeté per essere certa che avesse capito. «Fra qualche giorno tornerò per interrogarla ufficialmente alla presenza di un avvocato. Adesso sono qui per sentire la sua versione dei fatti, informalmente, solo noi due.»

«Va bene.»

Gli fece un gran sorriso. Sua madre lo diceva sempre che aveva il sorriso della Loren, i suoi fratelli invece che era la rana dalla bocca larga, e siccome la gente crede sempre al peggio, in genere l'ispettrice sorrideva molto poco.

«Cosa si ricorda?»

Si aspettava che lui imboccasse una delle tre strade che quasi tutti i colpevoli seguivano, quando veniva rivolta loro questa domanda. La prima era "niente", un "niente" che veniva declinato in molti modi, amnesia, confusione, blackout, tutte maniere per guadagnare tempo e mettere insieme una versione che li scagionasse o portasse a una plausibile infermità mentale. La seconda era una favola, a volte c'entrava un uomo misterioso che aveva agito al posto loro, in altre erano state le vittime ad attaccarli e loro si erano solo difesi, di tanto in tanto veniva tirato in ballo l'incidente, le persone cadevano sui coltelli oppure andavano a sbattere contro una spranga, cose che succedono. La terza, quella più frequente, era il silenzio. Delle tre, Flavia si aspettava la seconda, visto che si trattava di un uomo che aveva sempre avuto il dono dell'eloquio. Ma quella volta venne smentita, quando lui, semplicemente, disse:

«Ho ucciso mio padre e mia madre. In questo ordine, perché lui era cardiopatico e se avessi ucciso prima lei avrebbe sicuramente avuto un infarto. Invece mia madre aveva il cuore forte e sapevo che avrebbe resistito».

Flavia inarcò le sopracciglia, che teneva sottilissime per sdrammatizzare il naso, che era fin troppo ingombrante, e annuì. Poi, giusto perché le sembrava brutto non dire nulla, aggiunse:

«Oh».

L'uomo rimase a guardarla, mentre le labbra iniziavano a tremargli e una lacrima gli scendeva dall'occhio destro. Il pianto dei colpevoli non la inteneriva mai, ma un pochino la imbarazzava, così l'ispettrice si affrettò ad aggiungere:

«E perché? Cioè, ho capito perché ha colpito prima suo padre e poi sua madre, ma perché li ha uccisi?».

«Perché avevo paura.»

«Di loro?»

«No, per carità.» A sorpresa l'uomo scoppiò a ridere nel bel mezzo del pianto. «Erano due persone dolcissime, nemmeno da bambino me le hanno date, manco uno scappellotto.»

Flavia sorrise di nuovo, due volte in un giorno era quasi un evento.

«E allora di cosa aveva paura?»

«Di farlo.»

«Di fare che?»

«Di ucciderli.»

Per poco non arrivò il terzo sorriso. Ma che scema era stata, certo che si trattava della seconda opzione, la favola. Solo che quello era un affabulatore di alto livello, non un delinquente grezzo che si inventa una storia così, su due piedi.

«Quindi li ha uccisi perché aveva paura di ucciderli, giusto?»

«Sì. Non mi avrebbe lasciato in pace finché non li avessi uccisi.»

Flavia abbassò gli occhi. Prima di venire lì aveva letto più volte il rapporto degli agenti che per primi avevano risposto alla chiamata di emergenza, e sapeva già di cosa stesse parlando l'uomo.

«Si riferisce al suo cuore? Il suo cuore non l'avrebbe lasciata in pace finché non li avesse uccisi?»

«Sì» ammise l'uomo, e poi aggiunse, con una nuova lacrima: «Ero così stanco. Ora che l'ho fatto non mi perseguiterà più».

«Il suo cuore?»

Lui fece di sì e ripetè.

«Il suo cuore.»

Flavia gli appoggiò di nuovo la mano sul petto, trattenendo una carezza. Chissà che davvero non potesse saltar fuori una malattia mentale, magari di quelle difficili da identificare. Sarebbe stato bello, meglio di tutto quello schifo.

«Ci rivediamo presto» lo salutò.

«La aspetto» rispose lui, come se stessero parlando di una visita di cortesia.

Con un sospiro l'ispettrice tornò verso il secondino e l'infermiere. Tutta la gentilezza disponibile si era esaurita.

«So come funziona, prima dovrà essere abbastanza lucido da chiedere un avvocato, poi bisognerà aspettare le perizie per capire se fosse capace di intendere e di volere, tutta la trafila. Voi fatemi solo sapere quando potrò interrogarlo, così tornerò con le carte a posto, va bene?»

«Sì, però non saremo noi a...» tentò di dire l'infermiere, ma fu di nuovo stroncato sul nascere.

«Chi è è, e prima è meglio è. Non tiratela per le lunghe come fate sempre voi...»

Si fermò un attimo prima di dire "a Roma".

Maledetti torinesi.

L'agente Niccolò Iacoangeli aveva guidato con prudenza fino al commissariato, gettando di tanto in tanto un'occhiata alla sua diretta superiore, seduta al posto del passeggero. Flavia non aveva nessuna intenzione di condividere con lui le informazioni ricevute a Rebibbia, né di parlargli del caso, né di parlargli proprio, se poteva evitarlo. Prima o poi si sarebbe ritrovata a doverlo fare, era pur sempre uno della squadra, ma avrebbe rimandato il più possibile. Iacoangeli era un imbecille. Aveva tutte le caratteristiche che detestava in un uomo: era fiacco, lento, pedante, privo di qualunque spirito di iniziativa. La sua scheda diceva che aveva trent'anni, ma ne dimostrava dieci di meno, era imberbe e secco come un giunco. Non le risultava che fosse sposato o convivente, ma da quando aveva assunto il comando, poco più di due anni prima, non gli aveva chiesto nulla per il terrore che le rispondesse che stava ancora con i genitori. Quello non sarebbe riuscita a digerirlo, lei che appena preso il diploma si era trovata un lavoro, era uscita di casa e aveva condiviso un appartamento con altre tre ragazze fintanto che frequentava l'università. Eppure era stata proprio lei a chiedere espressamente che Iacoangeli le venisse assegnato, una volta ottenuto il trasferimento. Perché quell'inetto faceva parte della squadra di Lorenzo Carrozzini, e Lorenzo Carrozzini era stato uno degli amici migliori che avesse mai avuto. Erano entrati in polizia con solo un anno di distanza, lui originario della provincia di Latina ma testardamente deciso a trasferirsi nella capitale, lei con la famiglia a Genzano e anni da pendolare sulle spalle. Si erano piaciuti subito, ma in maniera limpida, amichevole, senza fraintendimenti. Nei primi anni Flavia si era fatta valere in tutti i modi, perché nessuno pensasse di discriminarla in quanto donna, e Lorenzo aveva lavorato sul suo accento provinciale, perché in troppi lo prendevano in giro. Si erano fatti le volanti insieme, i posti di blocco insieme, le irruzioni insieme, avevano studiato insieme per il concorso da ispettore e insieme lo avevano passato. Poi lei era stata assegnata a Torino e lui a Teramo, con la moglie Rosanna e i figli arrivati nel frattempo, Gioele e Mattia. Flavia invece non si era mai voluta sposare, o almeno così diceva. La verità era che aveva un che di aggressivo e un malcelato senso di superiorità che scoraggiava chiunque. Nel dubbio di poter essere sottovalutata, giudicata o presa in giro, lei attaccava, quindi attaccava pressoché sempre. Questo aveva messo a dura prova anche l'amicizia di Lorenzo, che le era comunque sempre stato vicino, anche durante la malattia di suo padre, ma mai troppo, perché Flavia aveva i denti aguzzi e la lingua tagliente. La distanza aveva fatto bene al loro legame, si sentivano spesso, commentavano i casi l'uno dell'altra, avevano persino collaborato a un'indagine e condividevano un unico grande sogno: tornare a Roma.

Lorenzo ci era riuscito per primo, un trasferimento ottenuto grazie alla soluzione di un omicidio controverso. Flavia aveva dovuto aspettare altri tre anni e, quando finalmente erano arrivate le carte, Lorenzo era morto. Lo avevano trovato il primo dicembre del 2020, nel periodo delle restrizioni Covid, all'alba lungo la linea ferroviaria Roma-Latina, subito dopo Torricola. Non aveva documenti con sé, quindi prima si era pensato a un suicidio, poi a un attraversamento incauto, magari da ubriaco, infine a un semplice incidente. Solo dopo la denuncia di scomparsa da parte della moglie, quando era stato possibile un riconoscimento, le analisi sul corpo si erano fatte più attente. Al momento del decesso Lorenzo era sobrio e non aveva assunto sostanze, ma soprattutto non era stato sbalzato sui binari da un convoglio di passaggio. Le fratture erano invece compatibili con la caduta da un treno in corsa, identificato presto come quello che partiva alle 23.06 da Roma Termini. Tuttavia la caduta non era stata la causa della morte, l'ispettore Carrozzini aveva una profonda frattura alla base del cranio, e quella gli era stata molto probabilmente procurata quando si trovava ancora a bordo. Portafogli, telefono, fede nuziale e tesserino erano spariti, il che poteva far pensare a una rapina finita male, ma la ricostruzione effettuata nei giorni seguenti aveva aperto uno scenario diverso. L'uomo era stato immortalato dalle telecamere della stazione Termini mentre saliva sul treno e l'ipotesi più probabile era che avesse appuntamento con qualcuno sul treno regionale, magari un informatore. Poi qualcosa era andato storto, lo avevano colpito alla testa e quindi, complice una porta difettosa, gettato fuori. Difficile stabilirlo con certezza, ma era probabile che fosse già morto, quando era volato oltre i binari. Flavia aveva ricevuto la notizia direttamente dal questore, mentre era intenta a organizzare il trasloco per tornare nella capitale. Aveva lasciato tutto per prendere un aereo, presentarsi in obitorio e pretendere di avere i risultati dell'autopsia, che ovviamente non le erano stati dati. Ma era stata informata comunque, per vie traverse: Lorenzo stava indagando su una serie di sparizioni che coinvolgevano tossici, senzatetto, persone ai margini della società. Poveri disgraziati, straordinariamente soli, di cui si erano perse le tracce in maniera sospetta e che, secondo lui, erano finiti nel mirino di qualcuno. Chi fosse questo qualcuno era tutto da vedere, perché la sua teoria non era stata confortata da prove. Tuttavia il suo diretto superiore, il commissario Orsini, non gli aveva impedito di indagare, anche se considerava l'indagine una perdita di tempo. Ma forse Lorenzo una pista l'aveva trovata, perché, fuori servizio, era salito su quel treno, in piena notte, dopo aver messo a letto i suoi bambini e dato un bacio alla moglie, che gli aveva ripetuto, ultima di migliaia di volte:

«Stai attento».

Forse non lo era stato abbastanza, o forse la pista che seguiva si era rivelata giusta, si era trovato faccia a faccia con il suo sospettato e aveva avuto la peggio. Nonostante le insistenze di Flavia, che voleva assolutamente occuparsene di persona, il caso dell'omicidio dell'ispettore Carrozzini fu assegnato al commissariato dei colleghi che per primi se ne erano occupati e che non erano coinvolti personalmente. Non le era rimasto che andare a trovare Rosanna, assistere al funerale, tornare a Torino, finire di impacchettare la sua vita, trasferirsi a Roma e fare il diavolo a quattro per poter almeno prendere il posto dell'amico ucciso e farsi carico della sua squadra, rimasta orfana di uno straordinario leader. Questo le era stato accordato. Aveva giurato a se stessa che avrebbe fatto di tutto per avere giustizia, ma il tempo era trascorso, le indagini si erano arenate, i colleghi erano stati travolti da un caso più impegnativo e oggi come oggi l'unica cosa che riportava Lorenzo Carrozzini alla memoria del commissariato era la sua fotografia in una teca del corridoio. Davanti a quella teca Flavia passava due volte al giorno. E ogni volta si masticava il cuore di rabbia.

Al ritorno da Rebibbia Flavia aveva riportato le sue impressioni al commissario Orsini, che aveva annuito senza proferire parola e poi aveva contemporaneamente scosso la testa e allargato le braccia.

«Vabbe'» era stata la sua illuminante conclusione.

Orsini era così, disincantato, fatalista e totalmente assuefatto agli aspetti peggiori del suo mestiere da essere al limite dell'apatico. A volte Flavia lo disprezzava per questo, altre lo usava come sprone per non diventare come lui. Quel giorno era tornata alla sua scrivania con un diavolo per capello, inferocita sia da lui che da quell'indagine sul giornalista che di indagine non aveva niente, restavano da mettere insieme le briciole e magari il movente, sempre che ci fosse.

Forse non è vero che i genitori erano stati buoni con lui.

O forse era lui a non essere un bravo figlio.

Arrivata in ufficio aveva convocato a gran voce gli altri componenti della squadra. Facevano capo a lei, ma nella sua testa restavano ancora "i ragazzi di Lorenzo", come li chiamava lui.

«Sapessi come sono in gamba, i miei ragazzi» le diceva.

Ma quando ci aveva avuto a che fare lei, non li aveva trovati così straordinari. Oltre all'inetto Iacoangeli c'erano l'agente scelto Augusto Miré, il più anziano, che passava la vita a contare quanti mesi mancassero alla pensione. A vantarsi per l'irruzione nell'appartamento del massacro era invece il tenente Luca Apuano, ambiziosissimo, con la fissa per i poliziotti di certe fiction americane e un atteggiamento da duro che, se avesse potuto, Flavia gli avrebbe tolto a suon di sberle. Completava la squadra l'agente Claudia Turriziani, che aveva solo qualche anno meno di lei e fin troppe cose in comune, dai capelli tinti di rosso, ma di una sfumatura più cupa, quasi malinconica, all'atteggiamento passivo-aggressivo che fingeva mitezza per poter poi attaccare a sorpresa. Come lei, non sorrideva mai e proprio perché a Flavia piaceva molto, le dava il tormento e faceva di tutto per esserle antipatica. Quella di non stringere legami sul luogo di lavoro era una sua fissa, aveva combattuto a lungo con la collega con cui divideva l'ufficio a Torino e si era presentata con lo stesso piglio alla nuova squadra romana. Lorenzo era stato l'unica eccezione che si era concessa, proprio lui che insisteva a dire che quella sul lavoro dovesse essere una seconda famiglia. E infatti era finita com'era finita.

Lavoro e vita privata vanno separati.

Sempre detto.

«Allora, l'infermità mentale è praticamente certa, ci arrivate da soli che non è normale, questo fino a ieri stava in televisione e scriveva libri, poi una sera sbrocca e fa un macello. Ma, fino a quando non gliel'avranno data, noi cerchiamo di capirci qualcosa. Primo: com'è che questo a sessant'anni ancora stava a casa dei genitori? Non ce l'aveva una casa sua?» esordì Flavia.

«Sì che ce l'ha, una bella villa al Trionfale» rispose incauto Miré.

«Lo so che ha una villa al Trionfale, so leggere» lo attaccò subito lei. «Era una domanda retorica. La vera domanda è: perché adesso stava da loro? Cos'avevano, erano invalidi? Doveva curarli?»

«Non si sa» intervenne Apuano. «I vicini dicono che era andato a vivere lì e basta. Che andavano d'amore e d'accordo e che lui li accompagnava tutte le domeniche in chiesa.»

L'uomo parlava buttato contro lo stipite della porta, le mandibole che ruminavano perennemente una gomma. Sarebbe anche rientrato nei gusti di Flavia in fatto di uomini, se solo non avesse avuto quell'atteggiamento da imbecille.

«Avete sentito qualcun altro? I colleghi, i parenti? Ce l'aveva una famiglia sua, una moglie, dei figli?» insistette lei.

«No, era solo lui. E ormai non lavorava più, si era ritirato perché non stava bene» fece il tenente in tono navigato.

«Però adesso scriveva libri, no? Hai parlato anche con l'editore?»

Apuano rimase un attimo interdetto, poi, prima che lei gli ordinasse di darsi una mossa, uscì veloce dalla stanza. Flavia si rivolse a Miré.

«Che mi dici dell'arma? Era già in casa? L'ha comprata apposta? Perché da questo ci scappa la premeditazione.»

«La Scientifica non ci ha ancora detto niente.»

«E non glielo vogliamo chiedere? Miré, non stiamo parlando di un delinquente, stiamo parlando di un signore che i delinquenti li studiava, che faceva inchieste, articoli. Lo sa lui che l'arma può essere discriminante e non lo sai tu?»

A orecchie basse, l'agente scelto andò a sua volta a telefonare. Restavano Iacoangeli e la Turriziani. Flavia si appoggiò allo schienale della sedia girevole e iniziò a dondolarsi, per far stare i due agenti un po' sulle spine.

«Bisogna controllare il resto. Il conto in banca, magari c'era una faccenda di debiti, qualche vizio particolare. La Scientifica avrà finito, a casa dei genitori. Qualcosa sul computer? O il cellulare?»

«Anche per quelli aspettiamo i referti, ispetto'.»

Da quando lavoravano insieme, la Turriziani si era sempre rifiutata di chiamarla "ispettrice", non si capiva se per mancanza di rispetto della declinazione femminile o in memoria del suo predecessore. A Flavia non poteva importare di meno, per lei contavano solo il rispetto e l'efficienza, e in merito a questo non aveva di che lamentarsi.

«E allora non è che possiamo stare ad aspettare senza far niente. Dobbiamo anche controllare la villa al Trionfale. Chiedi se i tecnici possono andarci domattina.»

«Ma al Trionfale non hanno ammazzato nessuno» obiettò la donna.

«Ho capito, ma parliamo di una persona che senza ragione se ne va da casa sua, torna dai genitori, fa un massacro... Non gliela vogliamo dare, un'occhiata alla villa? Abbiamo fatto trenta, facciamo trentuno.»

«Se al commissario sta bene...» capitolò la Turriziani.

«Vai e scopri, se gli sta bene.»

Uscita l'agente, restava Iacoangeli, con la sua faccia da ebete. Flavia doveva pur fargli fare qualcosa.

«Vediamo se il nostro uomo aveva problemi di salute.»

Lui le regalò uno sguardo inespressivo, sintomo che non aveva capito.

«Iacoangeli! Fammi avere il suo fascicolo sanitario!»

«Ma non gliel'hanno dato a Rebibbia?»

«Quelli erano gli esami preliminari!»

«E dove lo trovo? A quest'ora non c'è più nessuno.»

«È online, il fascicolo! Tu sei un poliziotto, quello è un assassino, trova il modo.»

L'agente uscì con aria smarrita e Flavia, piuttosto che niente, riprese in mano gli esiti delle analisi che le avevano fornito a Rebibbia. Ora fece con calma e le lesse bene. Il ritmo del suo respiro lentamente cambiò.

"Paziente trapiantato."

Così veniva definito sul referto. Com'è che aveva detto Apuano? «Si era ritirato perché non stava bene.» Su quei fogli non c'erano risposte che stava cercando lei. Ma nel contempo c'era LA risposta.

«È stato il mio cuore!»

La risposta era sempre stata sotto i suoi occhi.

Anzi, sotto la mia mano.

Ricordava quando gliel'aveva appoggiata sul petto. Allora, sotto al pesante camice ospedaliero, non aveva avvertito la presenza della cicatrice lungo tutto lo sterno. Ma lui glielo aveva detto: «Ora che l'ho fatto non mi perseguiterà più».

«Il suo cuore?» gli ho chiesto.

«Il suo cuore» ha risposto.

"Suo", non "mio."

«Non era una favola» sussurrò Flavia alla sua tazza.

Il cuore che gli aveva ordinato di uccidere i genitori non era il suo.

CARDIOMIOPATIA ARITMOGENA

Cardiomiopatia aritmogena. Significava che il tessuto muscolare del suo cuore stava degenerando, e che era questa la ragione delle palpitazioni e di quell'affanno che lo prendeva tanto spesso.

«Bisogna partire subito con i betabloccanti e tutto il resto, ma tu dovrai fare la tua parte. Mangiare sano e cambiare stile di vita.»

Domenico Arulli, il cardiochirurgo, lo aveva conosciuto da ragazzino, giocavano a pallone insieme nel campetto della chiesa. A distanza di anni, Domenico era quello che aveva fatto i soldi e lui quello che era diventato famoso. La sua faccia compariva spesso sugli schermi televisivi, a volte come ospite nelle trasmissioni di approfondimento sui delitti celebri e a volte ancora come inviato.

«Ma chi te lo fa fare a stare in mezzo a quegli orrori?» gli chiedevano.

«Mi incuriosisce la natura umana» rispondeva con uno dei suoi sorrisi sornioni.

Che sarebbe finito a fare il giornalista s'era capito subito, era troppo curioso delle cose e irrimediabilmente impiccione. I suoi ci si erano rassegnati ben presto, solo sua madre aveva posto una condizione non negoziabile:

«Non reporter di guerra. Piuttosto scrivi di scandali e frivolezze ma non correre rischi».

L'aveva accontentata e, preso il tesserino, si era immediatamente concentrato su quella che, ai suoi occhi, era comunque una guerra in piena regola, anche se non coinvolgeva missili e carri armati: la cronaca nera. Era andato dovunque lo mandassero, aspettando ore sotto la pioggia per una dichiarazione e facendosi chilometri e chilometri per vedere esattamente dove fosse avvenuto un fatto di sangue. Negli anni si era fatto un nome, aveva assistito ai grandi misteri, agli agguati di mafia, era stato in prima linea sui delitti della Uno bianca e inviato all'estero nella nuova stagione del terrorismo. Ma l'apice della sua carriera l'aveva raggiunto quando aveva avuto il via libera per andare a intervistare in carcere le grandi menti criminali del nuovo millennio. La sua fama cristallina gli aveva consentito di mettere a segno anche qualche colpo fuori dai confini nazionali, ma aveva visitato soprattutto le carceri italiane di massima sicurezza, armato solo di una telecamera, un taccuino e del suo sorriso. Non era mai stato accolto male, perché non aveva mai mancato di rispetto a nessuno, metteva l'educazione al primo posto, anche con il peggiore dei mostri. E faceva domande dritte, ferme, ma sempre con garbo, attento al tono e alla maniera.

«Non mi dire che ti incuriosisce anche questo» gli dicevano.

«Voglio capire» rispondeva.

Il successo delle sue interviste lo aveva portato a essere un volto noto della televisione, la gente lo amava, le signore lo fermavano al supermercato per stringergli la mano. Era una bella vita, si considerava un uomo felice. Ma un giorno, salendo le scale del tribunale, aveva sentito le forze che se ne andavano, il respiro che mancava, il cuore che saltava uno o due battiti. Aveva subito cercato Domenico, che lo aveva sottoposto di corsa a tutti i test e gli aveva dato la diagnosi.

«Tu stai tranquillo, prendi i farmaci, segui le regole e vediamo come va.»

Era stato bravo, ligio, aveva smesso di andare in giro e si era occupato solo di articoli sulla carta stampata. Si diverti-

va di meno ma la sua fame di vita era troppo forte per metterla a rischio. Non era servito, due anni dopo le analisi erano peggiorate e Domenico era andato a trovarlo a casa sua.

«Ti metto in lista per il trapianto.»

Si erano guardati in faccia, entrambi sapevano che lui aveva sessantun anni e che a sessantacinque un organo non te lo davano più. Ed era giusto così, bisognava favorire chi aveva maggiori aspettative di vita, buttare un cuore sano per chi lo avrebbe utilizzato solo per un ventennio o anche meno era uno spreco.

«Dipende dall'individuo» gli aveva detto Domenico. «Ci sono persone che in vent'anni vivono più che altre in una vita intera.»

Sapeva a cosa si stesse riferendo, lui era sempre stato affamato di conoscenza, di esperienze, di sfide, aveva sempre vissuto in pienezza. Ma c'erano comunque poche possibilità che gli dessero un cuore, con l'aggravante che il suo gruppo sanguigno era AB e c'era anche la compatibilità di mezzo. Pochissimi i donatori, altissime le possibilità di rigetto. Era stato costretto a ritirarsi definitivamente dalle scene, perché in qualunque momento la sabbia nella clessidra poteva finire. Si era informato sulle conseguenze del trapianto, compreso il pericolo del rigetto, e non ne era troppo spaventato. Dell'operazione, invece, aveva paura. Un appuntamento con la morte, un corteggiamento che poteva andare a finire in due modi: o lui non le sarebbe piaciuto affatto, e lei lo avrebbe lasciato lì, o le sarebbe piaciuto troppo, e allora addio. Aveva sempre detestato l'idea di una morte consapevole, meglio restare nel dubbio fino all'ultimo. Sei lì tranquillo che cammini e ti viene un infarto, dormi sereno e un ictus ti devasta il cervello, stai guidando e un tir ti viene addosso. Non avere il tempo di realizzare, quello era il modo giusto di morire. Ma così, con la consapevolezza che stavi per andare sotto ai ferri e quella avrebbe potuto essere l'ultima volta che guardavi il mondo... be', così no.

Un anno dopo aveva iniziato a fare dentro e fuori dalla

struttura specialistica diretta da Domenico. Lì si era fatto amici pazienti e personale, un po' perché era un volto noto della tv e un po' perché con le persone ci sapeva fare. Era pieno di storie, quell'ospedale, e a lui le storie piacevano, anche se capitava che finissero male. Dopo qualche mese aveva smesso di fare dentro e fuori, lo avevano ricoverato in pianta stabile, la faccia del cardiochirurgo che si faceva più scura a ogni visita. Lui invece no. Anche se aveva ormai perso le speranze, sapendo che ogni giorno che passava le possibilità di farcela diminuivano, considerava quell'attesa della morte un'esperienza interessante, quasi mistica. Cercava comunque di non pensarci, di leggere, scrivere, tenersi informato e, quando le forze glielo permettevano, passeggiare avanti e indietro in corridoio. I suoi genitori venivano a trovarlo tutti i giorni, a volte uno, a volte l'altra, a volte entrambi. Ogni volta lui si faceva trovare sorridente, con le braccia aperte e un rimprovero sulle labbra.

«Ma perché siete venuti fin qui? Con questo traffico!»

Quando finalmente se ne andavano, crollava a letto distrutto, prosciugato dalle poche energie spese nella finzione, e subito un'infermiera gli portava un succo di frutta perché «i bravi figli vanno premiati». Erano tutti gentili e sapeva che avrebbero fatto del loro meglio per tenerlo in vita, in attesa di un miracolo. E poi il miracolo era arrivato. Gli infermieri si erano precipitati in camera sua, dicendo che dovevano prepararlo: avevano trovato un donatore. Tutto si era fatto convulso, c'era chi gli raccomandava di stare calmo e chi lo aiutava a spogliarsi, avrebbe voluto avvisare almeno i suoi ma avevano detto che non c'era tempo, che li avrebbe chiamati dopo, al risveglio. Quando il letto aveva iniziato a correre verso la sala operatoria, aveva avuto la lucidità di chiedere:

«Chi era?».

«Non lo possiamo dire.»

«Vi prego, magari ci resto, non voglio restarci con la curiosità.»

L'infermiere non era riuscito a trattenere un sorriso.
«Era un ragazzo» gli aveva risposto. «Trent'anni.»
"Un ragazzo" aveva pensato.
Poi c'erano state le luci abbaglianti sopra il lettino, il faccione di Domenico, gli occhi che gli brillavano mentre diceva
«Dai che ce l'abbiamo fatta!»
come se fosse già tutto finito, quindi l'anestesista che lo istruiva sul fare un bel respiro, senza volere che contasse all'indietro, come nei film. Lui aveva guardato quel frammento di mondo che avrebbe potuto essere l'ultimo, cercando di pensare a qualcosa, e tutto quello che gli era venuto in mente era stato
"un ragazzo
e io sono un vecchio"
poi la realtà era svaporata in grigio e quindi in nero.

ALOPECIA

A fine giornata Flavia si era ritrovata sulla scrivania una cartellina contenente alcune delle informazioni che aveva chiesto. Apuano le aveva ribadito che tutti i contatti lavorativi del giornalista sostenevano che fosse serenissimo, l'editore aveva confermato che aveva un libro in lavorazione, una raccolta delle sue interviste ai più grandi criminali dei tempi moderni, e inoltre gli era stata rinnovata la collaborazione come ospite fisso di un programma tv. Miré non era tornato con un referto definitivo della Scientifica sull'arma del delitto, ma a una prima valutazione sembrava decisamente un coltello nuovo, molto affilato. Ad alimentare i sospetti in tal senso, nel portafogli del reo confesso era stato recuperato uno scontrino battuto quel pomeriggio in un ipermercato della zona, che riportava solo il codice di un reparto. Le immagini delle telecamere del negozio erano al vaglio, ma era fortemente probabile che avesse comprato il coltello lì, il pomeriggio stesso dell'omicidio. La Turriziani si era presentata con il malloppo più consistente. I rilievi a casa delle due vittime non avevano portato a niente. Il figlio dormiva nella stessa cameretta in cui era cresciuto, trasformata in stanza per gli ospiti ma ancora con qualche dettaglio infantile. Lì dentro erano stati trovati abiti puliti, qualche libro, il computer portatile attualmente ancora nelle mani della Scientifica e alcuni farmaci da banco. Niente, in sostanza. Sui genitori non c'era nulla di particolarmente illuminante, avevano entrambi ottantasette anni, in pensione ma autosufficienti, secondo le testimonianze dei vicini estremamente orgogliosi del figlio senza voler beneficiare dei suoi guadagni. Dal canto suo l'omicida non aveva problemi economici, niente debiti di gioco, niente pendenze, il conto in banca era intatto e non c'erano state spese sospette negli ultimi mesi. La villa in zona Trionfale se l'era potuta permettere, così come un buon tenore di vita, non avendo né moglie né figli da mantenere.

Flavia aveva ringraziato tutti, aveva preso la cartellina ed era salita sull'Alfa Romeo 159 Sportwagon di suo padre per tornare a casa. Ma a metà strada aveva parcheggiato davanti a una trattoria ed era entrata a leggere e a mangiare. Aveva ordinato rigatoni con la pajata, pur sapendo che era un errore, ma era stato un impulso irrefrenabile. A quanto pareva, il suo bisogno di ritrovare un'identità romana doveva passare per lo stomaco. Alle undici di quella sera, in pigiama, avvolta da una vestaglia di flanella che era effettivamente stata di sua nonna, in ciabatte e con una tisana bollente stretta tra le mani, stava ancora cercando di digerire la cena e le scarse informazioni ricevute. Incredibilmente, quando ormai tutte le speranze sembravano perdute, Iacoangeli era riuscito a mandarle via mail il fascicolo sanitario. Flavia se l'era scaricato sul computer e l'aveva letto con attenzione. Il trapianto di cuore era avvenuto poco meno di due anni prima, in una struttura privata, dopo interminabili mesi in lista d'attesa. Di trapianti, lei non ne sapeva un accidente e, in mancanza di meglio, si era attaccata a internet per capirci qualcosa. I trapiantati prendevano dei farmaci antirigetto, aveva scoperto, e facevano controlli per il resto della vita, compresa una biopsia annuale. Dovevano convivere con la consapevolezza che in qualunque momento l'organismo avrebbe potuto decidere che quell'elemento estraneo non gli stava più bene e cercare di disfarsene. Si fermò a riflettere.

Non è un movente, ma potrebbe essere una causa scatenante.

Quanta pressione può comportare, questo fatto?

Magari il giornalista aveva avuto avvisaglie di rigetto? E forse ne aveva parlato con i suoi, che avevano minimizzato o, al contrario, avevano reagito in maniera scomposta?

Mah.

E se invece si fosse trattato solo di paura vera e propria? Magari paranoia all'idea che potesse succedere, panico all'idea di poter morire improvvisamente senza aver più strumenti per fare niente?

Ma loro che c'entravano?

Oppure la colpa andava attribuita ai farmaci, per quel che ne sapeva potevano influenzare l'umore del paziente, portarlo a forme psicotiche o paranoidi, non tutti reagiscono allo stesso modo.

Sì, ma ha ammazzato i genitori, non gli son venute le bolle.

Sperava in una spiegazione razionale, non poteva negarlo. Era sbagliato, ma avrebbe voluto trovare un alibi morale a quel gesto orribile, confermare che

non era colpa sua

era colpa del suo cuore.

Quel che le tornava di meno era il trasferimento dalla bella villa al Trionfale in quel trilocale della zona del Quadraro, dignitosissimo ma proprio un altro mondo. Lo aveva fatto per essere accudito? Ma era trascorso molto tempo dal trapianto, ormai doveva aver recuperato bene. Inoltre lavorava, aveva una vita sociale, un conto in banca che si difendeva benissimo: eppure, senza una ragione apparente, aveva deciso di trasferirsi dai suoi. A sessant'anni.

Perché?

Desiderava disperatamente di poterne parlare con qualcuno. Un tempo avrebbe preso il telefono per confidarsi, confrontarsi e magari litigare, ma all'altro capo c'era sempre stato Lorenzo, l'unico collega di cui si fidasse. Ora non avrebbe saputo chi chiamare. A Torino aveva quella collega con cui si era fatta la guerra, una culona scassacazzi che non aveva sopportato per tutti e otto gli anni di servizio insieme. Adesso sentiva l'impulso di rivolgersi a lei, ma non lo avrebbe fatto, l'orgoglio è una brutta bestia. E così, con una squadra che non sentiva ancora sua e nessun altro amico tra le forze dell'ordine, non le restò che riscaldarsi la tisana e sorseggiarla davanti al monitor, sperando in un'illuminazione o, almeno, nel sonno.

Alla fine aveva dormito solo tre ore, a causa del nervosismo, della digestione lenta e dei tormenti provocati da tutto il tempo trascorso online. Non si truccava mai, quando doveva incontrare colleghi degli altri reparti, così, mentre percorreva l'Aurelia in direzione Trionfale per essere presente ai rilievi nella villa, buttò un occhio allo specchietto retrovisore per verificare la profondità delle sue occhiaie. Non aveva voluto nessuno dei suoi con sé, Orsini le aveva concesso il sopralluogo così come avrebbe accontentato il capriccio di un bambino, se fosse stato inutile non avrebbe dovuto subire nessuna occhiataccia in ufficio. Quando arrivò alla villa i colleghi erano tutti schierati, ad aspettarla.

«Ispettrice! Se pijava una maghina vera arivava prima» le fece il collaboratore tecnico capo Fiorebello, uno che di solito non muoveva il culo dall'ufficio nemmeno sotto tortura.

Era grande e grosso, completamente pelato, gli mancavano anche le sopracciglia e quando indossava la tuta protettiva con il cappuccio sembrava un alieno. Ma quel giorno non era necessario, si trattava di una verifica più formale che altro, un atto dovuto camuffato da ricerca di indizi. Si vedeva che Fiorebello aveva fiutato i titoli sui giornali, e anche se quello era un caso già risolto, si sarebbe portato a casa un po' di gloria con poco. Flavia sorvolò sul commento all'auto del padre, l'ennesimo che riceveva, fingendo una superiorità che non le apparteneva solo per dare fastidio a quell'imbecille.

«L'antifurto?» chiese invece.

«Non c'è.»

L'ispettrice diede finalmente una bella occhiata alla villa. Si trovava in una posizione ottima, leggermente isolata, con tutte le finestre a specchio, moderna ma non troppo, sicuramente piena di oggetti di design e opere d'arte. Era fuori discussione che non ci fosse l'antifurto.

«Impossibile, magari è solo spento. Avete già aperto la porta?»

«Sì, le chiavi erano a casa dei due vecchi.» Fulminato da un'occhiataccia, Fiorebello rettificò subito. «Insomma, delle due vittime.»

«E allora entrate.»

Mentre due uomini con guanti e soprascarpe attraversavano la porta, Flavia osservò il giardino. Era abbastanza grande, molto curato, l'erba era stata tagliata da poco. In effetti quello era stato un marzo poco piovoso, i giardini si tenevano bene con poco. Strana tutta questa cura da parte di un uomo che da quella villa se n'era voluto andare.

E allora?

Anche se non ci viveva era pur sempre casa sua.

Vero. E allora perché non viverci, se comunque la faceva tenere sempre in ordine?

«L'antifurto c'è. È spento» le confermò Fiorebello dall'interno. Poi, dopo un'esitazione la chiamò. «Mariani?»

Flavia lo vide uscire dalla porta, ma quando fece per muovere un passo verso di lui, il tecnico la bloccò.

«Ferma, meglio che entri dopo, quando ti sarai messa tutte le protezioni.»

«E allora cosa mi chiami a fare? Avete trovato qualcosa?»

«Ancora no, la casa sembra in ordine. Ma c'è qualcosa che puoi vedere anche da fuori. Gira intorno, vai sul retro.»

Senza più pensare all'erba tagliata di fresco, Flavia avanzò sul prato e raggiunse l'angolo della casa. A quell'ora e con quella luce le finestre sembravano fatte d'oro. E su un enorme rettangolo dorato di tre metri per due, che affacciava direttamente su una specie di laghetto artificiale in stile giapponese, c'era, dipinto con la vernice, un simbolo.

Era un cuore.

Flavia sentì un lieve pizzicore dietro alla nuca e si avvicinò per guardarlo da vicino. La vernice usata per tracciarlo era nera, forse uno spray, di certo la linea era stata ripassata più volte. Da dietro il vetro Fiorebello le bussò e le indicò la portafinestra accanto. Anche su quella c'era un cuore, così come su quella seguente e su quella dopo.

Niente voli di fantasia, è solo un atto vandalico.

Si era aggrappata subito a quelle parole, così da poter giustificare razionalmente i disegni. Arrivata sul terzo lato della casa, quello che dava a ovest e che affacciava su un'alta siepe, i cuori si interrompevano. O meglio, ne rimaneva uno disegnato a metà. Flavia fece cenno a un agente di portarle un paio di guanti. Se li infilò mentre si avvicinava il più possibile al vetro senza sfiorarlo. Non era come sembrava, il cuore non si era interrotto perché il "vandalo" era stato disturbato mentre si accingeva a finirlo. Era stato completo, in origine, la vernice era stata solo grattata via. Con pazienza, usando una piccola spatola o una lametta. Qualcuno aveva cercato di cancellarlo, forse prima con dei detersivi, poi raschiandolo a mano fin dove aveva potuto, lasciando dei segni sul vetro. Le venne il dubbio e andò a controllare le finestre che davano sul vialetto d'accesso, quelle visibili anche dalla strada, che apparentemente non presentavano nessun graffito. Su entrambe c'erano altri segni di un lavoro certosino di cancellazione.

«Hai visto che roba?» la raggiunse la voce di Fiorebello. «'Sti regazzini nun sanno più che 'nventasse.»

Flavia avrebbe potuto dirgli che non pensava affatto che fossero stati dei ragazzini a tracciare metodicamente quei simboli su ogni finestra della casa. Avrebbe potuto spiegargli che per noia si disegnano svastiche, croci celtiche e magari cazzi, non cuori. Che quel simbolo, sulle finestre di quella specifica casa, appartenente a quell'uomo specifico, aveva un significato. Che, secondo lei, il proprietario aveva fatto di tutto per cancellarlo, ma senza chiedere aiuto a degli esperti o magari a una ditta di pulizie. Aveva preferito provarci da solo, rovinando i vetri. E poi non si era dato pace, perché da dentro i segni si vedevano comunque, e quindi se n'era andato.
Questa sarebbe una buona ragione.
Ma soprattutto non gli disse che, alla luce del fascicolo letto quella notte, la sua convinzione era che quegli sfregi alla casa li avesse fatti proprio lui.

La fecero entrare qualche minuto dopo. Aveva le soprascarpe, i guanti e una ridicola cuffia a contenerle i capelli. Anni di tinte li avevano resi ispidi, ma ormai non era capace di vedersi con un altro colore che non fosse il rosso. Una volta suo fratello le aveva detto che, invecchiando, sarebbe diventata come la signorina Silvani dei film di Fantozzi. Flavia aveva colto perfettamente il messaggio implicito: suo fratello non le stava dicendo che sarebbe stata brutta, anche perché l'attrice che interpretava la Silvani secondo lci non lo cra, ma chc sarebbe rimasta sola a causa del suo carattere. E anche se quella volta a suo fratello aveva mollato una pizza che gli aveva fatto voltare la testa, la profezia si stava avverando. Non avrebbe saputo dire da quanto tempo non usciva più con qualcuno, l'ultimo era stato un tale di Torino che l'aveva portata a mangiare in un ristorante multietnico. Dopo mezz'ora lei aveva finto una chiamata urgente dal lavoro ed era scappata.
«Sei troppo esigente» la rimproverava Giulia.
«Sono troppo vecchia» rispondeva Flavia.

Non aveva pazienza, non riusciva a mediare con se stessa, con il proprio carattere e con le aspettative che negli anni si erano accumulate, rendendo l'uomo ideale un miraggio impossibile. Sapeva che i suoi amici romani avevano sperato, in maniera nemmeno troppo nascosta, che all'epoca si sistemasse proprio con Lorenzo, l'unico che la sopportava così com'era. Ma con Lorenzo non era mai scattato niente del genere, per lui era stata perfetta Rosanna, morbida laddove lei era spigolosa, accogliente quanto lei era respingente. E quindi sì, sarebbe rimasta sola, esattamente come era rimasto solo l'uomo che non sarebbe mai più rientrato in quella villa.

Chissà perché non si è mai sposato.

Avanzò in una casa che non trasudava lusso come si sarebbe aspettata, ma che si limitava a sottolineare con garbo che i soldi non mancavano. C'erano librerie in perfetto ordine, forse con un velo di polvere, quella che si forma in qualche giorno. In mezzo ai libri i premi, in mezzo ai premi le fotografie che ritraevano il padrone di casa con i grandi criminali che aveva intervistato. Interessante che non ci fosse nessun'altra celebrità, solo mostri di caratura nazionale. Per il resto quadri, un pianoforte a coda, pile di riviste scientifiche, qualche oggetto di antiquariato, divani, poltrone. Lo studio privato del giornalista, invece, era tutto un memorabilia anni Cinquanta. Al posto della scrivania c'era uno scrittoio, intorno un juke-box, poltrone basse di pelle, una colonnina da barbiere, modellini di macchine, statuette. Gli agenti si muovevano lì in mezzo come alieni su un set cinematografico, senza sapere cosa cercare. Ma quel duplice omicidio avrebbe avuto larga risonanza, un personaggio pubblico che si macchia di sangue li obbligava alla meticolosità. Ferma sulla porta, Flavia li guardava darsi da fare come api operaie, anche se il suo sguardo continuava a finire altrove, non sui cimeli o sugli attestati appesi alle pareti, ma sulla finestra. Sul cuore nero disegnato all'esterno della finestra.

Non è un atto vandalico.
Sembra più una richiesta di attenzione.

Possibile che nessuno avesse mai visto quei segni? Il personale delle pulizie, i giardinieri? Nessuno aveva detto niente?

«Cassaforte» chiamò una voce che proveniva dal soggiorno.

Tutti si fermarono e, come fanno le automobili che accostano al passare di un'ambulanza, si addossarono al muro per far passare l'ispettrice Mariani. Quella era materia sua, non le impronte, i proiettili e nemmeno le tracce di dna, ma una cassaforte sì. Diversamente da quanto succedeva di solito non era nemmeno nascosta, si trovava soltanto dietro a uno sportello della libreria. Flavia si avvicinò, accendendo la torcia del telefono per illuminarla. Era un modello abbastanza semplice, con la tastiera invece del cilindro per la combinazione, che ormai si vedeva solo al cinema. Rimase a guardare per almeno mezzo minuto, perché le sembrava impossibile. Sulla superficie di metallo erano stati incisi dieci numeri, utilizzando qualcosa di appuntito, forse un cacciavite, forse un chiodo. Flavia si voltò verso Fiorebello, in mancanza di meglio.

«Ma sul serio?» chiese. «Ci hanno scritto sopra la combinazione?»

Lui si strinse nelle spalle, poi si fece passare da un collega una penna avvolta nel cellophan, così da non cancellare eventuali impronte digitali. Flavia la prese e premette i numeri in sequenza. La cassaforte scattò e si aprì da sola. Dentro c'era solo un foglietto. Intervenne il collaboratore tecnico capo, che lo prelevò, lo aprì sopra una busta che ne avrebbe raccolto gli eventuali residui e lo infilò in una seconda busta, dove venne sigillato. Solo allora lo porse a Flavia. Era il pezzo di un foglio a righe grigie, apparentemente tagliato sopra e sotto. Conteneva alcune parole stampate in maniera tremolante, come quelle sputate dalle vecchie stampanti ad aghi che usavano la carta azzurra a modulo continuo. Ma la consistenza leggerissima e lucida rese chiaro a tutti che si trattava del pezzo di un fax, su carta termica. Flavia lo sollevò per guardarlo meglio alla luce. C'era una leggera ombreggiatura sul bordo, quindi il foglio originale, inviato via fax, non era nemmeno una stampata azzurra, ma la fotocopia di una stampata. Per tutte queste ragioni le parole scritte erano sgranate. Ma alla fine non era importante che lo fossero, come non era importante il tipo di foglio o la stampante. Contavano solo le tre righe scritte. La prima, in alto, riportava il nome di un ospedale. La terza, in fondo, prima del taglio del foglio, il nome e cognome del giornalista. Ma era la seconda riga in mezzo, quella importante. Diceva:

"Donatore: Valerio Felici".

Flavia rilesse il nome più volte, cercando di fare a mente dei calcoli inutili, perché sapeva già che sarebbero stati giusti. Le date coincidevano. Valerio Felici era un nome che conoscevano tutti, in quella stanza, e probabilmente era impresso nella memoria anche di metà della popolazione italiana. Non appariva in nessuna delle foto presenti in quella casa, ma solo perché era morto prima che si scoprisse chi fosse davvero. Quindi non aveva potuto concedere nessuna intervista all'uomo che la sera prima aveva ucciso le due persone che più amava al mondo, ma a quanto pare gli aveva concesso qualcos'altro.

Il proprio cuore.

Il cuore di un mostro.

TRAUMA CRANICO

Quando Valerio Felici aveva sbagliato a prendere una curva sul suo monopattino elettrico era il 21 aprile 2021, aveva solo trent'anni e si stava recando al lavoro. Era stato sbalzato per cinque metri sui sampietrini tanto amati dall'ispettrice Flavia Mariani e, dato che non portava il casco, l'impatto con un pilottino di metallo gli aveva aperto parzialmente la scatola cranica. L'ambulanza era riuscita a raggiungerlo meno di dieci minuti dopo, e ce ne erano voluti altri dodici per arrivare in ospedale. La morte cerebrale era stata dichiarata nella mezz'ora seguente e i genitori avevano solo allora scoperto, con stupore, che Valerio aveva espresso il consenso per la donazione di organi. Era stato quindi dato il nullaosta per un espianto multiplo. La notizia dell'incidente aveva tenuto banco sui quotidiani locali per un paio di giorni, da un lato perché rinfocolava la polemica sulla pericolosità di questi nuovi mezzi di trasporto "light" e dall'altro perché si trattava della morte tragica di un giovane talentuoso e promettente. Valerio era sempre stato bello, biondo, occhi castani, lineamenti dolci, fisico snello e atletico. Aveva avuto ottimi risultati scolastici, poi aveva preso una laurea in Scienze della Comunicazione e aveva trovato lavoro in un'agenzia pubblicitaria. Dicevano di lui che aveva idee brillanti, assolutamente originali, e che la sua morte era stata una perdita non solo per coloro che lo amavano ma per chiunque credesse ancora nel talento e nella creatività. Davanti alla chiesa parrocchiale di Santa Maria Goretti in tanti avevano parlato di lui, ricordando come fosse sempre stato solare e generoso, sin da bambino, amico di tutti, un esempio da seguire. La fidanzata Lavinia era stata sorretta da due persone per tutta la durata del funerale, incapace di reggersi in piedi da sola. Il padre e la madre, Stefano e Daniela, erano saliti al leggio insieme.

«Nostro figlio era un miracolo» avevano detto.

Poi c'era stato il tempo del lutto e del silenzio. Qualcuno aveva suggerito ai genitori di denunciare il Comune di Roma per lo stato increscioso in cui versavano le strade, ma non avevano voluto saperne. Valerio Felici era figlio unico, e con lui cessava per loro ogni idea di futuro. Ci erano voluti quasi due mesi perché la madre trovasse il coraggio di recarsi a Selvotta, nel casale dei nonni che il ragazzo aveva fatto ristrutturare con i primi soldi guadagnati, per poi trasferirvisi in pianta stabile. Non era riuscita ad affrontare subito l'armadio con i vestiti o gli oggetti personali, si era limitata a pulire la cucina, gettando tutte le cose andate a male, e a rassettare il soggiorno, senza una vera ragione. Mentre spazzava sotto a una credenza, aveva trovato, incastrata nel basamento, una patente di guida. Era di un uomo mai visto, scuro di pelle, di trentacinque anni. Immaginando che Valerio avesse a sua volta trovato il documento per strada o nella metro, non aveva esitato a consegnarlo alla polizia. La patente apparteneva a Biraago Diedhiou, un senegalese con cittadinanza italiana scomparso un anno prima. La polizia le aveva fatto qualche domanda pro forma, era inevitabile, trattandosi di persona scomparsa. Le avevano chiesto poi il permesso di visitare l'abitazione di Valerio, anche solo per capire se lui e Diedhiou si conoscessero. Daniela Felici aveva negato il consenso con fermezza, nessuno avrebbe messo le mani sulle cose di suo figlio prima che lei avesse avuto modo di elaborarne la perdita. Ma da tempo l'indagine sul senegalese era a un punto morto e così il PM firmò un decreto per fare un sopralluogo. Per primi erano entrati in casa solo due agenti, poi un'intera squadra, infine tutti i membri della Scientifica disponibili. Due giorni dopo avevano cominciato a scavare.

I corpi ritrovati furono diciannove. O meglio, diciannove era il numero delle vittime, perché di alcune di loro vennero recuperate unicamente delle parti. Solo due corpi erano stati seppelliti integri, tra i filari di alberi da frutto che il nonno di Valerio Felici aveva piantato, quando la sua futura madre era solo una bambina. Di alcuni individui erano state seppellite mani o braccia, ma non il tronco. Di altri ancora solo parti molli che nella terra nuda si erano quasi completamente disfatte. A meno di sorprese, nel terreno intorno alla villetta di Selvotta non c'era nemmeno una testa. Secondo gli investigatori, Felici non aveva ucciso lì, nella sua proprietà, era probabile che i delitti fossero stati consumati altrove e che lui si fosse limitato a riportare a casa un trofeo. Ma era altrettanto certo che molte delle sue vittime fossero entrate all'interno del casale, perché a piano terra, nell'ex stalla diventata una piccola sala prove, c'erano le impronte di sette delle vittime. Le impronte erano state rilevate solo in quella stanza, tutte all'altezza del pavimento. Vennero identificate solo undici persone, tra i cadaveri rinvenuti, tutti uomini tra i venti e i settant'anni spariti in circostanze misteriose. Tra di loro non avevano nulla in comune: erano diversi per etnia, aspetto fisico, orientamento sessuale e posizione sociale. Condividevano solo l'individuo che li aveva uccisi, nella stragrande maggioranza per asfissia, da quanto era stato possibile evincere partendo dai resti.

Valerio Felici doveva aver iniziato la sua carriera quando ancora non aveva finito il liceo, perché la prima vittima identificata, un giovane sbandato che viveva di espedienti, era sparita dodici anni prima. Ma questo era tutto ciò che si sapeva. In casa non erano stati trovati coltelli, seghe, asce, acido, prodotti industriali per la pulizia, droghe, armi di qual-

siasi foggia o strumenti funzionali a uno smembramento. In sostanza, niente che potesse essere ricondotto a un modus operandi o a uno schema. La casa era immacolata tanto quanto il terreno era imbottito di resti umani. Sul criterio con cui scegliesse le vittime, sul modo in cui portasse a termine i delitti, sul luogo in cui avveniva la sezione dei corpi e soprattutto sul movente era nebbia fitta.

Per la seconda volta il giovane pubblicitario romano era finito sui giornali, ma con la cassa di risonanza del mostro. La reazione del pubblico fu drammatica, le trasmissioni televisive non parlarono d'altro per giorni, tutti si facevano la stessa domanda: perché? Non sembravano esserci traumi nella vita di quell'uomo, nessun episodio a cui ricondurre il seme della ferocia, niente di niente. Valerio Felici era la dimostrazione della teoria secondo la quale esiste il male innato, e proprio per questo era inaccettabile. Meglio credere a due genitori troppo severi o troppo religiosi, meglio inventarsi un'inclinazione sessuale repressa, meglio creare una tessitura di mezze frasi, sottintesi, sentito dire, piuttosto che ammettere l'unica ipotesi plausibile.

Valerio Felici aveva ucciso perché gli piaceva.

Quel caso non aveva avuto sbocchi, senza materia su cui indagare tutto si riduceva a una lunga, pietosa lista di nomi, dettagli e domande che non avrebbero avuto risposta. La sola persona in grado di dire la verità era morta in pochi istanti, senza mai doversi presentare alla giustizia o rendere conto delle sue azioni. Tuttavia la polizia aveva proceduto con sopralluoghi e interrogatori per mesi e mesi. La famiglia, gli amici e la fidanzata erano stati torchiati inutilmente, veniva loro ripetuto fino allo sfinimento che non era possibile che nessuno si fosse accorto di nulla, anche se era andata esattamente così. Tolti i corpi, Valerio Felici non aveva lasciato nulla dietro di sé, non la più piccola traccia. Telefono e computer erano perfettamente puliti, i suoi spostamenti tracciabili solo in parte e mai riconducibili a una scomparsa. Aveva avuto tanto tempo dalla sua parte e tutto l'agio necessario a perfezionarsi. Il ritardo con cui le forze dell'ordine erano arrivate a lui era ormai irrecuperabile, il mostro aveva vissuto nella totale libertà di fare tutto ciò che voleva ed era morto senza una parola di spiegazione o un segno di pentimento. La polizia aveva chinato il capo davanti allo strazio delle famiglie di vittime che non avrebbero mai avuto giustizia e aveva perso la speranza di poter dare un nome a quelle non identificate. Valerio Felici non sarebbe stato punito, il male trionfava.

Questa era stata la sua eredità.

Questa e sette parti del suo corpo.

RINITE ALLERGICA

«Se lo immagina? Anni e anni a seguire casi orribili, a dover rimestare nel torbido, a studiare la feccia, a incontrare bestie per cui la galera è troppo poco e un giorno scopre che una di loro gli ha donato il cuore.»

«Eh, ho capito. Ma a noi che importa?»

Flavia si era imposta di non alzare gli occhi al cielo ogni volta che le faceva un'obiezione simile. Il commissario Orsini era pur sempre il suo superiore, ma era una fatica improba. Gli aveva riferito quanto trovato nella villa al Trionfale e gli aveva mostrato il pezzo di carta, imbustato con perizia da Fiorebello.

«Importa. Perché il suo avvocato chiederà l'infermità mentale.»

«E quindi? Sei contraria?»

Esitò.

«Non lo so.»

Di solito lo era, lei non ci credeva, all'infermità mentale, non le venissero a raccontare che uno era sano fino a cinque minuti prima, poi impazziva e poi tornava sano. Le avevano sempre rotto le palle per questa sua rigidità di posizioni, ma se ne fregava. Questo caso però era diverso. Non aveva fatto in tempo a cercare uno specialista con cui parlare, quindi si basava su quanto letto su internet, ovvero che il trapianto portava a tutta una serie di scompensi, sia fisici che psicologici. Quello era un uomo non giovanissimo, con alle spalle una vita intensa, molto stress, lo spavento che si doveva essere preso per la diagnosi, l'attesa angosciante di un cuore, il trauma del trapianto e di tutti i follow-up, comprese le biopsie una volta all'anno finché campava. E poi questa tegola, avere il cuore di Valerio Felici. Ci stava che potesse aver sbroccato. Forse non tanto da ammazzare i suoi, ma abbastanza da mettersi a dipingere cuori sulle finestre. Per una volta, Flavia era possibilista.

«Vabbe', io domani lo interrogo ufficialmente, con avvocato e tutto, poi vediamo.»

«Ma vediamo cosa?» Orsini si sporse verso di lei, senza nessun intento minaccioso, era chiaro però che davvero non capisse. «Mariani, questo ha ammazzato i genitori, lo hanno trovato sul luogo del delitto con l'arma in mano, i vicini hanno sentito tutto, ha già confessato... che ti vuoi indagare? Non c'è indagine.»

«Io voglio capire.»

Il commissario allargò le braccia.

«E allora capisci, chi ti dice di no. Però capisci alla svelta e chiudi il caso, che c'abbiamo da fare.»

C'abbiamo da fare.

Tre topi d'appartamento, qualche parcheggiatore abusivo e i soliti imbecilli che si erano accoltellati per una zona di spaccio contesa, eccole le priorità di quella settimana. Ma non le importava nulla, l'indagine l'avrebbero chiusa quando lo diceva lei. E con quella convinzione salì sull'auto, con l'immancabile Iacoangeli, spina nel fianco designata, pronta a perdere un'altra mezz'ora di vita nel traffico, se andava bene.

Il giornalista l'aspettava in infermeria, piantonato da due secondini ma non più a letto. Sedeva dietro a un tavolo imbullonato a terra, le mani non gli si vedevano, Flavia sapeva che erano state assicurate sotto al ripiano.

«Buongiorno» le sorrise.

Educato, cordiale, a un occhio distratto sarebbe sembrato il paziente di un ospedale qualsiasi che riceveva visite. A Flavia cadde l'occhio sul punto in cui si allacciava il primo bottone del pigiama. Solo per pochi millimetri, spuntava la cicatrice.

«La trovo bene» rispose lei, poi si guardò intorno. «Dov'è il suo avvocato?»

«Noi due ci siamo già incontrati, lo sa?»

L'ispettrice sospirò, se iniziava subito a cambiare discorso sarebbe stata una cosa lunga. Gli diede comunque corda.

«Sì, certo, è stato qualche giorno fa.»

«No, non mi riferivo a questo» si affrettò a rispondere l'uomo. «È stato qualche anno fa.»

«Ah, davvero? Strano, perché qualche anno fa io vivevo a Torino, sono tornata a Roma da poco.»

«Lo so.»

Gli si sedette davanti. Voleva giocare? Avrebbero giocato.

«Accidenti, sa più cose lei di me che io di lei.»

«No, in realtà so solo questo, che lavorava a Torino e che non le piaceva per niente. L'ho riconosciuta subito, per via dei capelli. Sembrano una fiammata, bellissimi.»

Flavia lo fissò qualche secondo ancora. Non aveva un'aria di sfida, sembrava che le stesse facendo un complimento sincero.

«E dove ci siamo conosciuti? Sentiamo.»

«Non ho detto "conosciuti", ho detto "incontrati". Io sto molto attento con le parole.»

Era ancora simpatico, maledetto lui.

«Giustissimo. Allora, dove ci siamo incontrati?»

«Al funerale di Lorenzo Carrozzini.»

Flavia sentì tutta la sicurezza scivolarle via. Era arrivata lì carica a pallettoni, decisa a tornare in ufficio con una verità inoppugnabile in tasca, ma non era preparata a sentire il nome di Lorenzo. Annaspò, cercando qualcosa da dire, e l'uomo davanti a lei lo capì. Fece un mezzo movimento, subito frenato da un suono metallico. Probabilmente aveva avuto l'istinto di prenderle la mano, ma le manette glielo avevano impedito.

«Santo cielo, mi scusi, sono stato indelicato. Non volevo turbarla. Credevo che mi avesse visto anche lei, allora, ma avevo l'impressione che, data la situazione spiacevole, adesso stesse facendo finta di non ricordare.»

Flavia si scosse.

«No, non mi ricordo davvero di lei» rispose in fretta. «Cioè, non la ricordo al funerale, c'era molta gente.»

Ed era vero. Nonostante l'emergenza sanitaria i funerali erano stati riaperti al pubblico, sebbene con un numero limitato di persone in chiesa. Ma chi non era entrato aspettava fuori, sul sagrato.

«Ero in prima fila, sulla sedia a rotelle. A destra, rispetto all'altare, mentre lei era a sinistra, con la famiglia.»

Era corretto. Ma davvero non si ricordava di lui. E improvvisamente le ripugnò l'idea che fosse stato al funerale di Lorenzo.

«Era un uomo davvero piacevole» continuò il giornalista. «Ci siamo incontrati diverse volte, quando si occupava delle indagini che seguivo, talora proprio sulla scena del crimine. Io mi avvicinavo alle transenne, lui alzava gli occhi al cielo e mi liquidava: "Dopo, dopo". Ma va detto che era di parola, dopo mi raccontava sempre qualcosa, nei limiti del lecito. Ci siamo presi molti caffè insieme e una volta mi ha parlato di lei. Si lamentava che da quando era tornato a Roma aveva scoperto che a Teramo, dove stava prima, la burocrazia praticamente non esisteva. E poi mi aveva parlato di una sua cara collega che stava a Torino.»

Flavia iniziò a fingere di sistemare le carte, per tenersi occupata.

Non dargli soddisfazione.

«Ha detto che era messa molto peggio di lui, che secondo lei Torino era lenta e addormentata. Io invece ci sono andato diverse volte e l'ho trovata una città molto viva.»

Gli rivolse un sorriso tirato. Non intendeva concedergli nessuna informazione.

«Sì, Torino è bellissima. Allora,» fece, come per concludere un lungo discorso «dov'è il suo avvocato?»

Il giornalista si appoggiò allo schienale della sedia, senza rancore.

«Non c'è. Ho rinunciato ad averlo.»

Bluff.

«È un suo diritto.»

«Allora rinuncio a questo diritto.»

Doppio bluff.

Flavia osservò ancora le carte, senza vederle. Ora che glielo aveva rievocato, non riusciva a smettere di pensare al funerale. I ricordi si presentavano prepotenti, lei che teneva abbracciata Rosanna, la voce del prete che si sentiva a malapena, coperta dai singhiozzi delle persone presenti, la bara cosparsa di fiori. Poi gradualmente le tornarono in mente altre cose, le uniformi, qualcuno che aveva suonato la tromba, chissà perché, la madre di Lorenzo che sveniva, il padre che tremava, i bambini che erano andati a baciare la foto del papà in divisa. Dio, che orrore i funerali, che orrore sapere che dentro quella cassa di legno lucida c'era il suo migliore amico. E tutti quei fiori maledetti, a cui lui era sempre stato allergico, ogni primavera un supplizio. Per questo aveva l'abitudine di tenere sempre in tasca un pacchetto di fazzoletti. Non erano per lei, erano per Lorenzo. Si alzò di colpo, aveva bisogno di snebbiarsi.

«Iacoangeli, procediamo.»

Dal fondo della stanza l'agente accorse, con il treppiede in una mano e la videocamera nell'altra.

I potenti mezzi della polizia.

Quando ormai basta un cellulare.

«La deposizione dovrà essere ripresa. Le sta bene?»

«Certo» rispose l'uomo alle sue spalle.

«Le guardie possono andare.»

Lo aveva appena detto, che si morse le labbra. "Guardie" non era una parola che loro usavano, era così che li definivano i criminali. La Flavia torinese si sarebbe scusata, ma questa volta la Flavia romana ebbe il sopravvento e non alzò nemmeno lo sguardo sui due secondini che si allontanavano. Ascoltò la voce calda dell'assassino salutare con gentilezza quell'imbecille del suo sottoposto e lui che rispondeva in tono incerto. Si sforzò di ricordare un uomo in sedia a rotelle in prima fila sul lato destro dell'altare, ma erano trascorsi più di due anni, non c'era modo. Allora si concentrò sulla difficile operazione di ricacciare giù lo schifo per quel mostro che omaggiava la morte dell'uomo più onesto che conosceva.

Perché mi incazzo tanto?

Non mi stava così simpatico da volerlo aiutare?

Però, doveva essere vero che lui e Lorenzo si fossero conosciuti. Quando erano agenti semplici, loro due non venivano mai interpellati dai giornalisti, sui luoghi del delitto, quello era un privilegio dei graduati. Ricordava di aver mai visto quell'uomo aggirarsi intorno al cordone di sicurezza, a quei tempi? Non poteva escluderlo, ma erano passati troppi anni. A Lorenzo invece doveva essere successo, una volta gliel'aveva raccontato, che era stato citato sul giornale come "fonte della polizia". Quanto lo aveva preso in giro!

«'A fonte!»

lo aveva apostrofato al telefono per più di un mese. E non voleva che in nessun modo quel ricordo buffo, così bello e pulito, venisse contaminato. Ma stava già succedendo.

Ieri non me la sarei presa così.

Perché?

Si voltò a guardare il giornalista, che attendeva paziente

la fine degli affanni di Iacoangeli per fissare la videocamera, senza alcun tentativo di ingraziarselo, tranquillo come chi sa di essere nel posto giusto per lui. E capì che non era quell'uomo a farle schifo, le faceva schifo solo il muscolo che stava battendo in mezzo al suo petto.

Al funerale di Lorenzo non aveva il cuore di Valerio Felici. Aveva ancora il suo.

E, anche se non aveva senso, questa consapevolezza la calmò.

Stavano registrando da più di un minuto, prima Flavia aveva dovuto snocciolare date, generalità, far dichiarare il consenso a registrare e la rinuncia a un avvocato. Poi procedette.

«Dunque, può raccontarmi cosa è successo l'altra sera, tra le 21.30 e le 22 circa?»

«Sì. Avevo acquistato nel pomeriggio un coltello nel settore casalinghi dell'ipermercato vicino a casa, ne avevo scelto uno molto appuntito e molto affilato. Subito dopo cena sono andato a prenderlo e ho annunciato ai miei genitori che li avrei uccisi. All'inizio pensavano che scherzassi, poi hanno capito che lo avrei fatto davvero. Mio padre era in poltrona e quando mi sono avvicinato ha provato ad alzarsi, per questo l'ho colpito dall'alto verso il basso. Quando è caduto a terra ho cercato di ucciderlo subito, ma mia madre si è messa in mezzo. Allora ho colpito anche lei, poi sono tornato su mio padre. Quando sono stato certo che fosse morto l'ho raggiunta e ho ucciso anche lei. Ho sentito che i vicini gridavano attraverso le pareti e ho iniziato a gridare anche io. Poi siete arrivati voi, cioè la polizia, e mi avete arrestato.»

Era caduto un lungo silenzio, Iacoangeli tratteneva il respiro, Flavia guardava l'uomo. Non aveva in alcun modo contraddetto la prima versione dei fatti, quella che le aveva confidato quando era ancora stordito dai sedativi. Anzi, il suo era stato un resoconto fluido, lineare, narrato bene, con le dovute inflessioni, come se si trattasse di una favola. Per quanto fosse bravo con le parole, era strano che non ne avesse sbagliata nemmeno una, come se quel discorso se lo fosse provato e riprovato. A quel punto Orsini le avrebbe detto di ringraziare, chiudere la registrazione e tornare a casa. Ma lei delle aspettative di Orsini non se ne faceva niente.

«D'accordo. Ha detto che ha urlato. Erano solo suoni oppure ha urlato delle parole?»

Lui le sorrise.

«Lo sa già, che cosa ho urlato.»

«È così gentile da ripeterlo?»

«Ma certo. Ho detto che non ero stato io ma che era stato il mio cuore.»

Era calmo, tranquillissimo.

«E cosa significava?»

«Significava che il mio cuore non è mio. Ho ricevuto un trapianto.»

«E questo trapianto l'ha costretta a uccidere i suoi genitori?»

«Ma no, che sciocchezza.»

L'uomo scosse le spalle, come se Flavia avesse fatto una battuta per nulla divertente.

«Mi riferivo al fatto che, da quando ho ricevuto il cuore nuovo, sono cambiato.» Poi, come se stessero facendo conversazione e gli fosse venuto in mente un aneddoto interessante, si animò. «Lei conosce il termine "gauna"?»

L'ispettrice scosse la testa.

«È una parola nella lingua Hiri Motu, che si parla in Papua Nuova Guinea. In realtà non tutti i popoli la usano nello stesso modo, ma in generale il suo significato è "dono". Pare che la tribù Korowai la usasse per indicare certe parti del corpo di cui si nutrivano.» Sembrò ricordarsi improvvisamente di qualcosa. «Ho scordato di menzionare il dettaglio che i Korowai fossero cannibali.»

Ecco la storia, ecco la leggenda.

Che se ne fa, uno, di un avvocato, se può tirare in ballo una tribù cannibale?

L'uomo sembrò leggerle il pensiero, perché cercò di nuovo di muovere le mani e poi, in mancanza di meglio, scosse la testa.

«Niente voodoo, per carità, ma c'è un perché se taluni popoli rifiutano di nutrirsi di alcune cose e altri invece ritengono fondamentale farlo. Perché noi, come dicono i vegani, siamo quel che mangiamo. Certe popolazioni ritengono che mangiare il cuore di una persona forte li renda forti e allo stesso modo altre popolazioni pensano che se mangi la carne di un determinato animale diventi indegno. Perciò sono d'accordo, noi siamo anche quello che mangiamo e siamo anche ciò di cui siamo composti. Quindi perché dovrebbe essere un'ipotesi remota quella per cui, se dentro di noi viene messo qualcosa di negativo, questo qualcosa corrompa tutto il resto?»

Guardò Iacoangeli in cerca di approvazione e Iacoangeli guardò lei, non sapendo che fare.

«Quindi il suo cuore era cattivo?»

«Il mio cuore mi ha cambiato. Forse ero cattivo io, sin da prima, e ha solo "attivato" questa cattiveria. Forse sono cambiato per lo shock, perché ero troppo vecchio per il trapianto e invece di essere il mio corpo a rigettare il nuovo organo, è stato il mio cervello a non accettarlo. In realtà non so perché sia successo, ma so che è successo.»

Flavia tamburellò con le dita sul tavolo.

«O forse è tutta una conseguenza del trapianto, senza tirare in ballo le tribù della Papua Nuova Guinea e i cannibali. Forse si tratta di uno squilibrio chimico che le ha fatto perdere il senno» ipotizzò.

«Forse» concesse l'uomo.

«In questo caso potrebbe chiedere l'infermità mentale.»

«No.»

Per la prima volta gli vide l'espressione indurirsi. Avrebbe controllato la registrazione in un secondo momento, ma le era sembrata la prima reazione spontanea del loro incontro. Non era del tutto convinta che stesse recitando, probabilmente credeva alla storia dei cannibali e del cuore malvagio, ma quella era una follia già strutturata, che veniva da lontano, non se l'era costruita lì dentro negli ultimi due giorni. Il rifiuto dell'infermità mentale, invece, era stata una reazione immediata, urgente.

«Perché non la vuole?»

«Perché non la merito. Devo pagare per quello che ho fatto.»

«Quindi è pentito?»

«No.»

Flavia si appoggiò allo schienale della sedia e incrociò le braccia.

«Mi dispiace di avere ucciso i miei genitori, è un dolore, un dolore che, guardi, non so quantificare. Ma è stato meglio così. Meglio loro. Erano anziani, avevano vissuto la loro vita, avevano avuto tanto, in fondo gli ho levato gli anni più difficili, la miseria del degrado fisico e mentale. Non vuole essere una giustificazione, per carità, non lo pensi nemmeno per un attimo. Solo che è stato meglio succedesse con loro. Perché altrimenti lo avrei fatto con qualcun altro.»

«Mi sta dicendo che avrebbe comunque ucciso qualcuno?»

«Sì.»

«Ne è sicuro?»

«Sì. Ho cercato solo di contenere i danni. E adesso devo pagare.»

Iacoangeli la guardò ancora, chiedendo implicitamente se adesso potesse spegnere la videocamera e tornarsene a casa. L'immagine di Orsini le si ripresentò in maniera insistente. Per un attimo fu sul punto di cedere. Solo un attimo, però.

«Scusi, ma io non capisco. Se era certo che prima o poi

avrebbe ammazzato qualcuno, perché non si è ucciso lei stesso?»

Ed eccolo, nei suoi occhi, finalmente: il dubbio.

«Ci ho provato, ma non ci sono riuscito.»

«Davvero? Ma non è difficile. Guardi, se vuole io le posso elencare almeno una decina di modi sicuri per farlo, facili facili.»

«Non potevo.»

«Perché no?»

«Non me lo lasciava fare.»

Lei inarcò le sopracciglia.

«Sempre il cuore?»

Lui annuì e Flavia gli sorrise. Si alzò in piedi e iniziò a mettere insieme quelle carte che non le erano servite a nulla.

«Iacoangeli, direi che qui abbiamo finito. La ringrazio per il suo tempo e ne approfitto per dirle che l'ho sempre seguita in tv. Come la spiegava lei, la mente criminale, non ci riusciva nessuno.»

L'uomo la osservava di sottecchi, serio. Era troppo intelligente per non capire che qualcosa non andava. Un istante prima che Iacoangeli interrompesse la registrazione, Flavia gli mise una mano sul braccio, fermandolo. E quindi guardò l'altro.

«Verrò a trovarla, a Ceccano. O a Palombara Sabina, dipende da dove la destineranno.»

«Ispettrice, lei scherza, ma...»

«Io scherzo?» Guardò Iacoangeli costernata, ricevendone in risposta uno sguardo da tonno. «Ma lei scherza! Vuole che non la mandino in una di quelle belle strutture nel verde?»

«Le ho detto che non chiederò l'infermità mentale.»

Di colpo lei sbatté entrambe le mani sul tavolo, e al diavolo Torino.

«Ma porca miseria, ragioni! Lei è un uomo intelligente, colto, la conoscono anche i sassi. E mi parla di parole magiche, tribù cannibali, un cuore parlante che le ha ordinato "uccidi" ma anche "però non ucciderti", siamo seri! Non serve che la chieda, l'infermità mentale, gliela daranno loro, perché lei può rifiutare un avvocato finché vuole, ma ogni giudice sano di mente chiederebbe una perizia, e la perizia dirà che lei è matto, e se avranno bisogno di un testimone eccomi qua, mi offro volontaria!»

«NO!»

L'uomo cercò di alzarsi, ma le mani bloccate sotto il ripiano lo costrinsero a restare curvo. I secondini scattarono in avanti dalla porta, ma Flavia li fermò con un gesto imperioso.

«No? Non vuole che testimoni per farle avere uno sconto di pena?»

«Non voglio sconti» le confermò, paonazzo.

«E allora la smetta di raccontarmi stronzate sui cannibali e mi racconti quando ha scoperto di avere il cuore di Valerio Felici!»

TACHICARDIA

Il Cuore aveva aperto gli occhi. La stanza era luminosissima. Luce artificiale, molto meno bella della sua preferita, quella radente del sole che va giù, ma se l'era fatta andar bene. Era vivo. Vivo, nudo, sdraiato su un lettino ruvido, circondato da tubi e macchinari. Uno di questi gli stava pompando dentro qualcosa che gli impediva di sentire dolore, ma sapeva che presto o tardi sarebbe arrivato. Era andata, ora dentro di sé c'era un cuore nuovo, e se solo avesse avuto la forza di sollevare le braccia avrebbe potuto sentire la cicatrice sul suo petto. Era felice, il Cuore, anche se continuava a pensarlo.

"Un ragazzo
e io sono un vecchio."

Avevano giustificato lo strappo alla regola, che avrebbe impedito a un organo così giovane di essere trapiantato in un corpo a soli tre anni dal limite massimo, con il suo gruppo sanguigno. Era più raro degli altri, e se in lista d'attesa c'erano persone dello stesso gruppo più giovani di lui, certamente avevano patologie meno gravi. Quindi aveva vinto alla lotteria! Aveva finto di crederci, ma sapeva che la sua fama, la sua posizione, il suo conto in banca e le sue amicizie avevano fatto volgere il destino in suo favore. Era stato un regalo, un dono della vita a lui e ai suoi genitori, l'ultima gioia per loro dopo una vita spesso in salita, e avrebbe dovuto dimostrare di meritarselo ogni giorno. Però non riusciva a darsi pace. Pensava al ragazzo.

«Perché non volete dirmi chi era? So solo che era maschio e aveva trent'anni.»

«E non dovresti sapere nemmeno questo» lo aveva redarguito Domenico. «C'è il segreto professionale su queste cose, per legge. Per legge è vietato che il ricevente conosca il donatore, e viceversa. Mica siamo in America, che si fanno le reunion con lo stetoscopio!»

Avevano riso e poi lo avevano lasciato imprudentemente da solo con un telefono in mano. Il riposo forzato degli ultimi mesi gli aveva messo addosso una voglia di fare elettrica, incontenibile, e non sarebbe bastata la legge italiana a fermarlo. Aveva chiamato tutti gli ex colleghi che gli dovevano un favore, senza spiegare la ragione di ciò che stava chiedendo, dato che la notizia del suo trapianto l'aveva tenuta riservata.

«Dovete dirmi chi è morto il 21 aprile, non di morte naturale o di malattia. Ed entro le tre del pomeriggio.»

Non c'era voluto molto perché gli segnalassero di tre incidenti a Roma e dintorni, tutti mortali, ma in uno soltanto la vittima aveva meno di trent'anni. Aveva ottenuto nome, cognome, indirizzo, pagine social e persino il numero di telefono dei genitori. Nei primi giorni della sua rinascita aveva cercato Valerio Felici, prima sui suoi spazi personali e poi in quelli delle persone che lo amavano. Era un ragazzo meraviglioso, capelli color miele tenuti vezzosamente un po' lunghi, occhi scuri che ridevano, un sorriso angelico. Il Cuore lo aveva guardato pensando al suo nasone, ai capelli radi, alle borse sotto agli occhi, che misero involucro in cui accogliere un pezzo di quella splendida gioventù. Aveva deciso che avrebbe fatto qualcosa per lui, che una volta uscito avrebbe scritto un pezzo sulla follia di una morte simile, la ferocia del caso, l'incapacità degli esseri umani di prendersi cura del bene comune. Magari non lo avrebbe firmato lui, non voleva che la famiglia si insospettisse, non si sapeva mai. Avrebbe confezionato un articolo di denuncia incentrato sulla figura di rara bellezza di quel ragazzo e ne avrebbe fatto un martire della città eterna. Nell'occasione avrebbe cercato di sapere più cose possibili di lui. Voleva conoscerlo, voleva onorarlo, voleva meritarlo.

Lo avevano dimesso dopo tre settimane in cui si era sentito ripetere di non strafare, che il suo muscolo cardiaco forse era ancora giovane, ma il resto del corpo aveva sessant'anni e bisognava rispettare i suoi tempi. Era uscito dall'ospedale da soli cinque giorni, quando si era presentato a casa dei genitori di Valerio Felici. Dapprincipio li aveva visti irrigidirsi, poi il suo viso familiare, l'aria un po' provata e il tono accorato con cui aveva spiegato loro che quella che si svolgeva sulle strade di Roma era una guerra vera e propria, li aveva convinti a parlare con lui. Gli avevano concesso di registrare tutto, ma non volevano essere citati nell'articolo e non volevano nemmeno che loro figlio passasse per uno di quegli scemi che corrono come pazzi su un monopattino poco più grande di quelli dei bambini.

«Valerio lo adorava, quel coso, ci andava in giro dappertutto. Usciva di casa, faceva un pezzo di strada fino alla fermata della metro di Borghesiana, lo piegava, lo metteva in una sacca e saliva in treno. Diceva che era il modo più ecologico per muoversi.»

E aveva ragione, aveva pensato lui, senza però dirlo. Dunque questo era Valerio, un fervente ecologista, un attivista green, che aveva scelto la vita in campagna, l'elettricità al posto dei combustibili fossili, una dieta vegetariana con qualche strappo alla regola per far contenta la mamma.

«Era arrivato al punto di detestare la carne, non ne sopportava nemmeno l'odore. Mangiava le uova e qualche volta il pesce, ma la carne mai.»

E questo gli era piaciuto, perché ai suoi occhi di carnivoro faceva di Valerio un imperfetto e l'imperfezione era finalmente un luogo d'incontro. Ne aveva raccolte il più possibile, di imperfezioni, quel pomeriggio, tutti i dettagli più umani, più unici. Valerio che era intollerante alle fragole, che era fotosensibile e starnutiva ogni volta che passava da un luogo buio alla luce, che prendeva le scarpe sempre di un numero più grande perché aveva il piede a pianta larga e altrimenti non riusciva a muovere le dita. Valerio che non sopportava la lana sul corpo, che era stonato come una campana, che odiava la naftalina, adorava il colore giallo e i film di Michael Bay. Valerio che non era mai riuscito a imparare la tabellina del sette, che era ordinatissimo, che amava l'odore del pane appena sfornato e quello della pelle scaldata dal sole.

«Da bambino passava le ore con il naso affondato nelle ginocchia» aveva terminato la signora Daniela, piangendo. Il Cuore le aveva allungato un fazzoletto, interrompendo la registrazione. Per un attimo aveva avuto la tentazione di fare come gli americani e le loro reunion, di prenderle la mano e portarsela sul petto, per dirle: "Eccolo, ecco il suo ragazzo". Ma poi aveva lasciato stare, perché mai, nemmeno per un istante quelle brave persone avevano accennato all'espianto degli organi dal corpo ancora vivo del figlio. Lui aveva saputo che sarebbero stati contrari ma che avevano rispettato il suo volere, e per questo meritavano rispetto. Non era trascorso nemmeno un mese dall'incidente, gli oggetti personali di Valerio giacevano ancora sul suo letto da bambino in un sacchetto dell'ospedale, il telefono scarico, le chiavi di casa, i vestiti macchiati di sangue. Quel padre e quella madre non se l'erano sentita di confrontarsi di nuovo con la miseria della morte. C'erano ancora tante questioni burocratiche in sospeso, sarebbe arrivato il tempo di vivere pure quell'aspetto del lutto. Li aveva lasciati con la promessa di far saper loro quando sarebbe uscito l'articolo ed era tornato nella sua grande casa dai vetri dorati a osservare il sole che calava. Si era chiesto se, uscendo nella luce della sera, gli sarebbe venuto da starnutire. Invece aveva soltanto sorriso.

L'articolo era uscito, firmato da una collega che da sempre difendeva Roma dall'incuria delle proprie amministrazioni. Valerio Felici veniva citato senza essere al centro della polemica, un ritratto breve ma onesto, edificante. Il Cuore, come da accordi, aveva avvisato i genitori, ma li aveva sentiti distanti, ancora chiusi nel loro dolore. Era giusto così, anche se per lui era arrivato il tempo di andare avanti. Gli piacevano tutti i piccoli sforzi che riusciva nuovamente a fare, le camminate sempre più lunghe, le scale senza affanno, aver risistemato il proprio studio senza chiedere l'aiuto di nessuno. Ogni volta che riusciva a portare a termine una piccola missione, si toccava il petto che galoppava e diceva a voce bassa:

«Hai visto, Vale'?».

L'allarme era finalmente rientrato, sua madre aveva smesso di chiamarlo ogni giorno mentre dalla televisione si erano fatti vivi, reclamando la sua presenza non appena se la fosse sentita. Lui non aveva detto né di sì né di no, non voleva far arrabbiare i medici ma nemmeno voleva perdersi una sola delle occasioni che la vita gli avrebbe offerto.

Il giorno in cui era arrivato il primo segno non aveva nulla di particolare, rispetto agli altri. Dopo qualche titubanza aveva ripreso in mano il libro sugli assassini celebri che aveva intervistato e si era messo a lavorare in soggiorno, sul divano, col laptop in grembo. Il giradischi stava diffondendo una raccolta di canzoni di Dionne Warwick, registrate su un raro vinile che era riuscito a farsi mandare dall'America. Sulle note di Valley of the Dolls *il disco si era incantato. Lui si era alzato ed era andato a sollevare la puntina, aveva sollevato il disco e aveva controllato in controluce se ci fosse un graffio. Poi, senza nessuna ragione, lo aveva spezzato in due. Era rimasto lì a guardarlo, sospeso tra incredulità e un senso di rabbia profondo, primitivo. Subito era andato in cerca di una nuova copia su un sito per collezionisti e l'aveva ordinata. Dopo era tornato alla stesura del libro, come se nulla fosse. Ma, dentro di lui, i battiti erano fortissimi.*

Trascorso qualche giorno dall'incidente, aveva chiesto a Domenico se dovesse aspettarsi dei contraccolpi emotivi dal trapianto.

«Non saresti umano, se non ce li avessi» gli aveva risposto.

Poi aveva infilato una serie di ragioni: l'organismo, ormai adattatosi a un ritmo cardiaco stentato, che deve improvvisamente correre dietro a un organo sano, la chimica che deve trovare un nuovo equilibrio, per non parlare dell'aspetto psicologico, la proiezione verso la morte che, ritirandosi, lascia un'ombra che solo il tempo potrà dissipare. Erano risposte per quanto gli era accaduto, certo, e nel contempo non lo erano, non abbastanza. Lui aveva avuto l'impressione di aver vissuto un episodio di stress post-traumatico, l'attimo in cui qualcosa, dentro di sé, si era rotto dopo aver resistito per moltissimo tempo.

«Posso consigliarti un ottimo psicologo che possa seguirti in questi primi mesi, anche se, per come ti conosco, potresti benissimo farcela da solo» aveva chiosato Domenico.

Si erano salutati con un abbraccio, l'episodio derubricato a incidente, il futuro lì davanti, splendido e pronto ad accoglierlo. Aveva deciso di lasciar perdere il libro, aveva accettato il rientro in televisione ma non come ospite fisso, si era perfino concesso di fissare una breve vacanza all'estero, subito dopo la biopsia del secondo mese. Aveva dimostrato di tollerare benissimo i farmaci antirigetto e le analisi erano ottime, con un po' di fortuna avrebbe strappato il permesso ai medici. Aveva evitato di pensare al disco rotto e, nonostante facesse un po' fatica a dormire, la sua vita era molto più vicina al concetto di "normalità" di quanto non fosse stata negli ultimi anni. Poi un giorno stava falciando il prato davanti alla villa, rinverdito con l'innalzamento delle temperature, quando aveva ricevuto una chiamata dalla collega che aveva firmato l'articolo.

«Dio mio, ma hai sentito?»

Il Cuore era rientrato a casa e aveva acceso la televisione.

«Che cosa ha pensato?» chiese Flavia.

«Che dovesse trattarsi di un errore» rispose lui. «Poi ho pensato che il destino ha un macabro senso dell'umorismo.»

Per tutta la durata del racconto erano tornati alle posizioni iniziali, lei da un lato del tavolo, il giornalista dall'altro, Iacoangeli sul lato corto con l'aria di non capire perché fossero ancora lì, i secondini sulla porta a portare pazienza. Ora che era calato il silenzio, lei tentennava, giocherellando con gli angoli dei fogli che aveva appena radunato e che stavano iniziando di nuovo a scompaginarsi.

«Il destino, sì, forse è come dice lei. Però se non avesse voluto sapere a tutti i costi il nome del suo donatore, dopo che tutti le avevano spiegato bene che era contro la legge...»

«Sono curioso, non ci posso fare niente. E quando mi metto in testa una cosa è difficile fermarmi.»

L'ispettrice annuì, continuando a scartabellare le carte con dita nervose.

«Quindi è stato per questo che lo ha cercato? Per curiosità?»

«Sì.»

«E lo ha fatto di persona, tramite i suoi amici e le sue conoscenze giornalistiche.»

«Sì.»

Lei sollevò i fogli, ne sfilò uno, lo osservò un attimo e poi lo allungò sotto gli occhi del giornalista. Era una fotocopia del documento che avevano trovato nella sua cassaforte, il fax che attestava chi gli avesse donato il cuore. Lui si sforzò di rimanere impassibile e lei lo lasciò fare, affidando nuovamente alla videocamera il compito di immortalare le variazioni della sua espressione. Ma aveva sviluppato a sufficienza l'istinto per sapere di aver appena segnato un punto, anche se non avrebbe saputo dire per cosa.

«Lo riconosce?» chiese.

«Certo. Me lo sono fatto mandare io, quel documento, per una verifica. In effetti la mia ricerca non aveva portato a prove certe, perciò quando ho scoperto chi fosse il mio donatore ho sperato di essermi sbagliato.»

«Chi le ha procurato questa informazione? È un'informazione riservata, farla filtrare significa commettere un reato. È stato il suo chirurgo? La clinica?»

Lui si strinse nelle spalle.

«Sono un giornalista, non rivelo mai le mie fonti.»

'A fonte!

Flavia scacciò Lorenzo dalla sua mente e allungò la mano per riprendersi il foglio.

«Come vuole, ci arriveremo da soli. Immaginerà che siamo stati a casa sua.»

«Certo, era logico.»

«Era un po' impolverata, da quanto tempo non ci andava?»

«Tornavo di tanto in tanto, giusto per controllare che fosse tutto a posto.»

Lei annuì. Era uno degli interrogatori migliori che avesse svolto nella sua carriera. Di solito si trovava davanti a gente che taceva o mentiva o negava l'evidenza, alcuni erano molto bravi, altri meno. Quest'uomo invece non mentiva, ometteva. Flavia credeva a ogni singola parola che aveva detto, eppure era anche certa che le cose rimaste sepolte fossero molte di più. E anche se era consapevole di avere già ottenuto tutto ciò per cui era andata lì, ugualmente sentiva il bisogno di scavare ancora. Gli stava girando intorno, ma anche lui stava girando intorno a lei.

«Perché si era trasferito dai suoi?»

Il cambio d'argomento lo fece subito rilassare.

«Non mi fidavo a stare da solo.»

«Perché?»

«Temevo quello che avrei potuto fare. Quello che poi ho fatto.»

«E chi si occupava della villa e del giardino?»

«Nessuno. Io.»

Aveva risposto troppo alla svelta. Flavia fece come i personaggi delle serie tv, riprese a fingere di cercare qualcosa, senza guardarlo.

«A me risulta che ci fossero due persone al suo servizio, una signora che si occupava della casa e un giardiniere...»

«Sì, Crisanto ed Emmalyn, sono marito e moglie. Ho rinunciato ai loro servizi per prudenza, visto quello che mi stava succedendo.»

«Be', dato che lei se n'era andato, poteva affidare a loro la casa.»

«Sarebbero stati soldi buttati, me ne occupavo io, come le ho detto.»

Occhi bassi, fogli spostati, sovrapposti, messi da parte.

«Ricorda dove teneva il documento che le ho mostrato? Quello che attesta che il cuore che ha ricevuto era quello di Valerio Felici?»

Aveva alzato lo sguardo di scatto. Aveva avuto un'esitazione, infinitesimale, ma c'era stata.

«No, non ricordo.»

«Era in cassaforte.»

«Giusto.»

«Lei sa come l'abbiamo aperta, vero?»

Un'altra esitazione.

«È il vostro mestiere.»

«Ah, okay. Allora abbiamo messo dell'esplosivo al plastico e abbiamo tirato giù il muro.»

Lui rise, lei lo seguì, ma le risate non erano arrivate agli occhi di nessuno dei due.

«In realtà abbiamo usato la combinazione.»

«Ovviamente.»

Questa volta fu lui ad abbassare gli occhi. E Flavia pensò che se c'era un'occasione di metterlo in scacco era quella.

«Mi sa spiegare perché i numeri fossero scritti direttamente sullo sportello?»

Non rispose subito, sembrava che stesse ricalcolando, come fanno i computer quando aggiungi un elemento nuovo a una ricerca.

O come il navigatore dell'auto quando cambi la destinazione.

Ma lui non lo sa dove deve andare.

«È stato un periodo difficile. Ho fatto molte cose che non ricordo bene.»

«Con cosa ha scritto la combinazione perché non si cancellasse dal metallo?»

Esitazione.

«Non lo so.»

Perché non era scritta, era incisa.

Come fai a scordarti di avere inciso dei numeri su una cassaforte?

«E i disegni sulle finestre?»

Si riprese subito, alzò gli occhi, quella storia ce l'aveva pronta.

«È stato un momento di follia, ero ossessionato dal mio cuore.»

«Cos'ha usato?»

«Vernice spray. Bombolette.»

«Che marca?»

«Non mi ricordo, le ho prese in uno di quei grandi centri commerciali, sono tutti uguali.»

«E perché poi ha cercato di cancellarli?»

«Gliel'ho detto, è stato un momento di follia.»

Stava mentendo. Non aveva mentito sulla cosa peggiore che avesse fatto in vita sua ma su quello, Flavia ne era certa, stava mentendo. Se fosse andata oltre, però, Orsini l'avrebbe messa in croce.

«D'accordo, per me basta così.»

Si allungò lei stessa per spegnere la videocamera, Iacoangeli si alzò precipitosamente per anticiparla, ma inciampò e quasi cadde lungo disteso.

«Che fai, Iacoangeli?» gli abbaiò lei.

«Mi si è addormentato un piede, ispettrice.»

Le aveva completamente rovinato l'atmosfera, il detenuto era scoppiato a ridere, così disse la prima cattiveria che le venne in mente.

«Non si illuda, chiederanno una perizia psichiatrica, e se non le daranno l'infermità avrà comunque la semi-infermità.»

L'uomo sorrise ancora, scuotendo la testa.

«Perché le importa così tanto? Dovrebbe desiderare che mi sbattano dentro e buttino la chiave.»

Gli andò vicino, allarmando i secondini, che subito si mossero verso di loro.

«È strano, lei ha frequentato poliziotti per tutta la vita e ancora non ha capito. Noi non desideriamo niente. Siamo gente semplice, prevedibile, un po' noiosa. L'unica cosa di cui ci importa è che tutto torni, che i pezzi vadano al loro posto. Poi rientriamo a casa e magnamo tranquilli.»

Le guardie carcerarie arrivarono a sbloccarlo dal tavolo, Iacoangeli si avventò, saltellando, sul treppiede della videocamera.

«Ma vuoi camminare come una persona normale?»

«Non ci posso fare niente, non mi passa.»

Sentì il sorriso dell'uomo in manette che le si arrampicava sulle spalle. Ma come aveva fatto a trovarlo simpatico, piacevole, un signore? Adesso le sembrava un individuo detestabile.

«Vede, ispettrice?» le disse mentre lo portavano via. «Molte volte è il tuo corpo che decide per te. E tu non puoi farci niente.»

Il commissario Orsini aveva visionato il video, non una ma due volte. La seconda lo aveva fatto solo per chiederle

«Perché?»

ogni volta che nella registrazione Flavia faceva una domanda non pertinente. Avrebbe dovuto far trascrivere tutta la deposizione e si aspettava i rimproveri del PM per quelle inutili digressioni.

«Aveva detto tutto nei primi cinque minuti, lo salutavi e avevamo finito.»

«Non c'è movente» ribatté Flavia.

«Ma sì che c'è, quella storia degli stregoni africani.»

«La Papua Nuova Guinea non è in Africa, è in Oceania.»

«Fa lo stesso. Non è certo il primo che dice che ha sentito le voci. Poi magari scopriremo che i genitori lo menavano da piccolo e che è tutta una scusa, ma anche fosse... Oppure è stato un raptus.»

Lei lo fissò trattenendosi, fece un paio di respiri e poi chiese:

«Posso almeno verificare alcune sue dichiarazioni?».

«Ma io dico, perché?» Orsini era esasperato.

«Perché magari ha avuto un complice, magari lo hanno sobillato, magari fa parte di una setta e se non controlliamo domani ci sarà qualcuno che sgozza i figli!»

Il commissario allargò le braccia.

«E controlla. Non voglio nemmeno sapere cosa, tu controlla. Ma se ti arriva un altro caso sul tavolo tu ti occupi prima di quello.»

«È ovvio che lo farò» rispose Flavia stizzita, ma sotto sotto era contenta di aver ottenuto il permesso di indagare.

Appena in ufficio chiamò tutta la squadra e diede le sue indicazioni.

«Abbiamo poco tempo, prima che ci appioppino una truffa ai parchimetri oppure il censimento degli ambulanti da qui al Colosseo. Quindi ciascuno si occupi di verificare qualcosa, va bene?»

Gli altri rimasero in attesa, dubbiosi perché, per quanto ne sapevano loro, il caso del giornalista era chiuso.

«Apuano, tu chiedi i risultati sul computer e sul telefono. Verifica con chi si scriveva negli ultimi mesi e a chi telefonava, segnala tutto ciò che ti pare strano. Miré, tu vai a parlare con gli ex domestici, sono marito e moglie, filippini, se ho capito bene. Fatti spiegare esattamente in che modo sono stati licenziati e se fosse una cosa che si aspettavano oppure no. Chiedi anche se, quando se ne sono andati, i disegni sulle finestre c'erano già oppure no. Turriziani, tu mi devi fare una ricerca. Durante la deposizione il nostro uomo ha parlato di una tribù cannibale della Papua Nuova Guinea e di una parola particolare, in una lingua che non mi ricordo. È tutto registrato, fatti dare la trascrizione e verifica. Quando avrai i dati incrociali con i risultati di Apuano, dobbiamo capire se ha fatto delle ricerche specifiche su questa storiella e, eventualmente, quanto ci si è fissato.»

«E io, ispettrice? Non faccio niente, io?»

Si era scordata il maledetto Iacoangeli. Lo avrebbe tollerato meglio, se avesse smesso di zompettarle attorno tutto zelante.

«Tu mi controlli le telecamere sulla strada che porta a casa sua. Nella proprietà non ce ne sono, cosa stranissima, visto che in quella zona rubano un giorno sì e uno no, ma a casa propria ognuno è libero di fare quello che crede. Vedi se trovi qualche immagine utile.»

«Immagine di chi?»

«Di chiunque si sia avvicinato alla villa.»

«Ma quando?»

«Iacoangeli, sempre, quello che trovi me lo fai avere, okay? E nel mentre vedi di non addormentarti, nemmeno con un piede.»

Aveva aspettato che uscissero dalla stanza e si era messa al computer. Non sarebbe riuscita a dedicarsi ad altro, se prima non avesse verificato l'unica cosa di cui davvero le premeva. Avrebbe avuto il tempo per chiedere immagini ufficiali, ma l'urgenza non le consentiva di aspettare. Andò su YouTube e digitò LORENZO CARROZZINI. Non era stato un funerale come gli altri, era stato ucciso un poliziotto, fuori dalla chiesa era intervenuto anche il sindaco e perfino un ministro era passato a rappresentare lo stato. Dentro non erano entrati, era stata fatta una selezione tra parenti e colleghi, i pezzi grossi avevano evitato di correre il rischio. Ma si erano infiltrati anche i giornalisti, non quelli delle emittenti principali, che avevano ripreso solo l'uscita della bara e i vari discorsi, ma quelli delle realtà locali, che spesso non avevano nemmeno una rete televisiva ma solo un sito online.

Trovò subito tre servizi risalenti a dicembre 2020. Cliccò sul primo. C'era la giornalista che parlava davanti alla chiesa e poi un montaggio di alcuni momenti del funerale. Mentre guardava sentiva lo stomaco chiudersi e l'acido risalire lungo l'esofago. Ma stavolta non era colpa dell'insalata di puntarelle che aveva cacciato giù in fretta e furia mentre aspettava che Orsini rientrasse dalla pausa pranzo. Era tutto come se lo ricordava, c'era una ripresa ravvicinata di lei e Rosanna e dovette prendere atto che, effettivamente, i suoi capelli erano molto vistosi, all'epoca tendevano più all'arancio che al rosso. Durante uno stacco sull'omelia fermò l'immagine. Non era la migliore delle inquadrature, ma dal lato opposto dell'altare c'era la figura di un uomo in carrozzina, con accanto una donna anziana in piedi e un altro uomo seduto su una seggiola. Dei genitori del giornalista lei aveva visto solo le foto pubblicate dai quotidiani, ma a quell'età in due anni non cambi molto. Non furono loro a stupirla, quindi, quanto lui. Sembrava un fantasma. Aveva molti chili in meno, almeno una ventina, e se ne stava curvo sulla sua sedia, come un condor in bilico su un ramo. Fece correre veloce il filmato ma non trovò un'inquadratura migliore. Provò con il secondo video, ma era simile al primo. Il terzo, invece, si era concentrato prevalentemente sui militari in divisa presenti al funerale, e per inquadrare loro aveva ripreso anche l'uomo in prima fila. Flavia lo osservò avvicinandosi il più possibile allo schermo. Anche se la mascherina gli copriva metà volto sembrava profondamente addolorato, le mani in grembo, lo sguardo fisso alla bara di Lorenzo. Era un uomo malato, anzi, di più: era un uomo che stava per morire e lo sapeva. Quel funerale per lui aveva sicuramente rappresentato uno spauracchio, la proiezione di come avrebbe potuto essere il proprio. E invece, qualche mese dopo, aveva ricevuto un cuore nuovo. Comunque non aveva mentito, era venuto davvero al funerale di Lorenzo e aveva davvero notato lei vicino a Rosanna.

Anzi, non ci è venuto.

Ce l'hanno portato.

I due anziani genitori gli erano stati vicini per tutto il tempo, la madre con una mano posata sulla sua spalla, il padre sulla sedia accanto a lui.

E due anni dopo li ha massacrati.

Magari Orsini aveva ragione e l'affetto che traspariva da quel video era tutta una messinscena. Ma lei non ci credeva.

Aveva riguardato il video da sola, cercando di cogliere dei segnali, esitazioni, incertezze. Ma non vide niente più di quello che aveva visto nell'infermeria del carcere. Allora aveva fatto due telefonate. La prima serviva a mettersi l'anima in pace, ed era stata alla clinica privata in cui l'uomo era stato ricoverato nei mesi precedenti l'intervento. Aveva chiesto conferma della sua uscita dalla struttura il giorno del funerale di Lorenzo, un'informazione che non poteva essere giudicata sensibile, dato che esistevano filmati che già confermavano la sua presenza in chiesa. Dopo qualche titubanza e l'aver tirato in ballo la privacy, di fronte alla minaccia completamente campata in aria di andare lì con un decreto del PM, la segretaria aveva verificato. E sì, il giorno del funerale di Lorenzo Carrozzini era stato consentito un permesso speciale di uscita al paziente più importante del reparto di cardiologia. Era stato fuori tre ore, il tempo di andare, chinare il capo davanti alla bara e tornare. Flavia aveva ringraziato e aveva riappeso. Quindi aveva chiamato l'ospedale dove era stato ricoverato Valerio Felici e aveva chiesto di parlare con il direttore sanitario. Mentre restava in attesa aveva fatto un'immersione nella memoria delle sue giornate sabaude. Doveva essere calma e misurata. Quando la direttrice aveva risposto, si era qualificata e aveva chiarito subito che aveva bisogno di un'informazione assolutamente generica, relativa esclusivamente alla privacy della struttura. La donna andava di fretta e, pur di sbrigarsela alla svelta, aveva declinato l'offerta di verificare l'identità di Flavia con i suoi superiori. Lei aveva chiesto se, premessa la normativa di legge di non divulgare il nome di un donatore di organi, l'informazione potesse essere filtrata. La direttrice le aveva risposto di no. L'ispettrice aveva chiesto se non fosse possibile che uno dei riceventi avesse avuto modo di leggere il nome del donatore su una cartella clinica o su un fascicolo sanitario, e l'altra aveva risposto ancora di no. Quella era un'informazione visibile solo ed esclusivamente dai medici interni e solo fino alla chiusura del fascicolo, che avveniva alla riconsegna del corpo del donatore alla famiglia. Dopo di che veniva archiviata e a quel punto per consultare il fascicolo era necessario un permesso speciale. Lei aveva chiesto se fosse possibile verificare l'eventuale richiesta di accesso a quel fascicolo e la direttrice aveva risposto di sì, ma che per quella verifica ci sarebbe voluto qualcosa di più di una telefonata. Flavia aveva ringraziato e poi salutato. Dunque c'erano due possibilità. O il fax era un falso, creato ad arte per gettare una luce di discredito sull'ospedale, o la direttrice sanitaria si sbagliava e la notizia era filtrata.

Vabbe', che sarà mai.

Non sono codici di lancio per missili nucleari.

Vero, e in generale gli unici a esserne danneggiati sarebbero stati i familiari del defunto. Solo che il defunto, in questo caso, era Valerio Felici, e non era cosa da poco. La mente di Flavia si aprì improvvisamente. Non ci aveva pensato, sino a quel momento, nessun giornale aveva mai dato la notizia dell'espianto. Eppure era una notizia ghiotta: serial killer muore e salva la vita a qualcuno. Si fece venire un dubbio e cominciò a setacciare la rete. Nulla. Se immettevi nel motore di ricerca "Valerio+Felici+organi" non usciva niente.

Non l'ha saputo nessuno.

Com'è possibile che non lo abbia saputo nessuno?

Eppure era così. Forse la famiglia non si era opposta all'espianto ma aveva chiesto il riserbo più totale. Si stava interrogando su questo quando Miré rientrò per primo, dopo l'incontro con i due filippini. I domestici si erano fatti mille problemi a parlare dell'ex datore di lavoro, una persona buonissima, gentilissima, generosissima.

«Hanno pianto quando ho dovuto fare riferimento alla morte dei genitori, una cosa straziante, ero in imbarazzo, non sapevo come andare avanti.»

«Va bene, Miré, ma del licenziamento che hanno detto?»

«Hanno detto che "il signore" glielo ha comunicato tre mesi fa, mi hanno anche detto la data esatta. Ha raccontato che lui non stava più bene in quella casa e che voleva andarsene. E ha detto che dovevano andarsene pure loro perché aveva paura che gli succedesse qualcosa.»

«In casa?»

«In casa, sì.»

«Ma inteso come minaccia, li ha minacciati?»

«No, non mi sembrava, da come ne parlavano.»

«E loro? Si sono arrabbiati? Hanno chiesto una lettera di referenze, qualcosa?»

«No. Lui gli ha pagato un anno di stipendio.» L'agente scelto era sconcertato. «Così, sull'unghia. Un anno a lei e un anno a lui. E allora si sono messi tranquilli, dicono che vogliono cercare un'altra assunzione fissa in casa di qualcuno...»

«Non ce ne frega niente di quello che vogliono fare i filippini, Miré. Quindi l'hanno presa bene?»

«Sì e no. Hanno detto che erano preoccupati per il signore. Che in quella casa succedevano cose brutte, che c'era il diavolo. Sono cattolici, che ci vuole fare.»

«E dei disegni sulle finestre che hanno detto, li hanno visti?»

«No, non ne sapevano niente.»

Mezz'ora dopo arrivò Iacoangeli che, tanto per cambiare, non aveva combinato niente.

«I vicini hanno delle telecamere sugli ingressi ma mi hanno detto che ogni due giorni sovrascrivono le immagini. C'erano quelle dell'altroieri, dove si vedono i colleghi che vanno alla villa. Si vede anche lei, ispettrice.»

«Che notizia» commentò Flavia, ma Iacoangeli non colse il sarcasmo.

Poco prima delle sette rientrarono anche Apuano e la Turriziani. Lui sembrava molto nervoso, tanto che, contrariamente al solito, invitò la collega a parlare per prima.

«Ho trovato qualche corrispondenza in merito a quella cosa della Papua Nuova Guinea, anche se la lingua Hiri Motu è molto difficile da decifrare, ci vorrebbe un esperto, non basta internet. Quanto alla tribù Korowai, non è proprio esatto definirli cannibali, si cibavano dei loro morti per non sprecare una risorsa, ma non andavano a caccia dei loro simili. E comunque si parla di abitudini mantenute sino al secolo scorso.»

«Ma la parola esiste?»

«“Gauna”? Sì.»

Flavia si era rivolta al tenente, sempre molto teso.

«Apuano?»

«Dunque, nel computer non c’è niente. Vecchi articoli, il libro a cui stava lavorando, ma nient’altro. Quella cosa su cui si è informata Turriziani nel motore di ricerca non compare, e non solo perché la cronologia è stata cancellata, ma perché non risultano essere state fatte ricerche. Mai. E sul telefono uguale. Le cronologie vuote, zero Papua Guinea, zero cannibali, zero. E lo stesso il registro chiamate. Quindi o questo viveva recluso come un monaco o ha fatto in modo di cancellare tutto.»

«Nessuna ricerca, nessun contatto, nessuna mail? Niente? È un po’ tanto, questo niente» osservò l’ispettrice.

«No, una cosa c’era. Anzi, due. Il computer aveva un antivirus nuovissimo, di quelli con il firewall e tutto. L’aveva installato sei mesi fa, tutti gli aggiornamenti stavano a posto, un computer a prova di bomba. Zero spam e zero pubblicità, da allora riceveva mail solo dagli indirizzi autorizzati. Però nella posta in arrivo c’era questa.»

Le aveva allungato un foglio con la stampata di una mail risalente al 7 luglio dell’anno prima. Era priva di testo, il mittente sconosciuto, l’unica cosa da leggere era l’oggetto, che recitava:

“SAI DI CHI ERA IL TUO CUORE?”.

L’ispettrice strizzò gli occhi.

«Nove mesi fa, quindi. E allora non aveva tutte le protezioni che ha messo dopo. Ha risposto?»

«No, è una specie di mail no-reply, la stanno verificando ma non credo fosse possibile rispondere.»

Flavia corrugò la fronte, poi si alzò, andò a prendere la busta contenente il fax originale nella cartelletta del caso e la mise sul tavolo.

«Questo fax era nella sua cassaforte. Guardatelo e ditemi cosa vedete.»

«Non c'è la data» sottolineò subito la Turriziani. «Nei fax in cima c'è sempre la data, insieme all'orario e al numero di telefono del mittente.»

«L'hanno tagliata via» intervenne Miré, indicando la parte alta del foglio. «Qui, vedete? La carta termica dei vecchi fax è un rotolo, quando la comunicazione finisce la strappi e resta un bordo seghettato, mentre questo è stato tagliato.»

«Perché è così corto?» chiese Iacoangeli, pur di partecipare.

«Perché è stato tagliato anche sotto, rimane solo quello che doveva rimanere, il nome dell'ospedale, il donatore, il ricevente del cuore» rispose con voce cupa Flavia.

«Ma se sopra c'erano la data e il numero, sotto cosa c'era?» insistette Iacoangeli.

«C'erano i nomi degli altri» gli venne incontro Miré.

«Ma gli altri chi?»

«L'artri!» intervenne Apuano, che quando era nervoso riprendeva un po' di accento romanesco «Quanno uno more je levano tutto, mica solo er core. Je levano tutto quello che c'è da levà.»

Iacoangeli guardò Miré in cerca di conferma.

«Il cuore non era l'unico organo» gli spiegò l'agente scelto. «C'è stato un espianto totale.»

Flavia scosse la testa, ma non li stava più ascoltando.

Gli altri

pensò

C'erano i nomi di tutti gli altri.

DIABETE DI TIPO 2

Il Rene Destro sorseggiava una tazza di caffè sotto al portico. Guardava il giardino, che però, trovandosi sul retro di una villetta a schiera d'angolo, dava solo su una rete coperta di edera e su due siepi laterali che nessuno aveva mai potato. Quindi in realtà guardava un gigantesco groviglio vegetale di cinque metri per cinque. Era abituata a quella vista, usciva lì sotto ogni pomeriggio, con il freddo o il caldo, con il sole o con la pioggia. Usciva perché a suo padre l'odore di caffè aveva sempre dato la nausea e lei e sua madre avevano l'abitudine di prepararselo ma poi di uscire fuori a berlo. Suo padre era morto da sette anni, sua madre da tre mesi, ma lei ancora sentiva la necessità di berlo fuori, cosa che faceva anche al bar, pure se non avevano tavolini all'esterno. Le abitudini sono una cosa strana, si fa l'abitudine a tutto, se si ha abbastanza tempo. Lei, per esempio, nemmeno se lo ricordava come fosse il sapore dolce. Si era abituata alla sua assenza proprio perché aveva avuto abbastanza tempo per associarlo a qualcosa di negativo, per esempio la morte. A volte, mettendo in bocca un pezzo di patata lessa, avvertiva questa sensazione strana sulla lingua e d'istinto la sputava. Il dottore le aveva spiegato che le quantità di zuccheri presenti nelle patate erano ridicole e che poteva tranquillamente mangiarle, ma lei non si fidava. Dopo il trapianto le avevano detto che poteva ricominciare ad assumere zuccheri, un poco alla volta, senza esagerare, ma non ci aveva mai nemmeno pensato. Aveva fatto fatica a smettere con le iniezioni, ogni tanto tirava fuori il glucometro e si pungeva il dito, così, solo per provare la sensazione. Le sue dita, soprattutto gli anulari, portavano i segni di anni e anni di test e non avevano un bell'aspetto. Ma anche il resto del suo corpo non aveva un bell'aspetto, quindi non se ne faceva un problema. Molte volte era successo che la scambiassero per un maschio. Le dicevano "signore", invece di "signora". Lei aveva le sue responsabilità, portava i capelli molto corti, che erano ingrigiti precocemente, indossava sempre pantaloni e camicioni da taglialegna e non si truccava mai. La cosa era stata liquidata con un "è lesbica", ma non era vero, e non era vero nemmeno che non avesse mai avuto una storia con qualcuno. Solo che era selettiva. Non voleva un uomo che le chiedesse di truccarsi, o di farsi crescere i capelli, o di cambiare la montatura degli occhiali perché la sua, di metallo, era troppo semplice. Se un uomo aveva problemi con il suo aspetto, allora lei aveva problemi con quell'uomo. E sì, con questo genere di cose aveva avuto a che fare abbastanza da non volerne sapere più, che la gente dicesse quello che voleva. Non sentiva la mancanza dell'amore, così come non sentiva la mancanza dello zucchero. Come lo zucchero, l'amore lo aveva potuto assaporare per un periodo limitato della sua vita. Poi si era abituata a non essere amata.

Quando il dottore l'aveva convocata la prima volta, era andata alla visita insieme a sua madre. Loro due facevano tutto insieme, anche in quel caso più per abitudine che per affinità. Si erano occupate insieme di suo padre, che aveva quasi quindici anni di differenza con la moglie, quando si era ammalato. Avevano riorganizzato la casa insieme dopo la sua morte, quando lei aveva deciso di trasferirvi il suo piccolo studio da commercialista. Se sua madre aveva bisogno di andare da qualche parte la accompagnava, e viceversa. Così il dottore lo aveva detto a entrambe:

«Dobbiamo iniziare a valutare il trapianto».

Del diabete non si erano accorti subito, all'inizio il medico di base aveva attribuito il suo affaticamento e la perdita di peso allo stress per la malattia del padre e alla gestione di tutte le responsabilità che ne erano conseguite. Quando i disturbi si erano fatti evidenti era probabile che i reni non funzionassero più bene già da dieci anni. Erano corsi ai ripari, ma si trattava di quella faccenda della stalla e dei buoi, ormai il sistema era compromesso. Lei si era sottoposta a dialisi, si faceva l'insulina da sola, ma le analisi non davano mai i risultati sperati. Il nefrologo, però, era ottimista.

«La buona notizia è che lei ha tre parenti compatibili per il trapianto, sia la mamma che il fratello e la sorella sono del suo stesso gruppo sanguigno, AB, e le probabilità che siano ottimi donatori sono alte.»

Lei si era voltata verso sua madre, che le aveva sorriso. Il medico aveva spiegato che non c'era urgenza, avevano il tempo di fare tutte le verifiche del caso e di scegliere il donatore più idoneo. Tornate a casa, era stata indetta una riunione di famiglia, si erano ritrovati tutti e quattro in soggiorno e ne avevano parlato. Suo fratello e sua sorella erano entrambi sposati con figli, vivevano nella stessa cittadina ma questo non aveva favorito troppa solerzia nell'occuparsi del padre malato prima o della madre anziana poi. Erano entrambi più piccoli, avevano vite impegnative e del resto lei, che era rimasta con i genitori e beneficiava di un tetto gratuito e praticamente nessuna spesa, era automaticamente destinata ad assumersi l'onere. Adesso che però era il suo turno di chiedere, le erano sembrati perplessi.

«Dai, vediamo» aveva concluso suo fratello.

Lei aveva pensato che fosse normale, era un fulmine a ciel sereno, chiedere a qualcuno di donarti una parte del suo corpo non è una cosa da poco. E anche se era loro sorella, sangue del loro sangue, poteva capire che avessero bisogno di assimilare il colpo.

«Vedrai che Milena te lo dà» aveva concluso quella sera sua madre, mentre le passava i piatti da lavare.

Non le era piaciuta, quella frase. Non si trattava di "dare" qualcosa, non era un favore. Ovviamente era un dono, un dono straordinario, il dono della vita, ma non avrebbe dovuto essere elargito. Certo, forse avrebbero donato con minor difficoltà il midollo, che si rigenera, un rene perso è un rene andato. Per primo era venuto a parlarle suo fratello, Giuseppe.

«È che non sto benissimo, di salute. Niente di grave, ma ho quasi cinquant'anni, inizio a fare fatica, ho il colesterolo alto, il medico mi ha detto che dovrei iniziare con le pastiglie per il cuore. Dovrei rimettermi in forma, prima della donazione, e da quello che ho capito non c'è abbastanza tempo. Penso sia meglio che lo faccia Milena. Lei è bella sportiva, lo vedi com'è attiva, va tutte le sere in palestra, non avrà problemi a vivere con un rene solo.»

Lei si era limitata ad alzare le sopracciglia, quello di Giuseppe non era proprio un "no", ma in effetti anche lei, se avesse potuto, avrebbe scelto Milena come donatrice. Milena però era letteralmente sparita, ogni volta che l'avevano chiamata aveva risposto di non poter stare al telefono, perché c'era una rogna sul lavoro, doveva andare a prendere Lillo a scuola, Matilde aveva vomitato o semplicemente aveva lasciato squillare il telefono e non aveva risposto. Dopo dieci giorni era andata ad aspettarla fuori dall'ufficio. Quando l'aveva vista, la sorella non era stata contenta, le era venuta incontro bellicosa, avvolta nel suo cappottino rosso, le gambe lunghissime, così diverse dalle sue.

«Ma cosa mi fai, gli agguati?»

E lì c'era stata un'infilata di accuse, che lei non si era mai fidata dei suoi fratelli minori, che pensava fossero dei parassiti senza cuore, cosa credeva, che non lo sapesse che sparlava di loro in giro, si sarebbero occupati benissimo anche loro del papà, ma certo, c'era sempre di mezzo lei che era la più brava di tutti, decideva tutto, anche adesso mica glielo raccontava dei problemi della mamma, mai che riferisse qualcosa, era una prepotente, una maniaca del controllo.

«Vuoi un rene? E io te lo do un rene, ma a parte la cicatrice, la convalescenza e tutto il resto, se poi mi succede qualcosa? Se mi ammalo anch'io? Chi li cresce, i miei figli, tu?»

C'erano state altre riunioni, erano intervenuti la cognata e il cognato.

«Insomma, devi capire, prova a metterti nella nostra posizione.»

Lei aveva ascoltato attonita le proteste sul fatto di non avere garanzie, e la salute, e l'età, e i figli, mentre riusciva solo a pensare:

"Ma io sto morendo".

Alla fine nessuno dei due si era sottoposto ai test di compatibilità. Perché era inutile, il rene non glielo avrebbero dato comunque. E all'ennesima sera, all'ennesimo lavaggio dei piatti, sua madre aveva semplicemente detto:

«Io sono troppo vecchia».

Ed era finita così.

Quando l'avevano chiamata per dirle che c'era un donatore, lei non lo aveva detto a nessuno. Aveva preparato la sua borsa in silenzio, aveva preso la macchina e poi un treno. In stazione l'aspettava un'ambulanza, aveva fatto il viaggio sdraiata, guardando il soffitto, senza provare nulla. Non aveva chiesto, non voleva sapere, non le importava. L'ultimo ricordo era stato il freddo del tavolo operatorio, coperta solo da un telo, e la voce dell'anestesista che le prometteva qualcosa. Quando si era risvegliata non c'era nessuno accanto al letto. Non aveva acceso il telefono, non voleva parlare, del resto parlare di cosa, con chi? Quando finalmente sua madre era arrivata in ospedale si era sentita fare una ramanzina infinita sul suo comportamento, stavano per chiamare la polizia, pensavano che fosse scappata, chissà dove, chissà con chi. Ma lei era certa che poi la polizia non l'avrebbero chiamata, metti mai che la ritrovassero davvero. I suoi fra-

telli avevano mandato dei fiori, il biglietto diceva "da Giuseppe e Milena", nient'altro, nemmeno un "rimettiti presto". Erano stati più calorosi i biglietti che le avevano fatto recapitare i clienti: la dirigente di una ditta a cui faceva la dichiarazione dei redditi da quando aveva aperto lo studio era venuta a trovarla e le aveva allungato trionfalmente una scatola di cioccolatini.

«Se li mangi tutti, cara, alla faccia del diabete!» aveva detto.

E lei sapeva che non lo avrebbe fatto, ma li aveva presi lo stesso, perché quello era l'unico gesto genuinamente gentile che avesse ricevuto dopo il trapianto. Se n'era tornata a casa da sola così come da sola era arrivata in ospedale, era rimasta a riposo un paio di settimane e si era rimessa al lavoro. Il mese dopo sua madre aveva iniziato a dire che non si sentiva bene e, una volta scartato il dubbio che volesse solo attirare l'attenzione, avevano scoperto una grave insufficienza cardiaca. Un anno e se n'era andata. La casa era rimasta a lei, di soldi non ce n'erano molti e se li erano presi i fratelli, brontolando a mezza bocca perché un'intera villetta a schiera per una persona sola era uno spreco. Ma non avevano voluto sollevare questioni. E adesso lei era lì a bere caffè amaro, guardando un giardino senza vista, abituandosi a essere completamente sola in ogni senso possibile. Il computer tintinnò, succedeva ogni volta che arrivava una mail. Tra aprile e maggio era uno scampanio continuo, doveva trattarsi di qualche cliente che inviava le fatture. Andò a controllare e vide che era una mail priva di mittente. Il che era strano, perché aveva un ottimo filtro antispam. L'oggetto diceva:

"SAI DI CHI ERA IL TUO RENE?".

Era rimasta a guardare la scritta per un minuto buono. Poi, ignorando totalmente il fatto che non ci fosse un mittente visibile, aveva selezionato "rispondi" e aveva scritto:

"Non importa a nessuno".

quindi aveva cliccato "invia" e la risposta era partita.

HERPES ZOSTER

Il computer ronzava, in un mondo dove i computer non dovrebbero ronzare più da un pezzo. Flavia sedeva composta e rigida in attesa, come una signora in viaggio. Teneva la borsa appoggiata in grembo e la stringeva per trattenere l'impazienza. Era la sola borsa che si portasse dietro quando lavorava, perché di fatto era una specie di tubo semirigido di pelle consunta, appartenuta a suo padre. Fino a una decina di anni prima era stato veterinario, un "veterinario di campagna" come diceva fieramente, e quella era la sua borsa da lavoro, che portava a tracolla per avere le mani libere. Nel 2010, mentre aiutava una vacca a partorire, aveva avuto un colpo apoplettico da cui avevano pensato non si sarebbe mai ripreso. E invece, con molto impegno, aveva superato prima la fase critica e poi la lunghissima riabilitazione. Quando Flavia era partita per Torino, le aveva allungato la borsa, dicendole:

«Tanto a me non servirà più».

Era diventato un cauto pensionato che andava a passeggio nei parchi cittadini, si fermava nelle aree cani e faceva diagnosi gratuite ai padroni apprensivi. Non aveva voluto più esercitare la professione e Flavia si era fatta un punto d'onore di tenere vive almeno le cose che erano state sue compagne d'avventura, tra cui la station wagon e quella borsa, che ora conteneva, oltre al portafogli, il tesserino, le manette, la pistola, una torcia e gli immancabili fazzoletti di carta. Aveva fatto bene a non seguire le orme del padre, le mancava del tutto l'occhio clinico, mentre il fratello maggiore aveva studiato Medicina, diventando un ortodontista di discreto successo. Pur avendo preferito una carriera più pratica e rigorosa, però, adesso rivalutava la sua capacità di osservazione, mentre osservava l'enorme herpes che troneggiava sul labbro della direttrice sanitaria dell'ospedale. In effetti soltanto un cieco non lo avrebbe visto. Ci era voluto del bello e del buono perché riuscisse a convincere Orsini a farla andare, insieme alla Turriziani, a chiedere la lista originale dei riceventi degli organi di Valerio Felici, proprio nell'ospedale dove era stato prima ricoverato e poi espiantato. Lo aveva intortato con il fatto che quella lista non sarebbe dovuta uscire dall'ospedale, che era strano che una parte di essa fosse nella cassaforte che avevano aperto, che poteva profilarsi un reato di violazione della privacy e di fuga di notizie. Insomma, l'informazione che Valerio Felici avesse donato degli organi a qualcuno non doveva trapelare, non solo per le conseguenze penali ma per la grancassa che ne sarebbe seguita sui media. Orsini aveva capitolato e lei ora si trovava qui, davanti alla direttrice sanitaria, che, in uno degli uffici dell'archivio a piano terra cercava già da quindici minuti un documento che non saltava fuori. Alla fine si era arresa, appoggiandosi allo schienale della poltrona, e guardando Flavia in cagnesco, come succedeva quasi sempre a chi era stato oggetto delle sue attenzioni.

«Niente da fare, non la trovo. Non so cosa dirle.»

L'ispettrice mise su la sua peggior aria da mastino.

«Ora lei mi deve spiegare che vuol dire che non la trova.»

La Turriziani, relegata in un angolo delle retrovie, alzò gli occhi al cielo. La sua superiore e la direttrice si erano già mostrate una buona dose di denti.

«Signora, se è capace lei, venga qui.»

"Signora" a chi?

Ma Flavia si impose di stare buona, o almeno di provarci.

«Allora, nel senso che non trova la lista o che non sa dove sia stata archiviata?»

«Nel senso che non trovo niente. Non trovo nemmeno il nome del donatore.»

«Come sarebbe, non trova Valerio Felici?»

«Lo trovo come ricoverato e deceduto, ma come donatore no.»

«Ma questo è pazzesco, assurdo, ma come lavorate qui dentro?»

«Signora, io le dico quello che è. Per quanto ne so non esiste nemmeno il protocollo relativo alla creazione di una lista donatore/riceventi, comunque, anche quando cerco di trovare traccia dei singoli espianti, non c'è nulla. È sicura che questa operazione sia avvenuta?»

«Certo che sono sicura.»

E la lista esiste, brutta imbecille.

Io ne ho un pezzo.

Ma questo non poteva dirlo, così si accontentò di un:

«Sono sconcertata dalla sua incompetenza, davvero. E questo sarebbe il servizio pubblico! Complimentoni!».

«Se vuole inviare dei tecnici a fare le ricerche al posto mio si può accomodare, ma ci vuole il mandato» ribatté l'altra.

«E li faccio venire sì, eccome, con un decreto del PM, che i mandati si fanno in America. Ma cosa crede, che stiamo giocando?»

Si alzò, andò verso la porta, vide la faccia della Turriziani e ci ripensò.

«Ma avrete almeno qualcosa di cartaceo, un archivio?»

La direttrice, che aveva sperato in una sua uscita di scena, scosse la testa.

«È tutto digitale. Se c'era una documentazione cartacea, quella l'abbiamo data alla famiglia, il resto viene digitalizzato. Non è che ci possiamo tenere la carta di tutti i pazienti, altrimenti ci scoppia l'ospedale.»

«Nemmeno la lista dei medici che hanno eseguito l'espianto?»

La dottoressa si prese un attimo per trattenersi.

«Gliel'ho già spiegato. Quando il paziente viene dichiarato legalmente morto, quindi in assenza di attività cerebrale, si procede all'assegnazione degli organi secondo la lista d'attesa nazionale. Ovviamente alcuni organi hanno carattere d'urgenza e altri meno, a seconda delle patologie. E poi c'è la discriminante del gruppo sanguigno, che secondo quanto ci riporta, in questo paziente ben preciso era AB negativo. Una volta assegnati, sono i chirurghi dei vari centri trapianti a venire da noi per prelevare gli organi.»

«E questa cosa degli organi che viaggiano in elicottero o con la Lamborghini?»

«Viaggiano col chirurgo che li ha espiantati e che li impianterà nel ricevente, a seconda dell'urgenza si sceglie il mezzo.»

«Quindi qui sono venuti sette chirurghi a prendersi i pezzi di Felici e lei non ne ricorda nemmeno uno?»

La donna stava per perdere la pazienza.

«Io non stavo in sala operatoria, ma come glielo devo dire? E anche se ci fossi stata, cosa che non è accaduta, sono passati più di due anni. Dovrebbero essere sul computer e non ci sono, cos'altro le devo dire?»

Flavia annuì, cercando di far pesare tutto il suo disprezzo. Poi si voltò verso la Turriziani e disse:

«PM».

Erano fuori, sulle scale dell'ospedale, ad aspettare gli informatici, che sarebbero arrivati insieme a un pezzo di carta che avrebbe consentito un'indagine esplorativa per violazione del sistema e della privacy, sempre che Orsini fosse riuscito a parlare col giudice. La Turriziani era nervosa, perché lei, nelle poche pause, si fumava sempre una sigaretta, ma con Flavia lì davanti a fissarla, con la disapprovazione in canna, non osava. Non aveva un vero e proprio timore reverenziale, rispettava le gerarchie e riconosceva alla donna delle ottime capacità, ma anche un carattere di merda e dei modi davvero grezzi. Si baloccò un po' con la tentazione di chiedere, e alla fine cedette.

«Ma cos'è che stiamo cercando, ispettò?»

Flavia si strinse nelle spalle.

«Qualcosa.»

L'agente rimase in attesa, sapeva che per far parlare la sua superiore bastava non insistere. E infatti.

«È che c'è... Ci sono cose che non capisco. Quest'uomo, un pezzo di pane, malato, i genitori anziani lo curano, riceve il cuore e di colpo impazzisce. Ma perché?»

«La malattia mentale non ha perché» sottolineò la Turriziani con l'aria di chi la sa lunga. «Io la vedo così: gli amici e i familiari si potevano tenere solo i ricordi buoni di Felici. Ma lui? Era costretto a conviverci sapendo che era un mostro. Insomma, ci sta che sia impazzito.»

«Va bene, e allora come spieghi che ha svuotato il computer, che non ci sono mail, che il cellulare ha cinque chiamate in croce? Perché ha cancellato tutto?»

«È malattia mentale, ispettò. Non c'è un perché» ribadì l'agente.

«E le finestre? I cuori sulle finestre? E la combinazione sulla cassaforte?»

L'altra scosse la testa, ma Flavia non intendeva arrendersi.

«E il documento nella cassaforte? È un fax, Turriziani. Un fax con sopra scritta quella lista che adesso non esiste più. Cos'ha fatto, si è mandato un fax da solo? Con una lista che non poteva avere?»

«Va bene, questo è strano. Però ci possono essere un sacco di spiegazioni, lo sa come vanno le cose negli ospedali, un impiegato appoggia la tazza sulla tastiera e tutta la pagina su cui stava lavorando scompare.»

«Mi prendi per il culo, Turriziani?»

«Conosco persone a cui è successo, un'amica mia è andata in sala parto per un cesareo, le dovevano chiudere le tube e invece, siccome la sua cartella era sparita, ha fatto altri due figli. Per loro sono solo dati, ispettò. Non gliene frega niente a nessuno. E non capisco perché ci si impunta.»

«Perché su quella lista ci sono altri nomi, e non sappiamo nemmeno quanti. Lui dice che è stato il suo cuore a ordinargli di uccidere, e abbiamo deciso che è matto, va bene. Ma se invece non era matto? Se ce lo hanno fatto diventare?»

«Non ho capito.»

«Se qualcuno lo ha tormentato, Turriziani. Se qualcuno ha scoperto che aveva il cuore di Valerio Felici e ha deciso di perseguitarlo, di ossessionarlo al punto di spingerlo a uccidere i suoi genitori?»

«Ma in base a cosa formula un'ipotesi del genere, ispettò?» La Turriziani era sinceramente perplessa.

«Ha detto di avere scoperto da solo chi fosse il suo donatore. E abbiamo appurato che è vero, l'intervista ai genitori l'ha fatta, è stata pubblicata. Ma nove mesi fa qualcuno gli ha mandato una mail nella quale gli chiedeva se sapesse di chi fosse il suo cuore. E dopo sono iniziate le stranezze, i graffiti sulle finestre, il licenziamento dei domestici, il trasferimento dai genitori e il fax.»

«Il fax non lo sappiamo, non c'è data» obiettò la Turriziani, in tono meno risoluto.

«Ma era nella sua cassaforte. Quindi è un fatto che qualcuno sapesse del trapianto, oltre a lui. E torniamo a bomba: che cosa hanno fatto, con questa informazione? Lo hanno tormentato in qualche modo? Perché se è così, allora chi lo ha fatto è responsabile dei suoi delitti quanto lui.»

«Sì, ma a chi interessava fare una cosa del genere?» L'agente era sempre più smarrita.

Flavia rise di lei.

«Felici, il biondino, ha ucciso diciannove persone. Non una o due, diciannove. E otto ancora non si sa chi fossero. Se tu fossi il parente di una di queste persone come ti sentiresti a sapere che non solo non andrà in galera per avere ucciso tuo figlio, o tuo padre, o tuo marito, ma che anche da morto continuerà a vivere dentro qualcun altro?»

La Turriziani si era stretta nelle spalle.

«Sarei incazzata.»

«Esatto. Moltiplica per diciannove.»

«Ma come avrebbero fatto a saperlo? Non lo sapevamo nemmeno noi.»

«L'uomo che si è preso il cuore lo sapeva. Non gli ci è voluto molto, ha fatto due più due, qualche telefonata.»

«Lui era un uomo molto intelligente, abituato a indagare.»

«Non dire "era", che non è morto» si indispettì Flavia.

«Sì, ma non ci sta più con la testa.»

«Forse è vero, ma io dico che lo hanno fatto impazzire. Magari una persona altrettanto intelligente, se non di più. E se lo hanno fatto con lui, e hanno la lista, potrebbero averlo fatto anche con gli altri.»

La Turriziani l'aveva guardata con franchezza. Non era ancora convinta, ma nemmeno così dubbiosa come all'inizio.

«Quindi aspettiamo il PM?»

«Aspettiamo.»

Nel sistema non c'era niente. Al PM non ci era voluto molto, Orsini gli aveva spiegato che che nella cassaforte del giornalista avevano trovato un documento protetto dalla privacy ed era necessario capire come fosse uscito dall'ospedale. Se non si fosse trattato di Valerio Felici ci sarebbero voluti giorni, ma si trattava di Valerio Felici e gli agenti del Servizio Centrale Operativo entrarono dall'ingresso principale meno di due ore dopo. La direttrice, però, aveva ragione, nel computer non c'era niente. Risultava il ricovero del killer due anni prima, il suo decesso e la restituzione del corpo alla famiglia. In mezzo, il nulla.

«Lavorano a compartimenti stagni, il Pronto Soccorso ha registrato tutto, l'obitorio pure e in mezzo hanno fatto casino» avevano concluso gli informatici.

Flavia gli aveva sventolato davanti la copia del fax.

«E questo?»

«Sarà un falso.»

Se l'erano cavata così. Lei e la Turriziani stavano tornando in commissariato, quando l'agente ebbe un'idea.

«Ispettò, ma i riceventi erano tutti in lista d'attesa, no? Con la massima priorità e con un gruppo sanguigno raro. Le liste d'attesa sono nazionali, non credo vengano cancellate.»

Flavia l'aveva guardata con orgoglio. Era brava, si sarebbe fatta strada, proprio come lei, anche se forse non era un augurio tanto desiderabile.

Il mattino dopo chiamò direttamente il ministero per capire con chi dovesse parlare. Aveva ancora il decreto del PM e la richiesta di Orsini, in fondo a loro serviva solo un'informazione su chi fossero le persone in cima alla lista d'attesa il 21 aprile 2021. Ci vollero altre ventiquattro ore perché venisse ricontattata da una persona del centro operativo, gentilissima, che nel frattempo aveva fatto un paio di telefonate per verificare le sue richieste. La lista delle persone di gruppo AB in attesa di trapianto due anni prima arrivò sulla scrivania dell'ispettrice verso sera. I primi erano quattro uomini e due donne. Il piano, a quel punto era di verificare, con la dovuta cautela, l'identità di tutti e accertarsi se qualcuno avesse loro riferito a chi appartenessero gli organi che avevano ricevuto. Le ci sarebbe voluto uno sforzo titanico per convincere Orsini a lasciarla partire per alcune trasferte e farsi dare ulteriori permessi per poter interrogare queste persone in quanto informate sui fatti. Ma era sicura di farcela e sarebbe andata certo così se, una volta sottolineati i nomi di chi avrebbe potuto ricevere reni, polmoni, fegato e tutti gli altri organi compatibili, non avesse controllato la lista dei richiedenti cardiaci.

Il giornalista non c'era.

Non c'era in quella data e non compariva neanche dopo.

Richiamò il centro operativo, chiese di verificare il nome esatto e le risposero che non risultava, né prima né dopo. In lista d'attesa il giornalista non c'era stato mai. Per un attimo prese in esame l'ipotesi che fosse stata una grande messinscena, che l'uomo si fosse inventato tutto, compreso il trapianto, ma poi mise insieme le visite nell'infermeria del carcere, il fascicolo sanitario con la data dell'intervento e la parte alta della cicatrice che aveva visto spuntare dal pigiama il giorno dell'interrogatorio.

Forse è un trapianto illegale, *precedente alla morte di Valerio Felici.*

Forse il suo è solo un transfert.

Ma non ci credeva. Perché la spiegazione era molto più semplice: nessuno aveva dimenticato di registrare la lista di trapiantati, nessuno aveva scordato di mettere il nome del giornalista nella lista d'attesa e non aveva dubbio che se avesse verificato tutti gli altri pazienti con il gruppo AB avrebbe scoperto che forse avevano ricevuto i loro organi, ma da qualcun altro, in un'altra data, se non mai.

Perché tutte le informazioni sugli organi di Valerio Felici erano state cancellate.

Volontariamente.

«Sì che me lo ricordo. Mi ricordo tutto.»

Domenico Arulli aveva poco più di sessant'anni ma ne dimostrava dieci di meno. Era uno dei cardiochirurghi più stimati della capitale, insieme alla sua équipe aveva salvato la vita a tante persone, per la maggior parte danarose. Era stato lui, ventitré mesi prima, a prelevare il cuore di Valerio Felici e a trapiantarlo nel petto del suo amico d'infanzia più caro, giornalista stimatissimo e persona perbene. Per quel che ne sapeva Flavia, era stato anche il primo a chiedere di poterlo incontrare e visitare in carcere, dopo la mattanza avvenuta in casa dei suoi genitori.

«Era una bellissima giornata di sole, quando ci hanno avvisati che c'era un cuore. È sembrato a tutti e due un ottimo segno, di primavera, di rinascita.»

Flavia lo ascoltava cercando di mantenere un'espressione neutra, di circostanza.

«Io ti ci faccio parlare, ma tu devi smettere di fare la stronza!» le aveva sbraitato Orsini quella mattina.

Non gli era andato giù l'atteggiamento che l'ispettrice aveva avuto prima con la direttrice sanitaria e poi con il team informatico, si erano lamentati tutti del suo modo di fare, dei toni provocatori, del sarcasmo.

«Se vuoi che la gente collabori devi farlo tu per prima, già che questa indagine te la stai inventando da sola e io ti do corda solo perché sono troppo buono.»

Quindi Flavia aveva ingoiato il rospo e ora ascoltava paziente il professorone della clinica per ricchi che aveva accolto tra le proprie braccia un futuro macellaio, aspettando che smettesse di raccontarle i risvolti poetici e climatici del trapianto e andasse al sodo. Ma era abbastanza certa che stesse divagando perché non se la sentiva di affrontare l'argomento. Sotto l'abbronzatura artificiale vedeva i segni delle occhiaie per le notti insonni, segno che l'amicizia con l'assassino dovesse essere vera e profonda. Prima che si lanciasse in un altro volo pindarico che gli evitasse di parlare dell'amico, lei si infilò nell'unica pausa disponibile.

«Io non le voglio chiedere di parlarmi di quello che è successo una settimana fa. Né del suo amico, non ce n'è bisogno.»

L'uomo la guardò con occhi acquosi e pieni di gratitudine. Improvvisamente in quel momento dimostrava tutti i suoi anni e anche qualcuno di più.

«Ho bisogno di informazioni sull'espianto degli organi di Valerio Felici e basta. Nessuno si ricorda niente, lei è l'unico che, invece, dice che si ricorda, quindi urrà.» Si ridiede subito un contegno. «Com'è andata? Quanti eravate in sala operatoria?»

«Solo io. Io e la mia équipe.»

Flavia sentì la pressione calare su di lei.

«Ma non avreste dovuto essere, che so, cinque o sei, per prendersi ciascuno un pezzo?»

«Detta così ci fa sembrare degli avvoltoi.»

Perché questo è.

Pure se poi salvate la vita a un altro.

«Ma in realtà le équipe entrano una alla volta, e io ero il primo, per questione di priorità, il cuore va asportato subito.»

Flavia sapeva che non era vero, il cuore non doveva per forza essere il primo, si poteva partire dai polmoni. Ma in quel caso era stato il primo perché era quell'uomo lì a non voler essere secondo. Ma se lo tenne per sé.

«E non ricorda il nome degli altri medici?»

«Non li ho nemmeno incrociati, abbiamo preso ciascuno l'organo che ci serviva e abbiamo proceduto col nostro lavoro.»

Flavia sospirò.

«Non ha idea nemmeno di quanti organi abbiano preso?»

«Questo sì.»

Una buona notizia, la prima da un bel po' di tempo.

«Le condizioni del ragazzo erano ottime, non si era fatto nemmeno un graffio, era caduto e aveva battuto la testa su una superficie molto dura. In teoria era possibile prelevare tutto, anche frammenti di pelle, ossa, cartilagini, ma la famiglia si è opposta. Non so spiegarle perché, sulla carta d'identità c'era scritto "donatore di organi", ma senza ulteriori specifiche. Per questo la loro opposizione è stata accolta e sono stati prelevati solo i reni, il fegato, i polmoni, il pancreas, le cornee e ovviamente il cuore. Del pancreas lo so perché mi hanno avvisato, è un organo delicato, un po' nascosto, e bisogna stare attenti a non lesionarlo accidentalmente. Dalla mia posizione non avrei potuto comunque, ma ne ho tenuto conto.»

Cuore, polmoni, due reni, il fegato, le cornee.

Corrispondono a sei persone.

O sette?

«È possibile che i reni siano stati trapiantati insieme?»

«Molto improbabile, non succede quasi mai.»

«D'accordo. Quindi questi organi potrebbero essere stati portati ovunque?»

«Considerata la lista d'attesa sì. Vede, è buona norma che l'organo abbia la massima compatibilità con il ricevente, quindi anche il gruppo sanguigno deve coincidere. Il fattore RH non è importante, ma il gruppo sì. Consideri che le possibilità che un organo con gruppo diverso venga rigettato sono più alte, per questo gli abbinamenti sono mirati.»

«Certo. Quindi non ha idea della provenienza delle équipe dopo la sua.»

«Onestamente no. Mi dispiace.»

«Va bene.»

Flavia si alzò dalla poltroncina che si trovava davanti alla scrivania del medico. Poltroncina scomodissima, di design, tanto quanto la scrivania era antica e massiccia. Non aveva ottenuto ciò per cui era venuta, quindi non trovò nulla di male nel fare una domanda in più.

«Qual è stata la sua reazione, quando ha saputo di avere trapiantato il cuore di Valerio Felici?» Lo guardò negli occhi. «Perché immagino che lo abbia riconosciuto, dalle fotografie che sono uscite qualche mese dopo sui giornali.»

Si aspettava che negasse, invece il professor Arulli disse subito:

«Sì, certo. Era un ragazzo bellissimo, un organismo davvero perfetto. L'ho osservato qualche secondo, prima di iniziare, anche perché sapevo che lui mi avrebbe chiesto informazioni».

«Lui lui?»

«Lui.»

«E gliele ha chieste?»

«Mi ha tormentato! Un infermiere, forse pensando di dargli una buona notizia, accompagnandolo in sala operatoria gli ha detto che era un ragazzo giovane e sano. E questo lo ha acceso, è un uomo così curioso...»

Con quella frase il medico si era invece spento, assentandosi un attimo per inseguire un ricordo, e dalla sua espressione non sembrava un ricordo allegro.

«E infatti ha scoperto chi era.»

Non si trattava di una domanda, ma l'uomo le rispose lo stesso.

«Oh, sì. Alla prima visita di controllo aveva un sorrisone. Mi ha detto che intendeva festeggiare ogni anniversario del trapianto come un compleanno, che avrebbe fatto tutte le biopsie il 21 aprile, senza deroghe, aghi nel cuore al posto delle candeline. Rideva sotto i baffi e io l'ho capito subito, che aveva scoperto chi fosse il ragazzo. Capisce, all'epoca per tutti era solo un ragazzo. Ma io ho fatto finta di niente.»

«E quando avete saputo chi era in realtà? Ne avete parlato?» lo incalzò Flavia, cercando di non pensare a Orsini.

«Non apertamente, no. Ma io sapevo che lui sapeva e lui sapeva che io sapevo. È venuto da me, un pomeriggio, sembrava un fantasma. Non si era nemmeno preparato una buona scusa, mi ha fatto delle domande sui farmaci antirigetto, ma io lo so che era qui per quello.»

«E lei?»

«Esiste il segreto professionale.»

«Pure con un amico d'infanzia?»

«Pure.»

Se lo faccio, Orsini mi si mangia.

Ma lo fece lo stesso.

«E per un amico d'infanzia lei non avrebbe fatto uno strappo alla regola? Magari dandogli una mano a nascondere il fatto che aveva ricevuto il cuore di un mostro, proprio lui che i mostri li aveva sempre studiati? Perché sa, i dati degli espianti e i nomi dei donatori sono spariti.»

L'uomo la guardò sorpreso, quasi divertito.

«Dovrei offendermi, ma sono lusingato.» Poi le fece cenno con due dita. «Venga qui.»

Flavia passò dietro alla scrivania, mentre il medico digitava sul suo computer.

«Non deve fare mai affidamento sugli archivi del servizio pubblico. Lo dico con assoluta onestà, fanno il loro dovere ma se cerchi nelle cartelle trovi più errori che informazioni. Due anni fa sono andati persi i dati di oltre cento pazienti di nefrologia, lo sa? Semplicemente perché qualcuno aveva sbagliato a digitare. Ma per sua fortuna...»

Voltò verso di lei lo schermo. Ora aveva davanti la cartella clinica del paziente cardiaco di cui avevano parlato sino a quel momento, dal ricovero alla dimissione, compreso il trapianto e la provenienza dell'organo. Il nome di Valerio Felici era scritto tutto maiuscolo.

«Non avrei dovuto mostrargliela, questione di privacy, ma immagino che voi abbiate già il fascicolo sanitario, sul quale però non comparirà il nome del donatore, un'occhiata non danneggerà nessuno. Come vede i dati ci sono. Perché è vero che esiste un sistema nazionale, una banca dati e una lista d'attesa, ma chi registra la richiesta di un organo siamo noi, le singole strutture dei centri trapianto. E noi non ci sbagliamo. Trovi i centri che hanno effettuato i trapianti e troverà gli organi.»

Flavia si sentiva frastornata.

«E come li trovo? Con che criterio?»

«Cara signorina, non tutti fanno tutto. Se va in cerca di un trapianto di reni troverà diverse strutture, ma se cerca un trapianto d'intestino scoprirà che sono molte meno. Se posso darle un consiglio partirei dal pancreas, è un'operazione complessa e ancora abbastanza rara.»

«Grazie» gli rispose, abbassando la testa.

Tornò a prendere la borsa di suo padre e sentì la voce alle sue spalle, meno ferma di prima, chiederle:

«Lui come sta?».

Poteva rispondere mille cose, preferì non mentire.

«Si comporta come se nulla fosse. Magari non lo sa davvero, quello che ha fatto.»

Arulli scosse la testa.

«È un uomo intelligentissimo. Molto più di me. Questa cosa lo aveva...»

«Cosa?»

«Turbato.»

Ma Flavia non era certa che fosse quello il termine che il professore aveva in mente.

«Grazie del suo tempo e delle informazioni. Cercherò di non disturbarla più.»

Aveva già la mano sulla maniglia quando la voce la raggiunse ancora.

«Elicottero.»

«Come?»

Lui si era voltato verso la finestra, immensa, con tutta la capitale ai suoi piedi.

«Una delle équipe è arrivata in elicottero. Quindi doveva andare lontano e molto in fretta.» Abbassò il tono. «Reni, fegato e cornee potevano aspettare. Hanno portato via i polmoni. O il pancreas.»

PANCREATECTOMIA TOTALE

Nessuno aveva ripreso la scena, nessuno impugnava il cellulare o aveva piazzata sul caschetto una GoPro, non in quella discesa. Era stata lei a insistere per andare in montagna, non gliene fregava niente che fosse un inverno caldo, se voleva la neve allora suo padre avrebbe affittato dei cannoni per spararla. Erano venuti tutti i soliti amici, all'inizio aveva pestato i piedi per prendere l'elicottero, ma dopo la tragedia di Kobe Bryant suo padre era diventato uno scaramantico del cazzo e così le era toccato il viaggio in auto dalla Maremma alle Alpi. Era rimasta in chat con gli altri per tutto il tempo, stavano discutendo su dove fare le vacanze insieme, quell'estate, di chi avesse la casa libera o quale potesse essere un posto nuovo dove andare. Lei era stufa marcia di luoghi esotici, basta con Dubai, le Maldive, i Caraibi, sempre gli stessi posti, sempre la stessa gente. Qualcuno aveva tirato in ballo Montego Bay, come se fosse una novità.

«Perché non andiamo in Islanda?» aveva proposto.

«In Islanda d'estate?»

Si era stretta nelle spalle, era l'unica a pensare fuori dagli schemi.

«Ci sono delle fonti termali, o vulcaniche, roba del genere. E lassù il sole picchia forte. Ci si abbronza il doppio in metà tempo.»

Di questo non era sicura, ma tanto nessuno aveva mai il coraggio di darle contro. Simone aveva subito manifestato un entusiasmo eccessivo per la sua idea, come faceva sempre quando sperava di guadagnarsi una scopata. Appena arrivati sulle piste non aveva aspettato nessuno ed era scesa per prima, da sola. Lo faceva sempre, le piaceva lasciarli indietro, far capire che era lei che comandava, che non aveva bisogno di nessuno. Stava meditando in segreto di sparire, il giorno del suo compleanno. Tutti si aspettavano una festa esagerata e cafona, ma lei li avrebbe fregati andando a festeggiare dall'altra parte del mondo, da sola o con tutti gli amici che sarebbe riuscita a comprarsi. Dicevano che in Giappone si facevano feste assurde e che i ragazzi di Tokyo erano davvero pazzi. Quando Romina, Linda, Angelo, Stefano, Eleonora, Miriam, Elia e Simone l'avevano raggiunta, aveva subito proposto un fuori pista.

«No, dai, lì la neve non è bella» avevano protestato.

«Io sono bella abbastanza per tutte e due» aveva risposto.

Avevano accettato solo Simone, Linda e Miriam, erano risaliti in cima e lei aveva fatto appena in tempo a vedere suo padre che beveva con tutta la corte, sdraiati a spina di pesce come in spiaggia. Schifata gli aveva voltato le spalle ed era ripartita. Si era fatta un video nel punto più dolce della pendenza, poi, dopo il primo dosso aveva sterzato a destra. I suoi ricordi si interrompevano sostanzialmente qui. Le avrebbero raccontato che aveva iniziato ad andare davvero veloce e che vicino agli alberi la neve si era compattata in blocchi. Dicevano che ne aveva sfiorato uno e che per questo era caduta. Era ruzzolata tre o quattro volte e tutti avevano temuto una cosa sola: che potesse prendere un albero. Invece si era fermata, dicevano. E quando l'avevano raggiunta era cosciente, dicevano. Perché urlava, continuava a urlare e urlare e cercare di strapparsi di dosso la tuta, spingendoli via quando si avvicinavano, con una forza che non credevano potesse avere, lei, così piccina, nemmeno cinquanta chili. Poi aveva perso i sensi, dicevano. E quando era arrivato il medico dei soccorsi suo padre non aveva pensato più a Kobe Bryant e aveva chiamato l'elicottero.

In realtà l'incidente in sé non era stato grave. Si era rotta la caviglia destra rotolando con lo sci, e due costole nel primo impatto col terreno, per il resto solo un bel po' di ecchimosi e qualche ustione sulla pelle, nei punti dove aveva strisciato. Il problema era stato un altro. Che i valori fossero sballati se ne erano accorti subito, al suo arrivo in ospedale, e avevano temuto un'emorragia interna. Avevano optato per una laparotomia esplorativa d'urgenza e lì avevano visto che una delle due ultime costole fluttuanti a destra, spezzandosi, aveva trapassato il pancreas. Il successivo rotolamento lo aveva strappato irrimediabilmente. Quando suo padre aveva quasi aggredito il medico perché non credeva gli dicesse la verità, si era sentito rispondere:

«C'era l'aorta, a qualche millimetro di distanza. Sua figlia è stata fortunatissima».

Ma il pancreas era andato, bisognava toglierlo.

«Si vive senza pancreas?» aveva chiesto il padre.

«Ma certo che si vive» aveva risposto il medico, a cui premeva di salvare la ragazza.

E così le avevano tolto tutto. Mentre lei ancora dormiva, avevano spiegato all'unico genitore presente a cosa diavolo servisse quell'oscuro organo che, evidentemente, doveva avere anche lui. Avevano detto "insulina", e poi "enzimi", avevano parlato di terapie da portare avanti tutta la vita.

«Ma quindi non sarà più normale?»

«Potrà avere una vita normale, se starà attenta.»

Quando si era svegliata, dodici ore dopo, era attaccata a mille macchine e non ricordava un cazzo. Le certezze erano arrivate attraverso le labbra di suo padre che le parlavano tra due sbarre del letto, mentre tentava ostinatamente di tenerle la mano. Le aveva promesso che, superato il periodo di osservazione, avrebbe chiesto di trasportarla subito in una clinica svizzera a cui tutti i membri della famiglia si ri-

volgevano in caso di bisogno. Ma lei voleva capire cos'è che stessero osservando.

«I medici dicono che bisogna vedere come reagisce il tuo corpo. Dicono che possono somministrarti loro le cose di cui hai bisogno, ma che potrebbe non bastare.»

«E se non basta?»

«Se non basta ti fanno un trapianto.»

«Col cazzo!»

Aveva cercato di alzarsi e un dolore disumano l'aveva azzannata alla schiena. Erano arrivate due infermiere, avevano cacciato suo padre e poco tempo dopo il mondo era svaporato via. Nei giorni seguenti si erano presentati tutti, la famiglia, gli amici, le avevano detto che pure sua madre stava per raggiungerla dal Sudamerica.

«Che si risparmi il viaggio» aveva sibilato.

Tutti si erano finti allegri, il che voleva dire che non andava bene. Le somministravano insulina ed enzimi digestivi, le avevano infilato una cannuccia nel naso per la cosiddetta alimentazione enterale, ma lei perdeva peso a vista d'occhio.

«Non ha il fisico abbastanza forte per sostenere questo stress» avevano detto i medici.

«È più forte di me e voi tutti assieme!» aveva sbraitato suo padre.

Ma i medici avevano ragione, lei non stava reagendo perché di vivere così non gliene fregava un cazzo. Non voleva stare inchiodata in un letto con un tubo nel naso, non voleva farsi mille punture al giorno e prendere per tutta la vita qualcosa che l'aiutasse a digerire o a cagare o chissà che altro. Si era fatta il culo per avere il corpo che aveva, mesi di diete, massaggi, palestra. Era sempre stato il suo unico obiettivo: essere perfetta. E ora si era ritrovata la pancia deturpata da una cicatrice, il colorito giallastro e nessuna possibilità di tornare com'era. Se non poteva essere perfetta allora non voleva essere e basta. Suo padre l'aveva supplicata, Simone e Miriam avevano pianto, sua madre stava anco-

ra cercando di prendere il biglietto aereo. Da un giorno all'altro si erano presentati due tizi con una barella, ce l'avevano caricata su e l'avevano portata sull'ennesimo elicottero, perché finalmente il magnate del lardo di Colonnata e della porchetta di Maremma aveva ottenuto l'autorizzazione a farla trasferire.

«Dai che ci schiantiamo» aveva detto lei, sorvolando le Alpi.

In Svizzera le cose non erano cambiate, posto più bello, medico più ingessato ma i suoi valori erano rimasti una merda. La madre era finalmente arrivata ed era rimasta rinchiusa in una stanza a piangere per mezz'ora, prima di trovare la forza di venire a parlarle. Lei non l'aveva comunque ascoltata. Quando si erano riuniti tutti intorno al suo letto, si era preparata alla guerra.

«Cara, non ci sono alternative, hai bisogno di un pancreas nuovo.»

«No.»

«Tesoro, i farmaci non funzionano, i dottori dicono che il trauma è stato troppo forte» aveva insistito suo padre, e lei era rimasta muta.

«Te lo daremmo noi, se potessimo» aveva detto sua madre, e lei aveva riso.

«Ma perché?» avevano chiesto tutti.

Perché lei non lo voleva, il pezzo di un'altra persona nel suo corpo. Le aveva viste, le trasmissioni sul satellite con i trapianti, e le facevano orrore. Tutte quelle cose schifose, il pus, le cicatrici, merda, le cicatrici! Aveva un paio di amiche che si vantavano delle loro cicatrici, brutte teste di cazzo. L'avevano già massacrata abbastanza, non si sarebbe fatta aprire come una scatoletta di tonno, non si sarebbe tenuta uno sfregio ancor più grosso sulla schiena e non avrebbe accolto un organo alieno dentro di sé. Il corpo era suo! Si era messa ad aspettare: quanto le ci sarebbe voluto, per morire? Giorni? Settimane? Non gliene fregava niente. I dottori avevano continuato con analisi e prelievi e lei li lasciava fare senza degnarli di uno sguardo. L'unica cosa che non sopportava era che sua madre avrebbe assistito alla sua morte, anche se non veniva a trovarla praticamente mai. Poi un pomeriggio il padre era entrato, si era seduto ed era scoppiato in lacrime.

«Sei la cosa più importante della mia vita» le aveva detto, e lei lo aveva trovato patetico e imbarazzante. «Ricordati sempre che ti amo.»

Era rimasta perplessa. Si aspettava che impugnasse un cuscino e la soffocasse. Invece erano entrati degli infermieri, avevano preso il suo letto e lo avevano portato fuori. Allora aveva capito.

«NON POTETE! IO NON VOGLIO, NON POTETE, CAZZO!»

Ma il primario, lui e quella scopa che aveva nel culo, si era messo a camminare accanto al letto.

«Sei minorenne, cara.»

«COMPIO DICIOTTO ANNI TRA UN MESE, STRONZO!»

«Ma noi abbiamo trovato oggi il pancreas perfetto per te.»

E lei aveva lottato, aveva lottato con tutti, si era strappata le flebo, aveva cercato di buttarsi giù dal letto, ma loro erano tanti e lei solo una ragazza che pesava ormai quaranta chili. L'operazione era durata sette ore. L'avevano trasferita in rianimazione, bendata come una mummia. E tre giorni dopo l'intervento, finalmente, avevano avuto il coraggio di svegliarla.

Con un caso grave come il suo era necessario giocare il più possibile sul sicuro, trovare un donatore compatibile al 100%. Era arrivata la notizia che a Roma c'era una morte cerebrale, un ragazzo che aveva scelto di donare gli organi. Aveva il suo stesso gruppo sanguigno, AB, e questo rendeva le possibilità di rigetto molto più contenute. Inoltre era giovane. Il primario svizzero era volato a Roma per verificare lo stato dell'organo e l'aveva trovato perfetto per lei. Il Pancreas aveva pensato a cosa potesse significare "perfetto" nel cervello di merda di quel bastardo, ma il più delle volte il prurito le toglieva ogni possibilità di ragionare. Era come avere frotte di insetti in marcia perenne, un bisbiglio continuo che le sussurrava: «Sono qui, sentimi, sono qui». Aveva il divieto persino di sfiorarla, la cicatrice, solo gli altri potevano farlo, solo loro potevano pulirla, disinfettarla, mettere e togliere le medicazioni, lei doveva tenere le mani a posto e starsene buona. Non avrebbe voluto rischiare un rigetto, giusto? E invece sì, era esattamente ciò che voleva. Se avesse potuto scegliere, col senno di poi, avrebbe pescato la carta dell'albero, prendere velocità sugli sci, uscire di pista e ciao. Ma in alternativa ora avrebbe accettato anche la carta dei farmaci, una vita distorta, piena di aghi, da porcospino al contrario. Forse l'avrebbe sopportato o più plausibilmente sarebbe sparita dalla scena e si sarebbe rinchiusa in un monastero a impazzire. Invece le era capitata la terza carta, pescata dal mazzo direttamente dalle mani di suo padre: il trapianto. E ora aveva dentro il pezzo di un uomo morto, un parassita che non avrebbe accettato mai. Aveva gridato a suo padre che avrebbe dovuto chiedere il suo permesso, rispettare la sua volontà, ma lui le aveva risposto che perderla avrebbe significato morire anche lui.

«MAGARI, CAZZO, MAGARI!» gli aveva urlato.

Sua madre era fuggita, tornando all'altra parte del mondo, lasciandolo a gestire la sua furia, il rifiuto a prendere i farmaci per evitare il rigetto, l'obbligo di autorizzare la sedazione per la maggior parte del tempo, visto che lei contrastava in ogni modo l'obbligo di rimanere immobile. Nei pochi sprazzi di lucidità aveva pregato un Dio in cui non credeva affinché il trapianto andasse male, invocando il rigetto. Invece aveva attecchito e le avevano comunicato la bella notizia il giorno del suo diciottesimo compleanno. Era tornata a casa molto tempo dopo le aspettative, l'avevano trattenuta anche per valutare le conseguenze psichiche dello shock subito. Loro, ovviamente, si stavano riferendo al trauma fisico, ma trauma non era stato, il trauma è una di quel-

le cose che capitano, nella vita, lo metti in conto. Ma quello schifo no, quello era insopportabile. Gli psicologi con cui aveva parlato le avevano diagnosticato una "sindrome da rifiuto dell'organo", molto frequente nei trapiantati. Le avevano dato degli inibitori della ricaptazione della serotonina e l'indirizzo di uno specialista che l'avrebbe seguita dopo le dimissioni. Lei era tornata a casa col padre, seguita passo passo, c'era sempre un familiare o un amico con lei, per non parlare del personale medico e infermieristico. Ci erano voluti trenta giorni perché fosse possibile levarle i punti e venisse decretato il successo del trapianto. Lei aveva letto la felicità negli occhi di tutti, solo Simone aveva mostrato un po' di preoccupazione, e dire che lo aveva considerato sempre un'adorabile testa di cazzo.

Lo psicologo aveva proposto di iniziare ad abbassarle il dosaggio dei farmaci e dopo appena due settimane lei aveva tentato il suicidio. Un tentativo goffo e pianificato male, considerato che era ancora sotto stretta sorveglianza, l'avevano fatta vomitare e l'avevano portata al Pronto Soccorso. Era rimasta in Psichiatria qualche giorno, con la diagnosi di stress post-traumatico, avevano detto che era sbagliato tenerla in casa, doveva uscire, riprendere a fare la vita di prima, ma dall'incidente erano trascorsi due mesi ed era esplosa l'estate. L'anno precedente era più la pelle che mostrava di quella che copriva, ma al di là del fatto che la cicatrice non poteva essere esposta al sole, lei rifiutava di togliersi le maglie di dosso. In casa c'era una temperatura polare, tutti avevano il raffreddore perché lei voleva solo maniche lunghe. Suo padre temeva che sudasse troppo e che la cicatrice potesse infiammarsi, così tutti erano costretti a vivere in un perenne inverno. Se gli avesse parlato ancora, lo avrebbe spiegato, a suo padre, che la cicatrice non poteva infiammarsi più di così, che non le servivano a un cazzo le lozioni o i massaggi, che le prudeva mortalmente dal primo giorno ed era una cosa insopportabile che la teneva sveglia la notte. Anche quando la bombardavano di sonniferi tutto di lei dormiva, tranne la cicatrice. Ma con suo padre non ci parlava, come non parlava con gli psichiatri o con i suoi amici di merda che adesso, oh oh, tiravano fuori l'idea dell'Islanda, dai, andiamoci tutti insieme, là fa freddo, non dovrai spogliarti. Come se fosse quello il problema. Come se non avvertisse una perenne ombra alle spalle che la faceva voltare senza poterla vedere mai. Perché nessun'ombra incombeva su di lei, l'ombra era dentro di lei.

Non era andata in Islanda. Aveva cercato di uccidersi una seconda volta, e poi una terza. Ora aveva due nuove graziose cicatrici sui polsi e un livido intorno al collo che stava sbiadendo. C'era stato un altro ricovero, stavolta di nuovo in Svizzera, e lì aveva parlato con un'infinità di sacchi di merda con gli occhiali che avrebbero dovuto curarla. Non che ricordasse granché dei loro colloqui, era quasi sempre imbottita di farmaci. Aveva nitida la memoria di un'unica seduta con una dottoressa dal forte accento tedesco che l'aveva messa davanti a uno specchio. Lei si era guardata attraverso quel poco di coscienza emersa, considerando in maniera molto blanda che somigliava un po' a Margot Robbie zombie. Mentre era immersa in queste riflessioni, la dottoressa le aveva tolto di dosso il camice, lasciandola nuda. Non le aveva fatto né caldo né freddo, poi però aveva capito le sue intenzioni, quando aveva iniziato ad abbassare lo specchio, puntandolo sulla cicatrice. Bene bene come fosse andata lei non avrebbe saputo dirlo, ma quando l'avevano trascinata via c'era uno specchio rotto in quello studio e alla dottoressa sarebbero serviti dei punti di sutura.

Ci era rimasta a lungo, in clinica, un rosario di giorni tutti uguali, di visite rifiutate perché non voleva vedere suo padre, non voleva vedere i suoi amici e nemmeno Simone. Ma aveva preso i farmaci e aveva fatto la brava. In fondo i piani migliori sono quelli a lungo termine, avrebbe atteso che le acque si calmassero, che gli altri abbassassero la guardia e poi avrebbe preso la via di una finestra. Semplice e definitivo. Aveva chiesto di andare nella casa di campagna, in Maremma, un posto tranquillo, piano terra e primo piano, nessun pericolo. Naturalmente non l'avevano lasciata sola, con lei c'erano due domestici che, se conosceva suo padre, erano anche stati addestrati a sfondare porte e immobilizzare la gente. Se fosse riuscita a convincere loro che si era rassegnata sarebbe andata bene. Così aveva recitato la sua parte, aveva mangiato, si era goduta il caldo della seconda estate insieme al parassita, aveva guardato la tv e aveva iniziato a sistemare la sua vita, a chiamare gli amici, rispondere ai messaggi, evadere la montagna di mail che le aveva intasato la casella di posta. Raramente leggeva, copiaincollava la stessa risposta per tutti, due righe di cauto ottimismo, una battuta, una faccina. Fino a quando, aprendo una mail, non aveva trovato niente. Aveva alzato gli occhi sul mittente: sconosciuto. E poi aveva letto l'oggetto:

"SAI DI CHI ERA IL TUO PANCREAS?".

Era rimasta immobile a leggere e rileggere quella frase. Era un'accusa. Di più, era una rivendicazione. Qualcuno la stava accusando di essersi appropriata di qualcosa che non le apparteneva, ed ERA ESATTAMENTE COSÌ. *Venne invasa da un'onda di felicità, assoluta e totale. Qualcuno voleva strapparle quell'abominio che aveva dentro. Qualcuno voleva, finalmente, salvarla.*

AFASIA

«Allora, abbiamo davanti due strade da percorrere, siamo in cinque e ce le divideremo. Nella prima dobbiamo verificare tutto quello che ci ha detto il nostro esperto di mostri, che poi mostro ci è diventato pure lui. La data di ricovero, quella di dimissione, la richiesta di informazioni ai colleghi per trovare il donatore, l'incontro con i genitori di Felici, ogni singola cosa che ha raccontato.»

«Perché?»

Apuano aveva interrotto Flavia all'inizio della sua arringa, facendole perdere il filo e venire il nervoso.

«Perché dobbiamo capire cosa c'è di vero, se vogliamo scoprire su cosa mente.»

«Sempre per la cosa del fax?» insistette lui.

«Sempre per la cosa del fax, Apuano, vuoi litigare? Abbiamo i permessi per quello e quindi la nostra ragione ufficiale è quella.»

«E la ragione vera?»

«La ragione vera è che qualcuno ha cancellato tutti i dati che riguardano gli organi di un serial killer e io voglio sapere chi è e perché lo ha fatto. Non ti sta bene?»

Apuano aveva sollevato il mento, come a dire che accettava ma non condivideva.

«La seconda strada è che dobbiamo trovare gli altri trapiantati.» Prima che il tenente ci riprovasse, aggiunse subito: «Perché sono convinta che qualcuno abbia preso di mira quello che ha ricevuto il cuore, ed è plausibile pensare che se la sia presa anche con loro. Ovviamente c'è uno svantaggio, lui ha una lista completa, noi no, a noi è toccato solo un pezzo».

«Ma lui chi?» chiese a mezza voce Miré.

«Ecco, Miré, mentre te lo chiedi fai la verifica sui voli in elicottero avvenuti il 21 aprile di due anni fa. Un organo è partito da Roma in elicottero, i piani di volo non si possono cancellare e quelli relativi ai trasporti ospedalieri sono anche più facili da rintracciare. Vai.»

L'agente scelto uscì scuotendo la testa.

«Apuano, visto che sei scettico, occupati delle comunicazioni. Computer vuoto, telefono vuoto, sappiamo che non è possibile. Aveva altri apparecchi che usava? Aveva un ufficio nella redazione del quotidiano con cui collaborava? Lo so che ormai lavorano quasi tutti a casa, ma è un uomo vecchia scuola, io dico che prima di ammalarsi aveva un suo posticino, e forse glielo hanno tenuto da parte. Verifica anche se non avesse acquistato altre schede o fatto contratti internet o chissà che.»

«E facciamo anche questa» aveva masticato amaro il tenente, uscendo.

«Iacoangeli, tu torni in ospedale e cerchi una stampante.»

L'agente l'aveva guardata incredulo.

«Ma come, una stampante?»

«Una stampante ad aghi, vecchia, con il rotolo di carta continua. Fatti aprire i magazzini, parla con le infermiere, sii carino, sei un poliziotto giovane, giocati il fascino della divisa. Te lo dico io: quella stampante c'è, ha stampato la lista e io voglio sapere dove si trova.»

Iacoangeli non era convinto, ma si portò la mano alla fronte e uscì.

«Sì, ma porello» commentò la Turriziani.

«Eh, ho capito» allargò le braccia Flavia. «Ma non so quanto tempo mi lascerà ancora Orsini prima di mettermi sul primo caso stupido che pescherà dal cappello. Devo ottenere tutte le informazioni che posso e meno Iacoangeli mi sta tra i piedi, meglio è.»

«Io che faccio?»

«Tu parli con i giornalisti. Lui ha detto di avere chiesto a diversi colleghi, per sapere che incidenti ci fossero stati quel giorno, a Roma e dintorni. Cerca di capire se è vero, e se, una volta saputo il nome, ha chiesto anche altre informazioni su di lui.»

«Quindi gli crede.»

«No» rispose Flavia, un po' troppo precipitosamente. «Non a tutto. Ma per dire una buona bugia hai bisogno di alcune verità.»

«Va bene.» La Turriziani si preparò a uscire. «E lei che farà, ispettò?»

Flavia ebbe un attimo di esitazione, perché della Turriziani si fidava, sì, ma non come si fidava di se stessa. Non era vero che le strade da percorrere fossero due. Perché la prima conduceva al cuore di Valerio Felici e la seconda conduceva a tutti gli altri organi di Valerio Felici. Quindi potevano girare intorno alla cosa finché volevano, ma alla fine se c'era una risposta, andava cercata nel caso del serial killer in mano alla Omicidi. E lei lo avrebbe fatto, con o senza l'avallo di Orsini. Ci sarebbe voluto tempo per spiegarglielo e adesso non era il momento. Decise di dirle la verità, o almeno una parte.

«Io andrò a parlare con i genitori di Valerio Felici.»

L'agente la guardò con una punta di invidia e lei si strinse nelle spalle.

«Voglio sapere cosa gli ha chiesto e cosa gli hanno raccontato, quando è andato da loro.»

Sul campanello della casetta bianca di Vitinia c'era scritto *Arditi*.

«È il mio cognome da ragazza» spiegò la donna. «Il nostro è meglio se non lo usiamo.»

Flavia si accomodò nel salotto di Stefano e Daniela Felici, all'anagrafe sessantaquattro e sessant'anni, nella realtà pluricentenari, i visi disfatti da ventitré mesi di orrore.

«Vi ruberò cinque minuti» gli assicurò, e loro annuirono automaticamente, dando per scontato che invece la visita di quell'ennesima poliziotta avrebbe richiesto molto più tempo.

«Non sono qui per parlare di vostro figlio» mise le mani avanti.

Di nuovo fecero di sì, di nuovo era evidente che non le credessero. Flavia tirò fuori dalla borsa di suo padre il ritaglio di un articolo e glielo allungò.

«Riconoscete questo articolo?»

La signora Felici annuì. Poi le si rischiarò il viso, per un attimo.

«Oh, si tratta di questo? Di quando abbiamo rilasciato l'intervista?»

Non aggiunse altro, tutto il resto poteva rimanere sottinteso, a chi l'avessero rilasciata e perché fosse importante solo ora. Ma all'ispettrice non sfuggì il sollievo nella sua voce. Doveva essere bello poter parlare di un altro assassino, per una volta.

«Ho bisogno di avere qualche conferma» sorrise Flavia.

«Ma certo» annuì la donna.

Solo allora si rese conto che Stefano Felici non aveva mai parlato, sebbene seguisse la conversazione e la guardasse in faccia. Osservò alternativamente lui e la moglie, fino a quando lei non si risolse a dire:

«Mio marito non parla più molto».

Non gli sono rimaste parole da dire, pover'uomo.

Si riprese l'articolo e chiese compitamente come li avesse contattati il giornalista, in che modo avessero preso appuntamento, dove fosse stata fatta l'intervista e quanto fosse durata. La signora Daniela fu molto precisa, rispolverare quel ricordo sembrava essere piacevole, per lei. Si erano trovati nel loro appartamento di Roma, per seguire le norme Covid avevano chiacchierato a distanza sul terrazzo, in una bella giornata di sole. Flavia era molto dispiaciuta di doverle sciupare il ricordo.

«So che vi ha chiesto dettagli personali di vostro figlio e che voi glieli avete dati. Che era stonato, che era allergico alle fragole, che starnutiva alla luce, che gli piaceva il giallo...»

«Sì. Era una cosa diversa, per noi. Sa come sono le persone, davanti al lutto non sanno che dire. Invece lui faceva tante domande, come se nostro figlio fosse stato ancora vivo. Era facile parlarne, gli abbiamo raccontato anche dettagli dolorosi, come l'assurdità di dovergli comprare un vestito nuovo per seppellirlo o la trafila burocratica per farci restituire le sue cose dall'ospedale. L'unico oggetto che non abbiamo voluto avere indietro è il monopattino. Quello no. Perché senza quel monopattino noi avremmo ancora il nostro Valerio.»

L'ultima frase le era costata un notevole sforzo. Ma Flavia non poteva fare un passo indietro, anche perché quel dettaglio le sembrava importante.

«E chi lo ha preso, il monopattino?»

«Lo abbiamo lasciato lì, in ospedale. Abbiamo detto di regalarlo.»

Peccato.

L'ispettrice si mordicchiò le labbra.

«Perciò voi non vi siete chiesti il perché di tutte quelle domande?»

Quel poco di buonumore sparì dal viso della madre.

«L'incontro è avvenuto prima di... prima» commentò secca.

«Lo so. È per questo che vi sto chiedendo se tutte quelle domande non vi siano sembrate strane.»

I due si scambiarono un'occhiata fugace, poi lei si strinse nelle spalle.

«Era un giornalista, ha parlato di un'inchiesta ed era

gentile. Noi lo seguivamo sempre in tv, era uno di famiglia.»

L'ispettrice li valutò ancora qualche secondo. Erano troppo tranquilli per fingere.

«Quindi non ve l'ha detto?»

Silenzio. Non fecero domande o gesti, rimasero in attesa come erano rimasti sempre in attesa dopo aver trovato la patente di uno sconosciuto a casa del loro unico figlio.

«Non vi ha detto di avere subito un trapianto e di aver ricevuto il cuore di Valerio?»

A quelle parole il padre chiuse gli occhi. La madre rimase immobile per qualche secondo ancora, poi disse

«No»

così piano che non sembrava nemmeno aver mosso le labbra. Flavia diede loro un po' di tempo, poi pensò che fosse inutile tirarla per le lunghe.

«Ha scoperto che si trattava di lui praticamente subito, ha talmente tanti contatti, tra giornalisti e polizia, che ci ha messo giusto qualche giorno. E poi dice che ha sentito il bisogno di conoscere vostro figlio, attraverso quello che era rimasto, internet, i social, ma non gli bastava. Quindi si è inventato l'articolo ed è venuto qui perché doveva sapere chi fosse il ragazzo a cui doveva la vita.»

Il padre si prese il viso tra le mani e dopo un po' la madre concluse:

«Ho capito».

Non aveva minimamente cambiato espressione, come se avessero già avuto milioni di volte quella stessa conversazione. Flavia avrebbe voluto chiedere loro se ci fosse stato qualcosa di particolare che era successo durante quella visita di due anni prima, ma era inutile. Troppo tempo passato, troppo traumatizzati loro all'epoca, troppo anche adesso. Si alzò, aspettandosi che i due facessero lo stesso, invece rimasero nella stessa identica posizione. Si sentì in dovere di rassicurarli.

«La notizia del trapianto rimarrà riservata, non abbiamo bisogno di altro rumore su questa storia. Su nessuna delle due storie. Ma lui ci ha raccontato di questo incontro e dovevamo verificare.»

«Certo.»

«Quindi vi chiedo discrezione.»

La donna aveva alzato su di lei due occhi privi di espressione.

«E a chi dovremmo dirlo?»

Ma ancora non si alzava, e nemmeno il marito accennava un movimento. L'ispettrice stava pensando di accomiatarsi dicendo che avrebbe trovato la strada da sola, quando improvvisamente la madre ruppe il silenzio:

«Sa quante volte abbiamo dovuto cambiare casa? Tre».

Si guardò intorno.

«Nella casa di Roma non potevamo più stare. Non solo per la gente, per il campanello e il telefono che suonavano giorno e notte o per le cose che abbiamo trovato scritte sul muro fuori dal portone, ma perché non riuscivamo a guardarci intorno. Lui è cresciuto là, Valerio. In ogni angolo c'erano dei ricordi, e nei primi due mesi, i mesi del lutto, era una cosa sopportabile. Anche se doloroso, erano ricordi belli. Dopo no. Dopo è stato come avere i ricordi di un altro. Avevamo un divano, laggiù, rosso, un po' vecchio, sbiadito, e c'era il cuscino centrale che era sempre stato quello preferito da Valerio. Noi ci siedevamo ai lati, ma quando lui ci mancava uno di noi si metteva in mezzo, e...»

Si era zittita, forse appesa a un ricordo o a un ragionamento troppo difficili da verbalizzare. Il marito restava immobile, una statua.

«Hanno cercato di scoprire quale fosse stata la nostra colpa» riprese. «Se fossimo troppo religiosi oppure atei. Se gli avessimo impedito di avere un animale domestico, se ci fossimo intromessi nel rapporto con gli amici o la fidanzata. Se avessimo posizioni medievali sulle scelte di vita dei figli, se lo avessimo costretto a fare qualcosa o minacciato perché smettesse di farlo. E sa una cosa? Ce lo siamo chiesti anche noi. Ci siamo chiesti dove abbiamo sbagliato e quali segnali non abbiamo saputo vedere. Siamo ancora qui a chiedercelo, perché non lo sappiamo.»

«Non è sempre colpa dei genitori. Sarebbe troppo facile» tentò di rassicurarla Flavia.

«Nostro figlio non era un mostro. Non quello che abbiamo allevato noi, non quello a cui ho cucinato tutti i pasti fino ai vent'anni. Quell'altro di cui parlano i giornali, quello sì, era un mostro. Ma noi non lo abbiamo mai conosciuto.»

L'ispettrice annuì, poi guardò dalla finestra la campagna che si stendeva a perdifiato.

«Qui vi lasciano in pace?» chiese.

«È un paese piccolo» rispose la donna.

In quel momento il marito abbassò finalmente le mani dal viso e parlò una volta sola, con voce gracchiante, arrugginita.

«È il cuore di Valerio che gli ha fatto male, a quel signore?»

Flavia rimase spiazzata, nella sua mente comparve subito una parola

gauna

ma la scacciò via scuotendo la testa.

«Succede alle persone che ricevono il trapianto. Impazziscono, ma è normale.»

Stava mentendo. E lo sapeva.

«E gli altri?» chiese precipitosamente la madre. «Quelli che hanno ricevuto...» non finì la frase.

«Stanno bene.»

Ecco cosa sono diventata, una bugiarda.

Raccolse la borsa e aprì la bocca per dire che avrebbe trovato la strada da sola. Ma invece disse:

«Potete dirlo anche a me?».

«Cosa?»

«L'elenco delle particolarità di vostro figlio.»

Niente monopattino.

Mentre tornava in macchina sul Grande Raccordo Anulare, Flavia non riusciva a liberarsi di quel pensiero. Valerio Felici era un sadico pazzo, però era anche meticoloso e organizzato. Programmava tutto e non si era mai fatto beccare. La sola volta in cui le cose non erano andate come voleva lui, era stato quando era morto. Quel giorno lui aveva perso il controllo non solo del suo monopattino, ma della sua vita. E chissà, magari quell'interruzione definitiva della sua routine poteva avere lasciato un indizio scoperto.

Quelli della Omicidi hanno indagato per due anni.

E chi gli diceva niente, a quelli della Omicidi? Intanto non avevano scoperto la cosa dei trapianti, o se l'avevano scoperta non l'avevano considerata abbastanza importante, perché non le risultava che qualcuno di loro fosse andato a parlare col giornalista.

Sì, ma a chiedere che?

Se si sentiva il cuore assassino? Essù.

Però avevano avuto talmente tanta roba a cui pensare, che forse il ruolo del monopattino gli era sfuggito. Certo, due anni prima i monopattini elettrici erano meno diffusi, ma c'erano già quelli a noleggio, o almeno, c'erano a Torino. E sui monopattini a noleggio montavano il GPS, alcuni pure una telecamera, così non potevi rubarli. Ma un privato difficilmente li aveva.

Lo usava per andare a uccidere.

Mica era scemo.

Sì, però era anche il suo mezzo di trasporto, no? I genitori dicevano che non aveva più la macchina e che aveva venduto il suo scooter, anche se i colleghi per anni avevano cercato il veicolo con cui, evidentemente, aveva trasportato i pezzi dei corpi dal luogo del delitto sino a casa. Quindi, sarebbe stato saggio poter tracciare il monopattino, nel caso glielo avessero rubato. E se avesse potuto mettere le mani su quell'ipotetico GPS poi sarebbe stato possibile risalire ai suoi ultimi movimenti, magari anche a scoprire dove si trovavano i restanti cadaveri.

E certo, arrivo io.

Perché i colleghi della Omicidi non ci hanno pensato.

Certo che ci avevano pensato. Però se il monopattino era stato abbandonato in ospedale magari non lo avevano rintracciato. Naturalmente due anni prima non esisteva nemmeno una normativa, i monopattini non avevano targa, nemmeno sapeva se avessero un numero di serie, e anche se ce l'avesse avuto come lo trovava?

A sapere il modello, magari.

Quello avrebbe potuto chiederlo senza dover passare attraverso Orsini, bastava recuperare dai vigili urbani la documentazione dell'incidente. Di sicuro avevano fatto delle foto, non tanto a Felici, che era stato portato via in ambulanza, quanto al luogo dove era caduto in via dei Funari, allo sbocco su piazza Lovatelli. Era prassi, le foto bisognava farle, nel caso fosse saltato fuori un contenzioso. E lì il monopattino si sarebbe visto.

Va bene, ma poi?

Come lo rintraccio?

Una cosa alla volta. Raggiunse il comando di polizia locale di via della Consolazione, erano stati loro ad accorrere per primi sul luogo dell'incidente di Felici. Ora, non che Flavia avesse qualcosa di specifico contro i vigili, ma da cittadina romana non le piacevano per principio. Quindi il suo ingresso fu particolarmente brusco, pose le sue richieste in maniera sgraziata e fece volare inutili minacce ai danni di una vigilessa che le aveva chiesto di che indagine si stesse occupando. Il comandante fece un paio di telefonate, una delle quali doveva essere diretta a Orsini, le cui maledizioni sarebbero prima o poi piovute sulla sua testa. Ma dopo circa un'ora la dovettero guardare mentre usciva trionfante con un faldone sottobraccio. Non era nemmeno ripartita, si era messa a scartabellare lì, direttamente nel parcheggio. Le foto c'erano, meno di quante non sperasse. Non badò al sangue, ne aveva visto a sufficienza da non impressionarsi più, e cercò di leggere la marca del monopattino. Era lì a terra, tutto grigio, in mezzo a monete, carte, portafogli, chiavi e perfino un telefono, tutta roba che era uscita dalla sacca del serial killer durante il volo.

E ancora che non gli hanno rubato niente.

La marca non si leggeva. Era solo un pezzaccio di ferro con le ruote e senza marca. Poi le venne in mente di guardare sul verbale, ed effettivamente lì c'era scritto: Xiaomi M365 PRO. Scoperto il modello andò su internet in cerca di informazioni, ma c'erano solo video che spiegavano quanto fosse comodo e leggero e che la batteria durava il doppio del modello precedente. Ma aveva una porta USB.

A una porta USB gliel'attacchi, un GPS.

Però non era sicura. Si tormentò le labbra, di nuovo. A chi avrebbe potuto chiederlo? Ai genitori no, non avrebbe avuto la faccia di tornarci, e poi loro odiavano il monopattino che gli aveva portato via il figlio assassino. All'ospedale nemmeno, pensò alla faccia della direttrice sanitaria, non si ricordava di un espianto, figuriamoci un monopattino. In effetti aveva una sola possibilità, che avrebbe significato uscire decisamente dai limiti incerti della sua indagine e sconfinare in quella della Omicidi.

Orsini si incazzerà.

Se lo viene a sapere.

E non c'era ragione per cui dovesse succedere.

Lavinia Cortese ora portava i capelli cortissimi. In tutte le fotografie che la vedevano raggiante insieme al fidanzato Valerio Felici aveva un'invidiabile chioma castana, lunga e setosa, fino a metà schiena. Pesava anche una decina di chili in più e si truccava senza nemmeno una sbavatura. Adesso indossava un completo greggio dello stesso colore della sua pelle, senza nemmeno un'ombra di rossetto, e a

Flavia non sfuggirono un bel po' di capelli bianchi sparsi qui e là. Sarebbe bastata una tinta a nasconderli, ma quella ragazza non aveva l'aria di voler nascondere proprio niente. Aveva accettato di vederla nonostante la polizia l'avesse torchiata più di chiunque altro, perché nessuno voleva credere che lei non avesse mai avuto il sospetto che il fidanzato fosse un mostro. Tra le righe le avevano fatto capire che solo una deficiente non se ne sarebbe accorta e col tempo lei aveva concordato con loro. Così, da brava deficiente, non si era sottratta all'ennesima umiliazione, questa nuova ispettrice che portava con sé vecchie domande.

«Mi posso sedere?» chiese Flavia, accennando un sorriso.

«Certo.»

Di fianco a Lavinia si sentiva come un disegno a colori accanto a uno in bianco e nero, persino i suoi jeans con sopra la giacca blu sembravano sgargianti al confronto di quella roba scialba che indossava lei. Ai capelli non voleva nemmeno pensare.

«Prima di tutto voglio tranquillizzarla, non vengo a farle domande sul suo fidanzato.»

Era una bugia, aveva fatto la stessa promessa ai genitori, e invece. Ma la ragazza non si scompose.

«Chieda quello che vuole.»

Meglio così, tutto tempo guadagnato. Flavia tirò fuori il faldone che le avevano consegnato i vigili urbani e iniziò a spiegare.

«Mi interessa capire dei dettagli tecnici del suo monopattino.»

Lavinia la guardava senza espressione, gli occhi spenti. Poi capì che avrebbe dovuto rispondere qualcosa.

«Io non ne so niente. Non l'ho più visto, dopo l'incidente. I suoi genitori mi hanno detto che lo hanno donato in beneficenza.»

«A me risulta che lo abbiano proprio lasciato lì, in obitorio, o nel posto dove lo hanno messo quelli dell'ospedale.»

Lei scosse la testa, lentamente.

«Non lo so.»

L'ispettrice non si perse d'animo.

«D'accordo, è logico che lei non sappia che fine ha fatto. Però potrebbe sapere se aveva montato sopra un GPS. O magari solo un localizzatore in caso di furto.»

Lei scosse ancora la testa e Flavia dovette trattenersi dall'incalzarla troppo bruscamente.

«"No" non lo sa o "no" non ce l'aveva?»

«Non lo so. Non so nemmeno com'è fatto, un GPS.»

«Be', potrebbe avere qualunque forma. Ho degli amici che l'hanno messo al collare del cane, perché scappa sempre, ed è una specie di scatoletta, grande così» le mostrò le misure con le dita.

Lavinia le guardò le mani, poi rialzò gli occhi sulla sua faccia e ripeté:

«Non lo so. Io dovrei sapere tutto, ma non so mai niente».

Quindi scoppiò a ridere. Non era una risata allegra, era una risata vicinissima al pianto, e a Flavia non serviva assolutamente che piangesse.

«Ma infatti non è che si può sapere. Pure nelle nostre auto ci sono cose che non sappiamo a cosa servano, ma sono lì e finché non le usiamo le vediamo e basta, no?» e mentre l'altra si ricomponeva, annuendo, affondò: «Per questo dico che, magari se lo vedesse, le verrebbe in mente se di solito c'era attaccato qualcosa, tipo una chiavetta USB o qualche cavo per il cellulare».

«Ma il telefono di Valerio lo hanno analizzato già tutto. Credo che l'avrebbero trovata, un'app per il monopattino.»

Flavia si stizzì

aveva sicuramente un secondo telefono, tesoro bello, che non è mai stato trovato

ma riuscì a non perdere quel tono amichevole che si era imposta.

«Certo, però non si sa mai, magari guardando il monopattino potrebbe venirle in mente qualcosa.»

«Ma il monopattino non c'è più.»

Lavinia era smarrita.

«Ho delle foto. Le può guardare?»

La osservò deglutire più volte. Stava mandando giù quei "no" che non aveva il coraggio di dirle. Perché Flavia faceva la gentile, ma quella ragazza lo sapeva, come potevano diventare i poliziotti. Alla fine annuì. Poi, mentre Flavia frugava nel faldone, spostò gli occhi, cercando di rimandare al massimo quel momento. Finalmente, presi in mano gli scatti fatti dai vigili quel giorno di due anni prima, qualcosa dentro l'ispettrice si smosse. Si fece scrupolo di mostrare a quella creatura già così segnata le foto che mostravano la pozza di sangue vicino al pilottino che aveva ucciso il suo fidanzato. Così ne scelse una presa al lato opposto, un'angolazione che non mostrava benissimo il monopattino, comunque riconoscibile. La appoggiò sul tavolino davanti a lei e aspettò che trovasse la forza di guardarla. Lavinia respirò profondamente, come se dovesse andare in apnea, e poi abbassò gli occhi sulla foto. Annuì un paio di volte, poi scoppiò a piangere. Flavia si infastidì di nuovo, ma cos'aveva da piangere? Non si vedeva il sangue, c'era solo il monopattino. Eppure non era vero. In quell'immagine la sacca di Valerio Felici era a terra aperta, il suo contenuto sparpagliato sui sampietrini, come un corpo da cui sono uscite le viscere. E vedere quegli oggetti a lei così familiari aveva fatto venir giù la diga.

«Oddio, ma come ho fatto a non saperlo, come ho fatto?»

Lavinia si era piegata in avanti, iniziando a dondolarsi. Flavia frugò veloce nella borsa di suo padre e prese quel pacchetto di fazzoletti che continuava a metterci per abitudine, nel caso Lorenzo glieli avesse chiesti. Lo aprì e gliene allungò uno.

«Mi dispiace, ma io devo fare il mio lavoro, lo capisce.»

«Sì, mi scusi» pianse l'altra. «È che non ci si abitua mai.»

«Alla morte?»

«No, al tradimento.» La guardò con aria disarmante. «Perché ogni tanto io me lo dimentico, sa? Mi sveglio, ricordo che è morto, mi dispero. E poi mi ricordo tutto il resto.»

«Certo.» Flavia non sapeva come uscire da quella conversazione scomoda. «Deve essere difficile stare così vicino a qualcuno e non conoscerlo.»

«È orribile. Come se non conoscessi più nemmeno me stessa.»

La ragazza si asciugò gli occhi e indicò gli oggetti nella foto.

«Tutte queste cose le hanno date ai suoi genitori dentro una busta, insieme ai vestiti di Valerio. Ma loro non ce la facevano ad aprirla, perché c'era tanto sangue, dappertutto, sulla sacca, sul portafogli... Il giorno in cui se la sono sentita lo abbiamo fatto insieme. C'era già stato il funerale e tutto il resto.» Poi toccò la superficie lucida dell'immagine e cambiò espressione. «Questo però non c'era più.»

«Cosa?» chiese subito Flavia.

«Il suo mazzo di chiavi aveva un sacco di portachiavi. E ce n'era uno, questo qui azzurro, vede? Un portachiavi a pallina da biliardo, tipo quelle che trovi nelle uova di Pasqua. Quando abbiamo tirato fuori il mazzo dal sacchetto dell'ospedale ho creduto che si fosse staccato nell'incidente, invece in questa foto è ancora attaccato al mazzo.»

Strano.

«E nel sacchetto che vi hanno restituito non c'era?» Stavolta la domanda le venne spontanea.

La ragazza si era stretta nelle spalle.

«C'è voluto qualche giorno perché ridessero ai genitori i suoi effetti personali, per via delle norme sul Covid, li avevano messi in quarantena. Qualcuno se lo sarà preso.»

Improvvisamente Flavia si ricordò perché stavano guardando la fotografia.

«E il monopattino? Le sembra normale?»

Lavinia lo osservò a lungo, poi scosse la testa.

«Mi spiace, mi sembra di sì, ma non glielo so dire.»

L'ispettrice annuì e riprese la fotografia per metterla con le altre.

«Lei lo sapeva che il suo fidanzato aveva acconsentito alla donazione degli organi?»

«Può smettere di chiamarlo così? "Il mio fidanzato"?»

Flavia sollevò appena le sopracciglia. Per lei le cose avevano un nome, anche quando erano brutte. Ma in fondo non le costava granché. Lavinia non aspettò la sua risposta.

«Sì, lo sapevo, me lo aveva detto. Lo aveva fatto mettere anche sulla carta d'identità.»

«Anche se i suoi non erano d'accordo?»

«Non era più un bambino.»

«Certo.»

Si alzò, pronta ad andarsene, e Lavinia la imitò.

«Per questo non c'erano, quando hanno fatto l'espianto. Hanno preteso che la notizia non venisse divulgata e sono andati a casa, in ospedale c'ero solo io» disse abbassando gli occhi. «Ovviamente non ero vicino alla sala operatoria, mi hanno messa in una sala d'aspetto. Ma dalla finestra ho visto partire le ambulanze dal cortile interno. È stato strano, mi è venuta quasi voglia di seguirne una, per vedere dove andava... sarebbe stato come seguire lui, illudermi...» Sorrise, gli occhi di nuovo lucidi. «Ma invece Valerio era sempre lì dov'ero io.» Poi, con un po' di sforzo, aggiunse: «Per fortuna».

«Per fortuna» concordò la poliziotta.

Le aveva teso la mano ed era uscita. Nel tratto di strada tra l'appartamento di Lavinia Cortese e la sua auto continuò a pensare una sola cosa. La ragazza aveva detto di aver visto partire "le ambulanze". Più di una. Perché, certo, su sette organi, uno se n'era andato in elicottero, ma gli altri sei avevano viaggiato in ambulanza, uno diretto verso una clinica privata, pronto a essere impiantato in un giornalista quasi troppo in là con gli anni, e gli altri cinque a una distanza raggiungibile via strada.

Quindi perché non qui?

Perché non a Roma?

CIRROSI EPATICA

«Sei sempre incazzato» gli diceva sua sorella.

E sì, il Fegato era sempre incazzato. Non glien'era andata giusta una da quando era nato. Terzo figlio su cinque di una famiglia in cui già erano in troppi, crescere ammassato con gli altri, muoversi sempre in branco, o perché si andava al mercato e dovevano lavorare tutti o perché si andava al mare e tutti dovevano sfondarsi di cibo. Ai suoi fratelli, alle sorelle, ai nonni, agli zii, ai cugini, a tutti andava bene, e invece a lui no. Questo sgomitare perenne, questo essere trascinato a destra e a manca, i ceffoni che potevano arrivare da un membro qualunque della famiglia, tutto era ingiusto. Si sentiva scomodo, con loro, si sentiva stretto. Così, non appena possibile, se n'era andato, aveva diciassette anni, la scuola non ci pensava proprio a finirla. Aveva degli amici che tiravano a campare, piccoli furti, qualche scippo. Lui per gli scippi non era portato, era poco agile, pesante. Però con i furti se la cavava, se si trattava di fare da palo o di sorreggere qualcuno sulle spalle mentre entrava da una finestra ce la faceva senza problemi. In quegli anni tutti quanti tiravano di coca, ma a lui la coca non piaceva, a ogni pista si sentiva peggio, più brutto, più povero. Accettava di fumare quelle canne da fighetti, ma solo per non sentire le prese per il culo degli altri. Gli piaceva bere, invece. Quando non aveva un posto dove passare la notte, si comprava una bottiglia e se la beveva andando in giro, poi al pomeriggio si svegliava da qualche parte e aspettava che qualcuno gli proponesse un lavoretto per la giornata. Qualche volta i suoi genitori o qualcun altro della famiglia riuscivano a pescarlo e a trascinarlo a casa a suon di schiaffoni, ma lui alla prima occasione prendeva la porta e scappava di nuovo. Alla fine avevano smesso di provarci e qualcuno gli aveva riferito che sua madre avesse detto:

«Mio figlio per me è morto».

Parole. Del resto meglio le parole delle botte. Con un paio di amici avevano occupato una casa dove era morto un vecchio e che il comune avrebbe dovuto bonificare perché dentro c'erano i topi. Ci erano rimasti qualche anno, mentre facevano affari con questi e con quelli, ma mai abbastanza da mettersi in proprio. Alla fine i suoi amici si erano trovati dei mezzi lavori e lui era rimasto da solo, quando erano venuti gli ufficiali giudiziari a sgombrare la casa. Era inverno, allora, e lui non aveva nemmeno una macchina in cui rifugiarsi. Un paio di volte era andato alla mensa dei poveri, poi aveva deciso di tornare a casa. A dimostrazione che le parole non significano niente, suo padre se l'era ripreso, anche se sua madre non gli rivolgeva più la parola. Aveva ricominciato a lavorare al mercato. Gli faceva schifo prima e gli faceva schifo adesso, le cose sul banco erano tutte cineserie da vendere ai turisti, suo padre era grottesco mentre urlava ad alta voce come un imbonitore. Lui se ne stava dietro, con le mani in tasca, e pensava solo a bere. In casa dei suoi c'era poco o niente, un vinaccio che veniva dalla campagna e qualche liquore. Suo padre non gli passava soldi, diceva che doveva essere grato di essere stato ripreso sotto il loro tetto, così non gli era rimasto che rubare qualcosa dal portafogli suo, da quello della madre e dal barattolo di caffè vuoto dove mettevano via qualche spiccio in più per le spese extra. Quando tutti dormivano usciva, andava a comprarsi una bottiglia e se la beveva seduto sul marciapiede, sentendosi il più miserabile degli uomini. Aveva aspettato la svolta, nella vita di tutti c'è una svolta, invece per lui non era arrivato niente, non un lavoro, non una donna, solo puttane da due soldi, quasi tutte vecchie, una lo aveva pure menato. Mercato, chincaglieria, tornare a casa, uscire, bere. Non c'era altro. Uno dei suoi vecchi amici gli aveva proposto di ricominciare a fare qualche colpo insieme e lui aveva accettato, anche se sapeva di non essere più quello di prima. Era andata male, li avevano beccati, il suo amico era finito sparato e lui in galera. C'era rimasto poco, sei mesi, e all'uscita suo padre era andato a riprenderselo ancora, ripetendogli com'era fortunato ad avere la famiglia alle spalle. Poi sua madre aveva avuto un infarto. Colpa del peso, avevano detto, colpa sua, pensava lui. Era rimasta in ospedale una settimana senza riprendere mai conoscenza, senza avergli mai più rivolto la parola. Lui era restato lì in sala d'aspetto con tutta la famiglia, la voglia di bere che se lo mangiava vivo. Suo padre non si era mai ripreso dal colpo. Al mercato aveva smesso di richiamare l'attenzione dei clienti, se ne stava seduto, con le mani sulle ginocchia, a guardare nel vuoto, e il figlio dietro, a pensare solo alla bottiglia. Quando si erano resi conto che il banco sarebbe andato in malora, i suoi fratelli avevano venduto tutto, merce e licenza, e avevano messo il padre in ospizio. A lui, nessuno lo voleva. L'unica che si era impietosita era stata la sorella minore, Maria, che quando si era sistemata in casa dei genitori, col marito e due figli appresso, gli aveva detto:

«Puoi restare da basso, nel magazzino, se vuoi. È grande, puoi sistemarlo come un appartamento, quando devi andare in bagno sali e suoni».

Lui aveva accettato, del resto non avrebbe saputo dove altro andare, ormai aveva quarant'anni e non capiva quando fosse successo. Ricordava di essere scappato la prima volta quando era un ragazzo e ora finiva relegato nel sottoscala con il doppio degli anni senza avere assolutamente nulla. Sua sorella gli passava due spicci, aveva avuto anche la bontà di cercargli qualche lavoro, tutta roba di fatica, caricare e scaricare casse, portare mobili su e giù per le scale, roba del genere. I lavori li perdeva tutti, perché era sempre ubriaco e la gente non voleva averlo intorno. Lei però non mollava, non si capiva se per vera generosità o perché temeva il giudizio della gente nel caso in cui lo avesse abbandonato a se stesso. A lui del giudizio della gente fregava meno di zero, e pure della sorella non gli importava nulla. Dopo aver sgombrato uno stabile che doveva essere abbattuto, uno slavo gli regalò una bottiglia. Non era vodka, anche se il liquido era trasparente, si trattava di un distillato che faceva lui nella sua cantina, o roba simile, non si capiva. Chiuso nel suo magazzino che fingeva di essere un appartamento se l'era scolata tutta in una notte e si era risvegliato in ospedale. Coma etilico. Maria, dopo ventiquattr'ore in cui non lo aveva mai visto, era scesa e aveva creduto fosse morto. In ospedale venne una dottoressa brutta come la fame e gli disse che aveva la cirrosi epatica. Il suo fegato non era messo per niente bene, anche perché gli avevano trovato l'epatite B, e questa non era una buona notizia. Avrebbe dovuto iniziare a curarsi e avrebbe dovuto smettere di bere. Lui l'aveva ascoltata senza dire niente, ma fuori dalla porta c'era Maria, e anche con lei la dottoressa aveva parlato, tirando in ballo la malattia mentale e i servizi sociali. Quando i medici se ne furono andati, la sorella entrò nella stanza.

«Se dico che sei a mio carico non ti daranno niente. Se ti fingi pazzo, o ritardato, o quello che vuoi, allora si occuperanno di te i servizi sociali, ti daranno un posto dove stare, ti faranno disintossicare e faranno in modo di farti avere l'invalidità. È più di quanto hai avuto in tutta la vita.»

Aveva capito. Sua sorella stava cercando di liberarsi di lui, ma anche di aiutarlo. Allora era stato al gioco, si era mostrato più ottuso di quanto non fosse, taciturno, poco collaborativo. Era finito in una clinica dove aveva visto un sacco di gente, medici, infermieri, educatori. C'era chi gli dava le pillole, chi gli faceva le analisi e chi lo aiutava quando aveva i tremori, perché smettere di bere era una cosa spa-

ventosa, qualunque altra cosa, anche la tortura, sarebbe stata più sopportabile. Però nella clinica faceva caldo e c'erano i pasti e le persone erano gentili con lui, quindi cercò di rimanerci il più a lungo possibile. Quando uscì, lo stato aveva stabilito che gli avrebbe passato una piccola cifra mensile e che poteva vivere in un appartamento ammuffito di proprietà dei preti. Tutto, a patto che non bevesse. In effetti fisicamente si sentiva meglio, aveva ogni tanto dei dolori alle gambe e faceva fatica ad alzarsi. Per compensare l'assenza di alcol mangiava tantissimo, i servizi sociali gli facevano avere i pasti a casa e poi c'erano un paio di pie donne che gli portavano le rimanenze di un panificio. Nel primo anno dopo la dimissione era passato da ottanta a cento chili, e siccome non era molto alto gli erano finiti quasi tutti nella pancia. Le gambe erano due tronchi e le unghie dei piedi avevano un aspetto strano. Si muoveva ancora, usciva tutti i giorni per raggiungere il parco e lì si fermava a guardare i piccioni. Tornato a casa, guardava la televisione. Una volta a letto guardava il soffitto. Pensava che se avesse piovuto e non fosse potuto uscire, fosse saltata la luce e non avesse avuto la tv, quel soffitto era l'unica cosa che gli sarebbe rimasta. Aveva l'obbligo di incontrare l'assistente sociale una volta al mese e lo psicologo di tanto in tanto, a entrambi diceva che stava bene, ma non era vero. Maria passava a prendere vestiti e biancheria, non voleva che fossero altri a lavarli, erano spesso maleodoranti a causa di alcune piccole pustole che gli si formavano sulle gambe.

«Dovresti dimagrire» diceva.

Era la prima frase quando entrava e l'ultima quando usciva. Per il resto si occupava del decoro della sua topaia e lo guardava il meno possibile. Tranne una mattina, quando entrò e gli disse, sorpresa:

«Sei giallo».

C'era stato un giro di telefonate, poi un'ambulanza che si era fermata davanti all'ingresso. Il secondo ricovero lo vide entrare e non uscire più. Era peggiorato in maniera dram-

matica, e anche se aveva giurato di non avere bevuto, mai, mai più, nessuno gli aveva creduto. Esisteva una sola possibilità, una possibilità remota, perché purtroppo il suo gruppo sanguigno non era comune: il trapianto. La sorella gli aveva portato in ospedale le poche cose che aveva, l'appartamento sarebbe stato riassegnato.

«Quando esci te ne procurano uno nuovo» gli aveva detto, ma non ci credeva, e nemmeno lui.

Da quell'ospedale non sarebbe uscito. Era finito in una specie di reparto speciale, la scusa ufficiale era che c'erano valori sballati, piccole infezioni, l'epatite da contenere, ma la verità era che lo avevano parcheggiato in attesa di un organo che nessuno gli avrebbe donato, perché lui non se lo meritava. Trascorreva le giornate a giocare con il telefonino, ogni tanto passava sua sorella, ogni tanto un dottore, ogni tanto un prete. Poi l'annuncio, un fulmine a ciel sereno: stava arrivando per lui un'ambulanza da Roma. Il concetto non riusciva a entrargli in testa: gli avrebbero fatto un trapianto? A lui?

«Sei il solo con cui è compatibile. C'era in lista un altro paziente, prima di te, ma i suoi parametri sono sballati.»

Dunque anche in quell'occasione avrebbe preso gli avanzi. Era stato caricato su un'altra ambulanza, aveva fatto il viaggio fino a un centro specializzato e lì lo avevano addormentato. Riaprendo gli occhi non aveva visto Maria, né un medico né un infermiere. Solo una sala asettica, piena di ronzii e piccoli suoni. Nessuno vicino al letto, nessuno a tenergli la mano. Nessuno, perché a nessuno importava. Nemmeno a lui. I primi tempi erano stati durissimi, stava sempre male per via delle medicine, gli dicevano che era colpa sua, era arrivato al limite, il suo corpo a malapena aveva retto l'intervento. Tutti temevano il rigetto, a partire da Maria, che gli diceva continuamente di non alzarsi, non fare sforzi, sembrava che volesse saperlo inchiodato a quel letto.

E invece, a dispetto delle aspettative avverse, quel pezzo di un'altra persona aveva funzionato bene sin da subito. Era ovviamente più piccolo, rispetto al suo, ma era giovane, perché giovane era la persona che glielo aveva donato. Uno che era morto perché lui si salvasse, sottolineavano, come a dire quanto fosse ingiusta la vita. E lui concordava con loro, non era valsa la pena salvarlo. Per cosa? Per farlo tornare in un altro bilocale con la muffa sulle pareti? A prendere l'invalidità, la disoccupazione, la pensione minima e poi crepare solo come un cane, senza mai aver avuto niente, senza mai essere stato niente? Aveva tenuto queste considerazioni per sé, quando lo avevano alzato dal letto aveva fatto di tutto per restare in equilibrio, aggrapparsi al deambulatore e muovere almeno qualche passo, l'unico apporto che poteva dare a quella situazione. Era stato bravo, così gli avevano detto. Tre settimane dopo lo avevano portato a casa di Maria, avrebbe proseguito lì la convalescenza, fino a quando non gli avessero trovato un nuovo posto dove stare. Nessuno ne era contento, ma le apparenze andavano salvate. Maria gli forniva tre pasti al giorno, lui stava nella stanza di uno dei figli, entrambi ormai grandi e praticamente sempre fuori casa. Ogni giorno si alzava e camminava per la stanza. Man mano che il tempo passava le gambe gli facevano meno male e muoversi era più semplice. La cicatrice andava tenuta pulita e gli avevano detto che era fondamentale che perdesse peso, quindi si era unito a un gruppo di camminatori, quasi tutti persone anziane, con cui a malapena parlava, tutti occupati a sbanfare. Aveva perso dieci chili, poi venti. La pelle sulla pancia aveva fatto una piccola piega, la cicatrice era guarita benissimo, le analisi avevano decretato che l'intervento era stato un pieno successo. Ora che aveva un aspetto più dignitoso, i servizi sociali gli avevano offerto un piccolo lavoro stabile, pagato poco ma di tutto riposo. Di giorno doveva stare seduto, indossando una mascherina, dietro a un tavolino all'ingresso di un palazzo d'epoca dove si svolgevano delle mostre, dei congressi, cose così, e chiedere a tutti quelli che entravano di mettere nome e cognome su un registro. Di notte doveva chiudere tutto ed essere si-

curo che nessuno entrasse. Tutto qui. Insieme al lavoro veniva offerto l'alloggio nella vecchia portineria del palazzo, erano due stanze col bagno, ma in buone condizioni. Maria era stata felice di vederlo andarsene, anche se non si spiegava perché non riuscisse a gioire nemmeno di quella fortuna.

«Sei sempre incazzato.»

Sì. A passar la vita seduto dietro a un tavolino, in un ennesimo buco di proprietà dei preti, lui non vedeva nulla di cui gioire. Trascorreva le sue giornate esattamente come in ospedale, giocando con il telefono. E un giorno, mentre stava per allineare abbastanza sfere dello stesso colore, gli arrivò una notifica dalla mail. La mail gliel'avevano aperta i servizi sociali e gli avevano raccomandato di controllarla ogni giorno, perché tutte le pratiche burocratiche sarebbero passate da lì. Il Fegato decise di aprirla subito. Non riusciva a visualizzare il mittente e l'oggetto diceva solo:

"SAI DI CHI ERA IL TUO FEGATO?".

Lui fece una smorfia, mormorò un

«Vaffanculo»

tra i denti e riprese a giocare.

In tutt'Italia i centri trapianto erano poco più di un centinaio, alcuni specializzati solo in determinati organi. Ovviamente, i più gettonati erano cuore, fegato e reni. Premesso che del primo sapeva già tutto quello che c'era da sapere, Flavia aveva cinque strutture da contattare, a Roma, per gli altri tre. Sapeva che la lista d'attesa era nazionale, ma formulava le sue ipotesi basandosi anche su statistiche e luoghi comuni. Quanta gente non si sarebbe fidata di farsi operare in una piccola città o in provincia? Quanti, magari con una brutta esperienza alle spalle, sarebbero andati in cerca di una struttura più grande o con maggiore esperienza? Ci avrebbe messo la firma che anche persone fuori dal Lazio o addirittura sulle isole si erano rivolte a una struttura della capitale per farsi mettere in lista d'attesa lì.

Tornò in ufficio, saltando a piè pari il concetto di "pranzo", e, approfittando dell'assenza di Orsini, che invece si era ricordato di mangiare, si attaccò al telefono. La trafila fu sempre la stessa per tutti i centri: prima il centralino, poi la richiesta di parlare col direttore sanitario, quindi il dirottamento su un'altra figura interna, la questione della privacy, la voce grossa, finalmente la comunicazione col direttore sanitario, l'assicurazione che non voleva avere un nome ma solo la conferma che ci fosse stato un trapianto in una data ben precisa, il ritorno della figura interna e poi la risposta.

Che in quattro casi fu

«No, nessun trapianto il 21 aprile 2021»

e nel quinto caso fu, invece

«Senta, la notizia è riservata, io non la conosco, è solo una voce al telefono, mi dispiace ma se vuole parlarne deve venire qui con qualche autorizzazione»

che, tradotto, voleva dire: "sì".

Flavia rifletté un attimo. Aveva in mano solo il decreto del PM per poter fare delle verifiche sui computer di un altro ospedale per un possibile filtraggio di dati sensibili inerenti un'indagine in corso. Che non serviva a niente, ora che i computer erano stati analizzati, ma suonava comunque meglio che non avere niente. Fece una fotocopia del frammento di fax e coprì con un foglio il nome del giornalista, così che sembrasse che sotto al nome di Valerio Felici ci fosse la lista intera dei riceventi, coperta per questione di privacy. Stava mettendo tutto nel faldone dei vigili quando si voltò e vide la Turriziani. Si bloccò, come un gatto col topo in bocca.

«Turriziani, hai già fatto?»

«Sì» rispose l'altra, senza staccare gli occhi dal foglio che la sua superiore stava sfilando dalla fotocopiatrice.

«Ah, e che dovevi fare, ricordamelo?»

«Parlare con i giornalisti di cronaca nera, i colleghi di quello su cui stiamo indagando. Ho trovato i due che sono stati i primi a rintracciare il nome di Valerio Felici e a passargli le informazioni sul suo incidente. Non si ricordavano bene cosa gli avesse chiesto di cercare, ma ricordavano di avergli fatto un favore. Già che c'ero ho domandato se in redazione ci fosse un posto riservato a lui. Mi hanno detto che non c'è un posto suo, sono secoli che non hanno più le stanze con le porte. Adesso le redazioni sono open space all'americana, però, quando ancora lavorava con loro, gli piaceva sistemarsi a scrivere nella saletta dell'archivio, quella dove depositano il materiale della settimana.»

«E tu l'hai vista, questa saletta?» le chiese Flavia, chiudendo rapidamente il faldone.

«Sì, in sostanza è un grande ripostiglio con un paio di stampanti attive e un computer. C'è una spina telefonica, quindi ho chiesto se lì dentro potesse esserci anche un fax. Hanno detto che non li usano da anni, ma non hanno escluso che potesse essercene stato uno o che una stampante potesse funzionare anche come fax.»

Flavia fu soddisfatta, sul punto di dirle addirittura "brava", ma si trattenne, mordicchiandosi le labbra. Doveva smettere o le sarebbe uscito il sangue.

«D'accordo, io ora esco.»

«Lo vedo, ispettò.»

«Se il commissario chiede di me tu di' che non mi hai vista.»

L'altra alzò un sopracciglio, ma non le negò il favore. Flavia ripartì sull'Alfa Romeo di suo padre e raggiunse, perdendo altri anni di vita sul Grande Raccordo Anulare, il centro trapianti dove non negarono che ci fosse stato un impianto il giorno della morte di Felici. Accese il lampeggiante appoggiato sul cruscotto, così che fosse chiaro a tutti che era un membro della polizia. Si fece accompagnare, con quell'aria di supponenza che le veniva tanto bene, e nell'ufficio del direttore sanitario le cose andarono lisce, per una volta. Lei non poteva parlare della propria indagine e non nominò mai, nemmeno una volta, il giornalista incarcerato a Rebibbia in attesa di un trasferimento in una REMS dove avrebbe trascorso il resto della vita. Non fece nessun accenno a lui ma si limitò a mostrare la fotocopia del fax, che portava il nome dell'ospedale dove erano stati operati gli espianti e il nome del donatore. Il direttore lesse bene quel documento, senza lasciar trasparire emozioni.

«È bizzarro che esista un documento simile, una lista. Per legge si tengono il nome del donatore e quelli dei riceventi ben separati.»

«Eppure quella lista esiste ed è stata trasmessa via fax.»

«Quindi i nomi voi li avete già e dovete solo verificarli?»

«Certo» mentì Flavia.

Però ne abbiamo uno.

È già qualcosa.

L'uomo annuì, in difficoltà su cosa fare.

«Posso stamparle un documento che attesta che un paziente ha ricevuto un fegato in quella data. Nient'altro, nemmeno l'ospedale di provenienza dell'organo. Solo i dati essenziali. Le basta?»

E mi avanza.

La stampante sputò un foglio. A metà foglio, in corsivo c'era un nome, senza dettagli, nemmeno un indirizzo. Ma a quello avrebbe pensato la Turriziani.

Per la terza volta in due giorni Flavia bussò a una porta, per la terza volta le aprì una donna. Davanti al tesserino sospirò.

«Oddio, che ha fatto stavolta?»

«Ma chi, signora?»

«Mio fratello, e chi sennò.»

Finirono sedute in un soggiorno pulito, molto dignitoso, anche se era evidente che non si trattasse di una famiglia benestante. La signora Maria le preparò il caffè. Dovevano avere più o meno la stessa età, ma l'altra sembrava più vecchia, più stanca.

«È sempre stato scontento, non gli abbiamo mai visto i denti. Io gli voglio bene, ma un po' per abitudine, come si vuole bene agli animali in campagna, te li vedi intorno tutti i giorni e finisci con l'affezionarti.»

«E quant'è che non si fa vivo, suo fratello?»

«Tre, quattro mesi, come minimo.»

«Ma non ha subito un intervento due anni fa? Non dovrebbe stare sotto controllo?» fece l'ispettrice, fingendo di accorgersi solo allora di quel dettaglio.

«Ma chi, lui?» La sorella fece un sibilo di disprezzo. «L'ho costretto io ad andare alle visite, i primi mesi. E anche a fare la biopsia dopo un anno, e quella volta ho dovuto sudare. Lui non appena si è sentito meglio ha preso e se n'è andato via.»

«Ma lavorava, no? In una portineria, mi ha detto, aveva anche un appartamento.»

«Aveva. Poi un giorno si è licenziato e se n'è andato. E crede che a noi abbia detto qualcosa? Niente. I preti sono venuti qui a domandarci dove fosse e c'è mancato tanto così che chiedessero i danni a noi.»

«I danni per cosa?»

«Per l'appartamento. Lui lo ha lasciato tutto sottosopra, vetri rotti, scritte sui muri, un macello.»

Flavia trattenne il fiato.

«No, scusi, mi spieghi meglio.»

La donna allargò le braccia.

«Non lo so. Dicono che ha spaccato tutto e se n'è andato.» Poi, con un sospiro di rassegnazione. «Allora, me lo dice adesso che ha fatto?»

Flavia ragionò molto velocemente.

«Non c'è niente di sicuro, c'è stato un crimine e uno dei sospettati ha fatto dei nomi, tra cui il suo.»

Cazzo.

Cazzo, cosa ho detto?

«Madonna santissima.» La donna affondò il viso tra le mani.

«Ma non è sicuro. Anzi, guardi, io non ci credo per niente, proprio per la sua situazione... sanitaria, ecco. È stata un'azione molto concitata, violenta, e suo fratello ha più di cinquant'anni, no? Quindi cinquantenne, trapiantato...»

«Oh, non vuol dire. Forte lui è forte. E si è già messo in guai simili, da giovane.»

«Sì, lo so.»

La Turriziani aveva verificato la fedina penale. Poca roba, furti, qualche truffa, ma negli ultimi dieci anni se n'era stato tranquillo.

Per forza, conciato com'era.

«Senta, signora Maria, ce l'ha una foto recente?»

L'altra ci pensò su, poi andò a prendere un album dentro a un cassetto. «È di quattro anni fa, al matrimonio di mio figlio. Non ne ho di nuove.»

Lo zio sciagurato, pecora nera della famiglia, non era mai ritratto insieme agli sposi nelle foto di gruppo, ma compariva in quelle del pranzo, seduto a debita distanza per non creare imbarazzo. Massiccio, i capelli bianchi tagliati a spazzola, il colorito giallastro, nemmeno mezzo sorriso.

«Posso?» chiese Flavia, e fotografò l'immagine. «Quindi mi conferma che adesso non sa dov'è.»

«No. Aveva un cellulare che è sempre staccato. Per i soldi aveva una di quelle carte postali, sa. Ma c'era su poca roba. Ha preso, è andato e a noi non c'ha nemmeno salutato.»

«Avete fatto denuncia?»

Maria rise.

«No, denuncia di che? Gliel'ho detto, è sempre stato così. Ora che ha un fegato che funziona si sarà rimesso a bere, sono pronta a scommetterci. Non ha nemmeno capito che dono gli ha fatto la vita. E quando avrà finito i soldi e non avrà più un posto dove stare, tornerà qui.»

Flavia fece per alzarsi, poi ci ripensò.

«Senta, scusi se glielo chiedo, ma com'era, l'ultima volta che lo ha visto?»

La donna si strinse nelle spalle.

«Normale. Non parlava, ma lui non parlava mai. E nemmeno ascoltava, quel che gli ho detto gli è entrato in un orecchio e gli è uscito dall'altro.»

«Quindi non le è sembrato strano.»

L'altra aggrottò la fronte.

«Ma perché? Strano come?»

«Non lo so. Inquieto. Spaventato. Per esempio, la casa era particolarmente in disordine?»

«No, anzi. La casa era bella a posto, gli ho anche detto che era stato bravo, di solito trovavo i vestiti anche sotto al letto.»

Flavia annuì.

«Mi dà l'indirizzo?»

Apuano era seduto al posto dell'ispettrice e si stava dondolando sulla sedia girevole, quando Flavia rientrò in ufficio, i capelli così elettrici che facevano scintille.

«Alla buon'ora, l'abbiamo aspettata tutto il pomeriggio, stavamo per tornarcene a casa» le disse il tenente, alzandosi di scatto.

«Ti è andata male, Apuano» commentò lei.

Iacoangeli entrò di corsa, seguito da Miré e, con maggior calma, dalla Turriziani.

«Allora, chi comincia?» fece Apuano, dandosi subito un tono.

«Io comincio» rispose Flavia, buttando sulla scrivania un foglio di carta con l'ingrandimento della foto scattata a casa della signora Maria.

Tutti si fecero vicini al tavolo.

«Chi è?» chiese la Turriziani.

«È il Fegato» rispose Flavia, con aria soddisfatta.

Un'atmosfera imbarazzata seguì la sua dichiarazione, ma non gliene fregava niente. Aveva sgobbato tutto il giorno e alla fine aveva portato a casa il primo risultato, tutto da sola.

«Ha 53 anni, 51 al momento del trapianto, fegato distrutto dalla cirrosi, vedete com'era giallo? La sorella dice che ora è più in forma.»

«Con lui ha parlato?» chiese Iacoangeli con timore reverenziale.

«Se ci avevo parlato gli facevo una foto migliore! No che non ci ho parlato, non si fa vivo con la famiglia da mesi. Non sanno dov'è, ha staccato il telefono, ha lasciato il lavoro ed è sparito.»

«Be', non è una cosa strana.»

Tutti si voltarono verso la Turriziani, rovinando la festa all'ispettrice.

«Me l'ha chiesto lei di fare le ricerche!» si difese l'agente. «Non è uno stinco di santo, nemmeno un criminale incallito, ma insomma, s'è fatto la sua galera, poca ma se l'è fatta.»

«Però dopo l'operazione era pulito» si intromise Flavia. «Aveva trovato un lavoro come custode o portinaio, una cosa così. Regolamentava gli accessi a un palazzo. Finché il...» consultò il telefono «...23 febbraio di punto in bianco si è presentato a casa dell'assistente sociale che lo seguiva e ha detto che si licenziava. Tutto qui, poi ha preso ed è sparito. E quando sono andati a vedere a casa sua hanno trovato tutto a terra, i vetri rotti, scritte sui muri.»

Il senso di disagio era man mano svaporato.

«Che scritte?» chiese Apuano.

«Non me l'hanno saputo riferire, hanno ridipinto tutto. Ma una cosa me l'hanno detta, i vetri erano rotti dall'esterno.»

Si alzò e cominciò a passeggiare.

«Cioè, questo per una ragione qualunque si incazza, sfascia la casa, poi esce e rompe i vetri da fuori. A Roma, in centro.»

«Non ho capito» disse Iacoangeli.

«Credo che l'ispettrice voglia dire che se sfasci casa i vetri li rompi da dentro. Da dentro verso fuori» gli andò come sempre incontro Miré.

«Comunque,» riprese Flavia «gli hanno trattenuto l'ultimo stipendio per pagare almeno in parte i danni e lui non si è fatto vivo per protestare. Dopo di che, puf.»

«Posso chiedere?» si fece avanti il tenente.

«Prego.»

«Lei sta facendo tutta questa indagine perché pensa che qualcuno ha tormentato quell'altro, il Cuore, fino a farlo impazzire e adesso pensa che ha tormentato anche il Fegato?»

Flavia tentennò un attimo, era evidente che la Turriziani gli avesse già spifferato quel che sapeva, decidendo che la riservatezza non fosse questo gran pregio. Quindi scelse di essere sincera.

«Sì.»

«Perché? Perché avevano gli organi di Valerio Felici?»

«Sì.»

Apuano si infilò i pollici nel risvolto dei pantaloni, in mancanza di un cinturone, e iniziò a passeggiare a sua volta. Non aveva protestato, e questo per Flavia era segno che quanto meno aveva un dubbio.

«Dimmi cos'hai trovato tu, Apuano.»

«Ancora niente. Cioè, i tecnici sono riusciti a recuperare alcuni messaggi e qualche mail, solo che sono difficili da decrittare, vengono fuori stringhe di numeri, lettere, simboli, non si distinguono le parole. Gli analisti dicono che la cosa strana è che non hanno mittente, quando si recupera la mail e si decritta il mittente, il risultato è anche lì una sfilza di numeri e lettere. Ne hanno isolato dei pezzi, ma non hanno molto senso.»

Prese una cartelletta dalla scrivania e mostrò a Flavia un foglio. Il contenuto della mail sembrava un cruciverba di quelli in cui devi individuare la parola nascosta in un mare di vocali e consonanti. Di tanto in tanto emergeva una parola di senso compiuto, come "perché" o "vuoi", ma era come tentare di comporre un puzzle con meno della metà dei pezzi. Nella cartelletta ce n'erano una dozzina. Per fortuna il tenente aveva anche buone notizie.

«Per i messaggi telefonici ci vuole altro tempo, ma abbiamo recuperato almeno le chiamate. Non ne faceva molte, le telefonate in uscita sono sostanzialmente quelle che abbiamo identificato col gestore. Ma quelle in entrata erano molte di più. Riceveva tantissime chiamate con il numero schermato. A qualsiasi ora, di giorno e di notte. E non rispondeva mai.»

«Cosa significa "tantissime"?»

«Anche una cinquantina in ventiquattr'ore.»

«E questo è stalking» concluse Flavia. «Il numero da cui veniva chiamato?»

«Criptato, probabilmente sono diversi, ma ci stanno lavorando.»

Iacoangeli venne tirato in causa solo con un'occhiata e fu evidente da subito che era tornato a mani vuote.

«In ospedale mi hanno fatto controllare le stampanti solo di alcuni uffici ma non dei reparti. Poi è arrivata la direttrice sanitaria e mi ha detto che il decreto del PM non riguardava gli ambienti ospedalieri ma solo i computer e mi ha detto di andare via. Comunque le operatrici con cui ho parlato mi hanno confermato che quel genere di stampanti, così vecchie, non le usano più.»

«Non lo so» bofonchiò Flavia. «Mi sembra tutto troppo complicato. Un fax su carta termica della fotocopia di una stampata fatta con un apparecchio vecchissimo. Ma perché?»

«Forse chi ha mandato il fax aveva paura di essere scoperto, per questo ha fatto molti passaggi» ipotizzò Apuano.

«Oppure è andato a stampare apposta in un vecchio ufficio» azzardò Iacoangeli.

«Ma se hai appena detto che non ci sono vecchi uffici o vecchie stampanti, in ospedale?» lo rimbrottò Flavia.

«E perché doveva stampare proprio lì?» si inserì ancora Apuano.

Tutti lo guardarono.

«Magari se l'è salvata su una chiavetta e poi l'ha stampata e fotocopiata e mandata via fax, l'ospedale che c'entra?»

Flavia si sentì una cretina. Era una sensazione sgradevole, ma Apuano aveva ragione, perché lei non riusciva a ragionare in maniera lineare, si avvitava su se stessa. Era troppo concentrata sui massimi sistemi, invece che sul "cosa" o sul "chi".

Chi aveva interesse a perseguitare le persone salvate da Valerio Felici?

È questo che ti devi chiedere.

Stava comunque per rispondergli qualcosa di pungente, quando Miré prese la parola.

«Io ho trovato i due elicotteri.»

Mise un foglio con i piani di volo del 21 aprile 2021 sulla scrivania di Flavia.

«Due?» fece lei, avvicinandosi.

«Due autorizzazioni ad atterrare e due a ripartire. Uno dei due voli, però, risulta privato.»

«E quindi? Non poteva trasportare un organo?»

Miré dondolò la testa.

«Sì e no. Diciamo che l'elicottero poteva appartenere a una struttura medica, però privata.»

«E che significa, Miré? Siamo la polizia di stato, abbiamo bisogno di sapere tutto su questo volo e ce lo facciamo dire.»

«Non se il volo va all'estero.»

Rimasero tutti spiazzati.

«Ma come, all'estero?»

«Io ho chiesto, e mi hanno detto che c'è la possibilità di richiedere gli organi anche dall'estero. Quindi può essere che un pezzo sia finito oltre confine, e allora più di tanto non possiamo sapere.»

«A me questa cosa sembra una cazzata, la controlliamo meglio, eh?» lo rimbrottò Flavia.

Miré allargò le braccia.

«E il secondo elicottero?»

«Il secondo in realtà è partito per primo ed è atterrato a Bari dopo quarantotto minuti.»

«Se è partito per primo significa che anche l'organo è

stato asportato prima degli altri. E il professor Arulli mi ha detto che lui ha iniziato col cuore, ma che poi i più urgenti sono polmoni e pancreas.» Si voltò verso l'agente vicino a lei. «Turriziani, lo chiedo a te perché sei quella di cui mi fido di più.»

«Grazie tante» brontolò Apuano.

L'ispettrice lo ignorò.

«Chiama Arulli, oppure un altro chirurgo, basta che sia affidabile, e fammi sapere tra polmoni e pancreas quale ha il minor tempo di conservazione. Dobbiamo sapere quale parte è partita per Bari. Le cornee sono le ultime, e questo lo sanno anche i sassi. Miré, tu ricontrolla la questione dei voli all'estero e tu, Iacoangeli, trovami tutte le strutture pugliesi dove si fanno i trapianti.»

Nella stanza rimasero solo lei e Apuano.

«Insomma, vuoi essere il cocco di mamma?» lo provocò.

«Mi piacerebbe provarci.»

«E allora portami i nomi di tutte le vittime di Valerio Felici. È ora che scopriamo chi hanno lasciato a piangerli.»

Valerio Felici aveva ucciso diciannove persone, ma solo di undici era stata riconosciuta l'identità. L'analisi del dna non ebbe alcun riscontro per otto vittime, che non furono riconducibili ad alcuna persona scomparsa. Le porzioni dei corpi sepolti nel suo giardino non avevano indosso vestiti né documenti o oggetti personali accanto. Il solo bene di proprietà altrui presente nella casa era stata la patente di Biraago Diedhiou. Ma, in base ai risultati delle analisi scientifiche sui suoi resti, Diedhiou non era stato l'ultimo a venire ucciso, c'erano almeno tre cadaveri più recenti. La causa dei decessi era presumibilmente lo strangolamento, ma molte restavano incerte, anche in ragione dello scarso materiale a disposizione e delle sepolture nella nuda terra, senza alcuna protezione. I due corpi interi, quello di Adelmo Ferracioli, pensionato di sessantanove anni e quello di Claudio Ombroso, benzinaio di quarantasette, presentavano segni di asfissia, ma in entrambi erano state trovate anche tracce di narcotico. Il fatto che fossero stati uccisi più di tre anni prima non indicava però un modus operandi sistematico. Perché l'operato di Felici, il suo movente, il metodo con cui sceglieva le proprie vittime e il modo in cui le convinceva ad allontanarsi con lui erano avvolti da nebbia fitta.

Colpiva solo uomini, quindi si era ipotizzata una matrice omofoba o addirittura un'omosessualità negata. Tuttavia, anche se alcune sue vittime erano effettivamente gay, altre non lo erano affatto e tutte le testimonianze sulla vita sociale, sentimentale e sessuale di Felici stesso non portavano elementi a sostegno di questa ipotesi. Ci si era quindi concentrati sul fatto che non avesse mai scelto di portare a casa le teste, quindi che operasse sulle vittime una sorta di cancellazione dell'identità e che questo implicasse forse che lui e le vittime si conoscessero. Ma non c'era stato modo di collegarlo con nessuna di loro, alcuni potevano essere conoscenze occasionali, ma per troppi mancava una connessione plausibile. Allora si era tentata la strada persecutoria, la matrice punitiva. Questi uomini si erano resi colpevoli di qualcosa che Felici aveva ritenuto di dover castigare? Forse alcuni, ma non tutti. C'era un piccolo spacciatore, un uomo con qualche pendenza fiscale, un senzatetto che viveva di espedienti. Ma altri erano persone integerrime e niente testimoniava che Felici li avesse sorvegliati o si fosse informato sul loro conto. Sul suo telefono non era stato trovato nessun indizio, comprendendo anche lo studio dei vari spostamenti. C'erano intere giornate in cui l'apparecchio risultava essere rimasto sempre in casa sua, e molte di quelle giornate coincidevano con la scomparsa di alcune delle vittime. Secondo gli investigatori l'assassino doveva avere necessariamente un secondo telefono, che utilizzava quando si spostava di nascosto, ma non era stato possibile accertarlo. E questo dimostrava un livello di premeditazione altissimo. Non c'era improvvisazione, se Felici non conosceva le sue vittime, ma decideva con grande accuratezza il giorno in cui andare a caccia e lo faceva a colpo sicuro. Dove? Come? Nebbia.

Flavia sfogliava il rapporto che le aveva portato Apuano, incaponitosi a dimostrare di essere il migliore della squadra. Quattro delle undici vittime note non avevano lasciato molto dietro di sé, di due, il senzatetto e lo spacciatore, non si era recuperato nemmeno un membro della famiglia, degli altri non importava onestamente a nessuno. Un paio, il più anziano e quello con guai fiscali, erano stati pianti ma con un margine di sollievo. Ovviamente le famiglie non avrebbero voluto che facessero una fine simile, ma avevano preso in esame il suicidio, tra le ragioni della sparizione, e non lo avevano accolto esattamente come una sciagura. Ma i restanti sette, invece, avevano lasciato dietro di sé uno strazio infinito, mogli, figli, genitori, amici, gente che li aveva cercati per mesi, per anni, e che di fronte alla terra smossa di Selvotta si erano disperati, maledicendo mille volte Valerio Felici. Alcuni erano plausibilmente le stesse persone che avevano costretto i suoi genitori a traslocare più volte nel tentativo di recuperare un po' di pace, esterna se non interna. Isolò le singole vittime. Un ragazzo di ventidue anni che era uscito a portare a spasso il cane di famiglia e non era più tornato. Il cane era stato ritrovato legato a un albero sei chilometri più in là. Un impiegato uscito dall'ufficio un po' prima per andare a prendere il figlio dopo l'allenamento di calcio, che non si era mai presentato. La sua automobile era stata trovata abbandonata in un parcheggio di periferia. Uno faceva il rider e aveva appena finito il turno, il benzinaio aveva da poco chiuso la pompa, Biraago Diedhiou il piccolo negozio in cui lavorava. La sola cosa che avevano in comune era che la loro sparizione fosse avvenuta tra il tardo pomeriggio e la notte.

Troppo poco.

In ufficio erano rimasti solo lei e Apuano, l'elenco delle vittime di Felici faceva parte di un'indagine della Omicidi, ma era anche di dominio pubblico, quindi avevano potuto lavorare sulle informazioni senza sconfinare, ma non sarebbe durata. Flavia si riprese in mano per la milionesima volta tutto il materiale accumulato sinora. Piani di volo, modelli di monopattino, liste d'attesa, mail crittografate. Riguardò quelle che Apuano si era fatto stampare, le parole di senso compiuto erano evidenziate in mezzo a un'esplosione di caratteri casuali. "Vero", "preso", "dopo", "ordine". Aggrottò la fronte, poggiò le dita sopra le strisce gialle che facevano risaltare solo i termini sensati. In mezzo a tutte quelle lettere, quei numeri e i simboli, emergeva quello che, secondo i tecnici informatici, non era un termine:

"GAUNA".

Era presente nella prima mail, nella seconda e anche nella terza. Bastava cercarlo. Il tenente si avvicinò alla scrivania e Flavia alzò la mano dalle mail, senza dire niente.

Perché se anche lo dicessi...

«Ispettrice, secondo me se ci vuole capire qualcosa deve chiedere al commissario il permesso per andare all'Omicidi e farsi dare una copia dell'indagine.»

Lei scosse la testa, ancora soprapensiero.

«Cosa che non succederà mai.»

«Che Orsini le dia il permesso o che alla Omicidi le diano le carte?»

«Tutte e due, Apuano.»

Flavia si stiracchiò, aveva bisogno di mangiare e di riposarsi, ma non si decideva ad andarsene.

«Tu pensi che so' matta?»

«No, matta no. Però non è che la sua teoria abbia molte cose su cui basarsi. Il Cuore vabbe', sappiamo cosa ha fatto, ma il Fegato alla fine magari se lo ritrova davanti stasera in un bar. E gli altri boh, manco lo sanno che hanno gli organi di Felici. Comunque lei mica ci crede a quella leggenda africana, vero?»

«Non è africana, la Papua Nuova Guinea è in Oceania.»

«Quello che è.»

Flavia rifletté.

«Non lo so. Io credo che la mente sia strana. Come quando ti dicono che sei passata tra le ortiche e tu ti gratti anche se non è vero.»

Apuano sorrise. E alla fine Flavia si arrese e sorrise anche lei.

«Facciamo così, aspettiamo domani, se Orsini mi dà il permesso io mi prendo le carte della Omicidi e quando sapremo che organo è partito e per quale centro, mando uno di voi a Bari a controllare. Se non ne esce niente lascio perdere.»

«Non è vero» rise il tenente alzandosi. «Lei non si arrenderà comunque.» Poi, quando già era sulla porta, si voltò e chiese: «A Bari?».

Lei si strinse nelle spalle.

«A Bari.»

BRONCOPNEUMOPATIA CRONICA OSTRUTTIVA

«Deve smettere di fumare» gli dicevano.

«Ma io non fumo» rispondeva lui.

A quel punto gli riservavano sempre lo stesso sguardo, lo sguardo destinato a un bugiardo. Le prime volte lui abbassava la testa, come se il loro dubbio lo contagiasse, come se fosse possibile fumare a propria insaputa. Poi, con il tempo, dopo anni di tosse, di dispnea, di svenimenti se faceva attività fisica, aveva imparato a reggere quegli occhi puntati addosso. Sillabava loro che non fumava, che non aveva parenti fumatori, che non respirava polveri sottili, che non viveva in una zona inquinata, anzi, stava in uno dei posti più belli al mondo, il Gargano. Allora il medico di turno, quasi sempre uno pneumologo, chiedeva la spirometria, e solo dopo i risultati finalmente gli dava retta. Aveva avuto problemi sin da piccolo, si ammalava con niente, aveva sempre la tosse. La diagnosi di enfisema era arrivata a tredici anni, quando era ancora il più basso e il più magro della classe. Sua madre voleva farlo dispensare dalle lezioni di educazione fisica, ma lui le aveva detto di no, no, per carità, non voleva sentirsi diverso. Allora avevano portato il certificato medico a scuola e parlato con l'insegnante, che lo lasciava nelle retrovie e se per caso sentiva il bisogno di fermarsi o di andarsi a sedere non gli diceva niente. I suoi compagni non erano mai stati cattivi con lui, anzi, gli avevano intrecciato intorno una rete protettiva che si sarebbe mantenuta anche al liceo scientifico di Vieste. Lui viveva nella frazione di Defensola, aveva lo stesso gruppetto di amici da sempre e la sola cosa che gli mancava era l'andare in bicicletta, per il resto sentiva di avere tutto, a parte la salute. Anche suo padre tossiva sempre, gli aveva raccontato la mamma, gli succedeva di colpo, perfino quando dormiva. Forse era stato un colpo di tosse a fargli perdere l'equilibrio, quando era caduto da un'impalcatura, tanti anni prima. Era ingegnere e portava sempre il caschetto, ma non era servito. A lui piaceva guardare le foto di suo padre, perché era un omone grande e grosso e, visto che lo era stato nonostante la tosse, questa era una promessa anche per lui. Fu una delle poche promesse mantenute dalla sua vita, un'alzata che non si era mai vista, tra i quattordici e i quindici anni, lo aveva fatto diventare una specie di cicogna, alto alto e secco secco. Non sarebbe riuscito però ad avere le spalle larghe e il fisico robusto di suo padre, perché la tosse sembrava mangiarsi ogni grammo di carne che metteva su. Alla fine fu suo nonno paterno a prendere la decisione.

«Non voglio morire senza sapere cos'ha mio nipote!»

Così se l'era preso, caricato in macchina e l'aveva portato fin nella capitale, per parlare con una professoressa che aveva richiesto una marea di analisi. Alla fine, qualche giorno prima del suo sedicesimo compleanno, era arrivata la diagnosi: "Broncopneumopatia Cronica Ostruttiva", praticamente uno scioglilingua. La dottoressa gli aveva spiegato che i suoi bronchi e i suoi polmoni erano molto malati, si infiammavano e si deterioravano, ma purtroppo non ci si poteva fare nulla. Non era colpa sua, aveva un deficit di alfa-1-antitripsina, probabilmente la stessa cosa che aveva avuto suo padre, ma lui era morto prima che si potesse capire cos'era. Di solito una malattia del genere non veniva a un ragazzino, ma lui era l'eccezione alla regola, il che poteva essere un vantaggio, perché se stava attento a come viveva e alle cose che faceva, c'era la possibilità che il suo corpo rea-

gisse meglio di quello di un adulto. Nel frattempo, c'erano i farmaci.

Il nonno lo aveva riportato a casa e per un po' c'era stato un clima di rassegnazione. Poi sua madre aveva deciso che le parole della dottoressa fossero oro colato, che alla sua età c'erano infinite possibilità e aveva iniziato a ingozzarlo come un tacchino, la sola cosa che potesse fare. Lui mangiava per farla contenta, ma non riusciva a mettere su peso, cresceva solo in altezza. Aveva convissuto abbastanza bene con la malattia sino alla fine dell'università, accompagnato in auto dal nonno, che aspettava il termine delle lezioni per riportarlo a casa. Si era laureato con 110 e lode in ingegneria, il tempo che gli aveva lasciato l'assenza di ogni attività fisica si era convertito in ore di studio. Aveva iniziato a lavorare per una cooperativa, piccole cose che poteva gestire autonomamente da casa, magari giusto rivedere i calcoli. Erano mansioni molto al di sotto della sua competenza, ma gli piaceva l'idea di guadagnare qualche soldo senza sottoporre il suo corpo a uno stress che non poteva reggere. Le sole attività che poteva fare, oltre a rimanere seduto davanti al computer, erano camminare e usare la pedaliera seduto sul divano, per non perdere tono muscolare. Nonostante tutto il gruppo di amici era sempre rimasto unito, solo un paio avevano scelto di proseguire gli studi come lui, la maggioranza aveva trovato un lavoro e un paio si erano già sposati. Lui al matrimonio non ci pensava, che razza di vita avrebbe potuto promettere a una moglie? E poi c'era la faccenda dei figli, la sua malattia non era esattamente ereditaria, ma la predisposizione genetica c'era e ci avrebbe dovuto fare i conti. Non per questo si era fatto monaco, aveva avuto alcune storie, si era scoperto il fascino del malato, come se si fosse trattato di un personaggio de La montagna incantata *di Thomas Mann. Non era per niente brutto: era alto, pallido, con i ricci neri, a tutte le fanatiche di vampiri faceva sangue. Non si era mai potuto concedere grandi performance di amatore, ma si era preso le sue soddisfazioni. Dalila però lo aveva del tutto spiazzato. L'aveva conosciuta un'estate sulla spiaggia, lei era di Molfetta e faceva l'animatrice per i bambini. Dalila era piccola e rotonda, la pelle scurissima e i capelli annodati in una crocchia spiumata sulla sommità del capo. Lui vestiva di bianco e scendeva al mare molto presto, per fare un solo bagno e rimanere il resto del tempo sotto l'ombrellone, il caldo era fortemente contrindicato per le persone con i suoi problemi. Così avevano iniziato a chiacchierare mentre lei attrezzava l'area della baby-dance e, giorno dopo giorno, avevano iniziato ad aspettarsi. Dalila non era una bellezza, ma compensava con un vigore e una gioia di vivere che la facevano scintillare in mezzo agli altri. Era stata lei a decidere che si sarebbero messi assieme. Lui aveva riso.*

«Non durerà.»

«Perché?»

«Perché morirò prima.»

Aveva ventisette anni e da un po' i medici avevano parlato di "aspettative di vita". Era stato bravissimo, aveva evitato il fumo e ogni altro vizio, aveva mantenuto uno stile di vita sano, attivo quanto gli era possibile, eppure ogni sera aveva bisogno della maschera di ossigeno. Ventisette anni e solo cinquantacinque chili di peso, non andava bene. Dalila si era stretta nelle spalle e aveva detto:

«Finché dura dura».

Aveva accettato, a lui non costava niente, gli faceva piacere sapersi "fidanzato", sarebbe stato bello un Natale di coppia e un Capodanno, magari sarebbero arrivati pure a San Valentino. Ma non era uno stupido. Suo nonno si era fatto vecchio, sua madre aveva smesso di cucinargli tutto il giorno, gli amici venivano a trovarlo più spesso del solito. Dall'ultimo specialista era andato insieme a Dalila, ad autunno inoltrato. Gli aveva detto cose magnifiche di quel dottore di Bari, era uno dei pochi che faceva trapianti di polmoni. Glielo aveva proposto.

«Ti metto in lista d'attesa.»

Ma lui aveva scosso la testa. Gruppo AB, sapeva cosa significava, ci sarebbe voluto un donatore con gli organi in perfette condizioni, giovane e del suo stesso gruppo sanguigno, era una combinazione incredibilmente difficile, i polmoni non sono reni, le incognite erano maggiori rispetto ad altri trapianti. Appena usciti dallo studio, Dalila gli aveva fatto una partaccia, urlando nel bel mezzo dell'ospedale se era scemo, se voleva morire, che a sapere che era un cagasotto non ci si sarebbe messa assieme e lui non l'aveva mandata affanculo solo perché non avrebbe saputo come tornare a casa. Una volta lì non le aveva parlato per due giorni e lei non aveva mollato di un millimetro. Alla fine aveva chiamato il medico e gli aveva detto di metterlo in lista. Non gli importava, non credeva affatto che avrebbero trovato un donatore, anche se sua madre andava ad accendere un cero in chiesa ogni sera. E invece i ceri ebbero il loro effetto, un giorno in cui sua madre gli aveva appena messo davanti un piatto di orecchiette. Era aprile, lui e Dalila si erano goduti Natale, Capodanno e San Valentino, poi il tempo lo avevano trascorso quasi sempre nel letto, lui con la maschera per l'ossigeno ben piantata in faccia. Era partito per Bari con l'elicottero, gli altri lo avevano raggiunto in auto: sembrava che in autostrada ci fosse il corteo di un matrimonio, o di un funerale. Ma al momento di andare in sala operatoria, era solo. Non gli dispiaceva, in fondo non gli era mai stato consentito di fare niente da solo, quella era la prima volta. Aveva chiuso gli occhi un attimo, e l'attimo dopo li aveva riaperti avvertendo un senso di tensione al petto, la pelle che tirava nel mezzo, come se fosse stata chiusa in un'enorme pinza. E allora, dopo quindici anni dall'ultima volta in cui era riuscito a farlo con quella facilità, aveva respirato.

Gliel'avevano detto, che sarebbe dovuto rimanere a lungo in ospedale, ma ai Polmoni non era importato. Veniva controllato ogni giorno, così da poter cogliere ogni segno di rigetto, non che in quel caso avrebbero potuto far nulla.

Niente circolazione esterna, nessuna pezza da mettere, se il suo organismo rifiutava quegli elementi esterni era, semplicemente, finita. Un'ipotesi accettabile, ogni singolo respiro valeva tutto il dolore che provava, valeva la morte. Dalila veniva tutti i giorni, quando non era lei era sua madre, quando sua madre aveva un impegno, arrivava suo nonno. Si sedeva accanto al letto, con un gran sorriso soddisfatto, come se il beneficiario di quel trapianto fosse lui. Ai Polmoni dava fastidio. Non tanto suo nonno, poteva capire che una persona anziana vivesse ormai di proiezioni, non avendo una vita propria. Ma tutti si sentivano così coinvolti, così parti in causa, mentre in realtà i loro erano risarcimenti di sponda, quello che aveva avuto una seconda possibilità era lui e solo lui.

Era trascorso quasi un mese, prima che potesse tornare a casa. Gli avevano detto di essere estremamente cauto, continuare gli esercizi iniziati in clinica, procedere con i farmaci, fare piccoli passi. Ma una volta fuori, una volta divenuto il solo padrone delle sue cicatrici, era stato preso dalla fame. Una fame fisica, sì, ma anche una fame psichica. Appena sceso dall'auto aveva chiesto di andare al mare, e di andarci a piedi. Sua madre aveva protestato, sua nonna si era messa a piangere, Dalila gli aveva offerto il braccio, ma lui aveva rifiutato. Aveva percorso tutta la strada da solo, attraversando anche la provinciale, ed era arrivato alla spiaggia battuta dal vento. A ogni passo aveva pensato che sarebbe caduto, e invece no. Il suo cuore batteva regolarmente, l'aria entrava, si tratteneva il tempo necessario e poi usciva. Era vivo, non aveva più limiti. Tornato a casa non aveva dato spiegazioni a nessuno, si era limitato ad alzare le braccia al cielo, e tutti, sollevati, lo avevano applaudito. Il giorno dopo aveva camminato di più, quello seguente di più ancora, e ogni volta tornava con una fame da lupo e divorava tutto quello che sua madre gli preparava. Una sera si era sentito male e aveva rimesso anche l'anima, poi si era fermato, in ascolto, per capire se qualcosa si fosse rotto. Ma non c'era stato gusto di sangue in bocca, né sibili dentro al petto, e soprattutto niente dolore. Poteva vomitare come le persone normali. Era una persona normale.

Per tre mesi si era limitato a tenere il timone. Andava a tutte le visite, prendeva le medicine, non eccedeva con l'esercizio fisico né con il cibo. Però aveva chiamato la cooperativa per cui lavorava e aveva preteso delle mansioni adeguate alla sua preparazione. Di là erano rimasti spiazzati, sapevano dell'operazione e volevano andargli incontro, ma non avevano disponibilità. Così si era licenziato e aveva iniziato a inviare il suo curriculum in giro, non solo a Vieste ma anche a Foggia e a Bari. Sua madre era preoccupata.

«E se poi ti danno il lavoro? Cosa fai?»

«Mi trasferisco.»

Un uccellino doveva aver riportato questa voce al suo medico, perché all'incontro seguente lo aveva redarguito.

«Lo sai che il pericolo di un rigetto non sarà mai scampato, vero? Che dovrai farti le analisi per tutta la vita e che dovrai essere sempre, costantemente sotto controllo? Non bruciare le tappe, hai aspettato fino ad ora, puoi aspettare ancora un po'.»

Lui aveva ascoltato, aveva sorriso, aveva annuito. Poi era tornato a casa e aveva fatto i bagagli. Di fronte alla disperazione dei parenti aveva opposto la motivazione più granitica possibile.

«È meglio che stia vicino alla clinica, al dottore, agli ospedali. Se mi succede qualcosa qui cosa potrei fare?»

Dalila gli aveva detto che non sarebbe andata con lui, non subito, era un passo importante, perché non gliene aveva parlato? Non le rispose che lei andava bene per un uomo morto, non per un uomo vivo, che era stata un ripiego, un meglio di niente, che ora lui stava prendendo peso, era meno pallido, le donne lo guardavano e finalmente poteva scopare come si deve. Le disse solo okay, l'avrebbe aspettata a Bari, sperando che la lontananza avrebbe fatto il resto. In città si era portato poca roba, avrebbe potuto rimanere in albergo giusto una settimana, non aveva messo molto da parte, il premio dell'assicurazione sulla vita che aveva stipulato suo padre aveva coperto tutte le sue spese mediche e non rimaneva granché. Iniziò dando ripetizioni, fece domanda anche come insegnante alle scuole medie, ma non ebbe bisogno di quel ripiego, venne chiamato da una ditta di ristrutturazioni, avevano necessità di un tecnico che andasse sui cantieri. Se lo fece andare bene, ora aveva tutto il tempo del mondo. Prese un bilocale in zona Politecnico, si spostava con i mezzi, ma aveva preso la patente, quando aveva compiuto diciotto anni, e anche se non aveva praticamente mai guidato, sapeva che entro l'anno avrebbe potuto permettersi di prendere un'auto usata. Sua madre lo chiamava tutti i giorni, Dalila solo due volte alla settimana, poi una volta sola, poi non più. Gli amici di Defensola lo cercavano ancora, e quando lo raggiungevano lì in città andavano a bere insieme. L'alcol era stata la scoperta più bella di tutte, migliore anche del sesso. Non ne abusava, ma ogni tanto gli piaceva andare oltre il limite, per vedere com'era. In fondo si era affacciato sulla morte, non ci poteva essere niente di peggio. Ora che non c'era più Dalila, rimorchiava le ragazze con una certa facilità, e con altrettanta facilità le scaricava, perché dei legami ne aveva avuto abbastanza per questa vita e quell'altra. Due giorni prima di andare in ferie sua madre lo chiamò a tarda notte per dirgli che il nonno era morto. Le disse che sarebbe rientrato per il funerale, ma non aveva intenzione di farlo. Cercò di riaddormentarsi senza successo, sentiva che qualcosa si stava mettendo tra di lui e il suo respiro, e non intendeva assecondarla. Così accese il computer e si mise a fare un lavoro meccanico, pulire la casella di posta dalle mail inutili, le pubblicità e lo spam. Mentre cliccava automaticamente sui messaggi della posta indesiderata, l'oggetto di una mail attirò la sua attenzione. Diceva:

"SAI DI CHI ERANO I TUOI POLMONI?".

Pensò a un errore, a una buffa coincidenza. Il mittente non era visibile, "Sconosciuto" diceva l'intestazione. Del suo donatore lui sapeva solo che era giovane, la sua grande fortuna, ma nient'altro. Fece per cancellare il messaggio e improvvisamente sentì un dolore al petto, come un morso. Si piegò in avanti, coprendo con il tronco lo schermo e gettando la stanza nell'oscurità. Stava avendo un infarto? Sì, era possibile, il suo cuore aveva subito le conseguenze del malfunzionamento dell'apparato respiratorio, niente di irreparabile ma c'erano serie possibilità che potessero sorgere dei problemi. Ma non era questo a preoccuparlo, della morte continuava a non avere paura, chi se ne fregava se la vita era così stronza da portarselo via con un infarto nemmeno quindici mesi dopo il trapianto? Era quella sensazione, che non sopportava, quel senso noto della trachea che si stringe, dell'aria che si riduce a un filo. Perché gli stava succedendo di nuovo? Perché non respirava? Era per quella domanda? Era lei che gli stava procurando l'infarto e che gli impediva di respirare? Cercò di convincersi che non fosse vero, mentre lottava contro l'attacco di panico, che non importava di chi fossero, prima, i suoi polmoni. Non importava, non importava, non importava.

«Sono miei» gracchiò alla stanza buia.

Ma era una bugia.

INSONNIA

«Mi faccia parlare, le dico solo "mi faccia parlare".»

L'incontro del mattino dopo tra l'ispettrice Mariani e il commissario Orsini avvenne a porte chiuse. Chi transitava in corridoio, però, poteva sentire tutto, e "tutto" era sostanzialmente la voce della donna.

«Allora, le spiego come sono arrivata a chiederle questa cosa. Lei crede nelle coincidenze? Io no, però nemmeno escludo che esistano. Dunque, abbiamo un assassino, lo vogliamo chiamare "serial killer"? Lo chiamiamo serial killer. Ammazza diciannove persone, attenzione, DICIANNOVE. Poi muore come un cretino, casca a terra, nessuno sa chi è, dona i suoi organi, i genitori non vogliono che si dica, nessuno lo sa. Va bene? Passano due anni e l'uomo che ha ricevuto il suo cuore ammazza i genitori. Un caso, dice lei, va bene, dico io. Solo che scopriamo che a casa sua qualcuno aveva fatto atti vandalici, tanto che questo se n'era andato, e che nella cassaforte c'è la copia della lista di riceventi, però tagliata, con solo il suo nome. E lui lo sapeva, di chi era il cuore, attenzione! Da dove arriva questa lista? Non si sa. Chiediamo all'ospedale e la lista non esiste, chiediamo al ministero e la lista non c'è più, cancellata. Può essere stato lui a fare tutto? Si disegna i cuori, si manda la lista, la fa cancellare, si manda messaggi minatori... perché nella mail c'erano messaggi minatori e li stiamo recuperando. Così, s'è impazzito, prima si perseguita, poi uccide i genitori? Lei mi dirà che può essere e può essere. Però io trovo un altro dei trapiantati, ed è sparito. Stesso periodo, eh? Da quando il Cuore va a stare dai genitori il Fegato sparisce, non è strano?»

Orsini guardava Flavia annichilito, travolto dalla sua parlantina, mentre la donna passeggiava avanti e indietro davanti a lui, in un interminabile monologo che la faceva pericolosamente assomigliare a una Medea romana.

«Allora immaginiamo che le coincidenze non esistano e che se il Cuore è impazzito e il Fegato è sparito ci sia dietro qualcuno.»

Orsini aprì la bocca, inutilmente.

«Oh, io ho detto "se". Magari mi sbaglio, ma se non mi sbagliassi? Qualcuno l'ha stampata, quella lista, e ce l'ha intera. Io ne ho trovati due, quasi tre, poi un quarto è all'estero, FORSE. Quindi mancherebbero quattro persone, quattro organi, il pancreas, i due reni e le cornee, perché il cardiochirurgo mi ha detto che erano sette équipe. Allora, sempre partendo dai "se", se questa lista è trapelata, se c'è qualcuno dietro la sua cancellazione, se Cuore e Fegato sono le prime vittime, allora noi abbiamo il dovere di trovare e proteggere gli altri prima che questo qualcuno non decida di finire il lavoro e fare fuori tutti i pezzi avanzati di Felici!»

Orsini alzò una mano e finalmente Flavia gli lasciò spazio.

«Tutto bello, Mariani, ma finora chi è morto?»

Lei rimase un attimo interdetta, e lui ne approfittò.

«Abbiamo un trapiantato che ha ucciso i genitori. Non ci fa piacere, ma lui è in carcere, o meglio, era in carcere, ora è stato trasferito in una struttura dove resterà in vista del processo.»

«Come, lo hanno trasferito?» saltò su lei. «E nessuno mi ha detto niente?»

«Ma non è mica tuo zio! E non è fuggito all'estero, è

stato dislocato in una struttura più consona ai suoi problemi.»

Flavia si rabbuiò.

«Quindi alla fine l'ha avuta.»

«Cosa?»

«L'infermità mentale.»

«Eh, avuta... No. Hanno fatto solo una prima perizia, bisogna aspettare le altre. Ma se posso dirti la verità, l'avrà. Ed è giusto così, perché non è in sé. Sappiamo entrambi cosa ha dichiarato e non importa come ci è arrivato, a pensare quelle cose, ma le ha pensate e ha fatto quello che ha fatto. Anche a me stava simpatico, ma i fatti non cambiano.»

«Cambiano se si è sentito costretto. Se c'è qualcun altro dietro. Se lui era il braccio e un altro la mente.»

Orsini si appoggiò pesantemente allo schienale.

«Mariani, ma perché vuoi dare la caccia ai fantasmi? L'unica stranezza, se proprio vogliamo trovarla, è che la lista di queste persone non ci sia più. Ecco, questo te lo concedo. Il resto sono congetture, il Fegato sparito era un mezzo delinquente, dice la sorella, uno sbandato.»

«Gli hanno sfasciato casa.»

«E allora? Pure da me una volta sono venuti i ladri, e non ti dico che hanno lasciato.»

«Ma se avessi ragione? Lei se la sente di prendersi questa responsabilità?»

Flavia si fermò, dritta come una spada a fissare Orsini. Che sospirò.

«Tu sei la degna erede di Carrozzini, anche lui era l'avvocato delle cause perse.»

Nel momento in cui Lorenzo fu evocato, Flavia capì di avere vinto. Orsini sbuffò.

«Che vuoi fare?»

«Due cose.» Lei si mise subito a sedere. «La prima è mandare Apuano a Bari per verificare l'identità di uno dei riceventi.»

«E che ha ricevuto?»

«I polmoni: primo perché a Bari non fanno il pancreas, e secondo perché la Turriziani mi ha confermato che i polmoni vengono prelevati subito dopo il cuore e il primo elicottero a partire è andato a Bari.»

Orsini annuì con sufficienza.

«E la seconda cosa?»

«Voglio chiedere alla Omicidi se posso visionare le carte sul caso di Felici.»

«Perché?»

«Perché questa persona prima si è informata sulla sua morte, poi ha trovato la lista e quindi l'ha distrutta, dopo di che ha iniziato a tormentare due dei riceventi e forse anche gli altri. Una cosa simile richiede tantissime energie, e queste energie non ce le abbiamo nemmeno noi che di questi mostri ce ne occupiamo di mestiere. Quindi questo individuo deve essere motivato. Molto motivato. E non saprei dove altro trovare tanta motivazione, se non in quel caso.»

Orsini sospirò.

«Va bene. Ci lavori finché non arriva qualcosa di importante su cui metterti. Due cose: l'indagine Felici non è tua, se scopri qualcosa lo vai a dire difilato ai colleghi.»

«Certo, ma era sottinteso!»

«Secondo: qualunque cosa dovessi scoprire su questo caso assurdo che esiste solo nella tua testa, lo riferisci a me. A me, Mariani, hai capito?»

«E a chi altro dovrei dirlo, commissario?» rispose Flavia con un sorriso angelico.

Per entrare nella sezione Omicidi della questura, si era travestita da coniglio. Come prima cosa si era chiusa nel bagno in fondo al corridoio del commissariato e, imprecando tra i denti, si era raccolta i capelli meglio che riusciva. Era una cosa che detestava, da sempre levare la cornice rossa al suo viso le dava l'impressione che il naso svettasse più del solito e la bocca sembrasse ancora più larga. Ma senza i capelli aveva un aspetto quasi mite, ed era a quello che puntava. Si allacciò il soprabito su su fino al collo, così da perdere ogni sinuosità, e per finire si mise un foulard a mo' di sciarpa. Quel foulard gliel'aveva regalato sua cognata, scegliendo con grande attenzione dei colori sobri da signora, visto che per i suoi gusti lei era fin troppo appariscente. Flavia se lo teneva in borsa per occasioni come questa, era un travestimento rapido ed efficace. Con quell'aspetto da attempata educanda si presentò all'ingresso della questura, mostrando il tesserino e chiedendo dell'ispettore capo Tanfulla. Aveva preso appuntamento tramite Orsini, e quando il commissario le aveva chiesto quale ragione addurre per quell'incontro, lei gli aveva risposto: «Una questione di sicurezza pubblica». Ora sedeva davanti a Tanfulla, impaziente, nervoso, evidentemente considerava l'incontro con lei tempo rubato. Aveva saputo da Orsini che avrebbe trascorso il fine settimana in montagna a sciare con la famiglia e lei gli era capitata tra i piedi quando stava giusto per partire.

«Lo so che è venerdì sera, mi scuso tanto. Ma la questione è urgente» si giustificò Flavia con voce mesta e occhi bassi.

«Dica, Mariani, dica.»

«Lei ovviamente sa del duplice omicidio di una decina di giorni fa.»

«Lo so, Mariani. E quindi?»

«Quindi l'omicida aveva subito un trapianto, e il cuore era di Valerio Felici.»

Abbassò gli occhi, mentre Tanfulla elaborava la notizia ed evitava di chiederle se ne fosse sicura. Perché di lei non si fidava, ma l'aveva mandata Orsini e a Orsini non poteva mancare di rispetto.

«Sono cose che capitano» concluse.

«Ma lei lo sa che mestiere faceva il trapiantato, era un giornalista. E prima del gesto dell'altra sera, ha avuto due anni per appropriarsi, non sappiamo con che mezzi, di documenti riservati riguardanti il vostro caso. Alcuni erano in cassaforte.»

L'ispettore capo si sistemò meglio sulla sedia, segno che Flavia aveva la sua attenzione.

«Documenti nostri?»

«Documenti su Valerio Felici. Forse ci stava scrivendo un libro.»

Che non era una bugia, un libro lo stava scrivendo, anche se l'argomento era un altro. Ci fu un nuovo spostamento di Tanfulla e Flavia ne approfittò per affondare.

«Perciò abbiamo il ragionevole dubbio che possa esserci dietro l'angolo la pubblicazione di qualcosa che potrebbe essere imbarazzante per noi, oltre che nocivo.» Guardò in basso. «Addirittura sfruttando il massacro dei suoi genitori come rampa di lancio.»

L'uomo la guardò con interesse per la prima volta.

«Che infame. E non sarebbe nemmeno il primo a fare un'operazione del genere.» Abbassò la voce. «Lei dice che si è identificato al punto da uccidere i suoi?»

Flavia si strinse nelle spalle e scosse la testa, con un'espressione da madonna addolorata.

«Non gli hanno ancora dato l'infermità mentale, quindi tecnicamente adesso l'unico modo per impedire una pubblicazione è verificare cosa sia riuscito a sapere del caso. Se fa accenno a documenti riservati siamo a cavallo, perché possiamo bloccarlo.»

Poi tacque, sperando di aver premuto i tasti giusti. Nessuno ti fa mettere le mani sulle carte di un caso non tuo. Al massimo ti consentono di consultarle in loro presenza, e Flavia lo sapeva, per questo aveva puntato tutto sul pericolo di una fuga di notizie. A nessun poliziotto piaceva essere messo alla berlina, e il caso di Valerio Felici era tutto fuorché risolto. Se avesse chiesto un favore, la risposta sarebbe stata "no". Ma offrirsi di scartabellare al posto loro tutti i documenti per evitare un clamore imbarazzante, quello le fece ottenere cinque scatoloni di materiale inviati direttamente dalla questura nel suo ufficio.

Apuano era partito per Bari il mattino seguente, aveva trovato miracolosamente posto su un volo e appena atterrato si sarebbe presentato alla clinica dove i polmoni erano stati trapiantati. Anche la Turriziani avrebbe rinunciato al sabato libero per tentare di rintracciare il Fegato, attraverso il suo conto postale e le sue vecchie frequentazioni. Era probabile che la sorella non sapesse poi molto della sua vita fuori casa: avrebbe iniziato con le amicizie che si era fatto in carcere, sperando di avere fortuna. A Miré era toccato un compito più leggero, lui non sarebbe stato di turno, ma avrebbe dovuto solo procurarsi una foto recente dell'ex custode del palazzo. Magari ne esistevano in rete, fatte dai visitatori, oppure era stato immortalato dalle telecamere delle sale interne, per quanto fossero già passati due mesi da quando aveva abbandonato il lavoro. Iacoangeli invece era di pattuglia il sabato mattina e poi aveva la giornata libera, sarebbe tornato solo domenica sera, almeno una fortuna a Flavia era toccata.

Così, dopo una colazione leggerissima che si era imposta per non avere bruciori o sonnolenza, Flavia era andata in ufficio decisa a trascorrervi l'intera giornata. Spostò all'interno un paio di tavolini che stavano in corridoio e aprì gli scatoloni per smistare il materiale. Divisi in singole cartelle c'erano prove indiziarie, risultati di indagini esplorative e documentazione generica su Valerio Felici. Se avesse avuto idea di cosa stesse cercando, Flavia si sarebbe risparmiata la fatica di dover passare da un dossier all'altro senza poter mettere qualcosa da parte perché ininfluente. Sparpagliò il materiale su tavoli, sedie e perfino per terra, dividendolo per genere: morti con morti, Scientifica con Scientifica, testimonianze con testimonianze. Visto che non poteva fare fotocopie o fotografie si segnava tutto a mano su una vecchia agenda del 2017 che aveva ritrovato in fondo a un cassetto.

Le indagini capitanate da Tanfulla, ovviamente, avevano avuto lo scopo di incrociare i dati delle vittime decedute con i movimenti noti di Felici che, a distanza di anni, erano stati difficili da ricostruire. Per esempio, l'uccisione di Edoardo Salvay, trentacinquenne originario di Voghera, trasferitosi a Roma nel 2008 per fare il metalmeccanico: avevano cercato di isolare le poche tracce che Felici aveva lasciato dietro di sé tra marzo e aprile di tre anni prima. Salvay era uscito un sabato sera per andare a cena con gli amici e il lunedì non si era presentato al lavoro. La denuncia di scomparsa da parte della ditta per cui lavorava aveva dovuto attendere altre ventiquattr'ore, perché non erano ben chiari i confini tra l'allontanamento volontario e un eventuale margine di pericolo. L'uomo non era sposato, frequentava diversi locali e la notte di sabato era stato visto entrare in uno di questi, ma non si sapeva a che ora se ne fosse andato né se fosse stato solo. Parallelamente, di quel che Felici avesse fatto in quel weekend, non si sapeva assolutamente nulla, aveva postato su Instagram la foto di un aperitivo con i colleghi il venerdì sera, a corredo dell'immagine la frase: "Finalmente fiesta!". Poi nulla fino al lunedì seguente, una foto di lui, abbracciato alla madre, mentre le schioccava un bacio sulla guancia guardando ammiccante nell'obiettivo. La donna aveva in mano un piatto di bucatini all'amatriciana e rideva con gli occhi chiusi. La didascalia, in quel caso, diceva: "C'è bisogno di commentare?". Non era stato possibile sapere cosa avesse fatto in quei due giorni. Il suo telefono era sempre rimasto a casa, ricevendo solo qualche messaggio a cui era stata data risposta molto tardi, nella notte di domenica. In un disperato tentativo di difendersi dall'accusa di coprirlo nelle giornate come quella, in cui si assentava, gli amici e la fidanzata avevano spiegato che Valerio suonava la chitarra elettrica con le cuffie giù nella sua sala prove e che quando studiava un nuovo pezzo si isolava completamente. Chitarra e cuffie esistevano davvero, così come diversi video in cui Felici effettivamente suonava, ma tutto quello che era stato dedotto dagli inquirenti era che il ragazzo ingannava sistematicamente anche tutte le persone che lo circondavano, ovviamente, anche grazie al secondo telefono che non era mai stato trovato. A Flavia tutti quegli "ovviamente" stavano davvero sul cazzo. Non che i colleghi non fossero stati accurati, per carità, ma fascicolo dopo fascicolo si era resa conto che a un certo punto avevano iniziato a parlare di Felici come di Houdini. Di punto in bianco lui spariva e loro dicevano semplicemente che aveva fatto perdere le sue tracce. E basta, si arrendevano, come se gli anni trascorsi dalla sua morte, invece di due, fossero stati venti, o duecento. C'erano casi che venivano riaperti trenta, cinquant'anni dopo, e a volte li risolvevano pure, ma quello no, quello era il caso di un uomo troppo furbo per loro, e quindi: pazienza.

Perché è morto, è questo che li fa arrendere.

Gli manca la caccia.

Triste ma vero, senza un colpevole da catturare la fame di giustizia si spegneva subito. Lei invece quella fame ce l'aveva ancora, perché, non sapeva come, pure da morto Valerio Felici continuava a tormentare la gente e a mietere vittime, seppure attraverso mani altrui. E lei si era messa in testa di tagliarle, quelle mani. Ci aveva messo tutto il giorno ed era arrivata alla fine dell'ultima scatola. Non aveva trovato niente che potesse suggerirle una direzione in cui guardare. Chi ce l'aveva con Felici al punto da voler perseguitare le parti di lui che ancora vivevano? I genitori delusi? La fidanzata tradita? La polizia? I parenti delle vittime conosciute? Quelli delle vittime sconosciute? Rimise tutto in ordine e ricominciò da capo. Decise di lasciar perdere gli "ovviamente": ogni volta che qualcosa la lasciava in dubbio lei se la sarebbe segnata su una pagina dell'agenda. Ricominciò dai morti. Biraago Diedhiou, prima vittima accertata, lui e Felici non avevano punti di contatto, la sola possibilità era stata una scelta casuale da parte dell'assassino. Ovviamente. Se lo segnò. Adelmo Ferracioli aveva sessantanove anni e non era nemmeno di Roma ma di Acilia. Era andato in città per una visita al fratello e poi era scomparso senza prendere il treno del ritorno. Felici doveva averlo intercettato nel percorso verso la stazione. Ovviamente. Lo riportò nell'agenda. Elia Ardito, cinquantenne proprietario di un negozio di maglieria, aveva abbassato la saracinesca per tornare a casa in auto. L'auto era stata ritrovata in campagna, due giorni dopo, con il corpo sgozzato che iniziava a gonfiarsi, seduto al posto del passeggero. Felici doveva essersi fatto dare un passaggio da lui. Ovviamente. Flavia si fermò. Andò a controllare l'orario del negozio. Ardito aveva chiuso a mezzogiorno e non aveva riaperto alle quindici, come da orario esposto. Nessuno si era allarmato, essendo il proprietario faceva sempre un po' come gli pareva, però lo stesso giorno Valerio Felici aveva lavorato sino alle diciassette, cinque ore dopo la scomparsa dell'uomo. E che fosse rimasto in ufficio era un fatto accertato, aveva inviato mail e caricato dei documenti sul drive della compagnia usando la sua password.

Forse è stato un complice?

Ma quando mai.

La gente come Felici non aveva complici, lavoravano da soli e si godevano i risultati da soli. La morte del commerciante era stata messa in correlazione con lui solo perché, al momento del ritrovamento del corpo, gli mancavano due dita del piede e quelle dita, o quel che ne restava, erano state ritrovate a Selvotta. Quindi cosa aveva fatto Elia Ardito dalle dodici alle diciassette, sempre ammesso che poi Felici gli avesse chiesto davvero un passaggio? Si segnò entrambe le domande, ma restava poco convinta. Cercò gli approfondimenti sulle abitudini di Ardito. Non usava molto i social, era scapolo, proprietario di un bell'appartamento a Primavalle, andava spesso a cena al ristorante "La forchetta del re" e i vicini lo definivano una persona "discreta" e "squisita". Non c'era nessuna testimonianza, però, che l'assassino frequentasse i posti dove andava l'uomo, nemmeno il ristorante.

Sì, ma mangiare doveva.

Forse sceglieva le sue vittime al ristorante, come avrebbe fatto con delle pietanze.

Cambiò strategia e iniziò a cercare tutti i locali comparsi nelle varie foto e storie su Instagram di Valerio Felici. Un materiale strabordante contenuto in una chiavetta USB, che testimoniava come anche il peggiore degli assassini sentisse il bisogno di mostrarsi a ogni costo, perché apparteneva a quella generazione per cui se gli altri non ti vedono non esisti. Ed erano tantissimi, i posti che frequentava, a volte con Lavinia, altre con amici o colleghi, roba da giovani, quello schifo di sushi, la cucina fusion, ristoranti mai sentiti nominare. Alcune foto se le era scattate lui, altre erano di gruppo o istantanee della fidanzata, quando ancora aveva i capelli lunghi e setosi, poveraccia. Le stava facendo scorrere con indolenza, chiedendosi se potesse davvero servire a qualcosa, quando la vide. Era seminascosta nella mano dell'assassino, l'immagine era stata scattata da un collega nell'inverno del 2020, quando lui, Felici e altre tre persone dell'ufficio avevano consumato un aperitivo in piedi all'aperto, per via delle norme antigeniche. Il collega, che si chiamava Andrea Colombo, aveva immortalato il fumo che usciva dalla sua mascherina commentando: "Che cazzo di freddo!" con varie emoji ghiacciate. Alle sue spalle Valerio Felici si sistemava la propria sul naso, tenendo in mano un mazzo di chiavi da cui pendeva una pallina azzurra. Flavia si avvicinò all'immagine, cercando di non toccarla col naso. Era il portachiavi scomparso di cui gli aveva parlato Lavinia Cortese.

A che gli servivano le chiavi?

Mica doveva partire con la macchina, manco ce l'aveva.

Poi ricordò il monopattino elettrico, doveva avere uno di quegli affari che lo tengono bloccato, e quelli si aprivano con una chiavetta. Ma non erano le chiavi a interessarle, era quella palletta azzurra. Recuperò il faldone che le avevano consegnato i vigili e la foto del luogo dell'incidente. Effettivamente il portachiavi era lo stesso.

E allora?

Non lo sapeva. Andò in cerca di una foto dove si vedesse meglio, ne dovette passare trenta per ritrovarla. Era la foto di una collega dell'ufficio, Annalaura Ramasco, scattata al termine di un progetto. Lui e gli amici abbracciati con il segno della vittoria. La didascalia era: "Siamo una squadra fortissimi!". Subito dietro i ragazzi c'erano due postazioni di lavoro, e nel portaoggetti di una delle due c'era un mazzo di chiavi, a cui era attaccata la pallina azzurra.

Io quel portachiavi lo conosco.

Perché lo conosco?

Andò in cerca di un altro faldone, non quello delle testimonianze e nemmeno quello delle vittime, le serviva quello che catalogava gli oggetti personali di Felici ritrovati in casa sua. C'era una marea di roba inutile, che risultava tutta in un elenco messo nelle prime pagine. Flavia lo seguì con il dito, al settimo posto c'erano le chiavi di casa, su cui erano state rilevate le impronte di Felici, del padre e della madre di lui e della fidanzata. La foto delle chiavi la lasciò perplessa. Era un comunissimo mazzo di chiavi con un portachiavi semplice, di cuoio. Nessuna pallina azzurra. Lo confrontò con quello della foto in ufficio e con quella del bar. Non erano abbastanza nitide, il mazzo era sicuramente quello ma la pallina non si vedeva meglio di così. Improvvisamente le venne un dubbio.

Quando mai una persona fa una foto sola, la posta e poi morta lì?

Controllò nella cartella dei testimoni. Quella collega di Felici, Annalaura Ramasco, faceva almeno un post al giorno. Era carina, un bel sorriso, naso a punta, occhi vivaci, una che non si faceva mangiare in testa. Ci teneva tantissimo a mettere la propria foto da donna in carriera ogni santo giorno, possibile che le uniche immagini in cui c'era il suo collega serial killer fossero quelle? Flavia controllò l'ora: erano le dieci e mezza di sera. Ricominciò a tormentarsi le labbra, anche se quello inferiore le doleva ancora per tutti i morsi che gli aveva inflitto il giorno prima. Lei non aveva alcun titolo per chiamare quella persona. Le avevano consegnato le carte per una ragione fittizia, ma l'indagine non era sua e per contattare una testimone avrebbe dovuto chiedere il permesso. Guardò verso la porta aperta del suo ufficio. Se ne erano andati tutti, forse era rimasto qualcuno al centralino, ma ne dubitava. Non avrebbe dovuto farlo, non avrebbe proprio dovuto. Digitò nome e cognome della ragazza nel database e pregò che il contatto fosse già registrato. C'era. Annalaura Ramasco, via, numero civico, telefono. Lasciò che lo scrupolo la solleticasse ancora un attimo e poi compose il numero.

«Pronto?»

«La signorina Ramasco?»

«Sì?»

«Ispettrice Mariani.»

Fece decantare l'informazione per qualche istante. Poi la donna rispose di nuovo:

«Sì».

C'era rassegnazione, nella voce, sintomo che l'avevano già chiamata infinite volte, per farle domande lì al telefono oppure per convocarla. Ed era evidente che la cosa non le facesse fare i salti di gioia.

«Mi scusi, l'ho svegliata?»

«No, non si preoccupi.»

Flavia ragionò veloce. Quella collega era stata una delle persone informate dei fatti che aveva probabilmente già dovuto testimoniare in merito agli spostamenti di Valerio Felici. Se avevano alcune sue fotografie, benché prese direttamente dai social per circostanziarle, di sicuro le avevano chiesto di inviare qualunque altra immagine contenesse la presenza di Valerio Felici. E lei lo aveva già fatto, ne era certa.

«Abbiamo dei problemi con i suoi file.»

La donna non rispose.

«Li abbiamo trasferiti da un server all'altro e alcuni nel passaggio risultano danneggiati. Può inoltrarci di nuovo la mail che ci ha già mandato?»

Non sapeva se avesse detto un'idiozia, se i server c'entrassero con le foto trasferite, ma confidava che il suo tono risoluto bastasse a darle credibilità.

«Adesso?»

Nemmeno una lotta, era stata subito una resa incondizionata.

E se fossi un'impostora e stessi contando balle?

Questa non fa carriera

pensò fugacemente Flavia, ma rispose:

«Se non le spiace».

Ci fu una lunga pausa, poi la musichetta di un computer che si avviava.

«Solito indirizzo?» chiese la voce rassegnata all'altro capo.

«No, la mandi alla mia attenzione. Dopo la chiocciola è tutto uguale, prima metta Flavia punto Mariani.»

Sì, era evidente che la signorina Ramasco fosse stata interpellata fin troppe volte per i suoi gusti, e forse i colleghi non ci erano andati con la mano leggera.

«Devono caricarsi» si giustificò l'altra.

«È l'ultima volta che la disturbiamo, promesso. Mi fa questa gentilezza e poi la lascio andare a letto» mentì l'ispettrice.

«Non ci andrei comunque» rispose l'altra con voce incolore. «Non dormo più molto.»

Flavia non commentò. Del resto se realizzi di essere stata gomito a gomito con un mostro tutti i santi giorni e che in quel giardino ci potevi finire sepolta pure tu, forse la voglia di dormire ti passa. Poi, stufa di aspettare al telefono, si accomiatò

«Non la trattengo oltre, aspetto le foto, buonanotte»

e riappese. Trascorsero altri cinque minuti buoni, poi le arrivò l'avviso di ricezione, cliccò il link, dovette aspettare il controllo dell'antivirus e finalmente cominciò a scaricare. C'era una ragione se Annalaura Ramasco era stata munta come una vacca dalla polizia, aveva più foto lei di Valerio Felici che Valerio Felici stesso, la fidanzata e tutti parenti fino alla settima generazione.

Perché te piaceva da morì, eh, Annala'?

Pensa come te devi esse sentita, porella.

Aver sviluppato un'infatuazione amorosa così profonda e ossessiva per un uomo e poi scoprire che se solo avesse voluto ti avrebbe mangiato il cuore mentre ancora batteva. E non in senso figurato. Era stato un sollievo? O era stata vergogna? O ancora orrore per aver sognato che quelle mani lì ti toccassero, ora che sapevi cosa facevano, nel tempo libero? Flavia abbandonò tutte quelle cazzate psicologiche e iniziò a far scorrere le foto. Molte erano in ufficio, zona macchine da caffè, oppure scattate nelle pause pranzo, ma un bel po' erano foto segrete, fatte di nascosto. Non dovette andare molto avanti, prima di vedere il mazzo di chiavi. Quando Felici, appena arrivato con il suo cappottino da dandy, piegava il monopattino per bloccarlo, quando si preparava a uscire e sistemava la scrivania, a una festa di compleanno in cui schizzava un collega con una piccola bottiglia di Prosecco, il mazzo di chiavi era lì. In una foto si vedeva talmente bene che Flavia riuscì a ingrandire tanto da poter contare le chiavi. Erano sette, o forse otto. Portachiavi di pelle e pallina azzurra. Un po' più piccola di una pallina da golf, simile nell'aspetto a una palla da biliardo in miniatura. E proprio come le palle da biliardo non era tutta azzurra, aveva una porzione bianca, forse un cerchio che non si vedeva del tutto. Flavia iniziò a ripetersi che per forza le era familiare, era una forma vista mille volte, soprattutto nei portachiavi. Ma più la guardava e più il senso di familiarità aumentava. Isolò l'immagine e la confrontò con quella della catalogazione del mazzo di chiavi fatta a casa di Felici. Anche quella era molto nitida, e le chiavi si contavano. Erano cinque. Ricontò le altre ed erano di nuovo sette, forse otto. Alcune più piccole, altre più grandi.

Di cosa sono?

Se gliele avevano rubate in ospedale ci doveva essere un perché, qualcuno doveva aver pensato che avessero valore.

Forse per far partire il monopattino?

No, quello partiva da solo. Eppure c'era qualcosa di familiare in quella pallina azzurra e nelle chiavi corte che vi erano attaccate.

Una pallina dell'uovo di Pasqua.

Così aveva detto Lavinia Cortese, ma Flavia non mangiava uova di Pasqua da quando aveva dieci anni, quindi se quell'oggetto le era familiare, era perché sapeva di averlo già visto. E mentre ancora si arrovellava, il ricordo la investì.

GLOMERUNEFRITE

Il Rene Sinistro stava lavando i piatti. Lavare i piatti la rilassava, era sempre stato così, sin da quando da bambina era riuscita a raggiungere il lavello. Le piaceva perché era un'attività meccanica, che poteva svolgere senza fretta e che le dava sempre un risultato soddisfacente. Ricordava benissimo che era stata una delle cose che aveva maggiormente rimpianto, quando la schiena la tormentava e non poteva stare in piedi. Gianluca allora le aveva comprato la lavastoviglie, sperando di farla felice, e lei gli aveva fatto credere di esserlo. Mentre il tecnico montava quell'orrendo cubo di metallo nella sua cucina, lei, seduta in poltrona, lo osservava con odio. Capiva il perché, era ovvio, non si può chiedere a una donna malata di alzarsi in piedi per una cosa stupida come lavare i piatti. E Gianluca doveva essere stufo marcio di tutte le sue osservazioni, quando la sera metteva in tavola la cena e lei esaminava ogni forchetta, ogni bicchiere, ogni bordo smaltato. Non era maniaca della pulizia, anche se era stata abituata a igienizzare tutto ciò che toccava e indossava, perché non poteva permettersi di far avvicinare nemmeno mezzo batterio. Ma c'era qualcosa di confortante e di certo, in un piatto pulito, un equilibrio che nessuno poteva toglierle.

Aveva avuto le prime infezioni alle vie urinarie con lo sviluppo, e lì avevano dato la colpa allo sbalzo ormonale.

Poi con il primo rapporto era arrivata una pielonefrite feroce che le aveva fatto conoscere un dolore tale che, dodici anni dopo, le aveva fatto affrontare con serenità il parto. Erano stati necessari altri quattro ricoveri di urgenza, flebo di antibiotici, analisi, ecografie e una TAC, *prima che arrivasse la diagnosi di glomerunefrite cronica. I suoi reni avevano continue infiammazioni da cui non riuscivano a guarire e che gradualmente li danneggiavano in maniera irreparabile. Alla definizione della malattia era seguita la parola "dialisi". All'epoca il Rene Sinistro non aveva ancora venticinque anni. La dialisi in effetti era arrivata a strappi, i suoi le avevano fatto provare una serie di cure alternative, per non lasciare nulla di intentato, e lei si era fatta condurre docile, perché, a differenza loro, non riusciva a essere arrabbiata con la malattia. Le patologie capitavano, non erano una punizione o una colpa, somigliavano più a un tiro di dadi e a lei era capitata una combinazione infelice. Quando aveva conosciuto Gianluca glielo aveva detto subito: lei non aveva nessuna intenzione di prendersi un impegno con qualcuno, perché la sua vita era già abbastanza incasinata. Ma lui non le aveva dato retta e dopo nemmeno sei mesi che si frequentavano le aveva chiesto di sposarlo in sala dialisi, quando lei non era nemmeno a metà infusione.*

«Non potremo avere figli, lo sai, vero?» gli aveva chiesto.

«Avremo dei figli, e saranno i più belli del mondo» aveva risposto lui.

Quando era rimasta incinta, i suoi genitori erano venuti a casa loro per supplicarla di abortire. Con la sua situazione, una gravidanza era praticamente una condanna a morte. Il Rene Sinistro aveva spiegato che non valeva la pena di vivere senza speranza, avrebbe accettato qualunque esito, ma ci avrebbe provato. Per diversi mesi non le avevano più parlato, terrorizzati all'idea che quella pancia che lievitava si sarebbe portata via la loro figlia. Non era andata così. C'erano stati un paio di episodi preoccupanti, ma alla fine Andrea era nato con un cesareo, sano come un pesce. Lei aveva do-

vuto trascorrere a letto le prime settimane, il sistema immunitario aveva iniziato a fare le bizze ed era stata costretta a interrompere l'allattamento. A volte era così debole che non riusciva a stringere il neonato tra le braccia, Gianluca glielo appoggiava addosso senza mai togliere le mani, per paura che cadesse. Dopo un paio di mesi aveva ripreso a muoversi quasi normalmente, si sentiva solo molto debole e sempre stanca. Di Andrea si occupavano a turno sua madre, suo padre, Gianluca, i suoceri, i due cognati ancora single e lei viveva in una dimensione ovattata di perenne riposo, aghi infilati nel braccio e ronzio della lavastoviglie. Quando era rimasta incinta di Sara, persino Gianluca aveva manifestato qualche dubbio. Era il caso? Andrea aveva poco più di un anno e lei non era mai tornata perfettamente in forma.

«Quand'è che mi hai vista perfettamente in forma?» aveva riso.

La sua nefrologa era stata molto chiara, con questa seconda gravidanza rischiava molto più che nella prima. Una malattia cronica non è uno scherzo, se le fosse venuta una nefrite in quelle condizioni, le conseguenze della terapia antibiotica avrebbero potuto essere devastanti per lei e per il bambino, senza contare che avrebbe probabilmente perso del tutto la funzionalità di almeno uno dei reni. In quell'occasione era stata pronunciata per la prima volta la parola "trapianto". Una parola temuta ma attesa. Lei lo sapeva, che il trapianto nel suo caso sarebbe stato un terno al lotto, per via del gruppo sanguigno, oltre che della lista d'attesa. Né suo padre né sua madre erano compatibili. Poteva permettersi di rischiare? Probabilmente no. Ma se avesse rinunciato allora, se avesse rinunciato alla bambina che portava in grembo, tutto quanto sarebbe andato in frantumi. Perché lei lo sapeva, di essere destinata a morire, e non come lo sono tutti, lei sentiva che il momento si avvicinava inesorabilmente, ogni giorno perdeva un po' di forze, ogni giorno era un giorno in meno che le restava. E allora alla morte lei avrebbe opposto la vita, se ne sarebbe andata sen-

za poter crescere i suoi figli, ma i suoi figli avrebbero vissuto al posto suo. Per Sara aveva trascorso a letto sette dei nove mesi, e il secondo cesareo l'aveva costretta in ospedale per due settimane. Niente allattamento, flebo su flebo, Andrea che al suo ritorno a casa quasi non la riconosceva, la sedia a rotelle, di nuovo il silenzio ovattato della camera, il riposo forzato. E poi la sentenza inappellabile: sarebbe stata inserita in lista d'attesa, perché i suoi reni non ce la facevano più. Si era fatta qualche conto, aveva stabilito che le avanzasse qualche mese ancora, aveva scattato molte foto, aveva confezionato album per i suoi figli, girato filmati, persino comprato regali per i loro futuri compleanni, come aveva visto fare in un film.

Poi un giorno il telefono era squillato. L'ambulanza si era fermata davanti a casa e lei era salita con le sue gambe sulla barella, gli occhi pieni di terrore perché quello non era l'addio a cui si era preparata negli ultimi anni, non era l'immagine che voleva rimanesse negli occhi dei suoi figli. Non ricordava molto di quella corsa, del tempo che precipitava, l'odore dell'ospedale, il chirurgo con la mascherina. Si era risvegliata intontita dai farmaci, Gianluca e i suoi genitori chini su di lei, gli occhi rossi, i sorrisi che tagliavano i loro visi a metà. E una parola, una parola misteriosa: "guarita". Dalla prima volta che venne pronunciata, quella parola iniziò a divorarla dentro.

Molte persone in attesa di trapianto non sono pronte per la morte. Lei non era pronta per la vita. Improvvisamente si sentiva bene, ed era una sensazione così lontana nella sua memoria da sembrarle sconosciuta. Poter camminare senza doversi sedere ogni pochi minuti, avere fame e mangiare di gusto, dormire tutta una notte senza doversi alzare col peso di piombo del basso ventre. Non aveva più dolore, soprattutto. Il dolore era sempre stato una presenza fissa e ora non osava dirlo, ma ne sentiva la mancanza. Aveva una sensazione di perdita, a volte si voltava indietro come se avesse smarrito qualcosa, e quel qualcosa era una parte di lei profonda e segreta che si riconosceva solo se malata. Mani e piedi si erano sgonfiati, i capelli erano più lucidi e forti, la pelle più rosea, lei si guardava allo specchio e si faceva schifo. Non voleva essere bella. Non sapeva perché, ma non voleva essere bella. Gianluca era perplesso, non capiva perché non fosse felice, ma lo avevano messo sull'avviso, gli avevano spiegato che il trapianto è comunque un trauma e che la perdita di una patologia che ha invalidato la tua vita può essere vissuta come un lutto. Lei non ce l'aveva con lui, anzi, l'attanagliava il senso di colpa per aver disatteso le aspettative di tutti. Ogni membro della sua famiglia faceva i salti di gioia e lei invece teneva il muso. Ma la parte peggiore riguardava i bambini. Una volta tornata a casa e assunto finalmente il ruolo di mamma, i bambini non sembravano riconoscerla più. Andrea l'aveva vista quasi sempre a letto, quando andava da lei c'era qualcuno che correva a riprenderlo e gli diceva di non disturbare la mamma. Sara praticamente non era mai stata con lei, era sempre qualcun altro a darle da mangiare o a cambiarle il pannolino, quella figura pallida a cui veniva messa in braccio per qualche minuto al giorno era praticamente un'estranea. Adesso c'era tutto il tempo per recuperare, dicevano i medici, ma lei guardava i suoi figli e si rendeva conto che non solo lei era un'estranea per loro, ma loro lo erano per lei. Sì, li aveva tenuti dentro di sé per nove mesi, sì, aveva scritto lettere e fatto dei video per loro, sì, aveva comprato tonnellate di regali, ma perdio, lo aveva fatto perché doveva morire! Che ci faceva, ora, con quei due bambini? Ricominciava tutto da capo? E da dove avrebbe dovuto riprendere? Quello grande già parlava, la piccola aveva iniziato la lallazione, eppure comunicare le sembrava impossibile.

"Perché sono così?" si chiedeva. "Perché non riesco ad amarli? Perché non riesco a essere felice?"

Poi un giorno afoso, quando aveva appena finito di lavare i piatti, le era arrivato un messaggio nella mail. Mittente sconosciuto, immaginava che fosse spam, ormai se lo ritrovava dappertutto. Invece il messaggio conteneva solo sette parole:

"SAI DI CHI ERA IL TUO RENE?".

Nient'altro. E no, lei non lo sapeva. Il suo rene era arrivato sull'ambulanza insieme al chirurgo che gliel'aveva trapiantato. Non le avevano detto chi fosse il donatore, sapeva che era un'informazione negata. Di certo lei non se l'era chiesto. Le parve molto brutto. Perché non se l'era chiesto? Non era il genere di persona che prende e basta, non lo era mai stata.

"SAI DI CHI ERA IL TUO RENE?"

No, non lo sapeva. Al messaggio era impossibile rispondere, senza il mittente. Ci provò, una, due, tre volte. Alla quarta sbatté forte il mouse sul tavolo e svegliò Sara che sonnecchiava nel lettino accanto a lei. La bambina si mise a strillare. E lei la guardò con odio.

PRESBIOPIA

L'enorme palla da biliardo troneggiava su un lato dell'edificio, decorazione invecchiata fin troppo bene, per come era partita la sua storia. Il cubo di cemento sorgeva nella zona di Romanina, in origine avrebbe dovuto essere un piccolo centro commerciale, per questo avevano creato un ampio parcheggio esterno e uno più piccolo interno. Era sorto tra gli anni Sessanta e Settanta e lo spazio più grande era stato acquistato per creare una sala da biliardo in stile americano, dal nome Filotto. I proprietari avevano fatto anche costruire la grossa palla azzurra e bianca che ne sarebbe diventata l'insegna e che alla fine era sopravvissuta a tutte le evoluzioni di quello spazio. La sala da biliardo era durata poco, trasformandosi poi in sala giochi, quindi in pub con slot machine, quindi solo in sala slot. Alla fine aveva chiuso, così come tutte le altre attività secondarie dell'edificio. Per un po' era rimasto solo il parcheggio, poi erano iniziati dei lavori di ristrutturazione e tutto il piano terra era stato trasformato in un garage a pagamento. Ma, visto che la zona era fuori mano e pochi pagavano le cifre richieste per i box, l'ultima evoluzione lo aveva trasformato in magazzino. Era lontano anni luce dai self-storage che nel decennio seguente avrebbero preso piede nella capitale, si trattava sostanzialmente di box con la chiusura a catenacci e lucchetti robusti, ma la nuova formula aveva funzionato e il nome dell'ex sala da biliardo era stato ripristinato. C'era sempre un sorvegliante, non avevano mai subito grossi tentativi di furto e chi doveva parcheggiare i mobili durante un trasloco poteva affidarsi a loro. Flavia davanti a quella palla da biliardo azzurra e bianca ci era passata mille volte, durante i turni nella volante, senza mai guardarla più di un attimo. Ma l'aveva vista e la sua memoria l'aveva immagazzinata. Su internet c'era una pagina che promuoveva Filotto come un magazzino che forniva soluzioni per tutte le richieste, catenacci con lucchetti di ultima generazione e a corredo portachiavi a forma di palline da biliardo azzurre in miniatura. Flavia aveva aperto la mappa della città e aveva calcolato la distanza tra la zona di Romanina, dove si trovava il magazzino, e Selvotta, dove viveva Valerio Felici. Otto chilometri. Che in monopattino quanto potevano essere? Dieci minuti? Quindici?

No, dai.

Due anni che ci lavorano in cinquanta a questo caso e lo scopri tu?

Eppure aveva una sua logica. La Omicidi aveva iniziato a indagare a ritroso sui delitti di Felici senza concentrarsi sui dettagli della sua morte. Al momento dell'incidente aveva con sé le chiavi, il telefono, il portafogli e altri oggetti personali, era stata aperta e poi chiusa un'indagine, l'ospedale aveva imbustato il tutto e lo aveva restituito ai genitori. Poi, quando era scoppiato il caso, avevano controllato ogni cosa e nessuno aveva obiettato: "Però manca un portachiavi". Che gliene fregava? Era importante quello che lui aveva fatto in vita, non se qualcuno con le mani lunghe in obitorio si fosse fregato le chiavi del suo magazzino.

Non correre.

Non è detto che le chiavi siano del magazzino.

Ma mentre lo stava ancora pensando afferrò il cappotto, chiuse l'ufficio portandosi via la chiave e si precipitò all'auto, senza nemmeno salutare chi fosse rimasto al centralino. Mancavano quindici minuti a mezzanotte, ma Filotto era aperto h 24, come tutti i self-storage che si rispettino, tipo l'EasyBox. Si era segnata l'indirizzo sul telefono e impostò il navigatore. Ci sarebbe arrivata comunque, non a occhi chiusi ma a naso, però non si fidava dei sensi unici e non voleva farsi fermare da una pattuglia zelante. Non che stesse facendo qualcosa di male, andava solo a dare un'occhiata.

«Insomma» disse a voce alta «il giorno dell'incidente il portachiavi c'era, due mesi dopo, invece, no. E basta con le cose che prima ci sono e poi scompaiono!»

Seguì la strada principale, corredata di pregevoli graffiti che auguravano la morte a questo e a quello, svoltò a destra e parcheggiò. Self-storage o meno, Filotto era uguale a come se lo ricordava. Un grosso edificio su due piani, tozzo, al livello superiore forse ora c'erano degli uffici, a quello inferiore solo il magazzino. E in effetti era tutto aperto, con delle luci al neon malaticce accese ovunque. Il guardiano c'era, dietro alla guardiola. E subito alle sue spalle ecco una rastrelliera con attaccati alcuni mazzi di chiavi. Ciascuno con la propria pallina azzurra e bianca. Flavia tirò fuori il tesserino dalla borsa e sentì che la mano le tremava. Se la prese forte con l'altra e si impose di calmarsi. Quando le sembrò di essersi dominata, si avvicinò e si chinò per mostrare attraverso la bocchetta del vetro il distintivo.

«Buonasera, ispettrice Mariani. Posso chiederle due informazioni?»

«Dica.» Il guardiano non si era scomposto, come se la polizia passasse una sera sì e una no a trovarlo. E forse era proprio così.

«Avrei bisogno di sapere

cosa?

se hanno affittato un box a un serial-killer?

se uno dei vostri box risulta col pagamento insoluto negli ultimi due anni.»

«No» rispose l'uomo, senza nemmeno controllare.

A Flavia venne subito il nervoso.

«Mi fa la cortesia di verificare?»

«Non ce n'è bisogno. Se non pagano, il proprietario aspetta una settimana, poi svuota il box e butta tutto.»

«In che senso? C'è scritto questo sul vostro contratto?»

L'uomo fece scivolare attraverso il buco sotto il vetro un fac-simile per l'affitto di uno degli spazi, con tutte le dimensioni e il regolamento. In effetti a fronte di un mancato pagamento, dopo due avvisi il magazzino non si riteneva responsabile, bla bla e la merce veniva portata all'ecocentro.

Molto romano

pensò Flavia, suo malgrado. Comunque, casa loro, regole loro, se uno firmava firmava.

«E succede spesso? Che qualcuno non paghi e buttiate tutto?»

«No.»

L'ispettrice si trattenne. Quel tizio era l'unica cosa che stava tra lei e una violazione di protocollo, la richiesta di un permesso che le avrebbero negato e il vedersi togliere ogni possibilità di indagare oltre. Allora sorrise.

«Senta, c'è modo di sapere se due anni fa questa cosa è successa? Cioè che l'affittuario di un box è stato avvisato, non ha pagato e il contenuto del suo magazzino è stato buttato via?»

«Perché l'hanno messo al gabbio?» chiese l'uomo con un sorrisetto.

«No, perché è morto» rispose lei asciutta.

«Oh, mi dispiace.»

Il guardiano era sincero e Flavia capì che stava travisando il motivo della sua visita, perché una poliziotta in piena notte che chiede di un box di due anni prima o vuole incastrare qualcuno o magari sta cercando di aiutare qualcuno.

Un uomo che ha fiducia nella polizia.

È un miracolo.

«Per carità, la famiglia si è già messa l'anima in pace, però sarebbe meglio avere la conferma.»

«E che box era?»

Inaspettatamente il guardiano aveva tirato fuori da sotto il banco un portatile e lo aveva aperto. Flavia lo guardò bene e capì che fino a quel momento aveva creduto che indossasse una specie di tuta intera da meccanico e un cappello che scimmiottava quello dei sudisti nella guerra d'indipendenza americana, come sarebbe stato logico aspettarsi da un personaggio di *Romanzo criminale*. Invece l'uomo aveva addosso una divisa vera e propria, con il logo sul taschino. Mentre lottava con quel rigurgito di piemontesità, lui la fissava con sguardo interrogativo.

«Le chiavi le ha perse nell'incidente.» Esitò un istante, in che incidente perdi le chiavi e poi non le ritrovi? «La macchina si è incendiata, quindi anche volendo... Ma erano quelle con la pallina azzurra.»

«So' tutte con la pallina azzurra. Due anni fa, dice?»

«Sì.» Se avesse potuto Flavia si sarebbe infilata tutt'intera nella fessura, in mancanza di meglio si appiccicò al vetro con la fronte «Magari aveva pagato per tutto l'anno.»

«No, il massimo è sei mesi.» L'uomo aveva digitato sul portatile, più velocemente rispetto alle aspettative, tenendo la testa stranamente indietro.

«Allora, due box insoluti. Uno l'anno scorso e uno sedici mesi fa.» Le lanciò un'occhiata. «Il nome?»

Ed eccoci qua. Se gli diceva il nome lui lo avrebbe ricollegato al fatto di cronaca e allora sarebbe stata costretta a minacciarlo per mantenere il silenzio, senza nessuna garanzia. Ma non vedeva grandi alternative. Con un sospiro disse:

«Valerio Felici».

L'altro scosse la testa, per nulla colpito.

«No, sono a nome di due persone diverse.»

«Magari lo aveva affittato con quello della fidanzata. Lavinia Cortese?»
«No.»
L'uomo si inarcò ancora di più.
«Ma che c'ha?» le venne spontaneo chiedere.
«Ho scordato gli occhiali» rispose lui. «Comunque a me risulta pagato.»
«Cosa?»
«Il box di Valerio Felici.»
Flavia sentì improvvisamente freddo alle spalle e dietro al collo.
«Ma Valerio Felici, nato il 13 gennaio 1990?»
«Sì» le fece lui.
Lei sbatté le palpebre più volte, doveva ripigliarsi e subito.
«Aveva detto che si poteva pagare per massimo sei mesi.»
«Infatti. Il box è saldato fino a settembre.»
«Quindi i soldi fino a settembre sono stati versati... un mese fa?»
«Sì.»
«E da chi, se lo ricorda?»
L'uomo sogghignò.
«Ma sa quanta gente passa di qui tutti i giorni?»
Flavia respirò profondamente. Dunque sì, esisteva un box affittato da Valerio Felici prima della sua morte ma no, quel che conteneva non era stato gettato via perché, sì, qualcun altro aveva continuato a pagarlo al posto suo.
Qualcun altro?
Qualcun altro chi?
«Scusi se insisto» si sforzò di sorridere. «Ma per l'affitto si può fare un RID, cioè un addebito bancario automatico?»
Si sentì una cretina, il conto di Felici era stato scandagliato in lungo e in largo.
Magari aveva un altro conto.

Certo. Perché non un'identità segreta allora?

Il guardiano scosse la testa.

«No, il pagamento va fatto qui, contanti, bancomat o carta di credito.»

Flavia pensò ai genitori, poi a Lavinia.

Lo sapevano?

Si tenne il dubbio un attimo. "Portachiavi dell'uovo di Pasqua" lo aveva definito Lavinia. E i genitori nemmeno si erano accorti che mancasse. No che non lo sapevano. Del resto era in linea con il personaggio, Felici non si nascondeva, era talmente preso da un delirio di onnipotenza che se ne andava in giro esibendo qualcosa che avrebbe dovuto nascondere. Alzò la testa. Sopra il gabbiotto dell'uomo era piazzata una telecamera.

«Quella è accesa?»

«Certo.»

«Per quanto tempo tenete le registrazioni?»

«Non lo so. Qualche giorno.»

Niente, aveva finito le carte. Ora poteva fare due cose. La prima era chiamare Tanfulla oppure Orsini e farsi levare dalle mani quella scoperta, sempre che di scoperta si trattasse.

OH, MA PIANTALA!

Oppure.

«Me lo può aprire?» chiese.

«No» rispose il guardiano, serafico.

Ed era tornata di nuovo al punto della violazione di protocollo, richiesta negata, fine dell'indagine.

«Allora ascolti, io devo solo essere sicura che sia il suo box. Non tocco niente, non prendo niente, lei viene con me, se vuole, devo solo essere sicura che sia il box che sto cercando.»

L'uomo la fissò, senza inclinarsi indietro, da lontano ci vedeva benissimo. Stava valutando le opzioni, poliziotta di notte, box di persona morta, chiedere soldi sarebbe stato tentativo di corruzione, aprire il box significava possibile licenziamento. Alla fine si risolse con un'unica domanda.

«Mi fa rivedere il suo tesserino?»

Il box numero 23 era uno dei più piccoli, ci sarebbe stata un'utilitaria al massimo. Nonostante la pretesa di essere come i self-storage americani, Filotto aveva due differenze sostanziali. La prima era l'assenza di telecamere. Ce n'erano due che davano sul parcheggio, ma all'interno, oltre a quella puntata sulla guardiola, nulla. Lo spazio troppo ampio e l'installazione forse troppo costosa avevano fatto desistere un proprietario che, di fronte a un mancato pagamento, prendeva le cose altrui e le portava all'immondezzaio. La seconda differenza era che al posto di codici da digitare sull'apposita tastiera per far salire la saracinesca c'erano ancora i catenacci. Lei e il guardiano erano fermi davanti al box, mentre lui trafficava con le chiavi per aprire i lucchetti. Al mazzo era attaccata una pallina azzurra con il numero 23 all'interno di un cerchietto bianco, esattamente come lo ricordava lei. Almeno le chiavi erano particolari, lunghe, squadrate, con buchi e scanalature. Scassinare quei lucchetti non doveva essere uno scherzo. Aperto il terzo, l'uomo afferrò la maniglia e sollevò la saracinesca a metà. Flavia lo guardò e tra i due ci fu uno scambio silenzioso. Il guardiano disse solo

«Mi avvisi quando ha finito»

e poi si allontanò. Flavia infilò un paio di guanti e si prese un attimo. Doveva ammettere l'ipotesi che lì dentro non ci fosse niente. Che quel Valerio Felici fosse un omonimo, con la straordinaria coincidenza di avere la stessa data di nascita. Si costrinse anche ad ammettere che il pagamento dell'affitto potesse essere ricondotto a un conto corrente che versava i soldi in automatico, anche se il guardiano lo aveva escluso. Quando si sentì pronta accese la luce.

Il box non era vuoto.

C'erano, sulla parete sinistra, due cassettiere da ufficio, di quelle che venivano usate come archivio, alte un metro e mezzo l'una. A destra, invece, alcuni scatoloni. In fondo, a terra, una specie di tappeto arrotolato. Flavia estrasse il cellulare e cominciò a fotografare tutto. Aveva detto che non avrebbe toccato niente, lo aveva promesso e intendeva mantenere la sua promessa. Camminò fin davanti alle cassettiere, contò i cassetti, ne avevano dodici ciascuna. Osservò la parte alta dei due mobili e senza grandi remore ci passò sopra un dito.

Non è toccare

non come ho promesso di non fare..

Sulla gomma del guanto era rimasto un lieve strato di polvere, poca roba. Le venne in mente la casa del giornalista, anche lì c'era un leggero strato di polvere, quello che si forma dopo qualche giorno che non pulisci, ma solo qualche giorno.

Non è la stessa cosa, questo posto è sempre chiuso.

Quindi ci voleva più di qualche giorno, su questo non c'era da discutere, ma era troppo poca per due anni di abbandono.

Qualcuno ci è venuto.

Si avvicinò agli scatoloni. Erano chiusi, ma solo con le alette, non c'era nastro adesivo. Avvicinò il cellulare e scattò una foto col flash dalla fessura.

Che stronzata, perché non la apro e basta?

Perché se per caso quel posto fosse davvero stato collegato a Valerio Felici, ogni contaminazione avrebbe potuto alterare le prove. Guardò la foto: si vedevano solo ombre su ombre. Col secondo scatolone il risultato non cambiò, e nemmeno col terzo. Si spostò verso il fondo, per guardare da vicino il tappeto. Così arrotolato avrebbe potuto essere di qualunque genere, pregiato o da quattro soldi. Si accoccolò e fece una foto laterale rispetto al buco e poi si rialzò, pensando di tornare alle cassettiere. Ma poi guardò l'immagine. Dentro al tappeto c'era un oggetto di metallo.

Aveva scintillato con la luce del flash, ma la forma era facilmente intuibile: una sega. D'istinto Flavia puntò la luce a terra. Il box era un cubo di cemento grezzo, non c'erano piastrelle o linoleum. Allora rialzò gli occhi sull'esterno e uscì nel corridoio. Per arrivare a quel box aveva seguito il guardiano per un minuto buono, si trovavano lontani rispetto all'ingresso. Tese l'orecchio per capire se sentisse il traffico o qualunque altro rumore proveniente dall'ingresso. Non sentiva nulla. Tenendo la voce a un volume basso provò a chiamare.

«Ehi?»

Niente, la voce non andava oltre i due box seguenti.

«Ehi, posso chiederle una cosa?» tentò a voce appena più alta.

Ma era evidente che l'uomo non la sentiva, e non perché si trovava nella guardiola o perché era uscito, non la sentiva perché quella struttura ammazzava completamente i suoni.

Se qualcuno si fosse messo a segare o a martellare qui dentro, nessuno lo avrebbe sentito.

Poi si diede dell'imbecille: e come lo portava, lì dentro, un corpo, Valerio Felici? Sul monopattino?

No, il corpo no.

Ma gli attrezzi sì.

Tornò dentro, si chinò di fianco al tappeto, accese di nuovo la torcia. La sega si vedeva benissimo, e c'era anche qualcos'altro. Si spostò dal lato opposto e spiò di nuovo nel buco. Vedeva due manici. Uno era sicuramente di un coltello, l'altro di qualcosa un po' più grande.

Machete?

Mannaia?

Tornò in piedi. Non sapeva cosa fare, magari era il magazzino di un falegname o di un aspirante macellaio, ma se invece era quello che sembrava

nemmeno dieci chilometri da casa

un quarto d'ora

allora doveva subito avvisare i colleghi. Si sarebbe presa una strigliata, ma se aveva ragione...

E se invece ho torto?

Se mi sto coprendo di ridicolo?

Controllò di nuovo il pavimento, ma era pulito, senza macchie o tracce di qualunque cosa. Ci sarebbe voluto il luminol, e invece non aveva un accidenti.

Devo aprire qualcosa.

Una cosa sola.

Scelse uno dei due mobili, avrebbe aperto il sesto cassetto. Non voleva usare le mani, non sapeva dove potessero esserci eventuali impronte digitali, così appoggiò la borsa a terra, sfilò dal portafogli una carta di credito, la infilò nella fessura e fece leva. Il cassetto non fece resistenza. Anche se si vedeva bene, lo illuminò con il cellulare. Dentro c'erano un paio di occhiali da vista, ben riposti nell'angolo frontale a sinistra. Nell'angolo frontale a destra c'era un portafogli da uomo, marrone scuro, un po' consumato sugli angoli. Era pieno, gonfio. Subito dietro a occhiali e portafogli erano sistemati in ordine un cellulare, una penna, un pacchetto di gomme e una già masticata poggiata sulla sua cartina. In fondo al cassetto c'era un barattolo, appoggiato su un pezzo di stoffa. Nel barattolo galleggiava qualcosa immerso in un liquido. Flavia avrebbe potuto illuminarlo più da vicino, ma non lo fece. Quel che fece, invece, fu di mettere la mano dentro la borsa ed estrarre la pistola d'ordinanza. Un posto desolato, di notte, che ottunde i rumori, con un guardiano che ci vede male da vicino ma bene da lontano e la tana di un serial killer. Con la Beretta in mano guardò di nuovo il pezzo di stoffa sotto al barattolo. C'era un'arricciatura, seminascosta, e il fatto che fosse stato messo nel punto più protetto, sotto quello che sembrava un trofeo, le fece capire che era un indumento intimo. Forse slip, forse boxer.

Dunque era un predatore sessuale.

Non avevano capito un cazzo.

Da quel che ricordava, la pista sessuale era stata esclusa. Alcune delle vittime riconosciute erano omosessuali, ma la stragrande maggioranza delle altre non lo erano, si trattava di uomini single oppure fidanzati, alcuni sposati. E dal profilo di Felici non era emersa alcuna omosessualità nascosta o latente, come pure nessuna omofobia. Flavia spinse in dentro il cassetto, usando la carta di credito, e ne aprì un altro. Li avrebbe chiamati, sì. Ma prima voleva guardare. Il secondo cassetto conteneva quasi gli stessi oggetti, mancavano gli occhiali, le gomme erano sostituite da caramelle e c'era un mazzo di chiavi. In fondo un secondo barattolo, sotto al barattolo un paio di boxer bianchi, stavolta ben riconoscibili. I boxer avevano un alone scuro. Qualunque cosa fosse, ci aveva tenuto a conservare anche quello.

Devo chiamarli.

Ancora un cassetto, la pistola sempre stretta nella mano, di nuovo portafogli, cellulare, ma anche un anello e una catenina, una sigaretta elettronica oltre a dei boxer e al barattolo. Contò di nuovo i cassetti, erano ventiquattro, le vittime ufficiali diciannove, se i cassetti fossero stati tutti pieni avrebbero dovuto rettificare il numero. Man mano che il tempo passava il suo respiro si faceva più regolare e la tensione intorno all'impugnatura della Beretta si allentava. Dentro di lei si faceva largo la percezione di essere riuscita a fare qualcosa di straordinario, assolutamente per caso, certo, e seguendo un'ossessione personale, ma ci era riuscita. Man mano che si avvicinava alla fine del secondo mobile si rendeva conto che la quantità di elementi erano sempre meno, perché alcune delle vittime non dovevano avere granché con sé, niente portafogli, niente telefono, in un caso solo pochi spicci, una tessera dell'autobus e un preservativo ancora confezionato. Gli ultimi due cassetti erano vuoti. Vederli vuoti le fece quasi più impressione che guardare quelli pieni, perché quei cassetti erano lì in attesa. Se la ruota del monopattino non fosse finita in una buca forse sarebbero stati riempiti.

Ma lo sono.

Un pensiero stupido, lo cacciò e quello tornò.

Non c'è dentro niente, ma questi sono i cassetti di quei due poveri vecchi uccisi a coltellate.

Non è vero.

E invece sì.

Le risuonò in mente la parola misteriosa

gauna

che si portò appresso il malessere di sentire che in qualche modo Valerio Felici era ancora vivo. E non perché i suoi organi vivevano dentro ad altre persone, ma perché Valerio Felici era ancora lì, in quel magazzino.

Un magazzino pagato.

Un magazzino in cui non c'è polvere.

Tornò alla prima cassettiera e, sempre con la carta di credito, spinse dentro tutti i cassetti aperti, uno alla volta. Quando fosse arrivata all'ultimo, avrebbe chiamato i colleghi della Omicidi.

CHERATITE NEUROTROFICA

«Le cose potrebbero essere leggermente diverse da come te le ricordi» aveva sussurrato Bea, mentre gli levava i tamponi dagli occhi.

Ma alle Cornee non sarebbe fregato assolutamente nulla. Ci aveva pensato, eccome, pensa un po' se al posto del verde vedo l'arancione, pensa se il mondo mi diventa tutto di un colore, grigio oppure giallo, oppure blu. Ma mentre lo pensava sorrideva. Di qualunque colore fosse stato, lo avrebbe visto. E poi avrebbe visto sua madre, e sua sorella Sissi, suo padre, che senza baffi doveva essere stranissimo. Ma anche Anas, Caterina, Roberto e Bea stessa, che negli anni aveva abbracciato e tastato così tante volte che praticamente se l'era disegnata nella memoria. Si chiese quanto ci fosse andato vicino. E poi avrebbe visto Cassandra. Ecco, sì, più di tutti desiderava di poter vedere Cassandra. I tamponi erano finiti in una bacinella di metallo, ne era sicuro perché la fede nuziale di Bea l'aveva colpita mentre li riponeva. Chissà se il suo udito sarebbe rimasto così sensibile.

«Puoi aprirli, adesso. Piano piano, le luci sono tutte basse ma se ti danno fastidio tu dimmelo che le spengo.»

Sollevò le palpebre. Nebbia. Nebbia lattiginosa. Gli venne subito da piangere, ma Bea gli afferrò le mani, dicendo

«No no no, trattieniti, dai, non stressare gli occhi»

e ricacciò con forza le lacrime in gola, annuendo.

«Non vedi?» gli chiese la dottoressa.

«Nebbia. Nebbia con un pochino di luce.»

Sentì sua madre che scoppiava a piangere al posto suo, e sua sorella dietro, ma oltre i loro singhiozzi gli arrivò anche il respiro affannato di suo padre, che si era messo una mano davanti alla bocca per non farsi sentire.

«Nebbia e un pochino di luce. Mi sembra un ottimo inizio» sorrise Bea.

Allora lui non si trattenne più, seguì la strada delle mani e l'abbracciò forte, tenendo ancora giù il pianto, gli occhi aperti sulla nebbia lattiginosa, la prima cosa che vedeva dopo cinque anni di buio totale.

Il giorno dopo erano emersi i primi colori. La coperta sul suo letto era azzurrina, l'armadio in fondo alla stanza marrone, il maglione di suo padre rosso.

«E da quando ti metti il rosso?» gli aveva chiesto.

«Ci siamo messi tutti i colori possibili» aveva risposto l'uomo con la voce rotta. «Io, la mamma, Sissi. Sembriamo tre scemi.»

Ed era vero, sua madre aveva una gonna verde, sua sorella qualcosa di giallo, ma prima di vederli tutti quanti ci sarebbe voluto un po'.

«Il tuo cervello deve riabituarsi» aveva spiegato Bea, mentre gli versava le gocce negli occhi. «E non saremo sicuri al cento per cento del risultato prima di qualche settimana, forse addirittura qualche mese.»

«A me basterebbe già così.» Aveva sorriso, ed era vero. «Quante volte avviene il rigetto?» le aveva chiesto poi, senza reale ansia.

«Non mi piacciono i numeri, potrebbe essere molto meno di quanto pensi, oppure di più. Ma è solo statistica, io preferisco pensare alle persone singolarmente, non come a campioni.»

Gli aveva fatto una carezza. Lui iniziava a intuire come fosse fatto il suo viso, occhi scuri, bocca piccola e rossa, ca-

pelli neri ricci. I suoi gli avevano detto che doveva avere una sessantina d'anni, ma visto che i dettagli ancora gli sfuggivano godette di poterla immaginare come una ragazza, adesso. Questo era l'unico limite della vista, toglieva un po' di spazio alla fantasia. Quel pomeriggio sarebbe tornato a casa, non erano trascorsi che tre giorni dalla chiamata, nel primo si erano messi tutti in macchina, nel secondo era stato operato e oggi iniziava una fase nuova della sua vita. Avevano raccomandato al padre di guidare piano, niente scossoni, niente buche, ma in autostrada si era talmente agitato che Sissi gli aveva dato il cambio dopo una sosta in autogrill.

«Arriviamo con la luce, vero?» aveva domandato lui, con una punta di preoccupazione.

«Ma sì, saremo a casa per le cinque, c'è ancora chiaro» aveva risposto la madre.

Voleva vedere Cassandra con la luce del giorno. Voleva capire la differenza tra il biondo chiaro e il biondo miele, una differenza che non aveva mai colto prima, nella sua vita precedente, quella in cui impiegava ogni momento libero per viaggiare, arrampicarsi, campeggiare all'aria aperta e mai a guardarsi intorno. Arrivati davanti alla casa si era sporto tra i due sedili davanti per guardare.

«Le tapparelle sono verdi!» aveva esclamato.

Non ricordava più di che colore fossero, sapeva solo che erano di metallo, toccandole si era messo in mente che fossero grigie o nere, oppure beige, il colore che amava in assoluto di meno. Nell'istante in cui l'auto si era fermata, aveva aperto la portiera ed era sceso, mettendo tutti in allarme, perché non erano abituati a vederlo muoversi così in fretta e senza aiuto. Prima di arrivare al cancello vide Cassandra, e Cassandra vide lui. Per un istante rimasero entrambi immobili. La luce era sufficiente per vedere il colore.

"Biondo miele, ecco com'è" pensò.

Poi Cassandra si mise a correre, lei che non correva mai perché sapeva di non doverlo urtare, e lui era caduto in gi-

nocchio, allungando le braccia e accogliendo il cane che era stato i suoi occhi negli ultimi cinque anni.

La vista era tornata poco alla volta, ogni mattina, quando si svegliava, pensava:

"Chissà cosa vedrò oggi".

Perché c'era sempre un dettaglio che andava a fuoco, un particolare, una sfumatura, e ogni volta era una scoperta magnifica. I cambiamenti nelle facce, Sissi che non aveva più nulla della ragazzina, suo padre che rideva davanti alla supplica di farsi ricrescere i baffi, sua madre che portava addosso i segni di quel periodo così doloroso. Ma la cosa più difficile era stata affrontare lo specchio. L'ultima volta che si era visto davvero aveva ventisette anni e dal giorno dopo avrebbe iniziato la lunga scomposizione in una serie di macchie colorate sempre meno nitide e definite, sino a sfumare completamente in nero. Oggi aveva trentacinque anni e non si capacitava che i suoi capelli biondi da surfista si fossero così diradati, che ci fossero tanti segni nuovi sul viso e che i denti fossero straordinariamente ingialliti. Ma a compensare, aveva i suoi occhi blu, che erano i più belli del mondo.

Non era stato un cattivo paziente: quando aveva iniziato ad avere fastidio agli occhi si era appena laureato in Lingue, Letterature e Mediazione Culturale all'Università di Padova, viaggiava molto e avevano temuto che avesse contratto una parassitosi nel suo ultimo tour in Sudafrica. Aveva uno stile di vita molto attivo, per guadagnare qualcosa aveva fatto il personal trainer, l'animatore e perfino la guida turistica per un'agenzia viaggi. Aveva aperto un blog in cui raccontava del suo amore per gli sport estremi, ma poi si dimenticava di aggiornarlo e aveva lasciato che morisse d'inedia. Non aveva mai fatto una colpa ai medici di non aver capito subito di che patologia si trattasse, era una malattia rara, plausibilmente avevano pensato ad altro, viste le sue frequentazioni esotiche e le botte che prendeva facendo rafting. Ma avevano comunque individuato in tempo la cheratite neu-

rotrofica ed erano riusciti a evitare che evolvesse in ulcera corneale, necrosi asettica e perforazione corneale, perché in quel caso avrebbe perso entrambi gli occhi. Erano stati bravi loro ed era stato bravo lui. Gli avevano chiesto più volte se dipendesse dalla fede, se fosse molto credente, perché era strano che un ragazzo a cui toccava un destino così crudele la prendesse con filosofia. Ma lui non era credente, mai stato. Era piuttosto curioso. E certo, una parte di lui si era disperata quando gli avevano paventato la possibilità di perdere del tutto la vista, ma un'altra parte, piccola piccola, gli aveva subito bisbigliato che finalmente avrebbe potuto imparare il braille. E così era stato. Aveva combattuto la malattia ma non aveva mai smesso di avere nuovi scopi o aspirazioni. Si era immediatamente messo in contatto con gruppi di altre persone non vedenti, sforzandosi innanzitutto di capire se quella definizione fosse obbligatoria, se ce ne fossero altre che preferivano e se qualcuno si sarebbe risentito nel caso lui, invece, avesse preferito essere definito "cieco". "Un gatto cieco e una volpe zoppa" erano stati i suoi personaggi preferiti, quando era piccolo, sia che si trattasse del libro che del cartone animato. Lì il gatto non era proprio cieco cieco, come la volpe non era zoppa zoppa, e soprattutto non suscitavano compassione ma facevano ridere. Anche lui non avrebbe voluto suscitare compassione e sul ridere avrebbe fatto quel che poteva. Si era sforzato di trovare qualcosa di stimolante in quella disgrazia, che avrebbe annientato qualunque altra persona, ma non lui. Aveva chiesto subito se ci fossero controindicazioni per l'attività fisica o per i viaggi, e i medici gli avevano sempre risposto di avere cautela, che la sua era una malattia progressiva, meno rischi correva meglio era. Tutti tranne Bea. Beatrice Varotto era diventava la sua oftalmologa, specializzata in patologie della cornea, l'anno seguente la diagnosi. Diversamente dagli altri, lo aveva spinto ad andare.

«Non è detto che tu perda completamente l'uso della vista, ma sei giovane e hai la possibilità di sviluppare al mas-

simo tutti gli altri sensi. Chi ti dice che viaggiare senza poter vedere non ha scopo, evidentemente non sa cosa sia vivere davvero. Vai, viaggia, fai sport, con tutti gli strumenti necessari per non farti male ma senza limiti inutili. La bellezza del mondo non si misura solo nel suo aspetto.»

E lui lo aveva fatto, aveva viaggiato ed era stato attento, aveva fatto sport ed era stato attento, aveva preso tutte le medicine, sempre, e si era accertato che ovunque si recasse ci fosse un oculista preparato in caso di necessità. Quando il buio era arrivato aveva già imparato a usare il bastone bianco, aveva memorizzato tutte le distanze in passi della casa che i suoi genitori avevano voluto prendere per loro, tutta su un piano, rinunciando alla villetta su tre livelli. La prima volta in cui, spostandosi da solo, aveva avvertito un senso di smarrimento, era rientrato in casa e aveva chiesto:

«Vorrei avere un cane».

Così era arrivata Cassandra, il più giovane tra i golden retriever addestrati del centro, ancora un po' troppo esuberante ma intelligentissima.

«È color miele» gli aveva spiegato sua sorella.

Era stato quello il momento in cui si era reso conto di quanto poco avesse osservato il mondo intorno a sé, di come si fosse perso troppi dettagli. Era stato forse il suo solo cruccio, perché temeva che non ci sarebbero state occasioni di recuperare. E invece, dopo più di un anno dal suo inserimento in lista d'attesa, il miracolo era avvenuto. Adesso viveva di seconde occasioni, ogni oggetto che gli passava tra le mani attraversava l'evoluzione da ricordo in esperienza, non esisteva più nulla di trascurabile. Il cellulare, la televisione, il computer e i videogiochi doveva usarli con cautela, per non affaticare gli occhi, ma li trovava divertentissimi, sebbene non gli fossero mancati come credeva. Allo stare fermo davanti a uno schermo preferiva passeggiare con Cassandra, che ancora lo guardava perplessa perché non capiva come mai al posto della solita imbragatura indossasse una normale pettorina con guinzaglio. Di tanto in tanto lui si metteva a correre e il cane tirava indietro, perché l'avevano addestrata a correre esclusivamente quando era da sola, mai con lui. Ma poi forse aveva capito e le loro corse al tramonto erano uno dei momenti più belli della giornata. Era stato dopo una corsa, seduto sulla panchina a rifiatare mentre Cassandra esplorava l'area cani, che aveva preso in mano il cellulare e aveva controllato la mail. Non gli scriveva molta gente, aveva scelto altri canali, in quegli anni, collaborando con una cooperativa che lo aveva assunto proprio per una mediazione linguistica con gli immigrati non vedenti. Parlava molto bene tre lingue straniere e se la cavava con altre due, una delle quali gli era stata insegnata da un algerino cieco dalla nascita. Però la sua guarigione aveva portato a un'entusiastica comunicazione telematica di tutte le figure burocratiche, dai medici alla banca, ed era prudente tenerli d'occhio. Quella sera, però, c'era una sola mail, senza mittente. L'oggetto diceva:

"SAI DI CHI ERANO LE TUE CORNEE?".

Non capì subito, pensò a uno scherzo, a una specie di gioco motivazionale. Le cornee gli erano arrivate grazie a Bea, dopo che aveva fatto qualche tentativo con la banca dati e ne aveva scartate diverse.

«Devono essere giuste per te, devo essere certa che attecchiranno.»

Poi un giorno lo aveva chiamato eccitatissima, aveva detto di prepararsi, che forse le aveva trovate, che stava andando a Roma per verificare. E sì, erano andate bene. Era consapevole che il nome del donatore dovesse rimanere un segreto, quindi si trattava per forza di un gioco orchestrato da Bea o dai ragazzi della cooperativa. Sorrise e, senza darsi alcun pensiero, rispose:

"No, di chi erano?".

ERITEMA

Erano le tre del mattino di domenica e ancora alcuni curiosi si assiepavano fuori dal parcheggio del Filotto per capire cosa stesse succedendo, visto che mancavano giusto l'esercito e i pompieri e poi c'erano tutti. Flavia aveva contattato direttamente Tanfulla, che si trovava con moglie e figli in un hotel a quattro stelle sugli Appennini, pronto per la seconda giornata di sci. Non aveva inventato nulla, si era limitata a dire che aveva notato il portachiavi nelle foto, si era ricordata del magazzino e aveva fatto un giro per controllare. Scrupolo, tutto qui, poteva andare bene o andare male, ed era andata così. Da quel che sapeva, Tanfulla aveva mandato al diavolo sia la vacanza che le mezze misure e aveva preteso che mandassero un elicottero a prenderlo. Al posto suo, in quel momento, giunse Orsini, totalmente incredulo, che le si avvicinò senza saper scegliere tra l'elogio e il rimprovero. Perché, porco cane, le aveva detto chiaro e tondo che non doveva fare assolutamente niente senza prima consultarlo. Però, porco cane, aveva scoperto il covo del più feroce serial killer del nuovo millennio, e lo aveva fatto con una giornata di lavoro.

«Be', Mariani, insomma» fu il suo commento, che riassumeva entrambe le posizioni.

«Mi scusi, commissario. Ha ragione» chinò il capo lei.

Ma adesso non stava recitando, sapeva di essere andata contro le regole, il protocollo, di avere rischiato perfino di inquinare le prove, cosa che non si sarebbe mai perdonata. Ma Orsini le mise una mano sulla spalla e tanto le bastò. Gli raccontò la reale concatenazione degli eventi, che era partita dalla verifica delle parole del giornalista, passata per l'incontro con i genitori di Felici, quindi il monopattino, i vigili, la fidanzata, l'osservazione sul mazzo di chiavi, le foto dell'indagine, la collega insonne, il ricordo del magazzino.

«T'avrei fatto proposta per un encomio, ma far aprire il box senza un permesso, senza una carta...»

«Lo so. Ma non ero certa che si trattasse proprio di quel Valerio Felici, magari era un omonimo, può capitare. Non volevo rendermi ridicola. Ma lui» e Flavia indicò il guardiano che era sotto il torchio dei colleghi «non ha colpe. Anzi, quando si è ricordato il nome di Felici ha dimostrato un senso civico ammirevole, guai se il proprietario si facesse venire in mente di licenziarlo. Che gli dia un aumento, piuttosto.»

In realtà l'uomo in divisa che aveva dimenticato gli occhiali non aveva mai messo a fuoco il nome di Felici, lo aveva istruito lei nei pochissimi minuti che avevano preceduto l'eco delle sirene in avvicinamento.

«Ascoltami» gli aveva detto, passando al "tu" per praticità. «Sta arrivando la cavalleria, qui tra poco sarà pieno di poliziotti, quindi imparati bene la parte. Io sono venuta a chiederti informazioni su questo Valerio Felici, e tu ti sei ricordato chi era.»

«E chi era?» aveva chiesto quello, spaventato.

«Il mostro di Selvotta, quello che ha sepolto un sacco di gente in giardino.»

L'altro l'aveva guardata con occhio vacuo, troppo spaventato per riuscire a mettere a fuoco.

«Vabbe',» aveva proseguito lei «te lo sei ricordato. E allora hai pensato che potessero esserci dei cadaveri nel box.»

«Oddio, ma che, ci stanno?»
«NO!
solo dei pezzi
ti pare che non ve ne sareste accorti, in due anni? Ma t'è venuto il dubbio, è ragionevole, no?»
«Eh, sì.»
«Allora te ne sei fregato di tenerti il posto, perché avevi capito la gravità della cosa, e mi hai aperto. Va bene? Ripeti.»

Lui aveva ripetuto bene, una prima e una seconda volta, poi la terza, di fronte agli agenti, sembrava che fosse successo davvero. Flavia, nello spazio affittato da Valerio Felici non ci era entrata più, aveva atteso con Orsini l'arrivo di Tanfulla e della Scientifica, mentre fuori i curiosi aspettavano, qualcuno girava dei video e almeno un giornalista era arrivato a dare un'occhiata. L'ispettore incaricato dell'indagine era giunto di corsa, con fronte, guance e collo già scottati dall'unica giornata trascorsa sulla neve. Aveva dedicato loro un cenno rapido, poi era corso al box.

Per primi vennero aperti gli scatoloni, che contenevano vestiti e scarpe, piegati per bene i primi, appaiate le seconde. C'erano magliette, calzini, camicie, pantaloni, giubbotti, tenuti in ordine ma senza distinzioni. I soli indumenti legati all'identità delle vittime erano quelli intimi, boxer o slip, chiusi nei cassetti insieme agli oggetti contenuti nelle tasche degli uomini che Felici aveva ucciso. E con essi un pezzettino del loro corpo, conservato in un barattolo di marmellata o sottaceti pieno di alcol. Nel tappeto arrotolato c'erano invece gli strumenti usati per farli a pezzi, due seghe, un seghetto, tre coltelli, una mannaia, uno scalpello e un martello, tutti perfettamente puliti. Una prima verifica di pareti e pavimento non rilevò tracce ematiche, ma sarebbe stato necessario portare via tutti gli oggetti e fare degli esami approfonditi. Da quella primissima analisi erano comunque emersi due fatti certi. Il primo era che le vittime non erano state smembrate lì dentro e i pezzi dei loro corpi (quanto meno tutti quelli che mancavano all'appello) dovevano essere stati sepolti da tutt'altra parte, forse addirittura in posti sempre diversi. Il secondo era che le vittime di Felici non erano diciannove ma ventidue. Tanfulla, grattandosi pensosamente la nuca scottata, osservava le scatole sigillate uscire una alla volta, dirette ai furgoni nel parcheggio, e intanto scuoteva la testa.

«Due anni che cerchiamo qualcosa. E ce l'avevamo sotto il naso.»

Flavia lo ascoltava sì e no. Le calavano le palpebre, voleva solo tornarsene a casa a dormire. Invece si dovette sorbire una seconda infornata di domande e poi le lodi, telefoniche, del questore, che era stato messo al corrente dell'intera vicenda. Ora sarebbero arrivate un sacco di risposte, su Valerio Felici, e forse almeno alcune famiglie delle vittime avrebbero trovato pace.

Loro, non lei.

Lei la pace se la poteva scordare.

Aveva messo l'Alfa Romeo in garage. Lo avrebbe evitato volentieri, ma suo padre ci aveva sempre tenuto tanto a quella macchina così difficile da parcheggiare e gli aveva promesso che non l'avrebbe lasciata per strada di notte. Aveva tirato giù la saracinesca con mani pesanti, cercando di non associare il rumore a quello sferragliante del box di Valerio Felici.

Non è più il suo box, piantala.

Aveva salito le scale, pallidamente illuminate dalla luce del nuovo giorno che iniziava. Orsini le aveva detto di restare a casa a riposare, ma lei sapeva che il pomeriggio stesso si sarebbe affacciata in commissariato. A fare cosa, ancora non lo sapeva. Era entrata in casa e aveva dato tutte le mandate possibili alla porta, poi si era voltata a guardare il soggiorno vuoto, rimanendo immobile. Adesso non aveva più scampo, doveva affrontare la cosa. Il suo peggior difetto era quell'assurda rigidità, un rigore che andava contro ogni logica, soprattutto in un mestiere come il suo. Ma era il solo modo in cui sapeva lavorare. O almeno lo era stato sino a quella notte. Passi la telefonata ad Annalaura Ramasco e all'espediente per farsi inviare delle foto che sicuramente i colleghi avevano già visionato e archiviato, più che una scorrettezza era stata una scorciatoia. Poteva sorvolare anche sul fatto di aver fatto al guardiano del Filotto delle domande inerenti un'indagine non sua, era puramente un vizio di forma. Avergli riferito chi fosse Valerio Felici e perché stessero arrivando dozzine di poliziotti a ribaltare il magazzino era stato un gesto benevolo, perché a causa sua quel poveraccio rischiava davvero il licenziamento. Spiegargli cosa avrebbero trovato nel box lo aveva aiutato a capire che quelle erano cause di forza maggiore, così che lo riferisse al suo capo. Poi c'era stata la promessa infranta di non toccare niente. Ma non aveva fatto nulla di irrimediabile, al massimo avrebbero potuto imputarle di aver tolto un dito di polvere e di aver camminato sul pavimento, lasciando delle impronte che teoricamente potevano interferire con i rilievi. Per il resto non aveva davvero fatto nulla oltre a guardare, la carta di credito era stato uno strumento neutro, funzionale ma senza conseguenze. Tutti peccati veniali. Tranne l'ultimo. Sentì che stava per crollare sulle ginocchia, ma doveva ancora nascere il Valerio Felici che avrebbe messo in ginocchio Flavia Mariani, così barcollò fino al divano e ci rovinò sopra. Non riusciva a respirare.

ventitré

Non doveva pensare a quel numero, doveva concedersi ancora un attimo per tornare in sé, ma

ventitré

ormai era a casa, nessuno la vedeva, era sola e non sarebbe riuscita a tenersi la coscienza a posto. Mai l'ispettrice Mariani aveva alterato una scena del crimine. Mai aveva rubato una prova per nasconderla ai colleghi.

ventitré

Mai, fino a quella notte. Sentì le lacrime salire, insieme al reflusso acido dello stomaco che non ne voleva sapere di tener giù più niente. Le lasciò uscire, affondò la testa nel cuscino del divano e pianse, pianse, pianse senza mai un gemito, perché non avrebbe sopportato di sentirsi.

ventitré

Non era solo il numero del box in cui Valerio Felici aveva conservato la sua piccola collezione di trofei.

ventitré

Era il numero effettivo delle sue vittime.

Nel penultimo cassetto del mobile più all'interno non c'era niente e Flavia stava per chiuderlo, quando aveva visto un luccichio in fondo. Lo aveva aperto completamente, tirandolo verso di sé con la carta di credito. Nell'angolino più nascosto c'era un anello. Era un anello da uomo, ma non era accompagnato da niente, né telefono, né portafogli, né biancheria intima o un barattolo con un pezzo di carne. Solo l'anello, un anello di oro bianco. Lo aveva guardato e lo aveva riconosciuto prima di riconoscerlo, perché le ginocchia avevano iniziato a tremarle. Quando il tremito era risalito alle spalle per poi raggiungere le braccia, aveva appoggiato la pistola a terra. Poi aveva infilato la mano guantata nel cassetto e aveva preso l'anello.

"Ciccione", così lo aveva definito, la prima volta che l'aveva visto.

«Perché avete scelto un anello così ciccione?»

E ricordava Lorenzo che alzava gli occhi al cielo.

«Lo ha scelto Rosanna. Dice che almeno così le donne lo vedono bene e girano al largo.»

Magari è solo un anello simile.

Mica saranno stati gli unici a scegliere queste, come fedi.

Lo aveva tenuto con due dita e si era sfilata dalla tasca il telefono, accendendo la torcia. All'interno c'era scritto: "Lorenzo & Rosanna 7/6/2009".

ventitré

Lorenzo non era stato rapinato da qualcuno, su quel

treno, e nemmeno aveva incontrato un informatore balordo.

Lorenzo era stato ucciso da Valerio Felici.

E adesso?

La mente di Flavia correva a ritroso per ritrovare il momento in cui era iniziata quella follia. In quelle due settimane il suo sguardo aveva cambiato continuamente direzione. Prima si era concentrata sull'omicidio di due anziani, poi sulla persecuzione ai danni di un uomo, poi su un serial killer e adesso tornava all'origine di tutte le ossessioni: la morte di Lorenzo.

Perché ho preso l'anello?

Perché non l'ho lasciato dove l'ho trovato?

Perché due anni prima aveva chiesto, supplicato, sbraitato per poter entrare nell'indagine sulla sua morte, e le avevano detto di no, per cavilli burocratici, perché era troppo coinvolta, perché c'erano già gli uomini migliori al lavoro. E il risultato era stato quel cassetto aperto per caso, ultimo di un effetto domino in cui lei si stava concentrando su tutt'altro.

Eppure l'ho trovato.

L'ho trovato io, non loro.

Per questo si era portata via la fede nuziale del suo amico, invece di consegnarla. I colleghi a cui era stato assegnato il caso, l'assassino di Lorenzo non lo avevano trovato, "gli uomini migliori" avevano messo insieme un'indagine sciatta e inconcludente. Flavia si rimise seduta sul divano, infilò una mano in tasca ed estrasse l'anello, che aveva chiuso dentro il guanto di gomma, rivoltato come un sacchetto. Le faceva male agli occhi guardarlo, ma adesso tutto ripartiva da lì. Se quell'anello portava almeno una risposta, cioè chi era stato a uccidere uno degli uomini migliori in forza alla polizia, lasciava invece dietro di sé troppe domande.

Prima.

Dove erano il portafogli, il telefono, il tesserino e tutto il contenuto delle tasche di Lorenzo? Il suo corpo non era stato subito identificato perché privo di documenti, ma nel cassetto non c'erano. Forse perché, a differenza degli altri, Lorenzo non era stato un obiettivo ma un omicidio accidentale? Felici si era liberato di tutto? Strano, considerata la sua mente maniacale, e poi perché tenere l'anello?

Seconda.

Lorenzo e Valerio Felici si erano incontrati per caso su quel treno? Lorenzo aveva forse assistito a qualcosa, era intervenuto in difesa di qualcuno e Felici lo aveva sopraffatto rendendosi conto solo dopo che si trattava di un poliziotto?

Terza.

E se invece nella sua indagine su alcune persone scomparse Lorenzo avesse identificato proprio lui? O magari fosse stato Felici, consapevole di essere stato individuato, ad attirarlo in una trappola? In quel caso sarebbe stato l'ispettore morto il vero eroe, colui che aveva individuato il serial killer per primo.

E infine.

Felici era morto da due anni. Ma qualcun altro aveva conservato il suo magazzino, aveva pagato l'affitto e tenuto in ordine i suoi trofei. Compreso l'anello di Lorenzo. Quindi qualcuno, oltre al suo assassino, sapeva già tutto. Flavia scosse la testa, asciugandosi occhi e naso con la manica della giacca. Gli psicopatici non lavorano in coppia, è rarissimo che due menti disturbate diventino sodali. Eppure la lista sparita. Eppure i cuori dipinti. Eppure l'affitto del box pagato regolarmente. Appoggiò il guanto sul tavolino davanti al divano, poi ci ripensò, andò in cucina, prese il barattolo del caffè, ci mise dentro il guanto, aprì una nuova confezione di miscela e ce la rovesciò sopra sino a coprirlo del tutto. Mise il barattolo di nuovo lì, in bella vista. Era quello il metodo migliore, no?

Lasciare tutto accessibile perché nessuno riuscisse a vederlo.

E adesso?

La domanda tornò. Adesso avrebbe dormito quanto possibile. Poi sarebbe tornata in ufficio per sistemare le carte della Omicidi, ancora chiuse a chiave, e restituirle. E infine avrebbe aspettato che il clamore intorno a sé si stemperasse e, quando nessuno ci avrebbe fatto caso, sarebbe andata in archivio e avrebbe prelevato l'incartamento dell'indagine di Lorenzo. Una causa persa, secondo Orsini. La causa di tutto, secondo lei.

Le cose erano andate in maniera prevedibile, c'erano stati gli elogi, gli applausi, l'imposizione da parte del commissario di non parlare con la stampa ma anche la promessa che il suo nome sarebbe stato citato. Flavia aveva visto le notizie dell'ultim'ora e già era trapelato quanto bastava perché il giorno dopo i giornali intitolassero a caratteri cubitali che era stato scoperto IL COVO DI VALERIO FELICI. E sì, era stato strano non trovare tra le voci di chi si era avventato sulla notizia quella di colui che di questa storia si sarebbe occupato per diritto di anzianità, con i suoi occhi buoni e il suo nasone curvo.

Chissà se la notizia gli è arrivata, lì dove lo hanno rinchiuso.

Sorrise del proprio dubbio: ma certo che sì. La Turriziani la aspettava davanti all'ufficio chiuso, Miré aveva fatto il turno del mattino ed era stato così stressato dal numero esorbitante di telefonate, a cui aveva dovuto rispondere in vece sua, che non l'aveva nemmeno aspettata per congratularsi. Flavia si era scusata per aver chiuso ed essersi portata via la chiave, ma era una questione di sicurezza. I fascicoli erano esattamente dove li aveva lasciati, sparpagliati su scrivania, sedie e tavolini. Non appena sole, la Turriziani le si avvicinò:

«La prego, mi racconti tutto, ispetto'».

Era entusiasta, tutti lo erano, tutti tranne lei.

Devo stare attenta o se ne accorgeranno.

Ma si finse stanca, la stanchezza funziona sempre. Iniziò dalle cose che la sua agente già sapeva, la visita ai genitori, tutta la storia già raccontata a Orsini prima e a Tanfulla poi. Vedeva brillare gli occhi della donna e si sentì in colpa a non raccontarle il resto. La Turriziani era stata la preferita di Lorenzo, prima che la sua. «Bisognerà ritirare fuori i casi di persone scomparse. Perché adesso ci sono tutti i nomi, non solo gli otto che mancavano all'appello, ma anche tre

quattro

nuovi» buttò lì, a conclusione del suo racconto.

«Dice che ce li passano, i nomi?» chiese l'altra, titubante.

«Ce li passano sì» le scoccò un'occhiataccia Flavia. «Di' che li chiedo io.»

Non c'era nessuna soddisfazione, in quelle parole.

«E per il nostro caso? Che faccio?»

QUESTO è il nostro caso.

«Può aspettare domani. Apuano si è fatto vivo?»

«Se ha chiamato qui in ufficio non ha trovato nessuno. Forse ha parlato con Miré, a meno che non lo abbiano rimbalzato al centralino.»

«Vai a informarti.»

E adesso?

La domanda tornò. Adesso la Omicidi le doveva un favore, o quanto meno delle informazioni. Ma lei ne avrebbe chiesta solo una: chi fosse stato a pagare l'affitto del box. Di una cosa era certissima: questa persona aveva rubato le chiavi del magazzino dall'obitorio. E se lo aveva fatto era stato con cognizione, magari conosceva già il Filotto. Quindi si aprivano due possibilità. O era andato al magazzino senza sapere chi fosse Valerio Felici, sperando ci fosse qualcosa da rubare

e poi?

quando ha scoperto il contenuto perché ha pagato di tasca sua l'affitto per due anni?

oppure non solo sapeva cosa vi fosse contenuto, ma sapeva anche cosa facesse Felici nel suo tempo libero.

E torniamo al complice.

In ogni caso questa persona era in ospedale, quando il killer era morto. Quindi avevano un legame e certamente era al corrente dell'espianto di organi.

Ed eccola la persona informata sui fatti che potrebbe avere recuperato la lista.

La persona che ha perseguitato gli altri.

Ma entrambe le ipotesi scricchiolavano. Un complice avrebbe protetto le sue cose? Sì. Ma avrebbe anche perseguitato chi viveva grazie a lui? No, perché farlo? Un vendicatore avrebbe usato la lista per tormentare i riceventi? Sì. Ma avrebbe anche protetto la collezione di Felici? No, che senso avrebbe avuto? A Flavia faceva difetto la capacità psicanalitica che invece altri colleghi sviluppavano subito, era una persona troppo pratica, troppo quadrata. Ma nell'incoerenza non ci credeva. O ami o odi. O idolatri la memoria di un assassino o cerchi di cancellarne ogni traccia, non le due cose assieme.

Potrebbero essere due persone distinte.

Un complice e un antagonista.

Il telefono sulla scrivania squillò strappandola da quel dilemma. Era Miré.

«Ispettrice, buongiorno e tante congratulazioni.»

«Grazie, Miré. Hai notizie di Apuano?»

«Sì, ha chiamato stamattina. Ha avuto qualche difficoltà con l'ospedale, ma alla fine gli hanno dato il nome. I polmoni di Valerio Felici sono stati trapiantati su un giovane ingegnere, che però non vive a Bari, sta in un paesino sul Gargano. Allora ha chiesto una macchina ai colleghi e oggi ci andava, per parlarci. Io mi sono permesso di riferirgli della sua grande scoperta ed era veramente esaltato.»

«Va bene, Miré, grazie, dell'esuberanza emotiva di Apuano ne parliamo un'altra volta.»

Guardò la Turriziani.

«Abbiamo i Polmoni.»

L'agente le sorrise, ma era quasi un sorriso di circostanza. Il trionfo su Valerio Felici, per quanto morto, aveva superato i tiepidi entusiasmi per l'ipotetico persecutore dei suoi organi, a cui nessuno credeva davvero, a parte Flavia. Pazienza, si sarebbe bastata da sola.

«Allora,» sospirò, capendo che rimandare come aveva progettato non sarebbe servito a niente «queste persone scomparse?»

Avevano trovato quattro coincidenze tra la loro lista di persone scomparse e i nuovi nomi delle vittime di Felici. Quattro persone di cui si erano perse le tracce e che erano emerse dai cassetti del box. Quattro persone di cui non importava nulla a nessuno: per due di loro la scomparsa si era limitata a una segnalazione della famiglia in un caso, dell'ex compagna nell'altro e dei servizi sociali nel terzo. Il quarto non sarebbe mai stato identificato, se la sua scomparsa non fosse stata indagata dall'ispettore Lorenzo Carrozzini, tre anni prima. Era un senzatetto, alcolista, che una sera aveva lasciato tutte le sue cose nel solito posto, si era allontanato e non era tornato.

«Sarà finito nel fiume» erano stati i commenti dei colleghi, ma Carrozzini non ci aveva creduto.

Erano stati i suoi compagni, accampati sempre sotto lo stesso porticato, a dirgli che era strano si fosse allontanato a piedi senza nemmeno avvisare. E Carrozzini aveva raccolto le loro deposizioni e aveva segnalato il fatto. Quest'uomo, Luigi Borgo, non possedeva documenti, ma con sé aveva una tessera dell'autobus nominale che gli aveva procurato un'impiegata della Caritas. Fu quella tessera che venne trovata in uno dei cassetti, precisamente nel nono, insieme a un preservativo e sette euro e quaranta in moneta. Quando la Turriziani le aveva cercato tutto il materiale sulle scomparse di uomini negli ultimi dieci anni, Flavia era andata in archivio con lei, e tra una cartella e l'altra aveva prelevato anche quella dell'indagine di Lorenzo. Aveva riletto i suoi appunti con attenzione, benché non ci fosse molto da leggere. Quel che accomunava i quattro scomparsi era il fatto che vivessero ai margini della società e che fossero spariti così, da un momento all'altro. Secondo Lorenzo erano stati adescati, forse per qualche gioco crudele, la sua ipotesi era che potessero essere caduti vittima di una baby gang. Tuttavia Flavia era convinta che in quei brevi rapporti dell'amico non ci fosse tutto. La squadra le aveva riferito delle sue discussioni con Orsini, che trovava inutile approfondire casi come quello, la gente sparisce a mazzi ogni giorno, proprio quei quattro dovevano avere qualcosa in comune? Quindi era possibile che Lorenzo avesse omesso dai rapporti tutta una serie di dettagli che li avrebbero resi ancor meno credibili agli occhi del superiore, collegamenti fatti forse in maniera naïf, andando per tentativi o per istinto.

Forse si teneva gli appunti in tasca.

Si teneva sempre uno di quei taccuini che gli piaceva tanto esibire.

Ma del contenuto delle tasche di Lorenzo non era rimasto niente. Una volta rimesso a posto l'incartamento dell'amico, tornò in ufficio e osservò da lontano la Turriziani che si era sistemata a uno dei tavolini con un laptop e metteva a verbale quanto appena verificato. Flavia pensò che lei potesse sapere qualcosa, lei o gli altri, perché Lorenzo aveva un forte senso del gruppo, era stata la ragione principale per cui inserirsi e sostituirlo era stata un'impresa. Per non insospettirla la prese larga.

«Turriziani, questo Luigi Borgo io l'ho già sentito.»

«Sì, perché era uno degli scomparsi dell'ispettore Carrozzini» rispose subito l'altra, e immediatamente dopo, prima che Flavia potesse fingersi sorpresa, il telefono squillò.

Mannaggia, il tempismo!

L'ispettrice prese la cornetta e rispose secca.

«Mariani.»

Ascoltò la voce dall'altro lato e guardò l'agente seduta dirimpetto a lei. La Turriziani ricambiò lo sguardo e smise di scrivere.

«Ma quando?» chiese Flavia, poi si alzò. «Arrivo.»

Riappese e l'altra si alzò a sua volta.

«Chi?» chiese, perché quel genere di telefonate portavano con sé sempre un "chi", mai un "cosa".

«Apuano. Trovami un volo per Bari, e se non c'è un volo cercami un treno, perché con la macchina mia non ci arrivo più.»

«Ma cos'è successo?» chiese la Turriziani spaventata.

Flavia prese la borsa, strangolata dal senso di colpa per essersi completamente scordata, nelle ultime ore, del tenente che aveva spedito in Puglia e che da troppo tempo non si faceva vivo.

«Hanno cercato di strangolarlo. È ricoverato al Policlinico.»

DISPNEA

Aveva visto l'uomo girare intorno a casa sua quando era ancora molto lontano. Ormai era l'ultimo superstite del gruppo di amici che andavano a correre al mattino presto in riva al mare. Lo chiamavano "l'uomo bionico".

«Ma come fai con questo freddo?»

«E con i pantaloni corti, poi!»

e lui si compiaceva. Non lo aveva stupito rimanere da solo ad affrontare qualsiasi condizione meteo, sapeva di essere capace di cose che quei quattro sfigati non potevano nemmeno immaginare. Quella mattina il cielo era terso, tirava vento ma non abbastanza da spingerlo ad abbassare la testa, aveva corso con l'aria che gli sferzava il viso, il petto che si alzava e si abbassava al ritmo del suo respiro. Guai se qualcuno avesse provato a fermarlo.

Guai.

Tornato a casa aveva notato l'uomo, e così aveva rallentato. Lui conosceva bene le persone che si aggiravano nel quartiere a quell'ora, le aveva osservate e catalogate, in quei mesi, di molti aveva anche delle fotografie che aveva scaricato sul suo computer. Già due volte aveva sospettato di tizi che non gli tornavano. Uno aveva parcheggiato a due metri dal suo portone per tre giorni consecutivi, l'altro aveva preso a fare colazione nel bar degli studenti, pur essendo decisamente fuori età. Il secondo lo aveva seguito e aveva sco-

perto che accompagnava la figlia a dare gli esami, il primo invece lo aveva affrontato a muso duro, costringendolo a uscire dall'auto e spintonandolo finché non si era quasi messo a piangere. Allora ne aveva ascoltato la voce, abbassando gli occhi, cercando di ricordare le note basse e le inflessioni. Non gli era sembrato lui e, anche se non gli aveva voluto spiegare perché avesse scelto di restare parcheggiato lì, lo aveva lasciato andare, purché non si facesse più vivo. Ma non si era illuso, sapeva benissimo che si trattava di diversivi, fumo negli occhi. Lui sarebbe arrivato comunque, da tutt'altra parte ma sarebbe arrivato. E quella mattina, quando aveva visto l'uomo aggirarsi intorno al palazzo, guardando in alto e controllando i campanelli, aveva capito. I jeans, il giubbotto di pelle, i capelli scuri tirati indietro col gel. Aveva l'aria di chi non aveva paura di niente, e allora non c'era stato più dubbio.

"È lui."

La mail arrivata nove mesi prima si era limitato a cancellarla e se ne fossero arrivate altre non le avrebbe nemmeno aperte. Non avrebbe commesso due volte lo stesso errore. Rifiutava di porsi domande sul donatore, non voleva sapere chi fosse morto per permettergli di vivere, saperlo non avrebbe cambiato nulla. Era contento che fosse crepato, perché fingere che non fosse così? Non sentiva di dovergli nulla, non un ringraziamento, non una preghierina prima di andare a letto, quelle erano tutte cazzate per ipocriti. Era il destino, a qualcuno diceva male, ad altri diceva bene. Probabilmente a scrivergli per cercare di farlo sentire in colpa era stato un amico di Dalila, se non Dalila stessa. Gente che voleva mandargli in veleno il godimento che la vita gli dava, ma questa soddisfazione se la potevano sognare. La colpa, lui, non sapeva nemmeno dove stesse di casa. Diversamente da quanto si era aspettato, dopo quella prima mail non ne erano arrivate altre. Invece, a distanza di due settimane, erano iniziate le telefonate anonime. A volte al mat-

tino, a volte di pomeriggio, a volte in piena notte, sullo schermo sempre la stessa parola: "Sconosciuto". Aveva cercato di bloccare il numero, ma sembrava impossibile. Su una cosa era stato granitico: non avrebbe risposto, mai. Gli sarebbe piaciuto chiamare Dalila per dirle quanto fosse sfigata a ricorrere a certi mezzucci, ma aveva lasciato perdere, perché temeva di dire troppo, di andare oltre. Gli succedeva, qualche volta. Si arrabbiava, magari per sciocchezze, e di colpo esplodeva, gli usciva dalla bocca qualsiasi cosa, con furia incontrollata. Se capitava con gente di cui non gli importava, lasciava che accadesse, la terra bruciata non lo spaventava. Se avveniva nell'ambiente di lavoro, invece, era costretto a passi indietro e patetiche frasi di scuse. In quei casi il rancore restava, latente, ad aspettare che qualcosa lo rinfocolasse. Non stava a lui chiedere scusa, era convinto che le scuse gli fossero solo dovute, da parte di tutti, anche della vita. Poi un giorno gli arrivò una busta, direttamente in studio. Non lasciava che la segretaria aprisse la sua posta, preferiva che si accumulasse in un cestino portaoggetti e poi la evadeva tutta insieme. Quel mattino aprì la busta, aspettandosi dei documenti o una fattura, e invece vide una foto. Era la foto di un uomo biondo, che riconobbe subito, pur non sapendo chi fosse. Sorrideva, sull'orlo di una risata, i capelli appena troppo lunghi per i suoi gusti, la camicia tatticamente sbottonata per far intuire un torace glabro. A posteriori pensò che i suoi occhi dovevano aver riconosciuto il viso perché lo avevano visto tante volte in tv, ma che nel contempo, dentro di lui, due corpi spugnosi intenti a dilatarsi e restringersi avessero riconosciuto il luogo in cui erano nati e cresciuti. Perché si fermarono. Improvvisamente si ritrovò del tutto incapace di immettere o espellere aria. Avvertì quella sensazione già nota e orribile del cervello che si oscura, affamato di ossigeno, e del cuore che cresce nei palpiti a causa del panico.

"No, non di nuovo" pensò.

Un attimo prima di svenire spalancò la bocca e, con uno sforzo sovrumano, costrinse la gola ad allargarsi e all'aria di passare. Doveva aver fatto un rumore strano, perché un collega si affacciò sulla porta.

«Ehi. Mangiato pesante?»

Avrebbe voluto mostrargli il dito medio, invece alzò la mano per fargli capire che andava tutto bene, e intanto imponeva il ritmo all'inspirazione e all'espirazione. Quando il cuore si fu finalmente calmato guardò di nuovo la foto. Chi era? Perché lo conosceva? E che lo conoscesse ne era sicurissimo, come era sicurissimo che dovesse trattarsi del suo donatore. Non era forse questo il punto della mail e di tutte le telefonate anonime? Forse era stato un personaggio famoso, un cantante o un attore che era morto l'anno precedente. Così fece una cosa a cui non aveva mai pensato prima, andò su internet e scrisse la data del proprio trapianto. Non ebbe bisogno di altro, perché tutti i risultati che comparvero comprendevano le foto di quel giovane uomo biondo, alcune come quella che aveva ricevuto, altre che lo mostravano abbracciato ad amici oppure con lo sfondo di un paesaggio di montagna. Lesse quello che c'era da leggere, cercando di respingere l'ovvia deduzione che ne derivava. Perché era vero che a lui non fregava niente di chi fosse morto per concedergli di vivere, ma altro era sapere che cosa avesse dentro. Qualcosa che aveva respirato odore di sangue, metallo, terra scavata di fresco. Fu tentato di gettare via la foto, poi lo fu di raccontarlo a qualcuno. Ma a chi? Non era nemmeno certo che fosse vero, avrebbe potuto benissimo trattarsi di uno scherzo, una montatura, nessun articolo accennava al fatto che Valerio Felici avesse donato i suoi organi. E anche se ne fosse stato certo, era troppo orgoglioso perché qualcuno potesse insozzare la sua nuova vita. Tornò a casa, quella sera, senza nessuna voglia di uscire a bere né di rimorchiare ragazze. Non gli era piaciuto rimanere senza fiato, non voleva riviverla mai più, quella sensazione. Iniziò a non essere più certo che ci fosse Dalila, dietro a quella storia, né lei né uno dei suoi amici. Forse era un giornalista in cerca di uno scoop, qualcuno che voleva raccontare "la seconda vita di Valerio

Felici", ma allora perché fare giochetti, perché non dichiararsi? Dopo di che arrivò la lista. La trovò già in casa, infilata sotto la porta. Era un semplice foglio piegato in due, apparentemente una fotocopia. In cima c'era il logo di un ospedale e sotto una serie di nomi. Uno era il suo. Appallottolò il foglio e lo lanciò lontano, ma mentre lo faceva vide che c'era scritto qualcosa, dietro. Non andò subito a recuperarlo, si ripetè che non voleva sapere, non voleva sapere, non voleva sapere. Ma poi spostò la poltrona vicino alla finestra, si chinò e lo raccolse. La scritta era stata fatta a matita, dietro alla lista.

Diceva: "GAUNA".

Cercò la parola su internet, ma non significava niente. La lista sì, invece, la lista aveva senso. Digitò i nomi delle altre sei persone, ma su internet ne trovò solo quattro. Uno era un giornalista molto famoso, lo riconobbe subito, si vedeva spesso in tv. Il secondo non aveva profili social, ma il suo nome era legato all'Università di Padova, lavorava come interprete. Poi c'erano due donne, di una esistevano più profili, era molto giovane, l'altra oltre ai social aveva anche un blog che parlava di una malattia renale. C'era una sua foto sorridente con il marito e due bambini. Rimase a osservarla a lungo, cercando di provare per lei un senso di familiarità, ma non sentiva nulla. Cos'avrebbe dovuto farci, con quella lista? La gettò di nuovo e la recuperò di nuovo, almeno tre volte. Era bloccato. Non voleva avere a che fare con quella storia, non lo riguardava, non gliene fregava un cazzo dell'assassino e degli altri trapiantati, lui era oltre, la sua vita era oltre. Ma questa convinzione non attecchì. Iniziò a guardarsi alle spalle, a scattare per un nonnulla, a rifiutarsi di aprire la posta, delegando la segretaria. Anche se le telefonate anonime erano cessate e di mail non ne arrivavano più, lui sapeva che non era finita. A perseguitarlo non fu il nome di Valerio Felici e neppure gli altri sei. A perseguitarlo fu la parola senza significato. In quell'estate del 2022 la vide scritta sul muro di un palazzo davanti a cui andava a correre, poi tracciata col dito sul lunotto della sua macchina dopo due giorni di pioggia sabbiosa, infine stampata su un'etichetta e appiccicata sul suo campanello al posto del cognome. "Gauna." Ne cercò ancora il significato, con maggior disperazione, andò anche alla biblioteca dell'università, dove lo accolsero come il figliol prodigo. Con l'aiuto del bibliotecario trovarono tracce della parola in un testo che raccontava delle esperienze di alcuni missionari in Oceania. Era una parola legata ad alcuni rituali di cannibalismo. Questo lo turbò profondamente. Perché sì, lui si considerava a tutti gli effetti un cannibale. Cosa aveva fatto, se non nutrirsi di Valerio Felici? Dunque quella parola significava che, avendo un pezzo di lui dentro di sé, anche lui si sarebbe trasformato in un assassino? Che cazzata. Il giorno dopo questa rivelazione, comprò un pennello e della vernice e andò a cancellare la scritta sul palazzo. In cambio, solo il giorno dopo, ricevette una telefonata in ufficio, in pieno orario di lavoro, direttamente sulla scrivania. Rispose

«Sì?»

e dall'altro lato una voce maschile, calma e avvolgente, gli chiese

«Hai mai voglia di uccidere qualcuno?».

Non ebbe il tempo di reagire, la comunicazione venne interrotta. Di nuovo perse il respiro, di nuovo si costrinse a impararlo ancora. E adesso? Cos'avrebbe dovuto fare, come poteva reagire? Sarebbe dovuto andare alla polizia, ma per dire cosa? Che qualcuno scriveva una parola straniera sui muri? Che aveva ricevuto telefonate anonime come capitava a chiunque fosse finito nelle liste per le truffe? Che aveva i polmoni di un serial killer? No, non gli avrebbero creduto e si sarebbe reso ridicolo. Se solo avesse potuto fare qualcosa, afferrare quel pezzo di merda che gli dava il tormento e poi... Riuscì a fermarsi prima di terminare il pensiero. Lui non era un assassino. "Gauna." Cazzate. Detestava di non avere margine di azione, di essere costretto solo a ricevere, che fossero mail o telefonate o liste o scritte sul muro lui non aveva pos-

sibilità di replicare. Era di nuovo prigioniero, in una prigione che sembrava più ampia ma non era tanto diversa dalle quattro mura della sua casa da bambino. Un mese dopo stava mangiando al ristorante con sua madre, venuta a trovarlo da Defensola, con la rassegnazione della montagna che andava da Maometto. Un cameriere gli portò un cordless su un vassoio, sorridendo perché credeva che si trattasse di una bella sorpresa. E invece la voce gli bisbigliò:

«Gauna».

Reagì in maniera esagerata, ribaltando il tavolo, urlando, prendendosela col cameriere, con alcuni clienti, col direttore di sala e infine anche con sua madre, che aveva ridotto in lacrime.

«Ma che cos'hai?» gli chiese disperata.

"Ho un pezzo di mostro" le avrebbe voluto rispondere.

Ma non poteva dirlo. Non voleva dirlo. Gli avevano consigliato di prendersi una pausa dal lavoro, ma se n'era guardato bene. A pochi giorni da Natale salì in ascensore e sullo specchio trovò la fotocopia di un articolo di giornale. Era un pezzo che parlava di Valerio Felici, ma non come serial killer, bensì come vittima dell'indifferenza delle istituzioni romane perché era morto a causa di una buca. Con un evidenziatore erano state sottolineate le frasi che descrivevano Felici come un ragazzo adorabilmente imperfetto: allergico alle fragole, stonato, insofferente alla lana e altre cazzate. In calce erano state vergate solo due parole:

"E TU?".

Lo strappò e gli fece fare la stessa fine della lista. Poi iniziò a grattarsi, perché indossava un maglione sulla pelle nuda. Quando se ne accorse gli venne voglia di urlare.

Improvvisamente tutto finì. Niente più scritte, telefonate, articoli, liste, mail. Solo un silenzio lunghissimo. Non lo faceva stare bene, tutt'altro. Cercava segni dappertutto, sospettava di chiunque gli rivolgesse la parola, fotografava le persone e poi le cercava su internet, non rispondeva più nemmeno ai numeri noti. Dalila gli mandò alcuni messaggi, riferendogli che sua madre era molto preoccupata e credeva avesse bisogno di aiuto. Non le rispose, perché era convinto di avere il telefono sotto controllo, e poi lui non aveva bisogno dell'aiuto di nessuno. Ma la verità era che iniziava a crederci. "Gauna." Una mattina presto trovò a terra un gabbiano investito da un'auto. Era già morto, ma lui si portò la carcassa vicina al naso, per scoprire se l'odore del sangue e della morte gli fossero familiari.

"Sto impazzendo" pensò.

Quando il 27 marzo vide la notizia al telegiornale, le immagini non gli lasciarono margine di dubbio, l'uomo che veniva portato via in manette era lo stesso che tante volte, in tv, aveva commentato dei delitti celebri. Era il Cuore, che non aveva retto.

"Ora tocca a me" pensò. "Gauna."

Doveva resistere, ripetersi che era forte, che era padrone di se stesso, che nessuno lo avrebbe trasformato in qualcosa che non voleva essere. Ma era sempre più teso, scattava, qualunque cosa lo metteva sulla difensiva. E se si fosse sentito attaccato, come forse era successo al Cuore, sarebbe stato pronto.

Il portone del suo palazzo si aprì, uscì la signora del secondo piano per andare a fare la spesa e, prima che la serratura scattasse, l'uomo col giubbotto di pelle mise in mezzo la mano e lo bloccò. Entrò, scomparendo dalla sua vista.

"Va su ad aspettarmi" concluse lui.

E non ebbe alcuna incertezza su ciò che andava fatto. Se in lui c'era una parte di assassino, allora quella parte si sarebbe scagliata contro il suo persecutore. Si avvicinò al palazzo con calma, spinse il portone pesante senza fare rumore e iniziò a salire le scale. Nella sua mente c'era un'unica parola:

"Gauna".

IPOSSIA

Luca Apuano era sempre stato considerato il bello e dannato del commissariato e se poteva avere qualcosa di cui rallegrarsi, in quel momento, era che nessuno potesse vederlo. Aveva la testa fasciata, profondi solchi neri sotto agli occhi, i capillari scoppiati sul naso e sulle guance, le sclere iniettate di sangue e un orecchio completamente incerottato. Gli ematomi sotto il mento e sul collo non si vedevano perché indossava un collare rigido che gli impediva di voltare la testa. Dalle narici sbucavano i tubicini dell'ossigeno.

«Non deve parlare» fu l'ordine secco dell'infermiera a Flavia.

Erano venuti a prenderla due agenti in aeroporto, le avevano fatto il saluto militare e le avevano chiesto se volesse essere portata prima in ospedale o all'appartamento. Per un attimo Flavia era stata in dubbio, poi aveva immaginato l'espressione scandalizzata di Lorenzo e allora aveva risposto:

«In ospedale, ovviamente».

Carrozzini non si era mai lamentato di Apuano e della sua ambizione.

«Vuole farmi le scarpe» le confidava ridendo, e lei si chiedeva sempre cos'avesse da ridere, ad avere il nemico in casa, ma lui minimizzava. «È una testa calda. Ragiona, è in gamba, ma poi si fa prendere dall'entusiasmo.»

Aveva sempre una parola buona, mannaggia a lui, e adesso sarebbe toccato a lei fare la parte del leader comprensivo, mentre avrebbe avuto voglia di prenderlo a schiaffi, il bel tenente.

C'è quasi rimasto.

Imbecille.

In ospedale il comando era passato dai due agenti che l'avevano accompagnata al medico del reparto di ortopedia.

«Ha rischiato tantissimo, c'è stata una lesione della trachea, se gliel'avesse stretta ancora un po' rischiava una lacerazione.»

«Mi hanno detto che c'è stata anche un'emorragia.»

Il medico storse il naso.

«Sì, ma quella è stata provocata all'orecchio.»

«Come "all'orecchio"? Lo hanno strangolato e ha perso sangue dall'orecchio?»

«No, è caduto.»

Tutto l'alone di eroismo che aveva circondato Apuano sino a quel momento iniziò a dissiparsi.

«Come, è caduto? E da dove?»

«Non lo sappiamo, quando è stato ritrovato aveva una lacerazione all'orecchio.» Il medico fece una pausa. «Ci hanno messo sopra una molletta da bucato.»

Flavia cercò di rimanere seria.

«Ho paura di non aver capito.»

«Io non so come sia andata, ma l'impressione è che il suo collega sia stato attaccato alle spalle, ci sia stato un tentativo di strangolamento e poi, cadendo svenuto, si sia procurato una lacerazione all'orecchio. Le orecchie sono molto irrorate, quando si feriscono perdono tantissimo sangue, che infatti è stato ritrovato per terra. E, immagino, per arrestare la perdita di sangue, la persona che ha aggredito il tenente Apuano gli ha messo una molletta da bucato sulla ferita.»

«E ha funzionato?»

«Pare di sì.»

Flavia annuì, cercando di non figurarsi Apuano con una molletta sull'orecchio, e seguì l'infermiera a cui il medico la aveva affidata. Nella stanza 305 Apuano giaceva sul letto, il viso pesto, il collare, una flebo attaccata e l'ossigeno. Nel vederla gli passarono diverse espressioni sul viso. La prima era vergogna, la seconda rassegnazione e la terza sollievo. Aspettò l'uscita dell'infermiera per schiudere la bocca, ma Flavia lo zittì subito.

«Non puoi parlare. Non hai nessun danno alle corde vocali ma la tua trachea è un casino, ci sono ecchimosi e anche una lesione, quindi stai zitto che parlo io.»

Apuano alzò gli occhi al cielo.

«Allora, una parte della storia la so, me l'ha detta Miré. Sei andato alla clinica, ti hanno dato il nome e ti hanno mandato sul Gargano. Dove non lo so.»

Apuano sollevò le dita in segno di vittoria. Poi sollevò solo l'indice, quindi si portò la mano verso l'occhio. Flavia capì e quasi se lo mangiò vivo.

«Apuano, ma che scherzi? Mi fai l'alfabeto muto come a scuola? Ma che sei, 'nregazzino?»

Si mise in grembo la borsa, estrasse l'agenda del 2017 su cui aveva preso gli appunti per il caso Felici e gliela diede in mano con una penna. Rassegnato, Apuano scrisse.

«"Vieste." Bene, dunque sei andato a Vieste ma i nostri Polmoni non stanno più lì, si sono trasferiti a Bari, nell'appartamento dove ti hanno trovato.»

Lui chiuse gli occhi in segno di assenso.

«Allora tu stamattina ci sei andato. E lui c'era?»

Un lieve diniego.

«No. Però siccome tu devi sempre fare Bruce Willis sei entrato lo stesso.»

Apuano fece segno di no e riprese a scrivere. Le mostrò la pagina, che era del 13 ottobre.

«"Solo nel palazzo." Mentre potevi aspettarlo fuori, per esempio, oppure andare al suo ufficio, l'indirizzo lo avevi. Vabbe', sei entrato nel palazzo, sei salito al...» lo guardò in dubbio «...quinto piano?» Apuano annuì. «E poi?»

Il tenente si indicò il collo.

«Okay, qualcuno ti ha attaccato. Da dietro, immagino. E tu non lo hai sentito venire?»

Il tenente fece di no e riprese a scrivere.

«"Mata Leao"? E che è?»

Esasperato, Apuano scrisse ancora.

«"Presa illegale." Ah, ti ha fatto una presa da dietro. E tu non sei riuscito a liberarti?»

Apuano appoggiò agenda e penna, e Flavia capì.

«Tu sei uno che si allena, vero Apuano? Lo so, ogni tanto sparisci e dicono che sei in palestra. Quindi non è che uno qualunque arriva, ti fa una presa e tu non sai che fare.»

Lui annuì.

«Perciò era uno che sapeva quel che faceva.»

Apuano si era stretto nelle spalle, poi aveva guardato la porta e pianissimo aveva sibilato.

«Era calmo. Sapeva cosa faceva. Poteva uccidermi.»

«Ssst! Ma non ti ha ucciso, sei solo svenuto.» Poi gli lanciò un'occhiata in tralice. «Sei svenuto subito, Apuano?»

Lui sorrise.

«Cazzo, lo sapevo!»

Flavia alzò la voce ed entrambi subito controllarono che non accorresse nessuno. Ridacchiavano, sembravano due bambini che avevano fregato la maestra.

«Hai fatto finta, bravo. Cioè, immagino che fossi sulla strada, ma ti sei lasciato andare prima. E lo hai visto?»

Lui scosse la testa, poi fece il gesto di una chiave che gira.

«Ha aperto la porta e ti ha trascinato dentro. Ti è sembrato forte?»

Lui fece una smorfia.

«E poi?»

Con spirito di sacrificio Apuano riprese l'agenda e scrisse.

«"Ho cercato di reagire, lui mi ha mollato e ho battuto la testa."» Flavia trattenne una risatina. «E ti sei anche ferito all'orecchio, così ti ha messo una molletta per fermare l'emorragia. Questa non la raccontare quando torni, Apuano.»

Rimase pensosa un attimo.

«Hai corso un rischio, sai? Anche per la botta in testa. Se avesse voluto ti avrebbe ammazzato, poteva, ma non lo ha fatto.»

Apuano fece quindi una cosa strana. Si portò le mani alla gola, poi fece un sorrisone finto. Flavia capì. Strangolare. Felici. Era così che uccideva le sue vittime.

«Va bene, vado a dare un'occhiata a 'sto benedetto appartamento. Quando ti ha trascinato dentro tu non hai visto...?»

Apuano scosse la testa.

«Va bene, ti mando i saluti di Miré, della Turriziani e di Iacoangeli, che oggi ti sostituisce, così se salta in aria il commissariato sai che la colpa è tua.»

Apuano sorrise. Flavia pensò che non l'avrebbe mai più visto tanto brutto, così gli diede una leggera pacca sul ginocchio e, uscendo, disse:

«Ciao, Luca».

Il palazzo nella zona universitaria di Bari aveva una facciata ariosa e un ingresso quasi sull'angolo. Flavia lo guardò bene prima di entrarci, per poter immaginare dove potesse essersi nascosto l'ingegnere prima di attaccare Apuano alle spalle. Appena entrati c'erano tre gradini e un androne ampio con l'ascensore al centro. Le scale salivano girando intorno a quest'ultimo. Apuano era salito in ascensore e altrettanto fece lei, lasciando indietro i due poliziotti che avevano il compito di accompagnarla, quel giorno. Quando l'ascensore si aprì vide subito la porta dell'appartamento spalancata e piantonata dall'ennesimo collega. Senza dire una parola gli mostrò il tesserino e si avvicinò. A terra c'era una delimitazione fatta con il nastro giallo e nero, che idealmente impediva di camminare nella metà destra del corridoio. Flavia abbassò gli occhi e vide l'impronta. Era parziale, solo la pianta di uno scarpone o di uno stivaletto senza tacco, comunque maschile. L'orma era stata lasciata perché la suola era sporca di sangue.

Il sangue di Apuano.

Attraversò la porta tenendosi di lato rispetto al nastro e si fece un'idea dell'appartamento già da lì. Ampio, finestre grandi, molta luce. Un tecnigrafo subito sotto il davanzale, una libreria piena di testi, una porta che si apriva sul cucinotto, un divano con davanti un tavolino, dietro al divano un gradino e una parete su cui si apriva una porta che probabilmente portava alla zona notte. Le bastava. Respirò piano l'odore del sangue. Ce n'era moltissimo, quasi tutto rappreso. La stragrande maggioranza si trovava sotto al tavolino, in corrispondenza dello spigolo, era lì che l'aggressore aveva lasciato andare il tenente, provocandogli un trauma cranico e una ferita all'orecchio che aveva iniziato a sanguinare. Sarebbe stato un ottimo momento per sorridere di nuovo della molletta, ma Flavia non aveva alcuna voglia di ridere. Il sangue sotto al tavolino non era compatto, sembrava che l'avessero fatto schizzare apposta in diverse direzioni, come se un bambino ci avesse pasticciato dentro le mani, credendolo vernice.

Ma non è stato un bambino.

Si voltò verso la parete dietro al divano e chiese:

«Avete già fatto tutte le foto?».

«Sissignora» rispose l'agente sulla porta.

«E l'inquilino? Lo state cercando?»

«Sì, ma è sparito. In ufficio non si è presentato, i colleghi stanno cercando di rintracciarlo attraverso la famiglia o gli amici.»

Sparito, che strano.

Ricevi un organo da Valerio Felici e sparisci.

Tirò fuori il telefono, selezionò il numero di Orsini e fece partire una videochiamata. Lui rispose con aria allarmata, il suo faccione in mezzo allo schermo così come quello di Flavia doveva esserlo sul suo. Non era consuetudine che lui comunicasse così con i subalterni.

«Mariani? Come sta Apuano?»

«È vivo, commissario. Pestato come si deve ma vivo.»

«E il sospettato?»

«Sparito.»

Un attimo di silenzio imbarazzato.

«Allora, cosa volevi dirmi?»

«Dirle niente, ma volevo mostrarle una cosa.»

Flavia ruotò la telecamera e vide, sullo schermo del suo telefono, quello che il commissario Orsini stava vedendo nello stesso momento a cinquecento chilometri di distanza. Dietro al divano, di fianco alla porta che conduceva nella zona notte, c'era una parete che un tempo era stata bianca. Ora invece, scritta strisciandovi sopra le dita intrise nel sangue del tenente Luca Apuano, c'era una sola parola.

GAUNA.

Orsini rimase ammutolito. Flavia non tornò in primo piano, lasciò che il commissario guardasse come si deve la scritta.

«L'inchiostro è il sangue di Apuano. La parola la conosce. Ora lo può fare, un comunicato che richieda a tutti i centri trapianto italiani di verificare se sia stato impiantato a qualcuno un organo il 21 aprile 2021?»

La voce le giunse dal retro del telefono.

«Sì, Mariani. Lo faccio subito.»

Si fece dare dei guanti e delle soprascarpe e tornò al tavolino. Sapeva per sommi capi cosa fosse successo, dopo che l'opera sulla parete era stata completata. Apuano era stato lasciato nell'appartamento, chiuso a chiave, mentre il suo aggressore scendeva dalle scale e si dileguava. Apuano aveva ripreso conoscenza diverse ore dopo, in stato confusionale, trovandosi senza telefono e con il computer del suo aggressore senza collegamento, perché il modem era stato staccato. Sarebbe stato ritrovato il giorno dopo nel vano scale che portava sul tetto. Il tenente era riuscito ad attirare l'attenzione di alcuni passanti affacciandosi alle finestre e urlando. Il suo portafogli, il tesserino e il telefono erano stati rinvenuti in un cestino poco lontano, e non era stato rubato nulla. Dal momento dell'aggressione a quello del ricovero erano trascorse otto ore, nelle quali l'uomo che viveva nell'appartamento si era dileguato. Ma qualcosa era rimasto da verificare. Mentre usava il sangue di Apuano come vernice, l'uomo vi aveva intinto parte della scarpa, lasciando delle tracce per tutta la durata della sua fuga. Flavia le seguì. Tra la prima e la seconda c'erano due metri di distanza, segno che l'uomo stava correndo. Anche sulle scale le impronte erano molto distanziate, ogni quattro gradini almeno, fino al secondo piano. Lì si fermavano e scendevano i gradini lentamente, uno sì e uno no avevano tracce di sangue. Ovviamente a ogni impronta il liquido diminuiva e la forma si faceva più vaga, sino a diventare solo una strisciata quasi impalpabile.

Avrà rallentato perché è entrato qualcuno.

Ma la stranezza era che quella lentezza era durata per tutti e due i piani. Non si era fermato in attesa per poi scendere veloce, a un certo punto si era come spento ed era andato, semplicemente, lento.

Come se volesse disperatamente essere fermato.

Alla questura di Bari le promisero assoluta collaborazione, erano certi che il sospettato sarebbe stato rintracciato presto, anche in virtù del fatto che si era allontanato a piedi e non in auto. La vettura infatti era stata ritrovata poco lontano dall'abitazione.

«Deve essere andato nel panico, altrimenti non si spiega» si era stretta nelle spalle la vicequestore Scapparrone.

Flavia aveva ringraziato, sarebbe rimasta in attesa dei

risultati, avevano da scandagliare un computer e un telefono e c'erano la famiglia e gli amici da interrogare. Eppure una parte di lei era convinta che quell'uomo non sarebbe saltato fuori così facilmente, esattamente come fino a quel momento non era saltato fuori il Fegato.

Ottieni un pezzo di Valerio Felici e sparisci.

No, non era esatto.

Ottieni un pezzo di Valerio Felici e prima impazzisci, poi sparisci.

Sarebbe dovuta rimanere, un bravo superiore avrebbe fatto così, invece il mattino dopo prese il primo aereo disponibile e tornò a Roma. Ad attenderla il resto della squadra in apprensione, non più solo per la sorte di Apuano, a cui tutti erano legati, ma per la svolta improvvisa che aveva preso la loro indagine. La loro, non quella su Valerio Felici.

«"Gauna"?» chiese la Turriziani.

«"Gauna"» confermò Flavia.

«Quindi c'è davvero qualcuno che dà la caccia a chi ha ricevuto gli organi di Valerio Felici?» fu la domanda retorica di Miré.

«Pare di sì.» L'ispettrice si guardò intorno. «Dovremmo procurarci una lavagna magnetica.»

«So io dove prenderla!» annunciò trionfante Iacoangeli, e uscì dalla stanza.

Flavia si strinse nelle spalle.

«Non voglio sapere da dove la ruba, ci serve.»

L'agente tornò spingendo un pannello montato su quattro rotelle e Flavia, senza perdere tempo a ringraziare, iniziò ad attaccarci le immagini che avevano a loro disposizione. Prima la fotocopia della lista incompiuta, poi quella del monopattino riverso sull'asfalto, quindi le chiavi con la piccola palla da biliardo azzurra. Non aveva potuto tenersi alcuna foto di quelle della Omicidi, ma sfruttò quelle di Annalaura Ramasco che ritraevano Valerio Felici. Intorno a esse mise una foto del Cuore, quella del Fegato, scattata al matrimonio del nipote, e una dei Polmoni.

«Aspetti» disse Miré, e sostituì quella del guardiano con una più recente. «Aveva ragione, era stato fotografato durante l'inaugurazione di una mostra.»

Ora che lo vedevano meglio si rendevano conto che non era più grasso come prima, ma restava grosso, massiccio, con i capelli bianchi tagliati a spazzola e il grugno di uno a cui hanno appena rubato la merenda. Accanto a ciascuna fotografia Flavia scrisse: CUORE, FEGATO, POLMONI. Poi, dopo un'esitazione, sopra all'immagine di Valerio Felici scrisse: GAUNA.

«Ma che significa?» chiese Iacoangeli.

Flavia sospirò. Quella era la squadra di Lorenzo, e quando lei aveva preso il suo posto non aveva firmato una postilla che stabilisse che avrebbe collaborato solo con quelli che le piacevano. Per lei Iacoangeli era un peso morto, ma Lorenzo era stato capace di avere parole buone anche per lui. Diceva che era solo inesperto, che andava guidato, che tante volte la buona volontà sopperisce a tante piccole lacune. Si impose la pazienza.

«Significa che qualcuno si è convinto che Valerio Felici fosse così malvagio da aver trasmesso la propria malvagità anche ai suoi organi. E che quindi le persone che li hanno ricevuti sono destinate a diventare come lui, prima o poi.»

Il ragazzo la guardò sconvolto.

«Quindi è per questo che quel signore ha ucciso i suoi genitori?»

Flavia scosse la testa.

«No. Ma credo che siano riusciti a convincerlo che sì, è per questo.»

«E chi è stato?»

Flavia indicò la parola al centro del pannello.

«È quello che dobbiamo scoprire.»

«TROVATI!»

Tutti sobbalzarono all'ingresso di Orsini nell'ufficio. Erano abituati a vederlo seduto, con aria scontenta, mentre guardava scorrere davanti ai suoi occhi tutti i mali del mondo. Adesso invece aveva le guance accese, si appoggiava con una mano allo stipite e nell'altra teneva stretto un foglio.

«Oddio...» mormorò Flavia. «È quello che credo?»

«Sì» rispose Orsini trionfante. «È la lista!»

TIA

Il Rene Destro sapeva di essere nata tre volte.

La prima volta grazie alla scelta dei suoi genitori di voler avere dei figli. Era stata la primogenita ed era stata certamente desiderata, anche se poi si erano affrettati ad avere un secondo figlio, perché il maschio è sempre il maschio.

La seconda volta era stata il giorno in cui aveva ricevuto da un donatore anonimo l'organo in grado di salvarle la vita.

La terza volta quando questo donatore aveva avuto un nome.

I primi tempi di tutte e tre queste vite erano stati difficili. Appena nata le avevano diagnosticato una plagiocefalia che era stata subito corretta con un caschetto che aveva dovuto indossare per diversi mesi. Sua madre le aveva raccontato che a causa del caschetto piangeva sempre e suo padre aveva deciso che avrebbe messo la culla nella stanza degli ospiti al piano di sotto, perché loro due dovevano pur dormire. Qualche volta si era chiesta se il suo senso di solitudine fosse iniziato allora. Subito dopo il trapianto aveva avvertito una sorta di rancore da parte della sua famiglia per il fatto di essere guarita. La sua guarigione era stata imbarazzante perché era avvenuta grazie a un elemento esterno, e si sa che la gente se può mormorare lo fa. Lei non aveva potuto smentire che nessuno le avesse donato un organo e l'atmosfera in famiglia si era fatta pesante. Per fortuna sua ma-

dre era un'arma di distrazione di massa ed era riuscita ad ammalarsi sufficientemente alla svelta da poter deviare l'attenzione di tutti su di lei. Al Rene Destro un po' era dispiaciuto che nessuno le avesse più chiesto nulla sulla sua guarigione, non era mai stata al centro dell'attenzione e anche se l'attenzione era stata accompagnata da malevolenza, era sempre meglio di quell'invisibilità. Prima non ne aveva mai sentito il bisogno, aveva imparato a bastare a se stessa, mentre adesso qualcosa in lei era cambiato. Il nefrologo aveva minimizzato, diceva che il trapianto le aveva "sballottato gli ormoni" e si era fatto una risata. Lei non ci aveva trovato nulla di divertente e glielo aveva detto.

«Non si permetta di parlare dei miei ormoni» era stata la frase precisa.

Il medico era rimasto sorpreso, poi si era scusato. Non ci era tornata mai più.

La terza volta in cui era nata aveva risposto a una mail anonima, ricevuta da chissà chi, magari era solo una coincidenza o una presa in giro. La mail diceva

"SAI DI CHI ERA IL TUO RENE?"

e lei rispose

"Non importa a nessuno"

pensando che fosse finita lì. Non aveva idea di chi fosse la persona a cui aveva appena scritto e rimase sorpresa quando, invece, nella missiva seguente le scrisse.

"Importa a me".

Si accomodò meglio sulla poltroncina davanti al computer e replicò a sua volta. La persona dall'altra parte era gentile, educata, non faceva battute sugli ormoni o sull'età. E lei non si chiedeva se per caso fosse un maniaco o uno di quei truffatori che mentre ti scrivono le mail entrano nel tuo computer e ti rubano i dati. Aveva voglia di continuare a rispondergli. E così, dopo uno scambio durato circa quindici minuti, la fotografia di Valerio Felici finì sul suo desktop.

"Sai chi era?" le scrisse.

"Sì, lo so" rispose.

"E sai che una parte di lui ora vive dentro di te?"

"Lo scopro adesso."

La mail seguente conteneva una sola parola: "GAUNA". C'era un allegato e lei lo aprì. Lesse quello che c'era scritto una volta, poi due. Il cuore le batteva fortissimo. Si rese conto che non aveva ancora risposto, quindi si affrettò a farlo.

"Possiamo parlare?"

Gli ci vollero cinque minuti.

"Certo."

Gli scrisse il proprio numero. Il tempo di inviare e il telefono squillò.

«Non sei tu, è lui.»

Passava anche intere giornate accanto al telefono, sperando che la chiamasse. All'inizio lui lo faceva con un numero criptato, la scritta che compariva era sempre "sconosciuto". Poi, dopo qualche settimana, aveva iniziato a usare i numeri in chiaro. Erano diversi, li cambiava spesso e lei rideva: «Ma quanti ne hai?».

«Tutti quelli che voglio.»

Con lui si sentiva libera di raccontare tutto. Le miserie della sua vita passata, l'egoismo di suo fratello, il disprezzo per sua sorella, la sensazione di non essere mai stata libera, nemmeno un giorno, e che non lo sarebbe stata mai fin quando tutti loro fossero rimasti al mondo.

«Sono come i tentacoli di una piovra, io sento che mi tengono prigioniera. Non sono libera di essere chi sono, di essere come sono, devo sempre sottostare all'idea che loro hanno di me. La sorella brutta e zitella che vive nella casa che gli ha usurpato.»

Poi abbassava la voce.

«Io li odio, li odio, voglio che soffrano come ho sofferto io, voglio che muoiano prima di me.»

Lui ascoltava in silenzio, e ogni volta ripeteva: «Non sei tu, è lui. È lui che ti fa parlare così».

E lei annuiva, perché era bellissimo, era meraviglioso poter addossare la colpa dei lati peggiori di sé a qualcuno che li avrebbe espiati al posto suo. Ora qualunque cosa era giustificata, perché ogni responsabilità sarebbe stata di Valerio Felici e del male che le aveva insinuato dentro.

«Gauna» gli rispondeva allora.

«Gauna» diceva lui.

Poi un giorno successe, il telegiornale mostrò le immagini del più anziano di loro, quello che aveva ricevuto il cuore. Valerio aveva avuto la meglio su di lui e lo aveva trasformato in un assassino. Il Rene Destro ascoltò con attenzione la notizia, cambiando continuamente canale e poi, quando non trovò più nulla, andò su internet. Lì cercò tutti quanti, i suoi compagni di avventura, riuscì a scovare anche i più ostici, perché lei aveva un canale privilegiato, alla dichiarazione dei redditi non si sfugge, e il fisco è una fonte inesauribile di informazioni. Lui era quello che le piaceva di meno, forse proprio perché si metteva molto in mostra, e invece le aveva dato per primo quella grande soddisfazione. Se solo avesse potuto sarebbe andata ad abbracciarlo in cella, ma si rassegnò a poter solo aspettare lo squillo del telefono. Non arrivò quel giorno, né quello dopo, ma la sera del terzo giorno lo schermo del cellulare si illuminò.

«Ho sentito la notizia» disse.

«Sì» rispose lui.

«Avevi ragione.»

«Lo so.»

Si aspettava di avvertire un maggior entusiasmo, in lui, invece le sembrava spento, quasi indifferente.

«Era quello che aspettavi, no?»

«Sì» lo sentì esitare.

«Forse non pensavi che sarebbe stato lui, il primo?»

«Forse» accondiscese lui.

E lei si sentì riempire di un'emozione strana, frizzante, che partiva dal basso ventre.

«Non è stato il primo» disse a bassa voce.

Dall'altra parte ci fu un silenzio assoluto.

«Sai, io ho ucciso mia madre.»

Fece un risolino, come una di quelle ragazzine sceme di fronte a un complimento. Non capiva perché si sentisse così, né perché glielo avesse detto. Ma in fondo che gliene fregava? Non era stata mica lei.

"Gauna."

«Raccontami» disse lui.

Il problema al cuore di sua madre aveva portato a una serie di conseguenze. Una di queste era il Transient Ischemic Attack o TIA, l'attacco ischemico transitorio. Sua madre aveva avuto il primo un pomeriggio sul divano, mentre guardava la tv. Di colpo aveva iniziato a dire frasi senza senso.

«Puoi gonfiare il cappello? Neve mi pesta poco.»

Parlava e la guardava sbigottita, ascoltando le parole che le uscivano dalla bocca. Poi aveva emesso due singhiozzi e si era ammutolita. Il Rene Destro aveva subito chiamato il numero per le emergenze ed era uscita un'auto medica a visitare sua madre. Quando il dottore era arrivato, lei iniziava a riprendersi, non riusciva a parlare ma si faceva capire a gesti. L'avevano portata in ospedale e la diagnosi era stata di TIA.

«Temo che debba aspettarsene degli altri, con le sue condizioni cardiocircolatorie.»

E infatti era successo altre volte, ogni attacco peggiore del precedente. Sua madre si inceppava nel parlare, emetteva due singhiozzi, poi smetteva del tutto, iniziava a boccheggiare e lo sguardo le diventava fisso. Allora lei si chinava, le passava la mano avanti e indietro sugli occhi, chiamava

«Mamma?»

e poi restava lì, sospesa, ad aspettare. A volte ci voleva un quarto d'ora perché si riprendesse, a volte mezz'ora. E quel giorno, quel giorno ben preciso che non avrebbe mai dimenticato, aveva appena portato il caffè a sua madre e l'aveva trovata così. Era rimasta ad aspettare per quaranta minuti, poi improvvisamente si era resa conto che restava lì, sospesa, non più ad aspettare ma a sperare.

«Uno di questi episodi sarà l'ultimo» le diceva il medico ogni volta.

Quindi se doveva essere uno, perché non quello? Sua madre stava guardando il vuoto con l'occhio vitreo. Dopo i due singhiozzi non aveva fatto più nulla e in quel momento preciso era come in apnea. Forse avrebbe ripreso a respirare, forse no. Il Rene Destro aveva pensato che era stufa di "forse". Aveva preso il cuscino dalla poltroncina su cui era seduta e lo aveva premuto sul viso di sua madre.

"Se è ancora viva si agiterà, ho letto che succede così" aveva pensato.

Ma se l'avesse vista agitarsi avrebbe dovuto sollevare il cuscino. E se avesse sollevato il cuscino si sarebbe potuta ritrovare davanti gli occhi di lei, spalancati, consapevoli. E non avrebbe avuto paura di quello che avrebbe potuto raccontare a suo fratello, sua sorella, i medici, la polizia... in fondo se avesse dovuto subire le conseguenze del suo gesto lo avrebbe trovato giusto. Quello sguardo però no, non lo avrebbe sopportato. Se lo avesse visto, forse sarebbe impazzita. Allora aveva premuto più forte e aveva chiuso gli occhi.

Il medico aveva detto che era stato l'ennesimo episodio, quello fatale. Giuseppe e Milena erano arrivati di corsa, lui era entrato nella stanza, lei no. L'aveva guardata con malcelato rimprovero, dov'era lei mentre la mamma moriva?

«Ero qui, ero andata a farle il caffè» aveva risposto.

In fondo non era stata del tutto una menzogna. Quando avevano portato via il corpo ed era rimasta in casa da sola, se lo era chiesto spesso.

"Perché l'ho fatto? Cosa mi è successo? Cosa sono diventata?"

Non riusciva a sentirsi in colpa, e non era da lei, sui sensi di colpa si era fondata tutta la sua vita. Tre mesi dopo era arrivata la prima mail e quando le era stato rivelato il nome del suo donatore e tutte le conseguenze che portava con sé, si era sentita invadere dal sollievo.

Non era stata lei.

Non aveva ucciso lei sua madre.

«Non sono stata io, è stato lui» concluse, ripetendo la frase che si era sentita dire così spesso.

Dall'altro capo ci fu un lungo silenzio.

Poi lui le sussurrò:

«Ora ti spiego cosa succederà».

«Certo che ho ricevuto la mail. Era... quando era, Gianluca?»

«Era luglio, i primi di luglio.»

«Sì, i primi di luglio.»

La coppia ricevette Flavia nel salotto, caldo, luminoso, un po' caotico perché c'erano giocattoli ovunque, ma accogliente. Si sentivano le voci dei bambini che giocavano nella stanza attigua, sotto la supervisione dei nonni. L'ispettrice si scusò più volte e chiese se i bambini si fossero spaventati, all'arrivo della polizia.

«I bambini no, ma i vicini secondo me sì» sorrise la moglie.

Quando Orsini le aveva consegnato la lista con i nomi, Flavia si era resa immediatamente conto che non sarebbero riusciti a raggiungerli tutti prima di un'ora come minimo, a meno di non voler usare gli elicotteri, e per quelli ci voleva una minaccia più reale di una parola straniera scritta sul muro. Il Rene Destro stava a Sulmona, il Rene Sinistro a Ponte San Giovanni, il Pancreas a Cecina e le Cornee a Padova. Quattro regioni diverse, l'unica era domandare l'appoggio dei commissariati sul territorio. Orsini aveva chiesto di mandare delle pattuglie ai quattro indirizzi recuperati e almeno in due casi i colleghi ci avevano messo un eccesso di entusiasmo, arrivando a sirene spiegate.

«Siamo usciti di corsa, pensando che stesse andando a fuoco la casa di qualcuno» rise il marito, nervoso.

E mentre quattro volanti partite da quattro stazioni diverse si recavano più o meno precipitosamente verso i nuovi domicili degli organi di Valerio Felici, Flavia inviava i membri superstiti della propria squadra a interrogare i nuovi arrivati sulla lista.

«Miré, tu vai a Sulmona, è il posto più vicino. La ricevente è una donna più o meno della mia età, single, vive da sola, fa la commercialista. Turriziani, a te tocca il Pancreas, si trova in Toscana, vedi tu se ci sia un volo da prendere subito o se ti conviene arrivarci in treno. Iacoangeli,» si era trattenuta dal sospirare «tu vai a Padova dalle Cornee, è un viaggio più lungo, per te è il treno di sicuro. Io vado a Ponte San Giovanni, che è vicino a Perugia, dal Rene Sinistro. Le cose da chiedere sono le stesse per tutti. Primo: se sanno da chi hanno ricevuto i loro organi. Secondo: in caso affermativo, da chi hanno ricevuto questa informazione. Terzo: se ci sia stata una qualunque forma di persecuzione, stalking, molestia. Quarto, ed è molto, molto importante: se conoscono la parola "gauna", e, se sì, come la conoscono. Poi improvvisate, ma non troppo. Tutte le informazioni le girate a me.» A quel punto si era ricordata della presenza di Orsini. «E al commissario. Ma non riferite a nessun altro, nemmeno ai colleghi che troverete laggiù.»

Quindi erano partiti, mentre man mano arrivavano le notifiche delle singole volanti. Il Rene Destro non era a casa, il Rene Sinistro sì, il Pancreas si trovava in una villa con le guardie del corpo ed erano in atto discussioni per farsi ricevere, le Cornee erano al lavoro, ma si erano messe subito a disposizione.

Ne abbiamo due.

Almeno due li abbiamo.

Lei era arrivata alla villetta a schiera, immersa nel verde, un'ora e mezza dopo che la volante si era parcheggiata lì davanti. Era entrata, si era presentata e, data la situazione che vedeva una giovane coppia, due bambini, due suoceri spaventati e un vicinato parecchio in allarme, aveva iniziato a scusarsi. Non aveva avuto bisogno di molti giri di parole, era stata la donna stessa ad avvicinarsi a lei, quando aveva accennato a un problema delicato inerente una fuga di notizie, per bisbigliarle

«È per il rene?» poi, a voce ancora più bassa: «È per Valerio Felici?».

Era saltato fuori che, in effetti, la Omicidi aveva mantenuto la promessa e il nome di Flavia era stato citato, nei vari servizi televisivi in cui si raccontava della scoperta del fantomatico covo del serial killer in uno dei magazzini del Filotto.

«Quando gli agenti ci hanno detto che era in arrivo un'ispettrice da Roma, io e Gianluca lo abbiamo capito subito, che doveva trattarsi di questo.»

Ed era iniziata lì, la loro chiacchierata, nel salotto colorato, loro due sul divano che si tenevano la mano e lei con la borsa da medico di suo padre in grembo.

«Quindi ha saputo di avere un organo di Valerio Felici nove mesi fa, attraverso una fotografia che le è stata mandata dopo la prima mail, è corretto? E lo ha detto a qualcuno?» chiese alla giovane mamma.

«A Gianluca, subito.»

«All'inizio pensavamo a uno scherzo di cattivo gusto, poi mi sono messo a controllare e in effetti quel pezzo di merda è morto esattamente il giorno in cui mia moglie ha ricevuto il rene» confermò il marito.

«E oltre a questa coincidenza avete avuto altre conferme?»

«Io ho chiesto al mio medico» spiegò lei, esitante. «Lo sapevo che era una cosa sbagliata, ma il dubbio mi tormentava, e allora...»

«Gliel'ha confermato?»

«No, è una persona molto corretta.»

Flavia annuì.

«Perciò ci avete creduto. E dopo quelle prime mail? Avete avuto altri contatti?»

«Sì, le telefonate» rispose la donna, ma subito si inserì il marito.

«Chiamava e non diceva niente, capito? Con il numero sconosciuto, quindi quando provavo a richiamare era impossibile. Anche con la mail, stessa storia.»

«E ha sempre risposto lei, al telefono di sua moglie?»

«Qualche volta lo lasciavamo squillare e basta, ma diverse volte sì, ho risposto io.»

«Ma dall'altra parte non ha parlato nessuno.»

«Esatto.»

Flavia si mise a giocherellare con le cinghie della borsa. Avrebbe voluto trovare la maniera di mandar via lui per parlare da sola con lei. Non le sembrava in difficoltà, a far rispondere sempre l'uomo in vece sua, ma le sarebbe piaciuto capire un po' meglio come si fosse sentita, in quella situazione. Alla fine decise che mantenere quella doppia voce fosse un male minore.

«Mi fate vedere la lista?»

«Certo.» La donna si alzò e, in piedi, a Flavia sembrò più una ragazza, coda di cavallo, snella, vestita in maniera sportiva. A colpo d'occhio non avrebbe mai detto che avesse partorito due figli. Tornò con un foglio che aveva estratto da un cassetto, semplicemente. Glielo porse e Flavia ritrovò nella parte iniziale lo stesso documento che avevano estratto con mille cautele dalla cassaforte. Solo che non si trattava di un fax ma di una semplice fotocopia. Ed era la lista intera. Flavia la lesse un paio di volte, il primo nome era il Cuore, il secondo i Polmoni, il terzo il Fegato, il quarto e il quinto i Reni, il sesto il Pancreas e infine le Cornee.

L'ordine di espianto.

«Vi è arrivato via posta?»

«Sì, diciamo così» rispose lui, con aria imbronciata.

«Ce la siamo trovata nella cassetta delle lettere, così com'era. Se invece di trovarla io l'avesse trovata mia madre...» La donna lanciò un'occhiata in direzione della stanza in cui i nonni stavano intrattenendo i nipoti.

«Non glielo avete detto?»

«Ne hanno già passate tante» si strinse nelle spalle la ragazza.

«E allora cosa credono che sia venuta a fare?»

«Abbiamo detto la verità» intervenne di nuovo il marito. «Che qualcuno aveva contattato i riceventi degli organi di una persona morta. E che si pensa possa essere un parente o uno squilibrato che ce l'aveva con lui.»

Flavia sollevò un sopracciglio.

«E in che modo questo sarebbe meno preoccupante?»

Ma poi si pentì della domanda. L'Italia era ancora, in gran parte, un paese basato sulla superstizione. L'organo di qualcun altro portava con sé sempre qualche afflato animista, sapere che apparteneva a un macellaio non sarebbe stato d'aiuto.

«D'accordo, quindi è arrivata la lista, e poi?»

«Poi un articolo, la fotocopia di un giornale che parlava di lui. E subito dopo messaggi. Domande del cazzo su WhatsApp, sempre da numeri diversi.»

«Le avete cancellate?»

«No.» L'uomo le porse il telefono e Flavia si ritrovò a navigare nelle chat di quella ragazza in apparenza così tranquilla. C'erano conversazioni con lui, con la madre, con le amiche, c'erano la chat del nido e della materna, quella di un gruppo di trapiantati c, in mczzo, tanti messaggi isolati, tutti senza possibilità di risposta.

"Sei diventata allergica alle fragole?"

"Senti mai le scarpe strette?"

"Starnutisci mai quando esci alla luce?"

"Hai mai sentito il desiderio di uccidere qualcuno?"

«Non abbiamo nemmeno dovuto bloccarli, i numeri, perché si disattivavano subito dopo aver mandato i messaggi. O forse lo stronzo ci bloccava, chissà.»

Flavia aggrottò la fronte.

«Come sa che si tratta di un uomo?»

I due si guardarono in faccia, poi lei si strinse nelle spalle.

«Una volta ho risposto io, e lui mi ha parlato.»

«Pezzo di merda» disse il marito, tra i denti.

«E cosa le ha detto?» chiese Flavia, ignorandolo.

«È stato gentile. Non sembrava che volesse spaventarmi, infatti non ho capito subito che era lui. Ha detto che non doveva essere facile, per me, sapere di avere dentro il pezzo di un mostro. E io non sapevo cosa rispondere, Gianluca non c'era... Così ho detto che quel pezzo mi aveva salvato la vita. Lui è stato zitto un po', poi mi ha detto di combatterlo.»

«Che cosa?»

«Valerio Felici, mi ha detto di combatterlo, di non lasciare che mi prendesse. E poi ha riappeso.»

«Squilibrato» commentò ancora il marito.

«Ne avete mai parlato con qualcuno, di queste telefonate?»

«E certo! Abbiamo sporto denuncia.»

Flavia guardò sorpresa quel ragazzo così infervorato. Li conosceva, quelli come lui. Non erano cattivi, ma erano uomini che si erano sentiti inutili, disarmati davanti a qualcosa su cui non avevano avuto alcun controllo. Pensava a certi mariti che, durante una rapina, avevano visto stuprare la moglie senza poter fare niente. E che poi, a posteriori, diventavano iperprotettivi, soffocanti, come se potessero in qualche modo porre rimedio. A quel marito non era capitato uno stupro, ma una malattia, che lo aveva fatto sentire altrettanto impotente.

Ma non gli ha impedito di farle fare due figli, quando era malata.

Non riuscì a evitare di pensarlo. Quella donna aveva desiderato disperatamente di reagire alla morte con la vita, ma quello che avrebbe dovuto essere razionale era lui. Invece "l'aveva fatta contenta", a rischio di ucciderla.

È difficile accettare di essere quello debole.

Le raccontò della denuncia e delle prove portate a cui, com'era prevedibile, era seguito un nulla di fatto. I numeri controllati risultavano disattivi, le minacce non erano concrete, nessuno aveva dato loro realmente fastidio. Lui avrebbe voluto insistere, magari rivolgersi a un avvocato, ma circa due mesi prima i messaggi avevano smesso di arrivare. Loro erano rimasti guardinghi, all'erta, stavano sempre attenti a dove fossero i bambini o gli anziani genitori, ma non era successo nulla, fino a quando in televisione non era passata la notizia del massacro avvenuto a Roma.

«Quando abbiamo visto quello che era successo al giornalista siamo rimasti sconvolti. Perché abbiamo capito che, se invece di trovare me, che ho una famiglia e delle persone che mi proteggono, avesse trovato una ragazza sola, traumatizzata e senza un appiglio a cui aggrapparsi, le cose sarebbero potute andare molto diversamente.»

A quel punto Flavia li ringraziò e si alzò.

«Che bella la sua borsa» commentò la moglie, tendendole la mano.

«Era di mio padre, una vecchia borsa da veterinario. Lui ora è in pensione e la tengo io, per ricordo.»

«È una cosa molto tenera» rispose lei.

La sua mano era in quella di Flavia. Non stringeva ma non si sottraeva. Era fredda e umidiccia. Flavia, che non era un tipo sentimentale, dovette fare un piccolo sforzo per appoggiarvi sopra l'altra mano. Poi sorrise e disse: «Quindi niente gauna?».

Qualcosa nelle pupille della donna mutò, impercettibilmente.

«Eh?» chiese il marito.

Flavia si voltò verso di lui, rassicurante.

«Niente paura. Una parola nel dialetto del mio paese.»

Poi salutò e uscì.

«Sta mentendo» riferì a Orsini al telefono.

«E su che basi lo hai stabilito?»

«Perché era troppo tranquilla, troppo controllata. Il marito parlava solo lui, era nervoso, voleva convincermi di avere la situazione in pugno, e penso che lei glielo abbia fatto credere. Ma quando ho detto "gauna" lei conosceva la parola, lui no.»

«E allora? Cosa vuoi fare?»

«Niente, li teniamo sotto controllo e vediamo se per caso uno degli altri si fa vivo.»

«Uno degli altri chi?»

«I Polmoni, il Fegato, il Rene Destro. Quelli che ci mancano!» si stizzì Flavia, prima di interrompere la comunicazione con il suo capo.

Se ne stava parcheggiata in un viale alberato di Perugia senza sapersi decidere su che direzione prendere. Il primo a comunicare l'esito della spedizione era stato Miré, e anche se non era colpa sua, perché la polizia di Sulmona era arrivata per prima alla casa del Rene Destro, trovandola vuota, Flavia se l'era presa con lui.

«Quindi la casa è vuota e per te la cosa si risolve così, Miré? Suoni, non ti aprono e allora tanti saluti?»

Lui aveva replicato un po' offeso che aveva contattato i parenti della donna, un fratello e una sorella, che possedevano le chiavi della casa. Loro gli avevano aperto ed erano entrati tutti, ma della donna non c'era traccia.

«Ha preso vestiti? Valigie?» aveva insistito Flavia.

«Non me lo hanno saputo dire. Non credo che la frequentassero spesso, in realtà non hanno saputo dirmi quasi nulla di lei, se non che aveva chiuso lo studio per qualche settimana di vacanza.»

«Ma come, "vacanza"? Ma se le dichiarazioni dei redditi sono dietro l'angolo!»

«Così mi hanno detto, così le riferisco, ispettrice. Se ha preso vestiti o una valigia non lo sanno loro e non lo so io.

So solo che non c'è l'auto. Magari è andata via per qualche giorno.»

«Trovate l'auto, contattate i clienti, chiedete alle agenzie viaggi. Il suo telefono?»

«Spento, ma se è in vacanza...»

Flavia aveva troncato la telefonata. Alla Turriziani non era andata meglio. Il Pancreas aveva subito il trapianto in Svizzera, era la figlia di una specie di magnate dell'industria alimentare. Aveva fatto una fatica boia a reperire informazioni, ma sembrava che la ragazza avesse avuto diversi contraccolpi psicologici, dopo l'incidente sulla neve che le aveva procurato la lesione e anche dopo il trapianto. Erano più voci, pettegolezzi, perché quella era una famiglia che, se voleva, poteva tranquillamente comprarsi il silenzio della stampa locale e di chi, in generale, veicolava le notizie. Questo tizio, il padre, si era rifiutato di far entrare i colleghi nella sua casa in Maremma.

«Non abitano a Cecina, stanno in una villona dalle parti di Gavorrano. Il fatto è che è loro diritto non farci entrare, a meno che non abbiamo un decreto del PM, e noi non ce l'abbiamo. Ma, anche se lo chiedessimo, può stare sicura che non troveremmo un giudice che ce lo firma. Io ci ho parlato al telefono, con questo riccone, e mi ha detto che la figlia è stanca, non sta bene e che vuole che la lasciamo in pace. Fine.»

«E con lei ci hai parlato?»

«No. Lei è un mistero. Ha diciannove anni, bellina, come si dice qui, la trova facilmente su tutti i social, posta ogni giorno. Ma niente telefono, non risponde ai messaggi privati, stiamo cercando di trovare degli amici che ci forniscano un canale per arrivare a lei ma le giuro che è peggio della mafia.»

«E tu insisti, Turriziani.»

Strano a dirsi, le uniche buone notizie arrivarono in quel momento, con la telefonata di Iacoangeli.

«Il soggetto è molto collaborativo, ispettrice, molto loquace, ha detto che ci aiuterà in ogni modo.»

«Non dire "il soggetto", Iacoangeli, è una potenziale vittima, non una minaccia alla quiete pubblica.»

Ma Flavia non riuscì a spegnere l'entusiasmo del membro più giovane della squadra. Iacoangeli aveva trovato le Cornee in un'aula di università, già allertato dalle forze di polizia di Padova e impaziente di parlare con lui.

«Ha detto che ha ricevuto la prima mail lo stesso giorno in cui l'hanno ricevuta tutti gli altri. E ha la lista, intera! E l'articolo che parla di Valerio Felici.»

«Quindi sa di vedere grazie a lui?»

«Sì, perché dice che nel suo caso non hanno seguito il protocollo. Cioè, mi ha spiegato che di solito le cornee finiscono in una specie di banca e poi vengono assegnate. Ma nel suo caso lui aveva un'oculista che aveva diramato una specie di richiesta per avere le cornee di una persona della sua stessa età e del suo gruppo sanguigno, anche se non era fondamentale, perché puoi riceverle da chiunque. Ma a lui questa oculista tiene tantissimo, dice, quindi quando Felici è morto a Roma lei è andata a vedere subito se fosse compatibile, e lo era!»

L'agente era felice come una Pasqua, sembrava quasi che il trapianto lo avessero fatto a lui.

«E delle altre cose che ha detto? Delle telefonate, i messaggi?»

«Sì, ha detto che gli sono arrivati, che lui e l'assassino hanno parlato a lungo.»

Colpita dalla notizia, Flavia sorvolò sull'"assassino".

«Hanno parlato?»

«Sì. Ha detto che sono quasi diventati amici.»

«Mi prendi per il culo, Iacoangeli?»

«Non mi permetterei mai!»

Aveva il tono mortificato, evidentemente pensava di essere andato molto bene, fino a quel momento. Flavia si impose di non mangiarselo per telefono.

Lorenzo gli voleva bene.
Premia la buona volontà.
«D'accordo, cerca di spiegarmi che cosa intendi con "diventare amici".»
«Dice che hanno parlato molto del trapianto, di tutti i rischi che poteva correre...» il tono era ancora mogio «...e del fatto che anche lui sarebbe diventato un assassino.»
Calmati, calmati, CALMATI!
«Ascoltami, Niccolò.» Era la prima volta che lo chiamava per nome e sentì il suo sbigottimento all'altro capo del telefono. «Fai un passo indietro e spiegami BENE di cosa stai parlando. Le Cornee e l'uomo che ha mandato a tutti le stesse mail, gli stessi messaggi e le stesse minacce esattamente di cosa hanno parlato?»
L'altro si prese qualche istante per essere certo di rispondere bene.
«Del "gauna", credo.»
«Lui sa cosa sia, questo "gauna"?»
«Sì, è uno studioso delle lingue, dice che ha fatto una ricerca per conto suo per capire cosa volesse dire. È per questo che lui e l'assassino si sono parlati. Perché, come dire...» Si prese un attimo. «Potevano confrontare le loro opinioni, ecco.»
Flavia allungò alla cieca la mano verso la chiave e accese il quadro.
«Iacoangeli.»
«Sì?»
«Io parto adesso da Perugia. Non so quanto ci metterò, tu non lo lasciar andare, restagli incollato, giocate a carte, diventate amici del cuore ma non mollarlo finché non arrivo io.»
«D'accordo, ispettrice.»
E mentre accendeva il motore, mandando giù un rospo grosso come una casa, Flavia aggiunse:
«Sei stato bravo».

ACUFENE

Al Pancreas il buio non era mai dispiaciuto. E di buio lì dentro ce n'era quanto voleva. L'unica controindicazione del buio era che le faceva perdere la percezione del tempo e dello spazio. Non sapeva più da quanto fosse lì dentro e altrettanto non riusciva a capire le dimensioni della stanza. Aveva dormito, questa era la sua unica certezza. Dormire, mangiare, bere, andare al cesso, tornare a dormire. Le sembrava di non avere fatto altro per giorni. A volte, in quella lunghissima notte innaturale, tendeva l'orecchio, con gli occhi persi nell'oscurità, e cercava di recepire un suono qualunque che provenisse dall'esterno. Le era parso di sentire il fruscio del vento, a un certo punto, vento o stormir di foglie. C'erano alberi là fuori? Non ne aveva idea, e non gliene fregava niente. Aspettava, ecco tutto. Aspettava di morire. Strano come fosse difficile riuscirci. Da sola non ce l'aveva fatta e in due dovevano ancora portare a compimento l'opera. Ma lui glielo aveva promesso, che sarebbe morta, e lei gli aveva creduto. Non sapeva come avessero fatto, gli altri, a mettersi in contatto con lui, visto che alle sue mail era impossibile rispondere, lei aveva scelto la strada più semplice: aveva usato i social. Dopo la prima mail erano seguiti due giorni di silenzio. Allora lei era volata su Instagram e, sotto una fotografia in cui si mordeva il dito indice, aveva scritto:

«Se solo potessi avere risposte a tutte le mie domande».

La sera stessa aveva ricevuto la foto dell'uomo biondo, figo, se lo sarebbe fatto, se non avesse avuto la certezza che era il tizio morto a Roma. Quando aveva scoperto chi fosse aveva riso fino alle lacrime, dimenandosi sulla sedia così tanto che la cicatrice sulla pancia aveva iniziato a tirarle.

«Sì, lo so» le aveva detto. «Lo so che sei tu, Valerio. Adesso lo so.»

Come le sarebbe piaciuto sbatterlo in faccia a suo padre: "Hai presente il tuo prezioso trapianto? Bene, ora sai che ho l'organo di un pazzo". Ma non lo avrebbe fatto, suo padre le avrebbe chiesto come l'aveva saputo e avrebbe scoperto l'esistenza del suo nuovo amico. Lui aveva continuato a scriverle, le aveva mandato una lista e un articolo di giornale. Il Pancreas si era divertita a cercare gli altri, cos'avrebbe dato per vederli di persona, per fare una bella riunione e inaugurarla dicendo:

«Ehi, abbiamo riunito il bastardo!».

Ma di quegli altri sei non gliene fregava niente, lei voleva solo quello lì, quel tizio che le scriveva, solo di lui le interessava. Perché era evidente che non fosse un fan di quel Valerio Felici, che bruciasse all'inferno, e altrettanto chiaro era che non fosse felice che continuasse a vivere dentro di loro. Lei non avrebbe potuto essere più d'accordo. E quando lui le scriveva:

«Ti capita mai di starnutire alla luce?»

lei pubblicava un video su TikTok in cui ballava Light my fire *fissando una lampadina, e alla domanda*

«Puoi ancora mangiare le fragole?»

rispondeva con una storia su Instagram dove si ingozzava con i frutti.

Sembrava una presa in giro, invece faceva sul serio. Quando le era arrivato l'articolo, aveva tentato tutte le mosse che suggeriva per identificarsi con Valerio Felici. Aveva ripetuto ossessivamente la tabellina del sette, cercando di sbagliarsi. Si era vestita di giallo, cercando di sentirsi più felice. Aveva sniffato in un sacchetto di naftalina con lo scopo di procurarsi la nausea, ma le era solo scoppiato un gran mal di testa. Restava intonata, capace di camminare nelle scarpe strette, carnivora convinta e dormiva senza problemi avvolta in un plaid di lana.

"Perché non funziona?" si era chiesta.

Ma non desisteva, perché sapeva di avere aperto un canale di comunicazione. E quando alla fine lui le aveva chiesto

«Hai mai l'istinto di uccidere?»

lei aveva pensato a suo padre, a sua madre, ai chirurghi che l'avevano operata, agli psicologi, ai suoi amici, all'intero mondo che continuava a trattenerla mentre lei, se solo avesse potuto, sarebbe morta già mille volte, pur di uscire dalla prigione di quel corpo straziato, dalla casa del parassita.

Su tutti i social aveva postato una sola parola, scritta o fotografata, e la parola era stata:

"sì".

Poi aveva aspettato, e aveva pregato, e aveva aspettato ancora.

Finché le sue preghiere non erano state esaudite.

Improvvisamente, nel buio, un rumore.

Sollevò di scatto la testa, non aveva più sentito alcun rumore, da quando lui se n'era andato. Le volte in cui era tornato, due o forse tre, non riusciva a ricordare, le aveva portato un sacco di cose buone da mangiare e le aveva chiesto se davvero non volesse una torcia o magari un libro da leggere. Lei aveva scosso la testa e poi aveva fatto ciò che le aveva chiesto di fare. Ma nemmeno allora l'aveva uccisa, aveva di nuovo fatto quella cosa della chiave e se n'era andato. Si chiedeva spesso se le mettesse qualcosa nell'acqua o nel cibo, perché le capitava di svegliarsi e scoprire che le sue scorte erano aumentate, eppure lei non lo aveva sentito entrare e uscire. Magari non era vero, magari se lo immaginava solo. Non che la cosa le importasse, ma una volta aveva bevuto tre bottigliette d'acqua di fila aspettandosi di finire in coma e tutto quello che era successo era stato di dover fare pipì nel water senza sciacquone che stava nella sua stanza. Forse doveva beccare la bottiglietta fortunata, o forse la droga era nel cibo. Restò lì, sul bordo del letto, ad ascoltare. Aveva una leggera nausea e le fischiava un orecchio. Doveva avere dormito a lungo.

Il rumore tornò.

"È lui?" si chiese.

Ma sapeva già la risposta: no, non poteva essere lui, perché quello era un rumore furtivo, il rumore di qualcuno che non voleva farsi sentire o che si stava muovendo piano, troppo piano. Il respiro iniziò ad accelerare. Avevano trovato il posto. Non sapeva come, ma avevano trovato il posto. Pensò alla chiave. Si era sempre rifiutata di usarla, ma se davvero c'era qualcuno e non era lui, allora avrebbe dovuto prenderla, e subito.

«Nascondila in un posto dove puoi trovarla facilmente» le aveva raccomandato lui, e lei lo aveva fatto, solo che adesso non ne era più sicura. Era sotto al letto, di questo era certa. Un letto di legno, da bambini, con i due lati fatti da pannelli. L'aveva messa lungo uno di questi pannelli. Scese giù piano piano, voleva sentire ma non essere sentita. Appena a terra rimase immobile ad ascoltare. Più niente.

"Forse stanno accerchiando la casa."

A tentoni trovò il pannello in fondo al letto e cominciò a seguirlo con la mano, finché non sentì la chiave di metallo. Nell'istante in cui la sfiorò, da oltre la porta arrivò un lamento. Il Pancreas si immobilizzò. Possibile? Un poliziotto che entra di soppiatto, fa rumore e poi si lamenta? Di seguito un tonfo, e subito si fece piccola piccola addossandosi al lato del letto. No, si era sbagliata, nessuno stava accerchiando la casa. Si mosse veloce nel buio, sapeva che la porta era a circa tre metri dal letto, ci arrivò sentendosi un ninja. Fece arrampicare la mano sullo stipite, arrivò alla maniglia, scese a cercare il buco della chiave, la infilò e la fece scattare. Al suono dello scatto corrispose un altro suono di là, di sorpre-

sa, e subito altri rumori, scomposti, da topo che cerca di abbandonare la nave. Aprì la porta lentamente, di là era buio pesto come di qua. Si pentì di non essere uscita prima, avrebbe saputo muoversi meglio, adesso. Si mise in piedi e allargò le braccia, c'era un piccolo corridoio che portava alla stanza più grande e non voleva percorrerlo gattonando. Sfiorò le pareti, ora a destra e ora a sinistra, avanzando in un dondolio continuo. Quando le due pareti finirono si rimise ad ascoltare. Sentiva il suono del respiro affannato, veniva da destra, più in basso di lei, che pure era piccolina. Allora prima si accoccolò e poi disse:

«Ehi?».

Ci fu una reazione, ma diversa, perché aveva sentito che la sua era una voce femminile, e chi si stava rannicchiando in quell'angolo era senza dubbio un maschio. Ma non le rispose. Forse perché era diffidente o forse perché era imbavagliato.

«Ehi?» chiese di nuovo.

«Dove sei?»

Aveva risposto a una domanda con una domanda, e già questo non era educato, poi il tono era stato un tono di merda, un ordine.

«Oh, bello, stai calmino, che ci metto un attimo a tornare di là.»

«Dove sei?» ripeté la voce, questa volta con una nota di disperazione.

Lei alzò gli occhi al nero del soffitto, aveva sempre dovuto avere pazienza con gli uomini, erano tutti delle grandi teste di cazzo, suo padre in primis. Si mosse piano in avanti, seguendo il suono del respiro affannato.

«Mi sto avvicinando. Non fare lo stronzo o me ne vado.»

«Liberami!»

Niente da fare. Il tono non cambiava. "Liberami." Quindi era legato. Era legato, lei no, eppure credeva di poter dare ordini.

«Ora arrivo. Però te lo dico subito: uno, non ti libero perché non mi fido per un cazzo e perché nessuno mi ha

detto di liberarti; due, se vuoi che ti aiuti, magari a mangiare o a bere o a metterti più comodo, devi essere gentile.»

Arrivò a lui, gli toccò i piedi che erano senza scarpe. Salì alle caviglie e sfiorò le corde. Lo sentì rabbrividire nell'oscurità e alla fine le fece tenerezza, doveva essersi appena svegliato, al buio, legato e probabilmente non sapeva un cazzo di quello a cui stavano andando incontro. Allora decise di essere dolce. In fondo, perché no?

«Stai tranquillo, siamo insieme» disse.

Con la mano gli raggiunse il viso. Era sudato, tremava, aveva la barba di qualche giorno ma al tatto sembrava giovane. Gli fece una carezza.

«Io sono il Pancreas. E tu?»

Lui stette zitto ancora a lungo. Poi cedette e rispose

«Io sono i Polmoni».

XEROSTOMIA

Padova era una delle poche città in cui Flavia non era mai andata, ma aveva già deciso che le stava antipatica. Arrivare con l'Alfa Romeo di suo padre era stata un'agonia, lungo il tragitto si era chiesta di continuo perché non facesse la persona seria e s'imponesse per essere accompagnata da qualcuno, magari a sirene spiegate, come facevano certi colleghi pieni di sé. Ma per otto anni a Torino era salita su tram e auto di servizio, sognando un'autonomia che le avrebbe potuto restituire solo Roma, e ora che l'autonomia era arrivata avrebbe dato un braccio per un autista. Peccato che il suo autista a tutti gli effetti si trovasse già a Padova, e ci era arrivato in treno, il maledetto. Già all'altezza di Bologna Orsini l'aveva contattata per dirle che sì, sarebbe potuta entrare in tutte le zone a traffico limitato, bastava che stesse attenta a non prendere sensi unici, benché Padova non facesse concorrenza a Roma, in quanto a viabilità impossibile. Arrivata a sera a Palazzo Bo, nonostante il boicottaggio del navigatore che avrebbe voluto farle fare inversione almeno una dozzina di volte, aveva deciso che la sua antipatia per la città era confermata. Aveva odiato ogni bellezza di Torino, dileggiandola sempre in un eterno paragone con la capitale e altrettanto fece con l'Università di Padova, a detta di tutti un gioiello. E le colonne, e gli stucchi, e gli affreschi, e la scala del sapere, e il teatro anatomico, ma che due palle! Pure lei aveva fatto l'università e non c'era stato bisogno di fare tutte quelle storie. Iacoangeli le aveva dato le indicazioni per incontrarsi nell'Aula Gabbin, che a quanto pareva non era indicata mai su nessun cartello e non era presente in nessuna mappa. Flavia era stanca, era nervosa, era frustrata per i pessimi risultati ottenuti da Miré e dalla Turriziani, fermò la prima persona che le sembrò del posto e pretese di essere accompagnata. La donna, forse una docente, la accompagnò in un dedalo di corridoi sino a un'aula che non aveva niente di speciale, altro che gioiello. Lì, seduti a uno stesso tavolo, c'erano Iacoangeli e un uomo, che le dava le spalle. Erano chini uno vicino all'altro e parlavano fitto fitto.

Ma che cazzo, avevo detto migliori amici in senso figurato!

Pare uno che sta a parla' cor fratello.

Così chiamò ad alta voce

«Iacoangeli!»

facendo voltare la testa ai pochi studenti che a quell'ora erano ancora lì a studiare. Con loro si voltò anche l'uomo che stava parlando con il suo agente, e Flavia tutto aveva immaginato che sarebbe potuto succedere, tranne che di innamorarsi.

Flavia?

Le avevano detto che era una cosa così, come se si fosse acceso un aspirapolvere subito sotto al suo stomaco e avesse iniziato a risucchiarsi via tutto.

«Ispettrice, stavo iniziando a preoccuparmi» le andò incontro Iacoangeli, bisbigliando.

Se fosse stata in grado di descrivere il suo stato mentale, in quel momento, avrebbe detto di essere come la rotellina del caricamento quando un video si bloccava. Girava e girava solo intorno a quell'attimo.

Flavia?

L'uomo si era alzato a sua volta, senza accennare a venirle incontro. Era alto, un pennellone, un po' stempiato, i capelli biondi e lanosi, blandamente mossi. Aveva un naso strano, lungo e con la punta in su, e due occhi assurdi, azzurrissimi, forse anche un pochino sporgenti, spalancati come quelli dei bambini quando vedono qualcosa per la prima volta.

FLAVIA?

Inceppata, ingolfata, incastrata, impallata. Le era scesa una saracinesca sulla parte razionale della mente e rimaneva attiva solo quell'altra, che era andata in cortocircuito, niente più capacità di movimento, niente più capacità di parola, solo la faccia di quell'uomo che la guardava senza capire e Iacoangeli che aggrottava la fronte mentre allungava una mano per toccarla.

FLAVIA!

«Sì!» le uscì, di nuovo troppo forte, poi si obbligò a guardare l'agente. «Traffico, Iacoangeli.»

Lui le sorrise, sollevato, e la presentò all'uomo il cui nome era ultimo in quella lista di sette che da oltre due settimane cercavano di ricomporre. Si strinsero la mano, o meglio, lui la strinse a lei. Flavia non ci riusciva, era come se i tendini le fossero morti all'interno delle dita, e così gli appoggiò nel palmo un'appendice umida e fredda. L'uomo la strinse e le fece un sorriso. Pure i denti aveva belli, sani, grossi, un po' tondeggianti.

PIANTALA!

«Ci sediamo?» chiese.

«Certo. Ho chiesto alla rettrice e mi ha detto che possiamo rimanere finché vogliamo, tanto qui chiudono alle 22.»

Flavia si sedette e si vide riflessa nel vetro della finestra di fronte. Poteva tranquillamente sembrare una che aveva viaggiato con la capote abbassata.

Paro 'na pazza.

La smetti? Ma che ti prende?

Non lo sapeva, o meglio non voleva dare un nome a

quella cosa. Non le era mai successo prima, proprio mai. Le erano piaciuti molti uomini, aveva avuto delle relazioni, era abbastanza certa di essersi anche innamorata, ma quella sensazione terribile era assolutamente nuova. Il bruciore nel petto, il ronzio alla testa, le guance che scottavano e la bocca secca. Le costava fatica persino staccare la lingua dal palato. Prese la rincorsa e disse d'un fiato:

«Iacoangeli, ragguagliami».

L'agente tirò fuori un piccolo bloc-notes tutto stropicciato e cominciò a leggere.

«Dunque, la prima mail è arrivata come le altre, il 7 luglio. Stessa frase delle altre: "SAI DI CHI ERANO LE TUE CORNEE?". La differenza è che lui ha risposto e la mail non è tornata indietro. E ha scritto che voleva sapere di chi fossero, perché pensava che il messaggio fosse arrivato da un'amica. E subito dopo è arrivata la fotografia.»

Ogni tanto Iacoangeli alzava gli occhi sull'uomo biondo, in attesa di un cenno di approvazione, che puntualmente arrivava. Sembrava quasi che il primo fosse l'allievo diligente che ripeteva la lezione e il secondo un maestro bonario pronto a correggerlo. Non era un buon meccanismo, e Flavia lo interruppe.

«Ha riconosciuto la foto?» chiese, con la bocca impastata.

«No.»

«No?» si stupì lei, commettendo l'errore di guardargli le mani.

Ha le dita lunghe e le nocche larghe.

BASTA!

«Dopo l'intervento dovevo evitare di guardare gli schermi, di sforzare gli occhi. Quindi sapevo certamente chi fosse Valerio Felici e di tutti i suoi delitti, ma avevo ascoltato la notizia, senza mai guardare le immagini in tv. E poi non avevo avuto più occasione di rivederlo.»

«E quindi?» biascicò.

«Ho fatto la ricerca su internet tramite immagini.»

Flavia annuì, poi si mise a cercare nella sua borsa, nella speranza che ci fosse una mentina, qualunque cosa che le consentisse di avere di nuovo un po' di salivazione. Senza che nemmeno avesse bisogno di chiederglielo, l'uomo si alzò e disse:

«Le prendo un po' d'acqua, dopo un viaggio così lungo ne avrà bisogno».

Flavia rimase sola con Iacoangeli. Gli lanciò un'occhiata eloquente, che lui non colse, continuando a fissarla interrogativo.

«Allora?» schioccò con la lingua incartapecorita. «Il resto?»

«Ah, sì. Si sono scritti, dopo che ha saputo di Felici. Ha chiesto come facesse a saperlo e perché glielo stesse scrivendo.» Iacoangeli leggeva pedissequamente i suoi appunti. «E lui dopo un po' lo ha chiamato.»

«Telefonata muta?» si strappò fuori Flavia.

«No, no, hanno parlato. E tanto.»

L'uomo tornò con una bottiglietta d'acqua fresca.

«Non ho trovato un bicchiere, mi scusi.» Gliel'allungò, sfiorandole la mano.

Flavia sentì che lo stomaco le veniva risucchiato via di nuovo, ma cercò di concentrarsi sull'acqua. Bevve mezza bottiglietta, così veloce che rischiò di farla risalire subito.

NON CI PENSARE NEMMENO!

SE GLI VOMITI ADDOSSO È FINITA!

Restò immobile a far andare giù l'acqua e non appena si sentì pronta chiese:

«Di cosa avete parlato?».

L'uomo guardò interrogativo Iacoangeli, che gli mostrò il bloc-notes per fargli capire che era andato avanti e annuì.

«Dunque, va detto innanzitutto che non ho creduto subito alla storia che mi raccontava. Mi sembrava così surreale, ho pensato che potesse essere un mitomane e quindi ho fatto molte domande. Lui mi ha spedito una lista, con sette nomi, tra cui il mio, e un articolo di giornale. Ma anche se tutto coincideva, a me continuava a suonare strano.»

«E allora perché ha continuato a parlargli?» Finalmente a Flavia era venuta fuori una frase pienamente intellegibile.

«Perché io conosco le voci. Sono stato cieco per cinque anni e le assicuro che le voci non solo le riconosco, ma colgo tantissime sfumature. E, per quanto ciò che raccontava suonasse folle, quell'uomo non mentiva.»

«Okay.» L'ispettrice cercò di dominare la potentissima distrazione che quell'uomo rappresentava per lei e si concentrò. «Su cosa non mentiva? Qual era la storia che le raccontava?»

«Diceva che Valerio Felici era morto e che i suoi organi erano andati a sette persone, tra cui me. Diceva che questi organi contenevano il male di quest'uomo e che ci avrebbero contagiati. Diceva che rischiavamo di diventare tutti come lui.»

«D'accordo.» Lo incoraggiò Flavia. «E poi?»

«Be', era una tesi un po' filosofica, e io ho opposto altre tesi filosofiche. Per esempio gli ho detto che anche se i miei occhi fossero diventati malvagi, il resto di me avrebbe potuto avere il sopravvento su di loro.»

«Cioè ci ha ragionato? Lui le faceva discorsi da pazzo e lei ci ha ragionato?»

L'altro sorrise, comprensivo, e in quel sorriso Flavia vide ulteriori problemi in arrivo. Non solo era un uomo che aveva suscitato in lei un'incomprensibile attrazione fisica, ma era anche una di quelle persone per cui la parola "pazzo" non ha senso. Uno di quelli delle sfumature e dell'importanza delle parole, un cazzo di intellettuale new age, porca puttana!

«In realtà non c'è nulla di folle nel suo ragionamento. Ogni culto dei morti si basa sul fatto che il corpo possa trattenere parte dell'anima. Prenda il miracolo di san Gennaro. Per quale ragione il suo sangue dovrebbe liquefarsi, se non perché contiene parte delle sue doti miracolose?»

San Gennaro.

Sono nella merda.

«Va bene, lasciamo stare i santi. Quando ha nominato la parola "gauna"?»

«Quasi subito, a sostegno della sua tesi.»

Flavia scoccò un'occhiata a Iacoangeli.

«Il mio agente dice che lei questa parola la conosce.»

«Non la conoscevo, ma sono laureato in Lingue, Letterature e Mediazione Culturale. Ho chiesto ad alcuni colleghi esperti di lingue oceaniche e relativi dialetti. E sono anche andato a parlare con alcune persone originarie della Papua Nuova Guinea.»

Flavia era ammirata.

«E quindi?» disse, mentre la bocca riprendeva ad asciugarsi e la costringeva a bere un altro sorso.

«Ci sono varie leggende su questa parola. Vanno prese per quello che sono, leggende, ma in effetti una racconta di un'intera tribù posseduta da un demone che è guarita perché il suo sciamano si è ucciso e si è fatto divorare da loro. Ha trasmesso, attraverso la propria carne, la capacità di combattere il male. Ma esistono anche leggende opposte, di individui feroci abbandonati nella giungla e divorati dagli animali, che poi hanno trovato la strada del villaggio e si sono vendicati al posto loro.»

Aveva finito, ora sembrava lui il bravo scolaro in attesa dell'approvazione da parte della maestra. Ma Flavia era ben lungi dall'approvarlo, anche se, mentre parlava, si era distratta a guardare le sue sopracciglia, straordinariamente folte.

«Quindi in sostanza lei gli ha dato ragione?»

«No, certo, gli ho dato torto. A dimostrazione ho portato il fatto che io non avevo ereditato nessuna delle caratteristiche di Valerio Felici.»

«Fragole, lana, tabellina del sette?» gli chiese.

«E non starnutisco alla luce, cosa che sarebbe molto appropriata per chi ha ricevuto le cornee» scherzò lui in risposta.

«Questo lo ha fatto arrabbiare?»

«No, devo dire che l'ho sentito quasi sollevato. Forse la mia teoria sul fatto che fosse possibile combattere questa influenza nefasta di Valerio Felici lo aveva convinto.»

«E poi?»

«Poi mi ha monitorato, per un po'. Ogni tanto mi chiamava, chiedeva se avessi avvertito un istinto omicida, io dicevo di no e finiva lì. Poi a un certo punto ha smesso.»

«E non ha pensato di denunciarlo?»

«Perché? Non mi ha mai fatto nulla. Mi ha scritto delle mail, mi ha telefonato. E a tutti gli effetti mi ha solo raccontato cose vere.»

Flavia lo guardò negli occhi. Brividi o non brividi voleva capire bene se la stesse prendendo in giro.

«Ha convinto un uomo a uccidere i suoi genitori.»

«Lo so.» L'altro non abbassò lo sguardo e sostenne il suo. «Per questo sto parlando con voi e per questo vi darò tutto il materiale che ho. Le mail, i documenti, vi consegno senza problemi anche il mio telefono. Non mi è mai sembrato pericoloso. Avrei dato l'allarme, ne avrei parlato con qualcuno, ma la verità è che ho sempre pensato che la sua fosse una storia inventata. Di cui lui era convinto, ma inventata. I donatori sono anonimi, non mi bastava un documento, nemmeno originale, per stabilire che Valerio Felici fosse il mio. In realtà ne ho avuto conferma solo oggi da Niccolò e onestamente non so bene come mi sento a riguardo.»

Niccolò.

Dovevo mandare la Turriziani.

«D'accordo, allora procediamo, andiamo a casa sua.»

«Certo.»

Si alzarono tutti e, prima di bere l'ultimo sorso della sua acqua, Flavia si levò un sassolino dalla scarpa.

«Mi scusi, ma un tizio anonimo la contatta, sa della sua operazione, le dice che il donatore è un serial killer, profetizza che lo diventerà anche lei, le manda dei documenti che potrebbero essere riservati e a lei non è sembrato pericoloso?»

«No» ammise lui con candore.

«E come l'è sembrato, allora?»

Lui ci pensò un attimo, poi scosse la testa.

«Disperato.»

«È andato tutto bene, eh, ispettrice?»

Aveva consentito a Iacoangeli di guidare l'auto di suo padre, cosa inimmaginabile solo qualche settimana prima, ma era senza forze e rischiava di addormentarsi. Le conseguenze dello shock e dello stress erano emerse prepotentemente dopo che aveva lasciato la casa dell'interprete. Lo shock era stato causato da quel colpo di fulmine imprevisto e lo stress dall'obbligo di combatterlo per tutto il tempo in cui lei e l'uomo biondo erano rimasti insieme. Razionalmente aveva iniziato a mettere in fila tutti i difetti che trovava in lui, troppo liberale, troppo filosofico, troppo spirituale, ma emotivamente avvertiva lo strazio di starsi allontanando da lui, inesorabilmente.

Ma che pretendi?

Nemmeno lo conosci.

Era vero, ma sembrava che il suo corpo fosse consapevole di cose che la sua mente invece ignorava. Stava fisicamente male, era in debito di ossigeno, le forze scemavano via a ogni chilometro fatto. E sì che, oltre a parlare, tra loro non era successo niente, non uno sguardo insistito, non un gesto. Si erano dati la mano incontrandosi e accomiatandosi, poi una volta lui l'aveva sfiorata, passandole l'acqua. Onestamente aveva avuto più attenzioni per Iacoangeli che per lei, mentre Flavia aveva cercato di dominare le sue reazioni, stare seduta composta, tenere un tono di voce professionale.

È assurdo, non sono una ragazzina.

Ma il corpo se ne fregava anche di questo. Aveva affidato la protezione dell'uomo, insieme a tutte le prove e ai device elettronici, nelle mani dei colleghi padovani. Non sarebbe stato possibile far convogliare tutto a Roma, a Bari erano già state avviate le indagini sui Polmoni, a Sulmona i parenti del Rene Destro non avevano autorizzato un controllo sul computer della donna, perché non ne era stata formalizzata la scomparsa, ma la stavano cercando e restava da capire se la Turriziani avesse cavato un ragno dal buco. Avevano bisogno di tutte le mani e gli occhi possibili, ma lei riusciva solo a pensare all'uomo buono con gli occhi di un assassino.

Ma ti pare? A quarant'anni suonati?

A quarant'anni suonati. Doveva cercare di distrarsi in qualche modo, quindi rispose alla domanda idiota di Iacoangeli.

«Dipende, cosa intendi per "andato tutto bene"?»

«Be', che lo abbiamo trovato, sta bene, collabora e ci ha dato un mucchio di informazioni» rispose il ragazzo, entusiasta.

«È vero, ma...» Flavia fece un gesto vago con la mano «...ha confuso ancor di più il quadro.»

«Perché?» chiese l'agente deluso.

«Sette organi. Cuore, fegato, polmoni, pancreas, rene destro, rene sinistro, cornee. Per ora non abbiamo nessuna informazione su Rene Destro e Pancreas, informazioni parziali su Fegato e Polmoni, tutti i dettagli su Rene Sinistro e Cornee e quel che siamo riusciti a recuperare sul Cuore. Facciamo finta che, basandoci su quello che sappiamo, a tutti abbia mandato la stessa mail, contenente la stessa domanda, il 7 luglio dell'anno scorso. Poi la foto di Felici, poi la lista, poi l'articolo di giornale. Prima differenza: alcuni riescono a rispondergli, altri no. Perché?»

«Ha usato indirizzi diversi?» azzardò l'altro.

«Sì, ma perché? Perché con alcuni voleva parlare e con

altri no? Stessa cosa con il telefono, ad alcuni telefonate mute e messaggi a cui non potevano rispondere, con altri ci chiacchierava. Qual è il criterio?»

«Forse dipendeva dall'importanza dell'organo. Per esempio il cuore è il più importante di tutti, senza cuore non si vive.»

«E senza polmoni sì? Senza fegato sì?» Flavia scosse debolmente la testa, le tornarono in mente gli occhi azzurri e li mandò via. «No, c'è dell'altro. Quella del Cuore è stata una persecuzione in piena regola, quella con le Cornee una cordiale amicizia. Non torna.»

«E allora cosa intende fare?»

«La cosa che odio di più, aspettare.»

Flavia si accomodò meglio sul sedile, appoggiando la fronte al vetro freddo. Un colpo di fulmine alla sua età e un caso che non riusciva a risolvere. Come avrebbe voluto poterne parlare con qualcuno. Era già nel dormiveglia quando le sfuggì dalle labbra.

«Iacoangeli, ti manca l'ispettore Carrozzini?»

Il ragazzo ebbe bisogno di qualche secondo.

«Mi manca ogni giorno che passa.»

«Anche a me» sospirò.

Poi scivolò nel sonno.

«Non c'è altro che puoi fare, Mariani.»

Erano trascorsi due giorni dal rientro dalla sua trasferta e le cose potevano essere riassunte in quattro parole: non era successo niente. Apuano si era ripreso, lo avevano voluto tenere in ospedale ancora un giorno, ma sarebbe rientrato con l'aereo la mattina seguente. Anche la Turriziani stava rientrando, la sua profezia si era avverata e nessun giudice toscano aveva ritenuto plausibile la loro richiesta di incontrare la figlia del magnate o di entrare in casa sua. Non c'era un'accusa, dicevano, non era testimone di nulla e inoltre viveva già sotto strettissima sorveglianza per una serie di problematiche personali. Quindi o tiravano fuori una motivazione più valida di quella sciocchezza dell'organo maledetto o nessuno avrebbe mai firmato un decreto. L'agente però non si era persa d'animo.

«Io sono rimasta davanti a casa loro, fissa per due giorni, ho visto uscire ed entrare solo il padre e qualche domestico, ma nessuna traccia di lei, a meno che non fosse nascosta nel bagagliaio» aveva raccontato in una lunga telefonata.

Tuttavia la ragazza si faceva viva ogni giorno che Dio mandava in terra, sui social. Foto scattate in bagno, balletti su TikTok, storie lunghe una manciata di secondi con sopra appiccicato un adesivo che diceva: "Noia. Domande?". Alle domande in effetti rispondeva in maniera stentata, giusto un paio di parole, a volte la risposta aveva come sfondo una foto o un video. E per quanto la Turriziani fosse tornata indietro a verificare i contenuti precedenti, quella piccola stronza aveva sempre fatto così.

«Posso dirlo? È insopportabile. Non so che fantomatici problemi psicologici abbia, se è un'hikikomori o cosa, ma è simpatica come un riccio nelle mutande.»

Non era la sola pista a essere rimasta bloccata, anche del Rene Destro non si erano trovate tracce, ma la famiglia continuava a riservarsi di denunciarne la scomparsa.

«Sapevamo che voleva prendersi una vacanza, e a dirla francamente è in linea con il suo carattere avere staccato il telefono. Del resto, diciamocelo, non aveva tutte queste persone con cui chiacchierare, morta mia madre è rimasta abbastanza sola. E poi ha preso la macchina, quindi ha senso che si sia affittata una baita in montagna o chissà che» aveva detto la sorella. Nessuna traccia del Fegato, nessuna traccia dei Polmoni. A casa sua erano stati ritrovati gli stessi documenti già rinvenuti a Padova, il telefono era spento ma lo storico aveva dimostrato una cascata di telefonate anonime. Se c'era stato dell'altro era tutto da verificare. Nessuna nuova da Ponte San Giovanni, nessuna da Padova. Nelle lunghe notti insonni che avevano preceduto quella mattinata, Flavia aveva cercato l'uomo biondo in rete, lo aveva ascoltato tradurre un non vedente del Sudan durante una conferenza e aveva recuperato tutte le immagini possibili. Lo guardava e si chiedeva perché dovesse farla sentire così. Aveva avuto la tentazione di chiamarlo almeno cento volte e tutte e cento si era trattenuta, perché non avrebbe saputo cosa dirgli e si sentiva ridicola.

Perché mi sta succedendo?

Ma non c'era risposta, succedeva e basta. Quando si era presentata in ufficio, quel giorno, con i capelli più indomabili del solito, Iacoangeli le era passato davanti con un sorrisone e le aveva fatto il segno dell'okay.

«A Padova tutto a posto!» le aveva confermato, e lei aveva avuto il desiderio di strozzarlo, solo perché poteva prendere in mano un telefono e chiamarlo.

A lei, invece, era toccato un colloquio con Orsini, che era partito lodandola per come aveva gestito la situazione fino a quel momento. Pessimo segno.

«Adesso che ci troviamo in una situazione di stallo, però, dobbiamo cercare di portare avanti anche le altre indagini.»

«Quale stallo? Che indagini?»

«Il mondo va avanti, Mariani. Non è che se tu sei completamente concentrata su questa storia, nel frattempo non succede niente. Siamo sotto organico e solo ieri abbiamo avuto una rapina e un'aggressione. Con Apuano ancora a Bari e la Turriziani che arriva stasera, ti devi prendere in carico almeno qualcosa, perché le altre squadre sono già piene.»

«Ma io aspetto segnalazioni, risultati di laboratorio...»

«Ecco, e mentre aspetti fai dell'altro.» Le allungò una cartelletta. «Tanto te la sbrighi in due minuti, fai qualche domanda, dai le indicazioni su come procedere e smetti di ossessionarti solo con questa storia.»

Quando Flavia prese la cartelletta, il commissario non la lasciò andare subito.

«Sei sciupata, Flavia. Sei bianca. Dovresti prenderti un paio di giorni per ripigliarti. Dalla sera in cui hai trovato il magazzino non ti sei fermata un attimo.»

Flavia ripensò all'anello sepolto nel suo barattolo del caffè.

Alla parola "gauna" scritta sul muro col sangue.

Agli occhi azzurri da bambino.

«Non posso fermarmi» rispose.

Strattonò via la cartelletta dalle dita di Orsini e tornò nel suo ufficio.

BROMIDROSI

Cristiano Marchi era sceso alla fermata Giulio Agricola ed era uscito, diretto al chiosco di viale Marco Fulvio Nobiliore. Si era cambiato maglia tre volte, prima di uscire, perché per l'agitazione gli si erano formate larghe chiazze nere sotto le ascelle. Alla fine aveva optato per una polo lattiginosa a maniche lunghe in stile vecchietto del West, che avrebbe dissimulato un po' l'alone di sudore. Per l'odore aveva fatto il possibile, si era messo l'allume di potassio, poi sopra il borotalco e sopra ancora il deodorante. Non sarebbe servito a molto, perché era parecchio agitato. Alcune volte, al primo appuntamento, si sentiva dire che gli uomini che puzzano sono arrapanti, e in quei casi scappava a gambe levate con la prima scusa possibile. Non voleva piacere in quanto puzzone, così come non voleva piacere perché molto peloso. A vederlo da fuori, completamente vestito, nessuno avrebbe detto che lo era, aveva i ricciolini neri, gli occhi verdi, sopracciglia importanti e sempre un alone di barba, ma aveva i tratti di un ragazzino, quasi tutti lo prendevano per uno studente e non un insegnante di filosofia nel più infimo degli istituti superiori. Meglio così, insomma. Il guaio era che il tipo che stava per incontrare era davvero giovane, senza cespugli sul torace né sulla schiena, e lo sapeva perché gli aveva mandato foto di entrambi, oltre a quella del cazzo. Del viso aveva visto solo qualche dettaglio, la bocca socchiusa, l'occhio che ammiccava da dietro la spalla, probabilmen-

te aveva il nasone o dei brutti denti, ma non gli importava. Quel ragazzo scriveva benissimo. Aveva detto di chiamarsi Eros, e lui non ci credeva per niente, ma a parte questo aveva scritto cose così belle e così profonde sull'esteriorità, la fugacità dei rapporti, il desiderio di non sentirsi giudicato sempre e solo per il suo aspetto, che Cristiano moriva dalla voglia di incontrarlo anche solo per parlarci. Quasi sicuramente avrebbero fatto altro, ma prima desiderava sentire la sua voce e capire se quel che gli aveva scritto era tutto vero. Si guardò intorno. Faceva un freddo della malora, altro che primavera in arrivo, sperava che Eros, o come si chiamava, avesse l'auto. Si guardò intorno, l'unica fonte di luce erano i lampioni, a quell'ora c'era poco traffico. Attese qualche minuto. Poi il telefono vibrò.

"Ti vedo" diceva il messaggio.

Seguì un cuoricino.

"Dove sei?" rispose.

"Hai dei ricci meravigliosi."

Cristiano girò su se stesso. Il gioco un po' gli piaceva, di solito gli appuntamenti al buio erano più spicci.

"Dai, fatti vedere."

"Trovami."

Mettendosi le mani in tasca iniziò a passeggiare, costeggiando le auto parcheggiate, aspettandosi di vedere dentro un ragazzo biondo sorridente. Ma non c'era nessuno. Aveva davvero freddo e ogni direzione poteva essere buona, quindi dopo qualche altro giro si stancò, allargò le braccia e poi le incrociò, in attesa. Il telefono squillò.

«Ti arrendi alla svelta.»

La voce era calda, morbida, e conteneva un sorriso.

«Eros, guarda, posso anche sembrarti un ragazzino, ma ti giuro che non ho più l'età per i giochetti.»

«Peccato. Perché a me piace giocare. Un sacco.»

Okay, era anche incredibilmente eccitante.

«Possiamo giocare a un sacco di giochi, te lo prometto. Ma per favore, possiamo giocare al caldo?»

All'altro capo del telefono la voce rise, e Cristiano sentì l'eco della risata alle sue spalle. Si voltò e guardò il chiosco. Anche lui era un po' fesso, però, quello era il posto perfetto in cui nascondersi. Con il telefono all'orecchio iniziò ad avvicinarsi.

«Acqua» disse Eros al telefono.

Ma ormai non lo fregava più, dall'ombra dietro alle arcate di metallo vedeva sollevarsi delle nuvolette di condensa, esattamente come succedeva a lui che accelerava il passo.

«Fuochino.»

«Dopo però il gioco lo scelgo io!» rise, accelerando il passo.

«Fuoco, fuoco, fuoco» sussurrò la voce al telefono.

Cristiano raggiunse il chiosco e sentì solo un'ultima parola

«Bruci»

prima che il cavo gli passasse intorno al collo.

«Devi buttarti a terra, fare peso morto. Perché così fa più fatica a trascinarti, hai capito?»

C'era stata questa discussione a scuola, qualche mese prima. Chiara, la supplente che si faceva i corsi serali, aveva paura di tornare a casa, perché nel suo quartiere, Pietralata, avevano aggredito una ragazza. C'erano stati i soliti geni che le avevano detto di studiare arti marziali, poi chi aveva tirato fuori il taser, come se si potesse comprare sotto casa, e infine chi aveva parlato dello spray al peperoncino, che però avrebbe avuto senso solo se lei si fosse accorta del pericolo in anticipo. Cristiano aveva ascoltato quell'accozzaglia di consigli davanti alla macchinetta del caffè e aveva evitato di parlare, perché in realtà non avrebbe saputo che consigli dare. Alla fine la più pratica era stata Ornella, la collega più anziana, che aveva spiegato come lasciarsi completamente andare fosse una buona soluzione.

«Se scalci tu, lo aiuti, invece devi rilassare tutti i muscoli.»

«Sì, ma non è una cosa che ti viene spontanea» aveva protestato qualcuno.

«E chi sta dicendo che deve venirle spontanea?» aveva ribattuto Ornella. «Deve allenarsi. Sai, quando fai gli esercizi di fiducia e devi lasciarti cadere indietro per farti prendere da qualcuno? È la stessa cosa al contrario. E poi, quando lui si china per prenderti meglio, perché se tu ti lasci andare non può tenerti come capita, allora usa tutto. Usa i denti, le unghie, se sei abbastanza sciolta puoi cercare di venir su con le gambe e calciargli la testa. Sputa, fagli la pipì addosso.»

Tutti avevano riso.

«Guardate che non c'è niente da ridere, ci sono stupratori che si schifano, se ti fai la pipì addosso. E comunque sto dicendo che se vuoi difenderti devi abbandonare i condizionamenti, quelle cose che ti insegnano a non fare per vergogna. Se vuoi sopravvivere devi tornare a essere un animale, devi usare l'istinto.»

Cristiano stava soffocando.

L'uomo nascosto nell'ombra del chiosco gli aveva passato un cavo intorno al collo e lo tirava verso di sé, stringendo. Era forte. Era fortissimo, più alto di lui, sentiva la sua bocca premere contro i riccioli sulla testa, doveva superarlo di almeno una spanna. Non erano considerazioni razionali, erano istintive, sapeva che le mani che stringevano il cavo erano grosse e ruvide, sapeva che l'uomo aveva bevuto, perché puzzava di alcol, e sapeva che non era la persona che gli aveva telefonato, perché grugniva profondamente, e quei pochi versi di sforzo non avevano in comune nessuna nota con la voce erotica e suadente che aveva giocato con lui ad acqua e fuoco. Tutte nozioni che avevano attraversato la sua mente nel panico mentre si agitava inutilmente, cercava di afferrare il cavo, liberarsi la gola, colpire il suo aggressore senza vederlo, e intanto davanti ai suoi occhi iniziavano a formarsi macchioline nere. In questo marasma di impulsi impazziti era comparso anche il ricordo dei consigli di Ornella a Chiara, associato all'audio della fine orribile di un ambientalista sbranato vivo da un orso, a cui la compagna gridava

«PLAY DEAD!»

"fingiti morto" e lui rispondeva che non stava funzionando.

PLAY DEAD

fu tutto ciò che rimase di questa fiumana di pensieri. Cristiano rilassò gambe e braccia e andò giù. L'uomo che lo stava strangolando cercò di seguirlo con il cavo, che però risalì subito sotto il mento. L'ossigeno tornò nei polmoni nello stesso istante in cui tutte le forze sembravano abbandonarlo. Se l'uomo si fosse accoccolato a terra e avesse ripreso a stringere sarebbe finita. Così l'adulto che sembrava un ragazzo ci provò, diede un colpo di reni e piegò in su le gambe, solo che invece di colpire l'uomo alla testa con le ginocchia, le aprì e gliele appoggiò sulle spalle. Se qualcuno li avesse visti da fuori, sarebbero sembrati una coppia che tentava una posizione del kamasutra, la fellatio acrobatica. Ma nessuno li stava guardando, la strada era deserta. Trovandosi con la faccia tra le gambe dell'uomo che stava strangolando, l'aggressore cercò di liberarsi e mosse un braccio, consentendo al cavo di spostarsi ancor più dalla gola di Cristiano. Quel che successe nei dieci secondi seguenti fu una serie di atti scomposti, la vittima che aveva preso ad agitarsi come una scimmia, il carnefice che era finito con un ginocchio a terra e non riusciva a rialzarsi, il primo grido

«AIUTO!»

gracchiante ma abbastanza forte, la luce dei fari di un'auto che girava e che illuminava per un attimo il chiosco, la titubanza dell'uomo col cavo, il calcio sul plesso solare che, finalmente, l'altro era riuscito ad assestargli, il tentativo di presa sul giaccone, la mano che scivolava miseramente sopra il tessuto sintetico, Cristiano che guadagnava l'uscita, prima a carponi, poi in ginocchio, poi in piedi, inciampando ma già correndo, mentre urlava

«AIUTO!»

e

«AIUTO!»

ancora, toccandosi la gola per accertarsi che fosse sempre lì, voltandosi verso il chiosco, temendo di essere inseguito e invece la figura massiccia stava uscendo, ma dall'altra parte, in fuga, e lì in mezzo, tra lui sopravvissuto e il suo aspirante assassino, un'ombra, cinque passi dietro ai lampioni, tra due auto parcheggiate, ferma a osservare.

Eros.

Cristiano rallentò, perché quel che il suo corpo era riuscito a fare, ovvero seguire l'istinto, non valeva ancora per la sua mente. La figura in ombra lo guardò. In tasca doveva avere il telefono e chissà, forse anche qualcos'altro, un piano B nel caso in cui l'energumeno che aveva mandato a ucciderlo avesse fallito. Invece di riprendere a correre, l'insegnante di filosofia rimase immobile, sull'orlo della strada, aspettando di vedere cosa avrebbe fatto Eros. E l'altro effettivamente si avviò a passo veloce, estraendo qualcosa dalla tasca, ma nella direzione opposta, inseguendo l'aggressore. A lui non restò che voltarsi di nuovo verso l'incrocio dicendo

«AIUTO!»

a voce sempre più bassa, aspettando che qualcuno accorresse, ma le poche figure che transitavano erano lontane e le auto acceleravano subito non appena gli passavano davanti. Alla fine ricordò di avere un telefono con sé, lo tirò fuori dalla tasca e, troppo sconvolto per ragionare, lo scosse forte, finché non si avviò la chiamata di emergenza.

«Polizia?»

«Mi chiamo Cristiano Marchi. Hanno appena cercato di uccidermi.» La voce gli tremava.

«Hanno appena cercato di ucciderla?» Non c'era scherno o sarcasmo nella voce, solo il bisogno di accertare l'informazione.

«Sì, mi ha passato un cavo intorno al collo, un uomo, e poi ha stretto.»

«Dove si trova?»

«In viale Marco Fulvio Nobiliore, al chiosco, per favore mandate qualcuno.»

Si mise quasi in mezzo alla strada, sotto al lampione più luminoso, continuando a guardarsi intorno, temendo ogni passante, ogni auto, ogni rumore. Quando, un quarto d'ora dopo, vide le luci del lampeggiante in lontananza, abbassò finalmente gli occhi sul telefono e vide che gli era arrivato un messaggio, sei minuti prima. Quattro parole:

"TU ERI IL PROSSIMO".

DISFLUENZA

Flavia si sedette sbattendo la cartelletta sulla scrivania.

Ti odio, Orsini, ti odio, ti odio, ti odio, maledetto burocrate.

Secondo lui bisognava andare avanti. La vicenda del giornalista era conclusa, ora se ne sarebbero occupati i tribunali. I segreti di Valerio Felici erano stati rivelati, altro caso chiuso. I riceventi dei suoi organi erano sotto sorveglianza, o spariti chissà dove, ma c'era tempo per trovarli, magari erano tutti in vacanza insieme, perché no?

Coglione.

Con la testa piena di liste, di cuori disegnati sulle finestre, di messaggi minatori, di fedi nuziali nascoste e di interpreti troppo eruditi non sarebbe riuscita a concentrarsi su nient'altro. Tuttavia avrebbe ubbidito, altrimenti si sarebbero presi la briga di dire che era esaurita, l'avrebbero costretta a prendersi una vacanza e non avrebbe avuto modo di continuare con l'indagine.

Non è più un'indagine.

È una faccenda personale.

Chiuse gli occhi, massaggiandosi una tempia, i capelli rossi e spinosi che le pungevano il dorso della mano.

Quanto devo essergli sembrata brutta.

Ma è un chiodo fisso, porca puttana!

«Ispettò?»

La Turriziani si affacciò sulla porta.

«Dimmi.»

«È arrivato quello che ha fatto denuncia.»

«"Quello che ha fatto denuncia", come parli, Turriziani? E se ti sente, dai!»

L'altra sollevò il mento con aria sostenuta, uscì e Flavia si rassegnò ad aprire la cartelletta sulla sua scrivania. Tentato omicidio, il suo nuovo caso, che meraviglia. La porta si chiuse con un colpo secco e l'aria fu pervasa da uno straordinario aroma di sudore.

Che donna fortunata che sono.

«Si accomodi» disse alla persona appena entrata.

Un tizio magro, con un gran cespuglio di capelli in testa, si andò a sedere davanti a lei. Aveva un collarino chiuso sotto al mento e l'aria dell'agnello sacrificale.

«Buongiorno» sussurrò l'uomo.

Già era una brutta giornata, già quel tale puzzava come la metropolitana in agosto, anche la scena del cucciolo smarrito non l'avrebbe retta. Tanto più che cucciolo, quello lì, non era.

«Signor Cristiano Marchi, trentaquattro anni, insegnante. Complimenti, non li dimostra.»

«Grazie.»

Se possibile, aveva abbassato ancor di più la voce. Flavia diede una letta veloce, poi chiuse la cartelletta e si sforzò di mettere su un'aria condiscendente.

«Mi dica tutto.»

Era un'espressione del cazzo, una frase da bancario, ma quella mattina lei era infastidita e voleva infastidire anche il prossimo. Il suo dovere era lavorar bene, non essere simpatica o consolare la gente, per quello c'erano gli psicologi. L'uomo era evidentemente a disagio, non osava guardarla, si osservava le mani o le scarpe.

«Sì, allora, è come ho già detto alla sua collega...»

«No, lasci stare quello che ha detto alla mia collega, io ho già letto il verbale, voglio sentirlo da lei.»

Lo aveva messo sulle spine. Bene.

«Allora, io avevo appuntamento con una persona...»

«Chi era?» lo interruppe subito.

«Non lo so. Ci siamo conosciuti su una app per incontri.»

«Eh, ho capito, ma se non sa nemmeno chi fosse, "conosciuti" mica tanto, mi scusi.»

Lui arrossì fino alla cima dei capelli. Dio, come li odiava, quelli così. Perché non era capace di parlare fluentemente, fare della filosofia, sfiorarle...

SMETTILA!

«Vada avanti.»

«Allora, gli avevo chiesto un appuntamento per conoscerci...»

«Quindi era un uomo» lo interruppe un'altra volta.

«Sì, ma io l'avevo detto, alla sua collega.»

«Ma non lo deve dire alla mia collega, lo deve dire a me.»

«Certo.»

Schiuse le labbra per ricominciare a parlare, esitò e poi ripartì.

«Ci eravamo dati appuntamento per ieri sera alle 22 al chiosco di viale Marco Fulvio Nobiliore.»

«E cosa c'era al chiosco? Una festa, una degustazione, che?»

«No, niente. Il chiosco è vuoto, era solo un posto.»

«Ah.» Flavia sollevò le sopracciglia, in segno di evidente disapprovazione. «E chi aveva scelto, il posto? Non è un posto usuale per... diciamo per quel tipo di appuntamenti?»

«Lui. Mi aveva detto che era vicino a casa sua.»

L'uomo che puzzava si stava chiudendo sempre di più dentro alla sedia che lo conteneva.

«Ovvio, come ho fatto a non capirlo? E quando è arrivato lì che è successo?»

Di nuovo lui cercò di ripartire, ma si inceppò. Doveva

essere stato il classico ragazzino che a scuola balbettava quando era nervoso.

Se comincia anche qui non finiamo più.

Flavia fece un profondo respiro e si ripromise di non incalzarlo più, per quanto trovasse irritante quella sua aria da pecorella tremebonda.

«La persona con cui avevo appuntamento mi ha mandato dei messaggi. Erano giocosi, mi facevano capire che lui mi vedeva anche se io non vedevo lui. Non mi hanno dato fastidio, succede che ai primi appuntamenti...» non aveva terminato la frase.

Flavia aspettò qualche secondo, poi si sforzò di fare un mezzo sorriso e concluse.

«Certo.»

A quel punto l'uomo cominciò a tremare. Ma non un tremito leggero, un tremito forte, tremava lui, tremava la sedia, tremavano quegli assurdi ricci anni Settanta che aveva in testa. Lei si alzò lentamente, per non allarmarlo.

«Tutto bene? Sta avendo un attacco o qualcosa? Chiamo qualcuno?»

Lui alzò la mano, in un gesto che voleva fermarla o tranquillizzarla o tutt'e due.

«Solo paura» disse, battendo i denti.

Flavia si risedette. Era una brutta giornata per lei, ma nemmeno quella di lui scherzava. Riaprì la cartelletta.

«Allora, questa persona le ha mandato i messaggi qui trascritti. "Ti vedo", lei risponde "Dove sei?", lui scrive "Hai dei ricci meravigliosi", lei ribatte "Dai, fatti vedere" e lui conclude con "Trovami". Poi?»

Cristiano Marchi si stava sforzando di controllarsi, il fatto che l'ispettrice davanti a lui avesse smesso di guardarlo e si fosse messa a leggere evidentemente lo aveva aiutato.

«Non l'ho trovato, mi sono fermato a un lato dell'incrocio e lui mi ha» una pausa «chiamato.»

«Vi eravate già chiamati, conosceva la voce?»

«No, ma ci eravamo scritti.»

«Sì, ma questo non garantisce che la voce al telefono fosse la sua. Vi eravate scambiati i numeri?»

«Sì, via chat.»

«Ma nessuna chiamata.»

«No.»

Flavia si strinse nelle spalle.

«Io non ci uscirei con un uomo di cui non conosco la voce. Magari ha la voce nasale, o la zeppola. Io con uno con la zeppola non riesco proprio a parlarci, mi viene da correggerlo, o da ridere, che è anche peggio.»

Lui annuì.

«E com'era questa voce?»

«Bella.» L'uomo riprese a tremare. «Era b-bella.»

«Signor Marchi, ascolti. Ascolti. Non è che può fare così. Io capisco, si è spaventato, ma adesso è qui, è alla polizia, al sicuro, se fa così tutto il tempo non ne usciamo. Si calmi.» E poi, con estremo sforzo: «Vuole dell'acqua?».

Lui fece segno di no, poi ci ripensò e annuì. Flavia prese la cornetta e ci abbaiò dentro:

«Iacoangeli, porta dell'acqua». Poi aggiunse, precipitosamente: «Nella bottiglietta, chiusa!».

Anche lui mi ha fatto portare dell'acqua.

Piantala.

Guardò l'uomo, sollevando il mento in una domanda inespressa. Lui rispose allo sguardo e, lentamente, riprese.

«Abbiamo giocato ad acqua e fuoco. Mi ha fatto andare verso il chiosco. E lì c'era quest'altro uomo, con un cavo. Mi è venuto alle spalle e me lo ha stretto alla gola.»

«Posso vedere?»

Mentre Marchi si toglieva il collarino entrò Iacoangeli, che lanciò un'occhiata all'uomo e poi si diresse verso di lei con aria interrogativa.

«Al signore, non a me.»

Iacoangeli fece inversione, passando la bottiglietta a Marchi. Gli occhi gli caddero sul collo e dopo cinque secondi che lo fissava, Flavia si alzò e gli disse

«Puoi andare»

facendolo uscire precipitosamente. Il segno era brutto. Era molto brutto. Non era chiaro se fosse stato usato un cavo elettrico o uno in acciaio, ma aveva parzialmente inciso la carne, forse provocandogli solo un'abrasione profonda. Intorno, la pelle era violacea.

«So che è difficile ricordarsi» disse, chinandosi a guardare. «Ma per quanto tempo ha stretto?»

L'uomo tentennò.

«Quindici secondi circa.»

Flavia rimase lì, voltandosi verso di lui e appoggiandosi col sedere alla scrivania.

«Aveva le mani incrociate dietro alla sua testa? Così?» gli mostrò come.

«No, le mani gliele toccavo, erano subito sopra alle mie spalle, qui.»

Quindi non ha fatto una presa professionista.

Com'è successo al povero Apuano.

«E secondo lei non era la persona con cui aveva chattato.»

«No. Primo perché il ragazzo delle foto era giovane, e anche la voce al telefono mi sembrava giovane, anche se so che non vuol dire. Invece quest'uomo era più grande di me, grosso. Ha fatto dei versi, sa, dei suoni, ed era proprio un'altra voce.»

«Lo ha visto?»

«Quando ero a terra, prima di liberarmi, ce l'ho avuto sopra, ma era buio e io avevo un po' di problemi a vederci, per via... ero quasi svenuto... però aveva i capelli bianchi, mi sembra. Bianchi o grigi. Oppure ossigenati ma chiarissimi.»

«Età? Se dovesse darmi una forbice?»

«Cinquanta, sessanta.»

Flavia lasciò il bordo della scrivania e si mise a passeggiare.

«E questo secondo uomo lei non lo aveva mai visto?

Non era magari, non lo so, un suo precedente appuntamento?»

L'altro mise quasi su un'aria offesa.

«Io esco con persone della mia età. Magari più giovani, ma non più vecchi. Non di molto, ecco.»

«Sì, ma signor Marchi, lei deve capire che abbiamo un ventaglio enorme di possibilità. Il telefono da cui è stato chiamato e a cui ha scritto è disattivo, del resto si trattava di una scheda rubata. Abbiamo davanti tantissimi scenari. Per esempio, magari aveva appuntamento con un minorenne e chi l'ha aggredita era il padre, o l'amante, o un pappone. Non è che su quelle app ci vanno i santi. E poi, se la cosa fosse di dominio pubblico, lei insegna in un istituto superiore, avrà anche studenti maggiorenni, però...»

L'uomo con il segno sul collo la guardò con incredulità, forse non era preparato a subire *victim blaming* proprio nella stazione di polizia.

«La mia vita privata non ha mai» si inceppò, poi ripartì «incrociato la mia vita lavorativa.»

«Quindi a scuola non lo sanno?»

Lui la guardò con sincero disprezzo, ma non rispose, e Flavia concluse che no, a scuola non lo sapevano. Decise di metterci una pezza, senza convinzione.

«Per carità, viviamo in tempi moderni, ognuno ha diritto di cercare la compagnia che preferisce nel modo che preferisce, sono fatti suoi, sono stata inopportuna. Ma allora deve prendere in considerazione tutte le eventualità e quindi le giuste precauzioni, cosa che lei non ha fatto. Questa app è una cosa tipo Tinder, giusto? Come si chiama?» Andò a guardare su un foglio. «"U quarantuno". La U per cos'è? "Uomo quarantuno"?»

Lui la guardò con gli occhioni accusatori

verdi, non azzurri

e Flavia si spazientì.

«Marchi, vuole collaborare?»

«È un acronimo. Inglese. Un gioco di parole. "U41", si

legge "You for one". Vuol dire "Tu per uno", cioè per un altro.»

«Oh.» Flavia mise giù il foglio. «E ha incontrato molta gente, con questa app?»

«Ma che c'entra?» L'uomo stava iniziando a indignarsi.

«C'entra, io glielo chiedo e lei mi risponde. Aveva già incontrato persone? E aveva avuto mai problemi?»

«Ho incontrato alcuni uomini, ma non ho avuto nessun problema. Però non mi piaceva, come esperienza, così ho smesso, per un po'.»

«E ha fatto bene.»

L'ispettrice si sedette, cercò nel cassetto una pastiglia di antiacido e la prese. Poi, recuperando la pazienza che non aveva più, concluse per entrambi il discorso.

«Quindi ha chattato con qualcuno, ha preso appuntamento, sul luogo dell'appuntamento ci sono stati dei messaggi, una telefonata, poi è stato aggredito, è riuscito a liberarsi e ci ha chiamato. Il numero è stato disattivato, quindi il suo aggressore non è rintracciabile.»

«Non era il mio aggressore. L'ho spiegato al suo collega, è...» si inciampò «è scritto lì. La persona che mi ha telefonato non è quella che ha cercato di strangolarmi. Ho visto una persona che era rimasta a guardare e che poi è corsa dietro all'uomo con i capelli bianchi. Quello lì mi ha chiamato, erano in due.»

«Lei dice così, ma come facciamo a saperlo? Lei non conosceva l'uomo con cui aveva appuntamento, non conosceva l'uomo che l'ha aggredita. Per quanto ne sa potrebbero essere la stessa persona, l'uomo che l'ha aggredita poteva essersi creato un profilo falso con le foto di un altro, no?»

«No.»

Santa pazienza.

«E come lo sa?»

«Perché gli ho chiesto delle foto specifiche e lui me le ha mandate.»

Flavia alzò gli occhi al cielo.

«Foto con accanto una lattina di birra?»

«No, altri dettagli. Ma glieli ho chiesti e lui me li ha mandati, scattati così come glieli ho chiesti. E le garantisco che era un ragazzo giovane, biondo e con un corpo bellissimo.»

Lei sospirò rassegnata.

«D'accordo, allora daremo un'occhiata alle foto di questo sito, a questo "Eros". Quando le ha mandato le ultime foto?»

«Due anni fa.»

L'ispettrice alzò gli occhi su di lui.

«Come, scusi?»

Marchi iniziò a riallacciarsi il collarino, risentito.

«Gliel'ho detto, avevo smesso di frequentare questa app. Ma poi lui mi ha riscritto e allora gli ho voluto dare una seconda possibilità.»

«Quindi lo conosceva già. Ma se gliel'ho chiesto cento volte!»

«Non lo conoscevo, ma ci eravamo già scritti, ci eravamo scambiati le foto, ci eravamo dati anche appuntamento, poi lui non si è mai presentato e non mi ha nemmeno risposto quando gli ho chiesto spiegazioni. Allora ho lasciato perdere. Invece, qualche tempo fa si è rifatto vivo e mi ha spiegato che allora aveva avuto un problema familiare e poi era andato in crisi. Mi ha chiesto un secondo incontro, ed era talmente carino e gentile che io gli ho creduto.»

Flavia avvertì un senso improvviso di angoscia.

«Quand'è che avevate il primo appuntamento?»

«Non lo so, non mi ricordo.»

«Ha la app sul telefono? Può controllare?»

Cristiano Marchi si accorse del cambiamento nel tono di voce di quella poliziotta stronza e omofoba, e anche se era ancora incazzato con lei e a disagio perché stava sudando anche l'anima, a causa di quella situazione, capì che doveva collaborare.

«Sì.»

Cliccò sull'icona di U41 ed entrò nel suo profilo. La donna si chinò a guardare sopra alle sue spalle, in un altro momento si sarebbe vergognato per l'odore che emanava o perché il suo username era "_gomitolo_88", ma non in quel momento. Risalì con la chat, l'ultimo messaggio di due anni prima era del 20 aprile 2021.

«Ci dovevamo vedere il 21.»

Sentì il respiro di lei farsi pesante.

«È così gentile da mostrarmi le sue foto?»

Cristiano esitò un istante, poi fece scorrere veloce il dito, perché per arrivare alle foto del ragazzo avrebbe dovuto far passare prima le proprie, con il tappeto di peli che gli ricopriva petto, schiena, culo e, ovviamente gli incoronava il pube.

Quando arrivarono alle foto di "Eros" tutto il mondo di Flavia si fermò.

Cazzo in erezione, culo divaricato, i piedi, i capelli biondi a cascata a coprirgli il viso, lo scorcio di bocca oltre la spalla, il dettaglio di un occhio. Non era molto. Ma era abbastanza da riconoscere Valerio Felici.

Un tornado investì Cristiano Marchi. Nell'ufficio dell'ispettrice si riversarono una marea di persone, l'agente con i capelli rossi che l'aveva interrogato per primo, quello giovane che gli aveva portato l'acqua, uno anziano con i baffi, un tizio calvo che doveva essere il capo. Gli fecero ripetere tantissime volte la questione del suo appuntamento mancato, sembrava che a tutti importasse molto più che del tentato strangolamento della sera prima. Gli chiesero il permesso di registrare la sua deposizione e di mettere a disposizione il suo telefono. Di fronte alla sua titubanza, la poliziotta che lo aveva vessato sino a dieci minuti prima gli si accoccolò davanti, gli prese le mani e lo pregò di farlo, dicendogli che era davvero molto, molto importante. Lui accettò e il suo telefono sparì.

«Bisogna scoprire che app è, di chi è la proprietà. Chiamate la polizia postale, cerchiamo di capire come possiamo accedere ai dati senza violare la privacy, che quello deve essere un covo di corna che metà basta» sbraitò lei.

Poi si mise a confabulare con il tizio calvo, la discussione, per quanto a bassa voce, doveva essersi accesa e alla fine lei doveva aver vinto. Cristiano aveva l'impressione che dovesse succedere molto spesso. La donna tornò da lui.

«Allora ascolti, Cristiano. La persona che le ha scritto due anni fa era una persona pericolosa. Molto pericolosa. E se non fosse successo che il giorno del vostro appuntamento, casualmente, è morta, lei non sarebbe qui con noi. Okay?»

Lui annuì, un po' sotto shock.

«È questo il significato del messaggio "TU ERI IL PROSSIMO". Lei era la prossima vittima designata.»

Cristiano insegnava filosofia, era un uomo colto, interessato alla vita, immerso nel presente. Forse non gli venne in mente il viso di Valerio Felici, non con i contorni definiti, ma ricordò benissimo il nome che gli avevano dato.

«Il mostro di Selvotta?»

L'uomo calvo, relegato nelle retrovie, allargò le braccia, ma l'ispettrice annuì.

«Adesso qualcuno ha messo le mani sul suo profilo e, come vede, vuole continuare sulla sua stessa strada. Lei ci può essere di enorme aiuto. In realtà lo ha già fatto, consegnandoci il suo profilo su quella app di incontri: è possibile che, se riusciamo ad accedervi prima che venga cancellata, ci troveremo le tracce degli altri delitti e forse qualche indicazione su dove si trovino i corpi che non abbiamo ancora trovato.»

Cristiano ricominciò a tremare, ma lei strinse le mani sulle sue. Il suo tocco era cambiato e lui non si illudeva che fosse perché avesse rivisto la sua opinione sulle persone come lui, ma perché adesso, agli occhi di quella donna, lui aveva senso di esistere. Che amarezza. Ma lei di tutto questo non si accorse.

«Il secondo modo in cui ci può aiutare è che quell'uomo l'ha scelta. Ha scelto lei. E, tramite lei, noi possiamo capire perché ha ucciso tutte quelle altre persone.»

«Vuole che faccia da esca?»

«Ma no, che stupidaggine.» Il momento di empatia era passato e la donna si rialzò. «Lei è bruciato, l'aggressione di ieri sera inevitabilmente l'ha portata a noi, sapeva che sarebbe andato alla polizia. No?»

Cristiano si portò una mano al collarino.

«Forse no.»

Tutti lo guardarono, ma a parlare fu l'altra donna dai capelli rossi, la prima agente a cui aveva raccontato tutto.

«Perché no?»

«Cioè, credo immagini che abbia denunciato l'aggressione, ma forse crede che non abbia parlato dell'app.»

L'altra agente intuì di cosa stesse parlando e lo espresse senza aspettare il permesso dell'ispettrice.

«Perché lei non ha fatto coming out. E se ci diceva dell'app poteva succedere un casino. In famiglia, sul lavoro, giusto?»

Lui non ebbe bisogno di confermare. Le due donne si guardarono.

«Intanto stia tranquillo, perché da qui non esce niente» riprese quella più giovane. «E non solo per tutelare lei, ma perché tutta l'indagine è ancora secretata. Questo dettaglio non deve emergere e se mai uscirà lei non sarà citato.»

«In fondo lei è qui perché vittima di un'aggressione avvenuta iera sera, mica perché l'ha scampata due anni fa» completò quella più vecchia.

«Ma non ce l'ha un amico?»

La domanda colse tutti di sorpresa. A parlare era stato l'agente più anziano.

«Miré, ma che domande fai?» gli saltò alla gola l'ispettrice.

«Dico, se il suo profilo è bruciato, magari ha un amico che ci presta il suo.»

Di nuovo silenzio, molte cose passarono tra i presenti senza che nessuno dicesse una parola. Poi l'uomo calvo si strinse nelle spalle.

«Potrebbe funzionare.»

La donna rossa gli fu di nuovo addosso, il naso adunco puntato contro di lui come quello di una strega.

«Ascolti, conosce una persona fidata che le presterebbe il suo profilo? Non intendiamo invadere nel suo privato, meglio ancora se è qualcuno come lei, che il profilo ce l'ha ma non lo usa. Perché non possiamo usarne uno nuovo per cercare di agganciare la persona che sta usando quello di Felici, sarebbe troppo evidente che siamo noi.»

«Non ho capito» mormorò Cristiano, che invece aveva capito benissimo ma stava cercando di guadagnare tempo.

«C'è un matto che vuole ammazzare la gente fingendosi Valerio Felici.»

«Due» rispose lui a voce bassa. «Erano due.»

«Va bene, due, quelli che sono. Si fingono Felici, forse hanno fatto anche altre cose nel nome di Felici ed è possibile che cerchino una nuova vittima. Noi potremmo nasconderci dietro ad alcuni profili e provare a tendergli una trappola. Ma abbiamo bisogno di profili già esistenti. Per questo le chiediamo aiuto.»

Cristiano si strinse nelle spalle.

«Forse ho qualche nome da darvi.»

«Perfetto.»

La donna gli diede una pacca sulla spalla, spedì il poliziotto giovane a prendere non sapeva che pannello e poi andò a parlare con l'uomo calvo, mentre la seconda agente lo faceva alzare e gli parlava con gentilezza.

«Adesso dovrà avere un po' di pazienza, signor Marchi, dovrà andare in un'altra stanza con quel mio collega» indicò l'uomo coi baffi «e raccontargli tutto di nuovo, soprattutto come ha fatto Felici a contattarla, cosa le ha chiesto, quali immagini vi siete scambiati. E poi dovrete cercare insieme la differenza con questi nuovi messaggi che le sono arrivati. La prego, ci aiuti in tutti i modi possibili.»

Era gentile e in quel momento così difficile la gentilezza lo commosse. Uscirono insieme dall'ufficio e quasi sbatterono contro l'agente giovane che stava spingendo dentro un pannello montato su rotelle, pieno di fogli e di fotografie.

Lì Cristiano si gelò.

«Cosa succede?» chiese l'agente rossa.

Lui riprese a tremare, e questa volta era il primissimo tremito, quello che lo aveva costretto a incepparsi lungo l'interrogatorio, un tremito fatto di puro terrore. In mezzo al pannello c'era la foto di quel ragazzo biondo e bello di cui aveva visto parti decisamente intime. Ma non era stato lui a farlo tremare. Alzò la mano.

«Ispettò!» gridò l'agente accanto a lui.

«Che c'è, Turriziani?» chiese la strega uscendo di corsa.

Guardò lui che tremava, il suo dito puntato verso una fotografia. Era la fotografia di un uomo massiccio, tra i cinquanta e i sessanta, con i capelli bianchi tagliati a spazzola. Accanto alla sua foto era scritto, a lettere maiuscole: FEGATO.

SPLENALGIA

Il Fegato correva, mentre sentiva i passi dietro di sé. Sapeva che correre non serviva, ma era più forte di lui, la paura era una cosa nuova, una cosa che non sapeva gestire. Si sarebbe stancato per primo, perché era più vecchio e l'altro era più giovane. Ma anche perché l'altro era calmo e veniva tranquillo, a volto scoperto e con una pistola. Lo aveva incontrato una sera in un bar, gli aveva detto che non voleva bere da solo e se poteva offrirgli un bicchiere per avere compagnia. Il Fegato aveva pensato che fosse un frocio che volesse attaccare bottone, ma un bicchiere non si rifiuta mai, e i preti lo pagavano proprio poco. Così aveva accettato. Dopo un po' quel giovane gli aveva chiesto se non gli fosse vietato bere, dato che da poco aveva subìto un trapianto. Lui era abbastanza ubriaco da non chiedersi come facesse a saperlo, così gli aveva risposto che sì, non avrebbe dovuto, ma il primo anno non aveva avuto problemi e quando gli avevano infilzato un ago dentro per vedere come stesse, era risultato che tutto andava benone. Quello gli aveva chiesto la data del suo trapianto e lui gli aveva risposto che cazzo gliene fregava? Era stato in quel momento che l'altro gli aveva detto: «Strano proprio lo stesso giorno in cui è morto il mostro di Selvotta». E basta, si era alzato, aveva pagato e se n'era andato. E lui aveva bevuto, sì, ma questa cosa se l'era ricordata: il mostro di Selvotta. E chi cazzo era? Lo aveva chiesto, il gior-

no dopo, a uno che faceva le pulizie lì alla mostra. Gli aveva raccontato che era un assassino che uccideva le persone e forse se le mangiava anche. Il Fegato si era toccato il fianco, lì dove c'erano i segni del taglio. Gli era venuto un dubbio. Le carte mediche se le teneva tutte sua sorella Maria, così gliele aveva chieste, se le era portate a casa e se le era lette. Il nome del donatore non c'era. Le aveva lasciate lì, al posto dove mangiava, ogni tanto le apriva, provava a cercare ma niente. Una sera era rientrato sbronzo perso e aveva guardato sul tavolo: non era come lo aveva lasciato, era stato messo perfettamente in ordine e ora, sopra i fogli dell'ospedale, ce n'erano altri tre. Uno era una lista, uno un articolo di giornale e uno la fotografia di un tipo biondo che rideva. Lui era andato a chiudere la porta a chiave e si era letto tutto. Era scoppiato a ridere, aveva fatto a pezzi la fotografia, la lista e l'articolo, poi si era messo a letto. Il mattino dopo aveva comprato dal tabaccaio un rotolo di scotch e aveva rimesso insieme i tre fogli. A Maria aveva riportato le carte e le aveva detto che non voleva venisse più a fare le pulizie a casa sua, era stufo di vedersela sempre girare intorno a toccare la sua roba. Lei lo aveva guardato con strafottenza, come sempre, ma non gli aveva detto nulla della foto, dell'articolo e della lista, come se nemmeno sapesse che esistevano. Quei tre fogli li aveva infilati sotto al materasso, deciso a dimenticarli. Ma non era facile, di notte si girava e rigirava, sentiva che erano lì a bisbigliargli qualcosa, a fare rumore, tic tic tic, come sassolini lanciati sulla finestra. Aveva ripreso a bere pesantemente, si ripeteva che il trapianto non c'entrasse, ma ormai si addormentava spesso sul bancone e dopo aveva l'impressione che una voce gli bisgligliasse all'orecchio:

«Allora, hai già ucciso qualcuno?».

A volte biascicava

«No»

e la voce insisteva

«Prima o poi lo farai. Perché hai dentro un pezzo di lui».

Quando rientrava, di notte, la casa era in perfetto ordine e i fogli erano posati sopra il letto, uno accanto all'altro. Lui li rimetteva sotto, chiudeva a chiave e il giorno dopo riecco-li lì. Era stato allora che aveva avvertito quel sentimento nuovo, per la prima volta: la paura. Non sapeva cosa fare, a chi chiedere, non capiva nemmeno cosa domandare, e senza domande non c'erano risposte. Pensava sempre a quell'uomo che gli aveva offerto da bere al bar. Ci era tornato, a cercarlo, ma non c'era mai. La notte non dormiva, al lavoro si addormentava, i preti brontolavano perché beveva, Maria protestava che voleva venire a mettergli in ordine la casa, ma la casa era sempre in ordine. Finalmente una sera se l'era ritrovato davanti, l'uomo del bar, seduto ad aspettare proprio lui. Il Fegato gli era andato incontro con irruenza, come fanno gli animali quando sono spaventati e vogliono farti credere che invece non ti temono. L'uomo si era scostato il giubbino e gli aveva fatto intravedere il calcio di una pistola. Allora il Fegato si era fermato e aveva pensato di scappare, ma l'uomo lo aveva fermato con un gesto, lo aveva invitato a sedere, aveva ordinato per lui e gli aveva detto:

«Lo sai cosa significa "gauna"?».

Due mesi dopo gli aveva detto che voleva che lo facesse. Doveva uccidere qualcuno. Il Fegato non capiva. Per tutta la vita lo aveva pensato e lo aveva anche detto

«Ti ammazzo!»

ma erano solo parole. L'uomo però insisteva:

«Hai un pezzo di assassino dentro, ucciderai, non potrai evitarlo».

Gli aveva raccontato una storia di spiriti, che il male risiedeva nel corpo e che poteva passare da una persona all'altra. Gli aveva dimostrato che prima del trapianto lui era una persona migliore, aveva smesso di bere, era gentile con sua sorella, e ora invece? Il Fegato tentennava.

«Ma non hai letto che lui era molto ordinato? Chi credi metta a posto casa tua? Pensi che sia Maria? Che lo facciano

i preti? Davvero non lo capisci che sei tu? Sei tu e non te ne accorgi nemmeno.»

Lui era disorientato. Beveva tanto, beveva troppo, ma gli pareva impossibile di essersi messo a posto la casa da solo. Un paio di volte ci aveva provato, da sobrio, aveva messo le scarpe di fianco alla porta e aveva piegato i maglioni. Si era sentito strano, a farlo, un alieno nel proprio corpo. Ce l'aveva a morte con i preti, con Maria, con quell'uomo e la sua pistola, ma aveva anche paura di quei racconti, di quella parola che l'uomo gli ripeteva la notte, quando se lo ritrovava nei vicoli vicino al bar.

«Gauna.»

Così una volta aveva fatto a botte. La classica rissa da ubriachi, e le aveva prese. Ma, mentre picchiava, aveva sentito risalirgli qualcosa dallo stomaco, un desiderio di fare del male così chiaro e limpido che non aveva avuto dubbi: era il gauna. Era tornato a casa ammaccato, la mano sul fianco e sulla schiena, a massaggiarsi la cicatrice. La luce era accesa, e lui era sicuro di averla lasciata spenta, perché i preti non volevano spendere troppo. Da fuori aveva guardato attraverso le finestre e non ci aveva visto nessuno dentro, solo una gran confusione. Era rientrato di corsa, un disastro, tutto distrutto, le sue cose all'aria, il materasso tagliato e sul muro, sopra il letto, la scritta grande, rossa, fatta con la vernice o forse col sangue:

GAUNA.

Quando era rimasto lì, immobile a fissarla, da fuori avevano iniziato a tirare sassi alle finestre e i vetri si erano rotti, piovendogli addosso. Lui si era accoccolato a terra, le mani sulla testa, e aveva mugolato:

«Lo faccio! Lasciami in pace, lo faccio!».

Le pietre avevano smesso di entrare.

Da fuori era giunta, sussurrando, la voce dell'uomo.

«Domani licenziati. Poi non prendere niente con te, solo il portafogli e il telefono. Ti aspetto alla Piramide, alle quattro.»

Ci era andato, e da quel giorno era ufficialmente sparito. Per un mese era rimasto nascosto in un luogo totalmente oscuro, dove se anche gridava o picchiava contro le pareti non succedeva niente. Due volte alla settimana l'uomo tornava, gli portava cibo, acqua e qualche bottiglia, lo guardava mangiare e poi se ne andava. In quella casa non c'era niente, due stanze vuote, una scala a pioli che portava a delle assi inchiodate, un cesso senza sciacquone. Era solo con i fantasmi e i fruscii che venivano da fuori. Non sapeva per quanto tempo fosse rimasto lì, ma l'ultima volta che l'uomo era tornato, lo aveva portato via, bendato, sul sedile posteriore, e lo aveva nascosto a casa sua. Era rimasto chiuso in una stanza vuota, con le tapparelle abbassate, per altre due settimane. L'uomo gli portava da mangiare e soprattutto da bere, usciva di casa per molte ore al giorno e in quel tempo lo chiudeva in bagno insieme a una bottiglia, non più di una. Ogni volta gli diceva

«Puoi decidere se berla o non berla»

e immancabilmente lui sceglieva di farlo. Una sera gli aveva portato una foto. Era la foto di un ragazzo giovane, con i capelli ricci e gli occhi verdi.

«Questa è l'unica vittima scampata. Si è salvato, hai capito?»

Il Fegato, che era già alla fine della bottiglia, aveva guardato la foto con gli occhi iniettati di sangue e aveva annuito.

«Abbiamo appuntamento in Giulio Agricola. Io lo spingo verso di te e tu lo uccidi.»

Lui aveva annuito.

«E poi?»

«Poi, quando lo avrai ucciso, metteremo le cose a posto.»

Gli aveva dato un lungo cavo elettrico, lo aveva fatto scendere con sé con l'ascensore, erano andati insieme in macchina fino al viale, parcheggiando lontano, poi gli aveva detto di mettersi nel chiosco vuoto e aspettare. Lui aveva aspettato. Sapeva e non sapeva, sentiva e non sentiva, aspettava. L'uomo con i capelli ricci era comparso. Lui aveva guardato verso l'altro, che stava nascosto tra due macchine, con la pistola nella tasca, ma stava telefonando e non si voltò verso di lui.

"Ora scappo" pensò il Fegato.

Perché no? Poteva andare da Maria, supplicarla di aiutarlo, spiegarle che erano mesi che stava chiuso in posti che non conosceva e che non scappava solo perché aveva paura di qualcosa che non aveva nome.

No, non era vero, il nome ce l'aveva.

Ma poi non se n'era andato. Si era avvolto il cavo intorno ai due pugni e aveva aspettato. Quando il tipo ricciolino era entrato nel chiosco aveva messo il cavo intorno al suo collo e aveva iniziato a tirare.

Lì era successo qualcosa.

Fino a un attimo prima era disperato, spaventato e confuso, mentre ora era lucido, si sentiva perfettamente a fuoco. Posto giusto, uomo giusto, azione giusta. Stringeva e man mano che stringeva vedeva l'uomo che lo aveva tenuto prigioniero avvicinarsi ed estrarre la pistola. Ma non ne aveva più paura. Non della pistola, non di lui, non di quello che stava facendo. Poi non sapeva cosa fosse successo, il ricciolino si era messo a fare cose strane, era caduto a terra, gli aveva messo le ginocchia sulla testa e improvvisamente il Fegato era tornato in sé, disorientato, in preda al panico. Il ricciolino aveva cominciato a gridare e lui a correre. Aveva corso e corso e corso, e alle spalle sentiva i passi calmi dell'uomo con la pistola. Alla fine un dolore al fianco lo aveva colpito, acutissimo, aveva il sapore delle corse che lo obbligavano a fare a scuola, quando il professore bastardo ti impediva di fermarti anche se ti faceva un male cane. Per un attimo era stato colto dal terrore

"È LUI! È LUI CHE SI RIPRENDE QUEL CHE È SUO!"

poi aveva capito che era il fianco sbagliato e allora aveva rallentato, si era piegato in avanti, era caduto sulle ginocchia. Aveva aspettato che i passi lo raggiungessero.

Poi aveva chiuso gli occhi.

PNEUMOTORACE

Dunque avevano un nome e un cognome, anche se per tutti il sospettato ormai si chiamava soltanto “il Fegato”. Cristiano Marchi lo aveva riconosciuto senza ombra di dubbio, e sarebbe bastata la descrizione che ne aveva fatto in precedenza, prima di vedere la fotografia, per far cadere i dubbi su di lui, ma nessuno ci aveva pensato. Era strano, ma nel momento in cui una persona subiva il trapianto di un organo, subito veniva declassata quanto a livello di pericolosità, derubricata a eterna convalescente, percepita come una creatura debole che poteva solo essere soggiogata. Viceversa un organo nuovo quasi sempre portava linfa vitale a un organismo che sì, in precedenza era stato fiaccato dalla malattia, ma ora poteva recuperare tutto il terreno perso in termini di vigore e di cattive intenzioni. Dunque avevano una fotografia da diffondere, era stato attivato il recupero di tutte le immagini delle telecamere presenti su viale Marco Fulvio Nobiliore e avevano un canale di comunicazione aperto con l’aggressore, attraverso l’app. Sempre se davvero ci fosse il Fegato dietro al profilo su U41 di Valerio Felici. Flavia ammetteva il dubbio, doveva ammetterlo, e di conseguenza si faceva una serie di domande.

Poteva essere stato lui a pagare il magazzino di Felici sino ad allora? Sì, poteva essere.

Poteva aver tormentato lui tutti gli altri riceventi degli organi? Sì, poteva essere.

Poteva aver adescato lui via chat Cristiano Marchi per terminare il lavoro iniziato due anni prima da Valerio Felici? Sì, poteva essere.

Poteva avere rubato le chiavi del magazzino dall'obitorio?

Se è successo solo qualche giorno dopo il trapianto, no, perché era ricoverato.

Era l'unica incongruenza, ma se la si sommava al fatto che fosse il solo su cui non si era potuta verificare un'eventuale persecuzione, passava in secondo piano. Non c'era stato modo di controllare la sua mail, che era stata chiusa mesi prima. Il suo appartamento era stato sfasciato, ma si credeva che fosse stato lui stesso, del resto aveva ricominciato a bere e questo giustificava anche l'essersi licenziato senza ragione. Orsini benedisse quella pista, che era migliore di tante altre.

«La scelta del chiosco è stata furba. Tutte le inquadrature utili sono lontanissime e in quella zona le nostre volanti passano poco, visto che ci sono stati disordini in zona Centocelle. Ha scelto la sera giusta e l'orario giusto» aveva osservato.

«Sì, ma è strano, perché finora non ci era sembrato un genio» obiettò Flavia.

«A te nessuno sembra mai un genio, Mariani.»

In ogni caso si era macchiato di tentato omicidio e tanto bastava a dargli la caccia. A metà pomeriggio Miré fece caricare le immagini delle telecamere sul server. Nella visione notturna, sfocata e spesso confusa, si vedeva l'uomo correre lungo viale Marco Fulvio Nobiliore, girare in via Emilio Lepido e poi andare in via Statilio Tauro, dove lo avevano perso e non lo avevano più ritrovato.

«Conosceva qualcuno che abitasse lì?» chiese Flavia.

«Non lo sappiamo, magari si è solo infilato in un portone per nascondersi» rispose la Turriziani.

«Oppure aveva un'auto» aggiunse Miré.

«E l'altro uomo?» Iacoangeli guardò i colleghi con aria smarrita. «Il signor Marchi dice che ce n'era un altro.»

Il signor Marchi.

Flavia alzò gli occhi al cielo.

«Per me non c'era nessun altro uomo» tagliò corto. «Avrà visto qualcuno che passava di lì, magari stava fermo perché aveva capito la situazione. In ogni caso, anche se ci fosse stato, non gli è andato dietro, perché nelle inquadrature non si vede mai.»

«Magari è passato tra gli alberi» suggerì di nuovo Miré.

E così, con santa pazienza, stavano riguardando tutti i filmati, ma effettivamente la posizione delle telecamere non aiutava.

«Qui?» chiese la Turriziani, indicando un'ombra.

«Potrebbe essere qualsiasi cosa» concluse Flavia. «Dai, non perdiamo tempo, non c'è niente che dimostri la presenza di un secondo uomo.»

«E invece il secondo uomo esiste.»

La voce era arrivata dalla porta e prima ancora di rispondergli, tutti si alzarono in piedi per andare incontro ad Apuano, tornato finalmente da Bari con la faccia ancora gonfia e il collarino sotto al mento.

«Madonna, lo spavento che ci hai fatto prendere!» disse la Turriziani frenandosi un attimo prima dell'abbraccio.

Apuano le sorrise con fare navigato e allungò una busta di acetato verso Flavia.

«Se non mi avesse aggredito uno allenato, per di più di spalle, col cavolo che mi avrebbe messo giù» commentò.

Flavia prese la busta.

«Cos'è?»

«La prova che sono in due. Uno è l'uomo che cercavamo, i Polmoni. Ma ce n'è un altro.»

«E come fai a dirlo?»

«Per le orme.»

Il tenente l'aiutò a trovare il foglio di cui stava parlando.

«La persona che mi ha attaccato alle spalle conosceva quella presa, e questo ve l'ho detto. Ma aveva il 44 di piede. Mentre il tizio dei polmoni ha il 48.»

I fogli mostravano le impronte insanguinate che Flavia aveva seguito lungo le scale.

«Quindi mi stai dicendo che non ti ha aggredito l'ingegnere?»

«Forse no. O forse, semplicemente non era solo, perché quello che ha messo il suo scarpone di merda nel mio sangue aveva il piede più piccolo.»

Flavia si voltò verso la Turriziani.

«Sappiamo il numero di piede del Fegato?»

«Lo recuperiamo» disse la donna.

L'ispettrice tornò a guardare Apuano.

«E tu come stai?»

«Incazzato.»

«Bene, vai a casa e fattela passare.»

«Non ci penso nemmeno. Mi hanno detto che sono idoneo per il lavoro d'ufficio, quindi voglio fare lavoro d'ufficio.»

L'ispettrice gli indicò la propria poltrona.

«Puoi guardarti i filmati. Noi non abbiamo visto secondi uomini ma magari la botta in testa ti ha aguzzato la vista.»

Il tenente non protestò e si mise al lavoro. Flavia tornò davanti al pannello con le fotografie e fece un cenno a Orsini, colto sul punto di scappare fuori dall'ufficio.

«Allora facciamo così. Adesso ci procuriamo un po' di indirizzi per quel sito di» trattenne la parola "froci" «appuntamenti omosessuali. Marchi ha detto che conosce un paio di persone disposte a cederci i loro, non hanno caricato foto del viso e dicono di non aver mai preso appuntamento con nessuno. Mettiamo il cuoricino, o quello che è, al profilo di Felici e vediamo se ci risponde.» Si voltò verso la stanza. «Questa cosa la gestisco io. Se arrivano messaggi rispondo io.»

«No» obiettò Apuano da dietro lo schermo.

«Apuano, l'hai presa forte, la botta, eh?» si infiammò subito Flavia.

«Lei non è capace. Non lo sa come parla un uomo, come corteggia. Si farebbe riconoscere subito.»

L'ispettrice si indispettì e incrociò lo sguardo di Miré e di Iacoangeli, che non osarono proferire parola.

«È vero, Mariani» convenne Orsini. «Tu non c'hai niente del gay in cerca di avventure.»

«E va bene» si arrese. «Apuano deve fare il lavoro d'ufficio e allora segue questo aspetto. Ma prima di scrivere qualunque cosa ne discuti con me! Non dobbiamo farci scoprire. Anche perché non lo sappiamo se questo matto frequenti ancora la app o no, magari si è preso paura per non aver ucciso Marchi, che per inciso non era una scelta casuale, era l'ultima vittima di Felici.»

«Ma non lo sappiamo» la interruppe di nuovo Orsini. «Finché non avremo accesso al sito non potremo sapere con quanta gente avesse parlato. Forse le potenziali vittime erano molte di più.»

«A noi ce ne basta una.» Flavia mostrò alla stanza il dito indice alzato. «Un'esca e un appuntamento col Fegato. Sono settimane che non lo vede nessuno, poi di colpo arriva, aggredisce una persona e scompare di nuovo, non è normale.»

«Secondo me lo aiutano» insistette Apuano.

«Ma chi? E perché?» si stizzì lei.

«È questo che dobbiamo scoprire» chiosò il tenente. «È il nostro lavoro.»

Per due giorni non successe niente.

Quattro erano stati i profili a loro disposizione, Cristiano Marchi aveva ottenuto di poter cancellare il proprio, dopo che tutte le conversazioni con Felici prima e il suo emulatore poi erano state archiviate. Aveva consegnato gli altri quattro, con il patto che chi li aveva aperti rimanesse completamente nell'anonimato. Apuano se li era studiati tutti, poi aveva scelto di usare per primo "Trapano76".

«Perché lui?» aveva chiesto Flavia.

«Perché è peloso. A Felici piacevano i pelosi.»

La app era stata creata, incredibilmente, in Liechtenstein e non si riusciva a mettere insieme la documentazione burocratica per poter accedere al profilo di Valerio Felici. Almeno avevano ricevuto la garanzia che non sarebbe stato cancellato, nemmeno se l'autore avesse deciso di eliminarlo. Avrebbero conservato tutti i dati per sessanta giorni e avrebbero dovuto farseli bastare.

«Gli stati più sono piccoli e più rompono i coglioni» aveva commentato Flavia, mostrando insofferenza anche verso il Liechtenstein.

Grazie alla sorella del Fegato avevano recuperato il suo numero di scarpe, un 46 che non coincideva con le orme insanguinate. Né di lui né dei Polmoni si era più trovata traccia. Non era andata meglio con le due donne, il Rene Destro e il Pancreas. Della prima non si sapeva assolutamente nulla, gli estremi per una denuncia di scomparsa di fatto ancora non c'erano, però. Considerando la donna "irrintracciabile", Flavia era riuscita a spuntarla almeno con la banca e aveva ricevuto un documento vago ma funzionale: non c'era stato nessuno strano movimento di soldi, negli ultimi mesi, piccole cifre che sommate potevano coprire una settimana di ferie al mare, ma non molto di più. Nessuna traccia dell'auto, ma del resto, senza una data di scomparsa, era difficile capire da dove iniziare a cercarla. Il Pancreas, invece, era sempre in giro, perennemente online. Foto con boccuccia a cuore, balletto vestita da Harley Quinn o da Mercoledì Addams, video dove cantava fuori sinc testi trap. Foto in posti diversi, da Firenze a Milano a Venezia, sempre in luoghi pubblici, in esterno di giorno, in interno la notte. La famiglia non ne voleva sapere di dar loro un recapito, l'avvocato che avevano messo a fare da scudo aveva detto chiaro e tondo che se volevano parlarle in quanto "persona informata dei fatti" avrebbero dovuto dire prima a lui di che fatti si trattasse. E questo non potevano farlo. Almeno da Padova e da Ponte San Giovanni giungevano notizie rassicuranti, sia le Cornee che il Rene Sinistro procedevano con le loro vite senza intoppi. Nessun agguato, nessuna scritta sui muri, nessuna telefonata, nessuna mail, niente. Flavia resisteva alla tentazione di chiamare personalmente l'interprete per chiedergli se fosse tutto a posto. Si sentiva male, le mancava l'appetito, di notte si svegliava improvvisamente, accaldata, e per quanto non facesse che ripetersi che era una follia, lei e quell'uomo non avevano niente in comune, a parte un pazzo che probabilmente lo voleva uccidere, non riusciva a liberarsi da quell'ossessione. L'indagine era in stallo. Apuano si era ripassato mille volte le immagini della fuga del Fegato, e forse aveva visto un'ombra tra gli alberi, in mezzo al viale, ma era troppo poco.

«Per me il secondo uomo conosce la zona, sa come muoversi» aveva concluso.

«Ma quale secondo uomo» aveva replicato Flavia.

Avendo tempo, però, il tenente si era preso la briga di controllare quanti individui avessero messo un flag di apprezzamento al profilo di Felici. A quanto pareva, prima potevi vedere solo la foto del profilo e poi, una volta messo il flag, se ricambiato, potevi accedere alle immagini, che di solito erano più o meno porno. Apuano si era appuntato tutti questi profili con accuratezza e con una delle altre identità a sua disposizione, un certo "Orso Bruno", era andato a mettere una nota di apprezzamento a ciascuno di loro. Si era poi segnato alcuni incroci, quanti avevano interagito tra loro. Erano una ventina. Aveva messo il flag a ciascuno e inviato un messaggio per conoscersi. Iniziarono ad arrivargli le prime risposte, un paio brutali, tipo

"Vuoi scopare?"

altre invece che partivano da richieste molto precise di fotografie e disponibilità a soddisfare feticismi, infine i primi approcci, in alcuni casi molto standard, in altri più gentili, delicati. In quei due giorni gli avevano risposto tutti tranne "Bocca di Rosa", "Emy", "cucciolotto", "Becero79", "Emme17" e "LibidoMatto". Apuano si considerava un prototipo di mascolinità, ma, anche se non lo avrebbe mai ammesso, gli piaceva piacere, a prescindere. Quindi non gli andava che non gli rispondessero, così decise che si sarebbe esposto un pochino di più. Iniziò a scriversi con sei, sette persone. Gli vennero fatte proposte e le respinse tutte, con gentilezza, dicendo di avere bisogno di un po' di tempo per capire cosa volesse. Nel frattempo faceva domande, cercando di avere informazioni su "Eros". Voleva capire se avesse contattato qualcun altro. Finse che si fossero scritti e che lui poi lo avesse "ghostato", si diceva così? Ma di tutti loro pochi ricordavano il profilo del biondo, un paio dissero che si erano scritti secoli prima, ma giusto qualche scambio. Man mano che restringeva il cerchio, Apuano si chiese se non fosse il caso di parlare con la Mariani di questa sua iniziativa. Ma gli rodeva talmente tanto quel che era successo a Bari che decise di aspettare, perché era sicuro che gli avrebbe detto che era una perdita di tempo. Lei era un tipo da tiro a segno, invece secondo lui aveva più senso costruire ragnatele. E dopo un po' la sua costanza era stata ripagata.

"Ciao!"

Il messaggio era dell'utente "cucciolotto".

"Ehi. Non ci speravo più che mi rispondessi."

"Scusa! Vengo online solo ogni tanto perché vivo con la mia ragazza e mi controlla il telefono."

Apuano si trattenne dal commentare "che stronza", cosa che avrebbe detto nella vita reale. Non voleva sbilanciarsi in nessun modo e farsi scappare l'occasione di fare due chiacchiere con lui. Perché "cucciolotto" era uno di quelli che aveva messo il proprio flag a tutti i contatti di Felici e ne era stato ricambiato.

"Quanto tempo hai?" chiese invece.

“Poco. Mi mandi una foto?”

Apuano alzò gli occhi su Flavia, che stava riscrivendo da capo il pannello con le fotografie, le date e gli indizi, cosa che faceva ogni qual volta l’attesa che qualcosa si muovesse le sembrava insopportabile. Avevano stabilito che avrebbero usato le fotografie già esistenti degli amici di Cristiano Marchi, ma “Orso Bruno” ne aveva caricata una sola, quella del profilo, che comunque immortalava solo una bocca contornata da barba e baffi.

In fondo perché no?

“Che foto vuoi?” chiese.

“Lo sai che foto voglio” rispose l’altro.

Apuano si baloccò un attimo, poi si disse che se c’era qualcosa di cui andava fiero era esattamente quello che gli chiedevano di fotografare. E comunque sarebbe stato impossibile riconoscerlo. Quindi si alzò con aria vaga, tenendo nel palmo della mano lo smartphone che gli era stato assegnato per quel compito, e annunciò:

«Vado in bagno».

Nessuno se lo filò, mentre usciva dalla stanza. Flavia era troppo impegnata a sistemare le fotografie e la Turriziani stava lavorando alla verifica di tutte le attività social del Pancreas.

Dopo l’uscita del tenente, a un certo punto si avvicinò allo schermo e osservò da vicino la fotografia pubblicata quella mattina dalla ragazza su Instagram. Poi aprì una seconda pagina su un motore di ricerca e digitò qualcosa. Guardò di nuovo la foto, poi controllò sulla pagina. Quindi si alzò e disse, a voce alta:

«Ci stanno fregando, ispettò!».

La foto mostrava la piccola rampolla del lardo di Colonnata che, vestita con un giubbino di pelliccia, le calze a rete, gli anfibi e inseguita da un trolley a teschi, avanzava a grandi falcate verso chiunque la stesse fotografando, in mezzo alla stazione Termini di Roma. La luce era giusta, la gente sullo sfondo sfumata, le marche su vestiti e accessori ben visibili.

"ANDIAMO A CONQUISTARE ROMA!"

diceva la didascalia, seguita da sette o otto hashtag, nessuno però che segnalasse quella foto come pubblicitaria. La Turriziani non aveva fatto caso a nessuna di queste cose, ma a un elemento sullo sfondo. Dietro alla ragazza compariva uno dei negozi che sorgevano in mezzo alla galleria della stazione, cubi di vetro illuminati a giorno per attirare l'attenzione dei viaggiatori di passaggio. Quello in particolare che si vedeva nella foto era un pop-up store, cioè un negozio temporaneo che aveva lo scopo di promuovere una linea di cosmetici. La Turriziani lo sapeva bene perché, lontana da occhi indiscreti, ci aveva speso una trentina di euro in lip-gloss, che quando era ragazzina si chiamavano semplicemente "lucidalabbra". Per questa ragione sapeva benissimo che quel pop-up store era stato chiuso a gennaio. Quindi la foto era vecchia di mesi, così come vecchie erano probabilmente anche le foto del giorno prima e di quello prima ancora. Pochi minuti dopo l'agente seguiva Flavia nella sua calata verso l'ufficio di Orsini.

«Ci proibiscono di parlare con lei, sostengono che sia in viaggio, questa foto viene spacciata per essere di oggi e non lo è. Ci sono gli estremi per costringerli a parlarci?»

Orsini la guardò con disperazione, poi cedette.

«Sì, ci sono gli estremi» e alzò il telefono.

Fuori dall'ufficio, la Turriziani si voltò verso la sua superiore, sospesa tra l'eccitazione di poter finalmente entrare nella villa in Maremma e il timore di perdersi l'imboscata che stavano tendendo al Fegato attraverso l'app.

«E se quello si fa vivo mentre sono in Toscana, ispettò?»

«Festeggerai quando ritorni» tagliò corto Flavia.

«Ma come fate, senza di me e senza Apuano? Siete solo lei, Iacoangeli e Miré.»

«Ci manderanno qualcuno di supporto, Turriziani, non

è la fine del mondo. Io so sparare, Miré sa sparare, Iacoangeli mi auguro sappia sparare pure lui.»

«È quello con la mira migliore, ispettò. Devi dirgli a cosa puntare ma poi fa centro.»

«Eh, almeno una virtù. Ma da come stanno andando le cose vedrai che non succederà niente prima del tuo ritorno.»

La Turriziani partì con il primo treno per la Toscana, incaponita a incontrare quella piccola stronza, ovunque fosse, rehab, ospedale psichiatrico, per lei faceva lo stesso, e ritornare in tempo per poter prendere parte alla trappola. Non sarebbe andata così.

"Guarda che ho tagliato la barba" scrisse il tenente.

Dopo l'invio della foto, "cucciolotto" ricambiò il flag e Apuano poté visitare il suo profilo, che era completamente privo di immagini perché l'utente aveva il terrore che la fidanzata potesse trovare l'app. Gli scrisse altri messaggi, sparpagliati lungo la giornata, evidentemente per evitare lo sguardo inquisitorio della donna. Dopo le prime richieste, che giravano tutte intorno al sesso, spostò il dialogo su un piano più intimo. Gli chiese se avesse una relazione, e Apuano rispose di no, perché si voleva concentrare solo sul lavoro. "Cucciolotto" gli chiese se avesse fatto coming out e lui rispose un sibillino "non ancora". Quello era stato il momento in cui era riuscito a infilare una stoccata perfetta.

"Ho avuto un paio di delusioni recenti, anche qui, su questa app. Mi sono scritto a lungo con un utente, 'Eros', ma quando ci siamo dati appuntamento è sparito."

Attese, mentre la chat dell'app mostrava che "cucciolotto" stava scrivendo. Poi la risposta.

"Sì, lo ha fatto anche con me. È uno stronzo, se la tira tantissimo."

BINGO!

Ma si trattenne, ci scherzò su.

"Allora eravamo proprio destinati a consolarci a vicenda."

L'altro rispose con qualche faccina e Apuano si rifece sotto.

"Fammi capire, quindi ha preso appuntamento con te e con me in contemporanea?"

Ora viene fuori che si sono scritti due anni fa e ciao.

"Non lo so, noi dovevamo vederci tipo a fine febbraio. Ci siamo scritti per un mese, era carinissimo e poi boh. Magari è venuto, mi ha visto e non gli sono piaciuto."

"Impossibile" rispose.

L'altro rimase silenzioso per un po', poi si lanciò.

"Vogliamo provare a incontrarci e vedere come va?"

Apuano fu colto in contropiede.

"Ma quando, stasera?"

"No, scusa, hai ragione, è troppo presto."

No, cazzo! Potrebbe essere il gancio migliore del mondo.

"Invece sarebbe perfetto, stasera sono libero!"

Apuano si guardò intorno, in ufficio erano rimasti solo lui e Iacoangeli, Miré era tornato a casa dalla moglie, la Turriziani era partita e l'ispettrice Mariani doveva essere andata a dare di nuovo il tormento a Orsini. Si alzò.

«Nico, io vado, inizio a sentirmi stanco.»

«Dovevi andartene già due ore fa» brontolò l'altro.

«Che ci devo fare?» scherzò infilandosi il giubbino. «Sono schiavo del mio lavoro.»

Uscendo passò davanti all'ufficio del commissario e intercettò la voce dell'ispettrice che diceva

«...un altro reparto non significa che dovete ammollarci solo deficienti. Non è che io posso appostarmi solo con...»

e passò oltre veloce. Riprese in mano il telefono, c'era un nuovo messaggio.

"Okay, ma devo aspettare che la mia ragazza vada al lavoro. Esce alle otto. Dove ci troviamo?"

Apuano sorrise, corse a casa, si sbarazzò del collarino, fece una doccia veloce, controllandosi poi allo specchio.

Aveva ancora la faccia segnata, ma la barba di un giorno mascherava un po' il gonfiore. Immaginava che, seduto al bancone di un bar, con la luce soffusa, sarebbe stato comunque appetibile. Rimise il giubbotto, infilò la pistola nei pantaloni, giusto per sicurezza, e poi prese un taxi per andare fino al pub in zona Prati. Lui e "cucciolotto" avevano scelto un luogo neutro, l'appuntamento era per le 22, visto che la fidanzata lavorava come infermiera. Per una volta Apuano scelse di essere puntuale, ordinò una birra piccola, leggera, e la sorseggiò lentamente. Alle 22.30 mandò il primo messaggio.

"Ehi, ti sei perso?"

Nessuna risposta. Aspettò ancora quindici minuti, poi iniziò a spazientirsi, ma non si poteva permettere toni aspri con quella che rischiava di essere la miglior fonte possibile.

"Ci hai ripensato? Guarda che non ti giudicherei: in questo caso, nessuno ti capisce meglio di me."

Niente. Ordinò una seconda birra, guardò insistentemente la porta e poi percorse con gli occhi la sala. Era un pub in finto stile irlandese, c'erano molti tavolini tondi, un gruppo che faceva musica live, quasi tutti gli avventori erano più giovani di lui. E improvvisamente, quando l'entusiasmo era scemato, l'adrenalina della caccia era calata e la fissazione di dover dimostrare che a Bari era stato solo un incidente era passata in secondo piano, il tenente Luca Apuano iniziò a pensare. Aveva chattato con un sacco di persone, alcune in effetti avevano confermato di avere avuto contatti con Felici, ma mesi prima che morisse. Nessuno gli aveva parlato di recente, a parte Cristiano Marchi e "cucciolotto". Da parte sua non gli aveva chiesto niente, non il nome, non una foto, perché voleva essere cauto, non farselo scappare, ma alla fine cos'aveva in mano? Un profilo senza immagini, un nickname e un appuntamento andato a vuoto.

Ma è stato il solo a dirmi di essersi scritto con "Eros".

E non era strano? Di colpo capì. Il suo sguardo sulla sala cambiò, non cercava più un giovane titubante che lo guardasse di nascosto ma un uomo di mezz'età con i capelli bianchi tagliati a spazzola.

Due profili gemelli che hanno avuto le stesse identiche interazioni.

Uno di Felici, uno di "cucciolotto".

Sono un coglione.

Chiamò un taxi e aspettò dentro che arrivasse. Non doveva saltare così alle conclusioni, magari si trattava davvero di un tizio che lo aveva visto e semplicemente non lo aveva trovato attraente. Oppure la fidanzata lo aveva beccato. Oppure

mi ha riconosciuto

da Bari.

Cercò di respingere il pensiero, non poteva essere la stessa persona che lo aveva aggredito a Bari, piede numero 44, certe cose non succedono, nella vita reale. Il taxi si fermò davanti al pub e Apuano uscì di corsa per entrarci. Quando l'auto partì lui si guardò alle spalle, per vedere se qualcuno lo inseguiva, se una macchina si staccava dal marciapiede. Ma non succedeva niente. Arrivato davanti a casa, mentre stava pagando, sentì il segnale dell'arrivo di un messaggio. Era di "cucciolotto" e diceva, semplicemente "Scusa".

Apuano lo lesse aggrottando la fronte. Poi, giunto al portone, sentì dietro le spalle un suono, lieve, soffice. Quindi un bruciore alla schiena. E, mentre stava cadendo, qualcuno lo afferrò.

Nella sala d'aspetto c'erano il commissario Orsini, l'agente scelto Augusto Miré, l'agente semplice Niccolò Iacoangeli, l'ispettrice Flavia Mariani e, soprendentemente, il collaboratore tecnico capo Rinaldo Fiorebello, che con Apuano doveva aver stretto un'amicizia più profonda di quanto non si credesse. Si trovavano tutti a casa propria, quando i telefoni avevano iniziato a squillare, nel cuore della notte. Orsini si era offerto di andare a prendere Flavia, che aveva declinato l'invito, perché era più vicina all'ospedale di tutti quanti e con la sua auto avrebbe fatto prima. Miré invece aveva portato Iacoangeli, troppo sconvolto per guidare. Nessuno aveva avvisato Claudia Turriziani, lassù in Toscana, l'ordine era di non dirle niente finché la prognosi non fosse stata sciolta.

«Non è in pericolo di vita» aveva detto il medico. «La pallottola ha attraversato il lobo superiore del polmone destro, provocando uno pneumotorace, ma non ha leso organi vitali. Dobbiamo aspettare comunque il termine dell'operazione per dichiararlo fuori pericolo.»

Apuano non aveva mai ripreso coscienza, dopo che una telefonata anonima aveva chiamato il 118 indicando la sua posizione e il tipo di ferita che aveva riportato. Flavia si era fatta un'idea di cosa fosse successo, il tenente non si era smentito nemmeno dopo la legnata presa in Puglia e aveva fatto di testa sua. Quindi la pista dell'app era bruciata, anche se...

Ci sono troppe coincidenze.

Il medico uscì dal corridoio per venire a informarli sull'esito dell'intervento. Sia il cellulare di Flavia che quello di Orsini iniziarono a squillare, silenziosi, nelle loro tasche, ma a nessuno dei due venne in mente di rispondere.

Il Rene Sinistro lavava i piatti e guardava al di là della strada. Aveva mentito. Aveva mentito a tutti, a partire da Gianluca. Non avrebbe saputo dire quando fosse iniziata la menzogna, forse era stato proprio il giorno in cui aveva riaperto gli occhi dopo l'intervento. Il giorno in cui le avevano detto "guarita". Aveva sorriso, dopo che aveva sentito pronunciare quella parola, e non era stato un sorriso spontaneo. Ma glielo doveva, lo doveva al loro sollievo, alla loro felicità.

"Guarita."

Perché?

Se avesse avuto la capacità di farlo, avrebbe cercato di spiegare che quel termine era sbagliato, perché significava che il suo corpo aveva subìto una trasformazione, da malato a guarito. Ma lei non si sentiva trasformata, non nel modo che quel termine suggeriva. Ogni volta che guardava una serie tv con protagonisti gli zombie, lì si riconosceva. La sua esistenza, la sua vera esistenza, si era compiuta con la morte. Era finita allora, titoli di coda. L'avevano messa su una barella, l'avevano fatta correre lungo un corridoio, con Gianluca che le arrancava dietro, l'avevano messa sotto un fascio di luce splendente e lei se n'era andata. Per un po'. La donna che si era risvegliata nel letto, con una cucitura sulla pelle, non era più lei. Si trattava dell'inizio di un altro film, in cui un'estranea apre gli occhi in ospedale e trova due ge-

nitori, un marito, medici, amici, figli, che la accolgono e la festeggiano. Ma lei non è lei. Lei non è più lei. Perché lei è morta e l'altra, invece, no. Lei non era l'altra, l'altra non era lei. Impossibile spiegarlo, però. Aveva accennato qualcosa alla psicologa dell'ospedale, che le aveva detto quanto fosse normale, che un trapianto significa rinascita e rinascere a trent'anni non era come farlo da neonati. Tutto perfettamente logico, ma anche sbagliato. Ed era andata avanti così per un anno, con la sensazione di vivere l'esistenza di qualcuno che ormai le era estraneo, senza altra soluzione che darsene la colpa.

Poi quella mail, e tutto era cambiato.

"SAI DI CHI ERA IL TUO RENE?"

No, non lo sapeva, ma per quel che la riguardava, di chiunque fosse stato poteva anche venire a riprenderselo. Eppure sì, voleva saperlo, ma non poteva, era una comunicazione a senso unico. Era stata costretta ad aspettare, a controllare ogni giorno la mail, proprio lei che era abituata a ottenere tutto subito, nell'eterna rincorsa degli altri dietro ai suoi desideri. E finalmente: una fotografia, una lista, un articolo di giornale. Se la ricordava bene, quella storia, il ragazzo con la faccia angelica che aveva ammazzato un sacco di gente. Aveva seguito le trasmissioni a tema mentre era in convalescenza, seduta sul divano con Andrea e Sara che le si appendevano uno per lato. Quanto ci avevano sguazzato, in quella storia, le varie trasmissioni pomeridiane, e lei non se ne era persa una, perché il mattatoio di Selvotta era sempre meglio che pensare alla propria guarigione. Vedere la faccia del ragazzo biondo sullo schermo del computer e sentire un leggero prurito alla schiena era stata una cosa sola. Il mostro di Selvotta l'aveva salvata. Uno con un nome così buffo, ci sarebbe stato bene come titolo di un libro per bambini. Non ne era rimasta impressionata e questo era strambo, perché era sempre stata sensibile e recettiva alle oscillazioni tra bene e male. Invece adesso non gliene fregava niente. Aveva cercato di nasconderlo a Gianluca, prima la mail, poi la fo-

tografia, poi l'articolo, ma alla fine lui aveva scoperto tutto, chissà come. Era sempre stata certa che la sorvegliasse, era iperprotettivo, invadente, quante volte rispondeva per lei o le finiva le frasi? Lo faceva per non farla stancare, diceva lui, e poi la conosceva così bene! Ma il Rene Sinistro non ne era convinta. Se suo marito la conosceva così bene perché non capiva lo sconvolgimento che stava attraversando, perché non le vedeva la luce diversa negli occhi? La reazione di Gianluca era arrivata con i messaggi sul telefono. Era partito in quarta, come una specie di Lancillotto, era andato a sporgere denuncia, lui, peccato che quella presa di mira fosse lei, così gli era toccato tornare a casa a prendersela e portarla davanti ai poliziotti. Che le avevano fatto delle domande, quando finalmente era rimasta sola, le avevano chiesto se avesse paura di quei messaggi. Lei aveva risposto di no. Erano invadenti, non minacciosi. E se anche fosse stato vero che il suo rene apparteneva a Valerio Felici, ormai non aveva importanza, lui era morto. I poliziotti la pensavano come lei, anzi, probabilmente non avevano mai creduto al donatore serial killer. Avevano raccolto comunque i dati e avevano tenuto aperta l'indagine per un po', visto che Gianluca di tanto in tanto si faceva vivo alla stazione di polizia. Lei era rimasta tranquilla, le telefonate anonime si erano diradate e un giorno avevano semplicemente smesso di arrivare. Suo marito le controllava il telefono, sospettoso, temeva un colpo di coda. Invece più niente, fino a quando quella poliziotta con i capelli rossi non si era presentata in casa loro e aveva voluto parlare con entrambi. Il Rene Sinistro era incuriosita da lei, non ne aveva paura. Del resto non era diversa da tutti gli altri poliziotti con cui aveva parlato, sapeva più o meno le stesse cose che sapevano loro. Ma poi l'aveva sentita pronunciare la parola: "gauna". E aveva rabbrividito, come la prima volta.

«Gauna» aveva bisbigliato la voce al telefono.

«Ora non posso parlare» aveva risposto svelta. «Mio ma-

rito mi controlla, chiama stasera alle sei, fingerò di fare la doccia.»

Non aveva atteso un attimo di più e aveva interrotto la chiamata. Era la seconda o terza volta che il telefono squillava e all'altro capo non c'era apparentemente nessuno. Non era mai riuscita a rispondere, però, Gianluca era stato più veloce di lei. Le aveva già manifestato l'intenzione di rivolgersi alla polizia e lei aveva minimizzato, tentando nel contempo di tenere la suoneria disattiva per non fargli intercettare le chiamate. Il Rene Sinistro ci voleva parlare, con quella persona. E come per le emozioni che aveva provato dopo il trapianto, anche in quel caso non avrebbe saputo spiegarne la ragione. Gianluca diceva che si trattava di minacce, per lei no. Si trattava di risposte. Quando aveva letto l'articolo sul suo donatore, aveva fatto un po' di prove. Aveva mangiato fragole, si era strofinata la lana sulla pelle, aveva annusato la naftalina e ogni volta aveva provato fastidio. Odorare la pelle e il pane fresco invece l'avevano fatta sentire in pace con se stessa. Si era registrata mentre cantava e aveva più volte perso l'intonazione, aveva ripetuto la tabellina del sette sino a inciampare. Non starnutiva alla luce, ma era certa che le desse molto più fastidio di prima. Era autosuggestione, molto probabilmente, stava andando in cerca di quei cambiamenti come un segugio, perché se davvero la persona che si era svegliata in ospedale non era lei, o magari non lo era del tutto, questo avrebbe spiegato tante cose. Come mai non era felice con suo marito, per esempio. O perché non amava i suoi figli. Così quella sera si era chiusa a chiave in bagno, aveva fatto partire la doccia e aveva aspettato, seduta a terra, il telefono nelle mani tremanti. Alle sei aveva iniziato a vibrare, la scritta diceva "sconosciuto". Aveva risposto.

«Parlami. Dimmi cosa mi sta succedendo.»

All'altro capo c'era stato un silenzio perplesso.

«Non sono allergica alle fragole, la naftalina non mi piace ma non mi dà la nausea, però io non sono più io» aveva insistito.

«Gauna» aveva detto la voce.

«Che significa?» aveva bisbigliato pianissimo.

«Accogliendo una parte di lui dentro di te tu hai preso anche un pezzo della sua anima.»

Eccola, eccola la risposta.

«Ne sei sicuro?»

«Tutti e sette state cambiando» aveva spiegato la voce. «Tutti i nomi sulla lista. E anche tu.»

«Sì» aveva soffiato lei nel microfono. «Cosa devo fare?»

«Combattilo, se puoi.»

«Non so come farlo. Io non mi riconosco più.»

Qualcuno aveva bussato alla porta. Lei aveva alzato gli occhi e si era chiesta perché non avesse un fucile per sparare a tutte quelle TESTE DI CAZZO *che invadevano la sua vita!*

«Ti insegno io» aveva risposto la voce al telefono. «Se ci riuscirai sarai libera.»

«E se non ci riesco?» aveva chiesto con l'ultimo filo di voce.

«Allora ci penserò io.»

Le telefonate non erano cessate, si era limitata a cancellarne le tracce. Dopo che arrivavano le eliminava e lasciava il telefono in giro, così che Gianluca potesse trovarlo, controllare e mettersi il cuore in pace. Aveva fatto come le era stato insegnato, aveva ripreso a sorridere, a mangiare, a comportarsi normalmente. Aveva perfino rimesso mano al suo blog, non parlando più di malattia ma di guarigione. Aveva seguito le istruzioni alla lettera, senza barare, e a ogni sorriso, a ogni gesto, a ogni bugia aveva iniziato a corrispondere una fitta alla testa. Più fingeva, più il dolore si faceva acuto. Quando diventava insopportabile, si nascondeva dal resto del mondo e faceva qualcosa di brutto. Niente di eccezionale, stracciava una foto di famiglia, bloccava una persona che le chiedeva aiuto sul blog, stuzzicava la cicatrice.

«Io non ero così» bisbigliava al telefono.

«Lui sì» rispondeva la voce.

Gianluca le aveva preso un set di coltelli giallo, trovandola una cosa divertente. Proprio il giallo, che straordinaria coincidenza. Le piaceva toccarli, giocherellarci. Poi una sera li aveva presi tutti e sei e li aveva distribuiti: tre nel lettino di Sara, tre in quello di Andrea. Era rimasta a guardare affascinata i bambini che dormivano circondati dai coltelli, il mal di testa completamente sparito. Poi la piccola si era mossa e lei si era come risvegliata. Li aveva tolti e rimessi a posto.

«Perché l'ho fatto?»

«Ti stai dando un avvertimento. Lo sai che se succederà sarà con loro. Sarà con i tuoi figli. Gianluca saprebbe difendersi. Loro no.»

Aveva capito, si era comportata bene, l'emicrania era tornata a essere la sua migliore amica. Poi c'era stata la visita della poliziotta con i capelli rossi. Aveva sorriso, aveva lasciato parlare Gianluca, aveva pensato che da un momento all'altro avrebbe iniziato a sanguinare dagli occhi, per il dolore che provava. La donna aveva promesso che sarebbe tornata a trovarla e lei non era certa che sarebbe riuscita a reggere.

Gauna.

"Lo sa."

Così lavava i piatti, quella mattina, con la testa che pulsava a ogni colpo di spugna. Aveva lavato le ciotole della colazione e poi i coltelli gialli. Li aveva messi in fila. Li aveva guardati. Poi aveva alzato gli occhi verso la finestra. E l'uomo era lì, dall'altro lato della strada. Era diverso da come se l'era immaginato, ma nemmeno per un istante ebbe il dubbio che non fosse lui. Stava fermo a ricambiare il suo sguardo, lasciandola libera di decidere cosa fare. I coltelli gialli erano tutti in fila, Gianluca stava mettendo il giubbino ad Andrea per portarlo all'asilo, Sara correva avanti e indietro dalla cucina, le piombava sulle gambe, la afferrava per un attimo e poi ripartiva. Ogni volta che sentiva le braccine stringerla, il dolore alla testa si faceva più forte. Quan-

do la macchina era partita diretta al nido prima e alla materna poi, il Rene Sinistro aveva fatto un cenno di saluto con la mano ai suoi bambini. Poi si era tolta con calma i guanti, appoggiandoli sul bordo del lavello pieno di schiuma, si era avvicinata alla porta d'ingresso, era uscita e aveva attraversato la strada.

RONCOPATIA

«Sono un coglione.»

«Su questo siamo tutti d'accordo.»

Ora, oltre al collarino, il tenente Luca Apuano aveva un bendaggio che gli attraversava tutto il torace, immobilizzandogli anche il braccio destro. Stava sdraiato nel letto, in una stanza del reparto di Pneumologia, con di fronte tutta la sua squadra, immobile a fissarlo. Non che fossero rimasti in molti, Orsini era uscito a telefonare e Fiorebello aveva avuto la netta impressione di non essere il benvenuto. Iacoangeli, Miré e l'ispettrice Mariani restavano in piedi in fondo al letto, rigidi, una versione ridotta della famiglia Addams.

«Non avevo capito che era lui. Cioè, l'ho capito proprio all'ultimo, ma ormai...» tentò di giustificarsi.

«E non hai pensato di avvisarmi?» chiese Flavia, in tono quasi educato.

«Lei c'ha ragione, ma ci eravamo scritti, sembrava una persona così tranquilla...»

«È una delle frasi più stupide che ti abbia mai sentito dire.»

Apuano dovette incassare, era il primo a sentirsi un idiota. Poi, senza bisogno di essere incalzato, raccontò quello che gli altri volevano sapere.

«Non l'ho visto in faccia. Non l'ho sentito proprio arrivare. Se ha seguito il mio taxi è un mago della guida, perché non l'ho minimamente individuato, e sì che so guardarmi attorno.»

«Quindi niente, nemmeno un rumore?» si inserì timidamente Miré.

«Niente. Neanche lo sparo.»

Flavia annuì. Era stato recuperato il bossolo, un calibro 22, quindi si era trattato di una pistola piccola. La balistica doveva ancora far avere loro il referto ufficiale, ma da una prima analisi avevano ipotizzato una Beretta 21A Bobcat, che dal suo punto di vista non era nemmeno da considerarsi un'arma seria. E questo le faceva avvertire sempre più quel senso di farsa che da qualche giorno avvolgeva l'intera indagine. Loro si affannavano tutti ad andare in una direzione che sembrava sempre più improbabile e niente glielo impediva, anzi.

Anzi.

«D'accordo, Apuano, quindi in sostanza questo individuo ti ha dato appuntamento in un posto dove non si è nemmeno presentato, ti ha seguito fino a casa, poi ti ha sparato a bruciapelo senza che lo sentissi arrivare e alla fine ha pure chiamato l'ambulanza perché venissero a soccorrerti. Fa il paio con quello che ti ha medicato la ferita a Bari, mi sembra.»

Il tenente fece una smorfia e Flavia decise di non infierire oltre.

«Potremmo continuare a pensare che si tratti del Fegato, ma a essere onesti non ne sono più così certa. C'è una certa finezza in questa manovra, nell'intrappolare chi cerca di tenderti una trappola, nell'avere due profili che si dissimulano a vicenda. Comunque ormai non ha importanza, perché credo che non li userà ancora.»

Visto che non gli servono più.

«Ora riposati, il telefono lo prendiamo noi. Da adesso niente più lavoro d'ufficio. I tuoi sono in viaggio, vogliono venire a trovarti, dato che a quanto pare gli hai nascosto la tua precedente aggressione.» Scambiò una rapida occhiata con Iacoangeli, che stava per dire qualcosa ma chiuse subito la bocca. «Quando li vedrai, pensa che sei stato graziato due volte. Di solito la terza è quella che va male, quindi vedi di evitarla.»

Uscì e a un suo cenno anche Miré e Iacoangeli la seguirono, dopo aver salutato il collega.

«Ispettrice?» le arrivò la voce titubante dell'agente più giovane. «Ma perché non gliel'ha detto?»

«Perché credo si senta abbastanza in colpa per averci mandato in fumo una pista. Non volevo che si accusasse anche del resto.»

«Ma non è stata colpa sua» tentò di mediare Miré.

La donna si voltò, i capelli elettrici, minacciosi.

«No. È stata colpa di tutti.»

A cercare di contattare lei e Orsini, mentre il chirurgo li ragguagliava sullo stato di salute di Apuano, era stata la stazione di polizia di Ponte San Giovanni. Il marito del Rene Sinistro ne aveva denunciato la scomparsa.

«Questa mattina ci siamo alzati come al solito, abbiamo vestito i bambini, abbiamo fatto colazione, quando sono uscito per portarli al nido e alla materna lei stava lavando i piatti, sono tornato e non c'era più.»

A casa era rimasto tutto il resto, portafogli, cellulare, documenti e soprattutto l'auto. Nell'acquaio i piatti da lavare e i guanti di gomma. Nessun segno di colluttazione, non c'era un oggetto fuori posto. Ma il marito non si dava pace, lei aveva una fissa per i piatti da lavare, non avrebbe mai lasciato l'acqua lì, a stagnare, doveva essere stata colta di sorpresa, magari qualcuno aveva bussato, lei gli aveva aperto e poi chissà.

«Nel tuo rapporto hai scritto che il marito è asfissiante. È possibile che si sia trattato di un allontanamento volontario?» le chiese Orsini sui gradini dell'ospedale.

Flavia ci rifletté un istante, pensò a quei due sul divano, al sorriso di lei che non vacillava mai, alla mano di lui che la stringeva. Alla fine scosse la testa.

«Avrebbe scelto un'altra via, è molto legata alle apparenze.»

«Lui ha già sporto denuncia, per quel che sappiamo la stanno già cercando» insistette il commissario.

«Chi? Quelli che dovevano tenerla d'occhio?» lo schernì lei.

«Certo, loro. Non è che non avessero altro da fare, non puoi far sorvegliare qualcuno senza che esista una concreta minaccia. E comunque ho fatto mandare una volante anche dall'altro tizio, a Padova, visto che dalla ragazzina c'è già la Turriziani.»

L'accenno a Padova e il ricordo degli occhi da bambino le provocarono un tuffo al cuore, ma l'ispettrice tenne duro, incrociò le braccia e non smise di fissarlo, finché Orsini non allargò le sue.

«Va bene, allora vacci anche tu, ma non da sola. Portati Iacoangeli.»

«Ma perché Iacoangeli, non può venire Miré?» saltò su lei.

«Miré ha già un incarico, oggi. Tu vai a Ponte San Giovanni, verifichi la situazione e poi torni.»

Masticando amaro, Flavia raggiunse l'auto, si voltò verso l'agente, gli lanciò le chiavi e disse:

«Graffia la carrozzeria, consumami le gomme, fai qualunque cosa di stupido e ti ammazzo».

Il ragazzo salì con terrore sull'Alfa Romeo.

Uscendo da Roma, Flavia si morse le nocche, guardando ostinatamente fuori dal finestrino. Stava andando tutto male, avevano abbassato la guardia, si erano sentiti al sicuro, la nuova pista dell'app li aveva mandati tutti in fibrillazione e avevano messo da parte la base di ogni indagine che si rispetti: la sorveglianza.

È colpa mia.

Non li ho saputi guidare.

Era troppo coinvolta, perché una parte di lei inseguiva i pezzi dell'assassino di Lorenzo e un'altra parte li voleva proteggere.

Soprattutto uno.

Scosse la testa per scacciare l'interprete biondo e cercò di analizzare i fatti con lucidità. Quando era successo che l'indagine si era inceppata? Avevano deciso di organizzare una trappola, e la trappola aveva funzionato eccome, solo che a caderci dentro erano stati loro. Perché? Perché avevano trovato il profilo di Valerio Felici su quell'app di incontri e avevano deciso di usarlo per un'imboscata. Okay, e come avevano fatto a trovare quel profilo, dopo che per due anni quelli della Omicidi non ci erano riusciti? Grazie a Cristiano Marchi, l'unica vittima sfuggita all'assassino. E come avevano trovato Marchi? Perché il Fegato lo aveva aggredito proprio sul loro territorio.

Ecco.

Si raddrizzò lentamente sul sedile. L'aggressione a Cristiano Marchi aveva avuto un tempismo unico. Chi è che si dà appuntamento alla fermata di Giulio Agricola? È il posto meno romantico del mondo, e se proprio stai pensando di infrascarti da qualche parte, c'è Centocelle a uno sputo.

Ma Centocelle non è competenza nostra.

Giulio Agricola, invece sì. Chi aveva dato appuntamento al professore e alla sua maglia sudata sapeva due cose: che sarebbero dovuti intervenire loro e che dei recenti disordini avrebbero tenuto le volanti lontane, mettendogli a disposizione un po' di tempo in più. E poi, una volta avuto Marchi, loro avrebbero trovato la app, che li avrebbe tenuti impegnati a organizzare trappole, esattamente come era successo, finché un poliziotto un po' gonzo non ci sarebbe cascato lui stesso.

Però.

Però chi si nascondeva dietro a quei due profili non

aveva ucciso Apuano. Lui, l'ipotetico secondo uomo, si era trovato il tenente tra i piedi due volte e sarebbe bastato stringere un po' di più oppure mirare a sinistra anziché a destra. Ma aveva scelto di non farlo

ammazzare un poliziotto non è come dirlo. Persino Felici si è fermato quattro mesi dopo aver ucciso Lorenzo

di limitarsi a distrarli, fargli allentare le briglie, togliere l'attenzione dal Rene Sinistro, dal Pancreas, dalle Cornee. L'ansia le annodò lo stomaco e la costrinse a superare ogni remora. Prese il telefono e finalmente compose il numero dell'intermediatore linguistico di Padova, cercando di non ansimare, lottando con quella parte di sé che era tornata alla piena adolescenza e agli ormoni impazziti. Lui rispose subito.

«Ispettrice, buongiorno!»

Sembrava di ottimo umore, la voce bassa, morbida, carezzevole, mannaggia a lui.

«Buongiorno, è già arrivata la pattuglia?»

Dall'altra parte, stupore.

«Che pattuglia?»

«Le abbiamo fatto mandare una pattuglia a casa. Non si spaventi, è solo che c'è qualche movimento sospetto e vorremmo che rimanesse sotto sorveglianza.»

«Ma io non sono a casa, sono all'università. Devo tornare a casa?»

Cazzo!

«No, non si muova!» si affrettò a dire, di nuovo con la bocca impastata. Pure Iacoangeli doveva essersene accorto, perché le scoccò un'occhiata perplessa. «Mi dica dove si trova, come si chiama l'aula?»

«Sono a Palazzo Bo, in aula Ederle, è facile da trovare.»

«D'accordo, si fermi lì, io arrivo» e interruppe la chiamata, con un senso di nausea del tutto inappropriato.

«Ma non stiamo andando a Ponte San Giovanni?» le ricordò Iacoangeli, facendosi odiare.

«Ma sì, ma sì, ci andiamo. Solo che non so a cosa servirebbe.» Flavia afferrò una bottiglietta di acqua sgasata e bevve un sorso. «Quella donna è già scomparsa, forse la cosa migliore è raggiungere la Turriziani, parlare con la ragazzina e poi andare a Padova. Dobbiamo concentrarci sui tre che ancora abbiamo.»

Si era ascoltata parlare in quel modo, lei che non considerava mai niente e nessuno come "sacrificabile". Se solo l'avesse sentita Lorenzo!

Brava, Fla', complimenti.

Ma era vero, ne avevano persi quattro su sette, senza contare quello in galera.

Non sappiamo nemmeno che fine fanno.

Si limitano a sparire, come quella donna stamattina, mentre lavava i piatti.

Avvisò Orsini di far andare la pattuglia in università, anziché a casa delle Cornee, e tornò a farsi le solite domande. Che cosa voleva l'uomo che stavano inseguendo? Emulare Valerio Felici? No, perché non aveva ucciso nessuno. Vendicarlo? Idem. Cancellarlo dalla faccia della terra in nome di quella stronzata del gauna? Non poteva crederci davvero. In quel momento, all'altezza di Orvieto, le arrivò una chiamata dalla Turriziani.

«Ispettò?» la voce dell'agente tremava.

Ha saputo di Apuano, nonostante le mie istruzioni.

Il nostro non è un commissariato, è una portineria.

«Non è niente, Turriziani, si riprenderà. Devi farci pace con questo tuo rapporto irrisolto con Apuano.»

L'altra stette zitta qualche secondo.

«Ma perché? Che è successo ad Apuano?»

Merda.

«Niente... lo sai com'è Apuano, ha solo... Senti, io sono per strada, devo fare una cosa, perché mi chiami?»

«Perché se l'è presa, ispettò. Pure lei.»

Flavia sentì che una delle tante componenti chimiche che circolavano nel suo corpo stava improvvisamente cedendo e si appoggiò con la testa allo schienale. Iacoangeli la guardò di nuovo, allarmato, ma lei gli fece un gesto con la mano, come a scacciare una mosca.

«Chi è che si è preso chi?»

«Il Pancreas. È stata rapita. Quasi dieci giorni fa.»

Il padre li aveva supplicati di non dire niente, che gliel'avrebbero ammazzata. Era successo tutto il 7 aprile, nella loro casa in Maremma. Lei aveva passato un brutto periodo, davvero brutto, l'avevano fatta parlare con molte persone, era stata ricoverata, aveva preso un sacco di medicine. E lui non capiva, e si batteva il petto perché non capiva, di quelle cose non ne sapeva niente, non ce n'erano in famiglia, lei era stata la prima, magari era una tara nel ramo genetico della madre, chissà. Ma le aveva trovato i migliori professionisti, era stata seguita passo passo, dopo il trapianto. Perché sì, era iniziato tutto con il trapianto. Non con la caduta, non con quella volta che era quasi morta, perché a quello la sua bambina aveva reagito. Ma al trapianto no, il trapianto non lo aveva accettato. Lui le aveva detto che poteva farsi un tatuaggio per nascondere la cicatrice, non aveva nulla in contrario, ma lei non ne aveva voluto sapere. Era stata male, sì, era stata malissimo, aveva avuto paura di perderla, perché lei aveva un caratterino, davvero. Aveva trascorso un anno molto buio. Poi si era calmata, ma lui non aveva abbassato la guardia, perché lei era furba, di una furbizia contadina, come la sua, ed era meglio non fidarsi. L'aveva fatta sorvegliare, l'aveva trasferita in quella villa persa nelle campagne perché da lì non sarebbe riuscita a scappare. Poi improvvisamente era cambiata. Aveva ricominciato a vestirsi, a truccarsi, a farsi carina. Era tornata sui social, aveva voluto rivedere gli amici. Lui aveva allentato le briglie, ma aveva preteso le guardie del corpo e lei gli aveva detto di sì, aveva fatto spallucce, come prima. Lui aveva pensato fosse tutta scena, ma gli amici gli avevano assicurato che lei era tornata quella di sempre, strafottente, reginetta della festa, pronta a metterli tutti sotto i piedi. Secondo una di loro c'era qualcuno, aveva trovato una persona che la intrigava ed era questa la ragione del suo buonumore. Lui aveva pensato che se lo avesse trovato, questo tizio, lo avrebbe coperto d'oro, se era riuscito a farla sorridere di nuovo. E a quel punto sì, aveva ceduto, si era fidato. Subito dopo era stato lui a crollare, rilassandosi aveva iniziato ad avere attacchi di panico, dormiva malissimo, viveva in preda all'ansia e i medici gli avevano prescritto delle gocce. Qualche volta faceva fatica a svegliarsi, però quando faticosamente si rimetteva in sesto e lasciava la villa, lei era lì a farsi sistemare le unghie oppure a comprare scarpe online. Con il tempo si era tranquillizzato, lui, i suoi dipendenti, tutti. Quando era successo, era iniziata come una cosa da nulla. Nei giorni precedenti era capitato che saltasse la luce. Niente di particolare, il salvavita, forse la colpa era del freddo o dell'umidità. Avevano una piscina coperta e l'avevano fatta svuotare per sicurezza, ma dopo un po' la luce saltava ancora. Quella volta era saltata di notte, dopo le tre, tanto che se n'era accorto uno dei sorveglianti perché i lampioncini si erano spenti e si erano accese le luci di emergenza. Lui non se n'era nemmeno reso conto, perché aveva qualche problema col russare, una volta addormentato faceva così rumore che nient'altro poteva svegliarlo. Si era alzata la governante, che aveva riacceso tutto. E basta, non c'era stato altro. Si erano accorti che lei mancava la mattina dopo. Nel suo studio, dove teneva le riunioni per le partnership all'estero, sulla scrivania, c'era un foglio con sopra un sasso e accanto il cellulare di sua figlia, acceso e sbloccato.

"DI' CHE L'HO PRESA E MUORE."

Nessuno capiva chi fosse stato né da dove fosse passato, ma lui era sicuro che dovesse essere quella merda che le aveva fatto credere di poterla rendere felice, che l'aveva convinta a seguirlo. Aveva aspettato per sedici ore prima che arrivasse una chiamata, proprio su quel telefono rosa con i glitter. Aveva parlato lei, piangeva, supplicava di fare come gli avrebbe detto. E lui lo avrebbe fatto, ma quel tizio non gli comunicava niente. Aveva chiamato degli investigatori privati, il telefono della figlia era stato scandagliato in lungo e in largo, ma non c'era nessuna traccia del rapitore. Concordavano tutti che avrebbe chiesto dei soldi, lui non aveva nemici, era solo ricco. Quando il telefono si era illuminato, era stato per dargli indicazioni per mantenere attivi i social della ragazza. Quali foto e quali video mettere giorno dopo giorno.

"FAI FINTA CHE SIA COME SEMPRE!"

Di seguito era arrivata un'ultima immagine di lei, un pezzo della sua faccia premuta su un cuscino, illuminata dal flash, il terrore nel solo occhio visibile. E lui aveva ubbidito, aveva raccontato balle agli amici, di una ricaduta, una nuova clinica, e poi aveva minacciato la servitù della casa e convocato chiunque potesse aiutarlo a gestire quella situazione. Avevano continuato a pubblicare le foto e i video. Le aveva parlato altre due volte, la voce come un sussurro di pulcino, diceva solo «sto bene, fai come dice», impossibile localizzare il telefono. Poi erano arrivati loro e lui aveva lottato, sa Dio se aveva lottato perché non entrassero, perché non sapessero niente. E ora che aveva perso non poteva che pregarli, pregarli e ancora pregarli, che non si sapesse che quel figlio di puttana gliel'aveva presa, perché altrimenti l'avrebbe uccisa.

In caso di rapimento la palla passava a tutt'altro settore della polizia, la Turriziani sarebbe stata estromessa in men che non si dica, con la scusa che avrebbero dovuto mettere i telefoni sotto controllo, setacciare i computer e tutto il resto.

«Non mollarli, Turriziani! Il caso è nostro come loro! Resta ai margini ma non farti cacciare. Chiama Orsini!» la spronò Flavia.

«Non li mollo, ispettò.»

Chiusa la chiamata, abbandonò il cellulare in grembo, le mani sempre più vuote.

«Cosa facciamo?» le chiese Iacoangeli, lagnoso.

Erano quasi arrivati a Siena e lei scosse la testa, doveva pensare. La scomparsa nel nulla del Rene Sinistro. Il rapimento del Pancreas. La fuga dei Polmoni e quella del Fegato, il Rene Destro che non aveva lasciato tracce. Restava la certezza del Cuore in carcere e delle Cornee in università.

Certezza?

Flavia riprovò a chiamarlo. Niente. Contattò i colleghi della volante, quelli che avevano mandato a cercarlo dell'aula Ederle.

«Noi siamo qui, ma lui non c'è.»

«Come sarebbe "non c'è"? Prima c'era! Quando se n'è andato?»

«Ispettrice, è questo. Dicono che non è mai venuto, oggi non era nemmeno prevista la sua presenza in università.»

E quindi, finalmente, il dubbio. Un uomo colto, che aveva studiato le lingue straniere, che faceva l'interprete e che aveva approfondito senza nessuna difficoltà la leggenda del gauna. Un uomo che era rimasto nel buio per anni, a rimuginare, solo con la propria filosofia da due soldi, che comprendeva pure san Gennaro e gli organi con l'anima.

No, io non ci credo.

Un uomo alto, forte, forte abbastanza da poter sopraffare Apuano. Uno sportivo che poteva aver imparato come effettuare le prese di soffocamento illegali. Un affabulatore capace di affascinare Cristiano Marchi e di progettare insieme al Fegato di ucciderlo.

Ho detto che non ci credo!

Il secondo uomo, quello che secondo alcuni esisteva e secondo altri, per esempio lei, no. L'unico che diceva di avere fatto amicizia con il suo persecutore. L'agente di Padova era ancora in attesa all'altro capo del telefono.

«Può farmi sapere il suo numero di scarpe? Vada a casa dei genitori, controlli di persona» gli chiese, prima di interrompere la chiamata.

Iacoangeli non aveva avuto risposta, la sua domanda era ancora nell'aria ma non aveva il coraggio di porgergliela di nuovo. Flavia chiuse gli occhi.

«Cambio di programma. Vai per Firenze. Poi a Bologna. Poi a Padova.»

«Ma arriveremo stasera» protestò lui.

«Arriveremo tardi in ogni caso» rispose lei.

ANGINA PECTORIS

Il tachimetro saliva. Prima 120, poi 130, adesso era arrivato a 140, e l'altra auto sempre dietro. Per le Cornee le opzioni diminuivano ogni minuto che passava, premesso che aveva dovuto scartare quella più facile: fermarsi. Non aveva mai previsto di farlo, comunque. Quando era partito, trovando una scusa per lasciare Cassandra con sua sorella, aveva avviato il motore e si era detto che sarebbe stato l'unico suono che avrebbe sentito per il resto del tempo. Il serbatoio era pieno, niente soste fino a destinazione, era la scelta migliore. Aveva anche escluso di prendere l'autostrada, pianificando il viaggio solo sulle statali. Ci avrebbe messo due ore in più ma sarebbe stato al sicuro dalle telecamere. Nei giorni precedenti aveva fatto controllare acqua, olio, pastiglie dei freni e anche le lampadine dei fari. Sembrava una sciocchezza, ma potevano fermarti per una disattenzione simile, e lui non voleva essere fermato. Non che temesse le multe, quell'auto non era nemmeno sua, tecnicamente l'aveva comprata suo padre non appena avevano deciso che si sarebbe sottoposto al trapianto.

«Così ce l'hai pronta!» gli aveva detto, dimostrando tutto l'ottimismo del mondo.

Aveva dovuto rifare la patente, con ogni genere di documentazione medica annessa, perché una malattia agli occhi terrorizza la motorizzazione. Tornare alla guida non era sta-

to difficile, ma i primi tempi ci era andato cauto, anche perché c'era sempre qualcuno in auto con lui, vuoi sua madre, vuoi sua sorella, vuoi Cassandra. Con Cassandra soprattutto aveva paura, non voleva ruzzolasse nel bagagliaio, anche se era ampio e con una trapunta messa doppia. Dopo le prime settimane di tentennamento, però, l'auto era tornata a essere un grande strumento di libertà. Ci era andato dappertutto, in montagna, al mare, a fare corsi di agility con Cassandra. Spesso la carrozzeria era più marrone che rossa.

«Ma perché non la lavi?» borbottava suo padre.

«Mi piace disegnare sul lunotto sporco» rideva lui.

«E cosa?»

«Cuori, papà. Mi piace disegnarci i cuori.»

Suo padre non sapeva cosa significasse, credeva fosse solo una battuta. Invece lui lo faceva sul serio, passava il dito in mezzo alla polvere e immaginava che il vetro appartenesse a una finestra, la finestra a una casa, la casa a un uomo. Se ora guardava nello specchietto retrovisore poteva vedere le sagome dei cuori attraversate dalla luce dei fari che lo inseguivano. Non avrebbe mai immaginato di usare un giorno quell'auto rossa per scappare.

"Una macchina rossa è difficile non notarla."

"Come un coltello giallo in un lettino."

Non aveva idea di come fosse stato possibile che l'avessero trovato, pensava di avere un vantaggio incolmabile. Era partito fingendo fosse una mattina come tante, aveva raccontato di riunioni in università, aveva chiesto di non disturbarlo, fino all'ora di cena immaginava che nessuno si sarebbe preoccupato. Avrebbe già dovuto essere arrivato e invece la macchina dietro alla sua aveva cambiato le cose.

"Non doveva andare così."

"Ho seguito le stesse istruzioni, perché con me non funziona?"

Sentì una minuscola fitta al petto, un crampo appena percettibile. Lo sapeva perché non stava funzionando. Perché non era vero che aveva seguito le istruzioni alla lettera, aveva deciso troppo tardi cosa volesse fare, si era baloccato con le eventualità, come se avesse avuto tutto il tempo del mondo. E ora eccolo lì, nella luce della sera, su una strada sconosciuta che presto avrebbe smesso di essere dritta per infilare una serie di curve. Il dolore tornò a farsi sentire, ora un po' più forte.

"Non è niente, è solo un attacco di panico."

"Ad alcuni impedisce di respirare, ad altri..."

Non riuscì a proseguire, la fitta si fece più forte, poi divenne lancinante. Pensò di nuovo alla casa con le finestre d'oro. Poi a un foglio con appoggiato sopra un sasso.

«Questa volta il vecchio schiatta» aveva detto la ragazzina.

Premette il pedale a tavoletta, portandosi la mano al petto, e pensò una parola sola:

"GAUNA".

Poi perse il controllo dell'auto. Tutto iniziò a vibrare, ci fu il testacoda, il mondo si muoveva in direzioni sconosciute.

"O forse sono io che lo vedo così."

"Sono i miei occhi."

"Sono i suoi occhi."

Quindi lo schianto sul guardrail, i finestrini del lato destro dell'auto che esplodevano verso l'interno.

"Come le finestre dell'appartamento dei preti."

Aspettò che succedesse altro, un'esplosione, uno sparo. Il dolore al petto iniziò a scemare via, quando la tua paura si avvera il panico diventa inutile. Si limitò a chiudere gli occhi e ad attendere. Sentì il rumore della frenata, poi il silenzio. Avvertì da dietro le palpebre la luce dei fari che si riflettevano, attraverso i cuori, nello specchietto retrovisore. Poi sentì i passi e il rumore della portiera che si apriva.

«Scendi.»

Sempre a occhi chiusi alzò istintivamente le mani.

«Scendi, ho detto.»

La voce aveva perso tutte quelle note carezzevoli che era riuscito a percepire in mezzo al tono pratico e spiccio con cui lo aveva interrogato giorni prima. Mise un piede fuori dall'auto e finalmente sollevò le palpebre. Davanti a lui la poliziotta con i capelli rossi, contornata da un'aureola di abbaglianti, gli puntava la pistola addosso.

Gli sembrò bellissima.

LIPOTIMIA

Flavia aveva fatto un semplice ragionamento. Polmoni, Pancreas e Rene Sinistro erano scomparsi lasciando i propri telefoni a casa. Quello del Cuore era nel magazzino delle prove. Quelli del Fegato e del Rene Destro risultavano disattivati. Ma lei, quella mattina, con le Cornee ci aveva parlato. Dentro di sé avvertiva una fitta acuta, persistente, una via di mezzo tra un suono e un taglio, e quella fitta era l'adolescente che moriva, tranciata da un impatto insostenibile con la realtà. Ma mentre avveniva questo lutto, un'altra parte di lei sopravviveva e lottava per mantenere la ragione lucida. Aveva chiamato Orsini e gli aveva spiegato con voce calma che era necessario tracciare il telefono del suo ultimo ardore romantico, a cui diceva addio insieme a ogni possibile idea di accoppiamento futuro. Per una volta, Orsini non aveva fatto storie.

L'avrà spento.

Invece, stranamente, no. O meglio, sì e no. Il telefono dell'interprete compariva e scompariva, restava acceso pochi secondi e poi veniva spento, ma in quei secondi lasciava una traccia. Niente di preciso, erano sempre zone che coprivano qualche chilometro, ma i dati erano sufficienti per capire due cose. La prima era che aveva lasciato Padova e la seconda era che si stava dirigendo a sud. Pur non essendo un fenomeno in geografia, Flavia aveva fatto due conti e si era resa conto che, anche correndo, non era possibile che il Rene Sinistro fosse stato rapito dalle Cornee. Troppi chilometri, troppo poco tempo. In quel momento lui si trovava tra Ferrara e Bologna, mentre lei e Iacoangeli avevano appena superato Firenze. Era l'unico ricevente rimasto e stava palesemente scappando, così come le aveva palesemente mentito solo qualche ora prima. Doveva pur significare qualcosa. Una volta che le posizioni delle Cornee avevano iniziato ad arrivare, lei aveva estratto dal bauletto il lampeggiante magnetico, aveva abbassato il finestrino, lo aveva attaccato sul tettuccio e aveva detto:

«Corri, Iacoangeli».

Avevano individuato la strada che stava percorrendo il fuggitivo, la Statale 65. Erano usciti a Firenzuola-Mugello, l'avevano raggiunta tra Santa Lucia e Montecarelli e si erano appostati di fianco al rudere di un casolare. Orsini l'aveva chiamata più volte per sapere se voleva rinforzi, e lei aveva risposto di no, no, ci avrebbero pensato da soli. Del resto le cose erano due. O l'interprete era insieme al suo rapitore, e quindi la loro era un'operazione di salvataggio, oppure stava scappando da solo, e per lei sarebbe diventata una faccenda ancor più personale.

Innamorarsi di una potenziale vittima, passi.

Innamorarsi di un carnefice, no.

Iacoangeli l'aveva subissata di domande, voleva sapere se avevano un piano, se tracciare il telefono di un civile che non era sospettato di alcun reato avrebbe portato loro dei guai, cos'avrebbe dovuto fare lui, nel caso l'uomo non avesse voluto fermarsi.

«Mi hanno detto che hai una buona mira, è vero?»

«Sissignora. Ero tra i primi al corso.»

«Allora non perderlo.»

Se possibile, questo lo aveva fatto agitare ancor di più. Quando l'auto rossa era sfrecciata loro davanti, Flavia aveva sibilato due sole parole

«È solo»
ed erano partiti all'inseguimento.

Per un attimo temettero il peggio. Non che la vecchia Alfa Romeo del padre di Flavia Mariani cedesse, perché non sembrava averne la minima intenzione, ma che l'uomo alla guida dell'auto rossa davanti alla loro perdesse il controllo.

«Stagli dietro. Spaventalo ma ricordati che non è il Far West.»

«Nel Far West non hanno le automobili» replicò Iacoangeli, e poco ci mancò che gli tirasse una scoppola.

Quando l'auto si schiantò, temette prima che lui scendesse e scappasse a piedi e poi che si fosse fatto male.

È quel che si merita.

Ma era una bugia, perché quando uscì con un gesto di resa e gli occhi chiusi, ebbe prima un tuffo al cuore e poi un senso di sollievo. Quindi estrasse dalla borsa di suo padre la pistola di ordinanza e gliela puntò contro fino a quando non si decise a guardarla.

Maledetti occhi azzurri, ma non potevo odiarlo e basta?

Quanto le sarebbe piaciuto.

«Ce l'hai, Iacoangeli?» chiese ora, senza voltarsi.

«Ce l'ho, ispettrice» rispose l'agente alle sue spalle, non con voce fermissima ma meglio che niente.

Flavia abbassò la pistola e gli andò incontro. L'uomo era davanti a lei, le mani alzate e un vago sorriso sulle labbra.

«Dove sono?» gli domandò.

«Accidenti» fece l'altro. «Mi ha davvero sorpreso. Come ha fatto a trovarmi?»

«Ho fatto tracciare il suo cellulare.»

«Davvero?» si era stupito.

«E che, son scema? Il suo, quello del Rene Sinistro e avrei messo sotto sorveglianza anche quello del Pancreas, se non ci avessero messo i bastoni tra le ruote.»

«Ah, adesso ci chiamate come gli organi?» sorrise ancora l'uomo.

«Sì, è più facile. Allora,» Flavia lo fissò negli occhi «dove sono?»

«Chi?»

«Gli altri.»

L'interprete si voltò verso la sua auto, come per invitarla a guardare. L'ispettrice decise di lasciar perdere i convenevoli e il bon ton.

«Non fare lo stronzo, perché Iacoangeli ha una buona mira e, anche se ti sembrava, non è il tuo migliore amico.»

Il biondo guardò oltre la sua spalla e chiese direttamente al poliziotto che gli stava puntando l'arma

«Posso abbassare le braccia?» poi guardò lei: «Se ha una buona mira ce l'ha anche senza anchilosarmi i muscoli».

Flavia scosse la testa e lui lo prese come un gesto di assenso, quindi abbassò le mani.

«Dove sono?» gli chiese ancora «Gli altri, dove sono?»

E allora successe una cosa strana. Lui la guardò cambiando completamente espressione, come se si fosse aperto un guscio e le stesse mostrando il suo vero volto. Era un volto bellissimo, molto, molto triste.

«Mi dispiace. Lei è una brava persona.»

Flavia iniziò ad avvertire una serie di punture di spillo al viso. Perché sentiva che quelle parole erano sincere. Ma sapeva che erano anche una sorta di addio o di testamento. Perché vedeva la sua sofferenza. E perché sentirsi dire che era una "brava persona" era la cosa peggiore che potesse capitare a una donna innamorata. Fu sul punto di piangere, poi sul punto di svenire. Ma non fece nessuna delle due cose e chiese ancora:

«Dove sono?».

Il guscio si richiuse, l'uomo riprese a sorridere come se nulla fosse, guardò lei, Iacoangeli e ripeté:

«Mi dispiace» aggiungendo «non posso dirvelo».

Più che vederle, avvertì le mani di Iacoangeli che si abbassavano, il peso della sorpresa, della delusione.

«Ma cosa dici?» sussurrò l'agente.

«Zitto» lo redarguì Flavia. «Tieni alzata l'arma.»

Lo shock stava risalendo anche dentro di lei. Non ci aveva voluto credere, ed ecco qua.

Ma le distanze non coincidono.

Le distanze qualche volta mentono.

Le punture sulle guance si fecero sentire di nuovo, lo stomaco iniziò a sussultare, per la seconda volta rischiava di vomitargli addosso. Dicevano che era questa la reazione dell'organismo quando vi entrava un corpo estraneo, lo respingeva con tutte le forze. Succedeva anche con un'idea estranea o una consapevolezza inaccettabile. Aveva protetto un colpevole, aveva difeso un colpevole, si era innamorata di un colpevole.

Da adesso cambia tutto.

È stato lo stesso quando è morto Lorenzo.

Questo pensiero l'aiutò a reagire. Stava per parlare ma sentì il rombo di un'auto, quindi fece un passo avanti, afferrò l'uomo per un braccio e lo tirò vicino al guardrail.

Il suo calore.

Il suo odore.

SMETTILA!

Passò una berlina. Non era sicuro rimanere in mezzo a una strada, per quanto semideserta, con le armi in pugno e un uomo che potenzialmente era loro prigioniero.

«Dobbiamo spostarci» ordinò a Iacoangeli, poi vide che non sapeva come fare, con la pistola e tutto il resto, quindi alzò la sua. «Torna al posto di guida, lo tengo io sotto tiro. Ci mettiamo dietro. Andiamo via da qui.»

«Dove?» chiese l'agente, smarrito.

«Dove andava lui. A sud.»

Salirono dietro, l'uomo biondo apparentemente molto

calmo, lei con la pistola in pugno e la preghiera di non doverla usare. Partirono e per un chilometro nessuno disse una parola, ogni tanto Iacoangeli li guardava nel retrovisore. Flavia si aspettava qualcosa. Un'aggressione, il tentativo di gettarli fuori strada, l'improvvisa follia, persino di sentirlo urlare

«GAUNA!»

e poi gettarsi fuori dall'auto. Invece la postura delle Cornee era tranquilla, rilassata, sedeva e aspettava che qualcosa succedesse, come se non dipendesse da lui.

«Allora, tu sai dove sono» gli disse, usando la stessa nonchalance con cui si avvia una conversazione in treno.

L'uomo annuì.

«Sono vivi?»

«Certo.»

«Stanno bene?»

Un'ombra gli passò negli occhi.

«Dipende.»

Flavia sospirò. Non sarebbero andati da nessuna parte.

«D'accordo, chiamo Orsini.»

«Se chiama qualcuno, loro moriranno tutti.»

Il tono non era cambiato, tanto che Iacoangeli sembrò non aver capito. Flavia rimase con il telefono a mezz'aria. Dunque erano arrivati alla scenata del cattivo che minaccia di morte gli ostaggi. D'accordo, almeno in queste cose lei era brava.

«Pazienza, ne moriranno solo cinque su sette.»

Iacoangeli inchiodò.

«Ma cosa dice?»

Si era spaventato lui, invece delle Cornee. Ma perché le era toccata l'ultima carta del mazzo?

«Dico, Iacoangeli, che se lo scopo è quello di rimettere insieme gli organi di Valerio Felici,» guardò con intenzione l'uomo biondo «salvarne due non sarà il risultato migliore del mondo, ma non sarà nemmeno quello che vuole raggiungere lui.»

«Ma perché?» Iacoangeli non capiva, era sconvolto. «Cosa ti hanno fatto di male, quelle persone?»

«A me? Niente, Niccolò» rispose l'interprete.

«E allora perché lo fai?»

La voce di Iacoangeli tremava e Flavia si rese conto che stava assistendo a una manipolazione in piena regola. Aveva dato il suo agente più debole in pasto a una mente superiore, che lo chiamava per nome e parlava con calma. Che si era finto suo amico, che lo aveva portato dalla sua parte. Dovevano smettere di parlarsi, e subito.

«Iacoangeli, voltati e guida.»

«Ma...»

«Pensa a Lorenzo. Lui non vorrebbe che perdessi il controllo.»

Era stato uno schiaffo, per entrambi, ma l'ispettrice sapeva che sarebbe servito. L'agente tornò a guardare la strada, ingranò la marcia e ripartì. Poi, con un filo di voce, aggiunse:

«Non perderò il controllo».

Ma il tremito delle sue mani raccontava un'altra storia. Flavia era presa tra due fuochi, da un lato un agente fragile, dall'altro un criminale manipolatore che diceva solo quello che gli faceva comodo, quando gli faceva comodo. Aspettava di vedere il suo bluff e non glielo poteva consentire. Riprese il telefono e selezionò il contatto di Orsini.

«Ultima possibilità» disse, pronta ad avviare la chiamata.

«Ve lo dirò» la interruppe l'uomo. «Vi dirò dove sono, quando ci saremo tutti.»

Lei alzò le sopracciglia.

«Quando ci sarete tutti? Non ci sarete mai tutti, lo sai? È matematica. Ne mancherà sempre uno, il Cuore.»

«No.»

«Come, "no"? Hai in mente di farlo evadere?»

Il sorriso delle Cornee si era allargato.

«Lei non se lo ricorda, vero, che giorno è oggi?»

Flavia guardò Iacoangeli come se potesse avere lui la

risposta, e l'agente si precipitò a controllare nel display sul cruscotto.

«È il 21 aprile, ispettrice.»

Flavia riportò lo sguardo sull'uomo. Se lo ricordava bene, cosa fosse successo il 21 aprile.

«È l'anniversario della morte di Felici. È il vostro anniversario, giusto? Due anni dal trapianto.»

«Due anni» confermò lui.

«Cos'hai fatto? Gli hai fatto recapitare una torta con dentro una bomba?»

Lui rise, nonostante tutto.

«No, niente torta, niente bomba. Ma c'è una cosa che quasi tutti noi dobbiamo fare, a ogni anniversario del nostro trapianto. Non io, certo, ma il Fegato, i Polmoni, il Cuore...»

E, improvvisamente, Flavia ricordò. Glielo avevano spiegato in tanti, a partire dal professor Arulli, che dopo un trapianto era necessario fare una serie di biopsie, prima a distanza di giorni, poi settimane, mesi, e infine una volta all'anno per sempre. Cos'aveva detto? Che per il Cuore quella della biopsia era una celebrazione, come un compleanno, che ci teneva a farla il giorno preciso. E quel giorno era oggi.

«È in carcere. Cioè, nella REMS. Andranno a fargliela lì dentro» tentò di ribattere.

«Una biopsia cardiaca? Sta scherzando?» rise l'altro.

Flavia ricominciò a far fatica a respirare, le punture sulle guance tornarono, ma questa volta per una ragione molto diversa.

«Anche se fosse, tu sei qui.»

«Sì» confermò lui. «IO sono qui.»

Flavia prese il telefono, Iacoangeli si spaventò subito.

«Ispettrice, no! E gli altri?»

«Il Cuore è uno degli altri!»

Tentò di sbloccarlo, sbagliò due volte, poi cercò il numero del commissario, le sembrava di metterci secoli, quando finalmente sentì lo scatto della risposta non attese nemmeno il "pronto".

«Orsini, sono Mariani! Oggi sono due anni dal trapianto! È prevista una biopsia per il Cuore!»

«Sì, lo so, stai tranquilla. Non te l'ho ricordato perché eri già abbastanza agitata. Ho organizzato tutto io.»

«No, non deve farla! Non oggi! Rimandatela!»

«La sta già facendo. Ho mandato Miré. Ricordi che ti avevo detto che non poteva accompagnarti perché gli avevo già assegnato un incarico? Era questo.»

Flavia trattenne il respiro, speranzosa.

«Miré è con lui?»

«Sapevo che avresti voluto uno dei nostri. Miré è andato a prenderlo alla REMS, lo ha accompagnato in clinica e ora lo starà riportando indietro. E non è solo, ci sono due infermieri e uno della Penitenziaria. Devi stare tranquilla, Mariani.»

Lei voltò lo sguardo sulle Cornee.

Continuava a sorridere.

Non salutò nemmeno Orsini, interrompendo la comunicazione e chiamando il numero di Miré. Le rispose un messaggio registrato. Richiamò, stesso risultato. Allora andò sulla tastiera e fece il numero a mano. Il telefono di Miré, durante il servizio, era spento.

«Oddio» si fece sfuggire Iacoangeli.

Lo sguardo benevolo delle Cornee avvolse entrambi.

«Bene, ora possiamo andare. La strada ve la indico io.»

BELONEFOBIA

Augusto Miré non era mai stato un poliziotto d'azione. Era un aspetto del loro lavoro e lui non era diventato agente scelto rimanendo dietro a una scrivania, ma ugualmente non era il primo a gettarsi nella mischia e mai, nemmeno una volta, aveva abbattuto una porta con un calcio. Quindi aveva accettato di buon grado di accompagnare il Cuore fuori dalla sua struttura detentiva sino all'ospedale in centro a Roma per fare la biopsia annuale all'organo che era stato l'origine di tutti i suoi mali. Già al suo arrivo, però, aveva capito che non sarebbe stata una passeggiata, perché il giornalista si rifiutava di uscire.

«È strano, è un uomo così pacato, ha legato con tutti, di solito è tranquillo» gli aveva detto l'infermiere all'ingresso.

Il Cuore era dimagrito, non tanto da destare preoccupazione nei medici, ma abbastanza da far sì che al primo colpo d'occhio Miré faticasse a riconoscerlo.

«Ma perché non può venire Domenico fin qui?» stava supplicando il detenuto. «Si tratta solo di infilarmi dentro un ago, lo può fare dappertutto, non è necessario che io esca.»

Il medico stava cercando di calmarlo, gli spiegava che non erano attrezzati per un intervento così delicato, ma che non doveva avere paura, perché sarebbe andato in città con un'ambulanza, accompagnato dai poliziotti.

«Perché non con il furgone cellulare del carcere? Non

venite a raccontarmi che è per non spaventarmi, non mi tirate in ballo psicologia spicciola, io non ho paura del cellulare, ho paura di muovermi SENZA *il cellulare.»*

«Ha manie di persecuzione» aveva insistito l'infermiere con Miré. «Pensa che fuori da questa struttura ci sia qualcuno che lo aspetta per ucciderlo.»

Miré aveva guardato quell'uomo che tante volte aveva visto dietro allo schermo della tv e quasi gli aveva fatto pena. Perché aveva ragione. Ricordò che Orsini si era raccomandato.

«Non mollarlo un secondo, Miré. Per nessuna ragione, altrimenti la Mariani crocefigge entrambi. Controlla gli ambienti prima che ci entri, verifica l'ambulanza, ammanettati a lui, infilagli dentro tu l'ago, se proprio serve, ma non lo mollare.»

«Farò tutto quello che serve» gli aveva promesso, senza sottolineare che sarebbe rimasto nei limiti della legalità e che a lui gli aghi facevano impressione, tanto che quando gli dovevano prelevare il sangue lo facevano sempre prima sdraiare.

Ma ora che stavano per lasciare la REMS di Ceccano, su un'ambulanza, con due infermieri robusti e un agente penitenziario di rinforzo, non si sentiva tranquillo. Il giornalista che aveva massacrato i genitori alla fine aveva accettato di essere messo sulla barella con le fasce contenitive. Non avevano potuto dargli nessun sedativo perché per la biopsia era necessario che l'organismo fosse perfettamente pulito da almeno ventiquattr'ore. Per tutto il viaggio l'uomo aveva guardato fisso il soffitto dell'ambulanza, senza dire niente, eppure era famoso per scherzare con chiunque. Aveva l'aria di chi stesse andando al patibolo. Quando erano quasi arrivati si era voltato verso Miré con occhi liquidi, colmi di qualcosa che se non era follia ci andava molto vicino.

«Quanti ne ha presi?» aveva bisbigliato.

Miré aveva incrociato lo sguardo dell'altro agente ed era stato costretto a trattenersi.

«Non so di cosa sta parlando» aveva risposto, cercando di avere la voce ferma.

«Mi dica solo che non li ha presi tutti, che qualcuno gli è sfuggito.»

Miré non aveva risposto e l'uomo quasi si era messo a piangere. Finalmente le ruote frenarono sul ghiaietto della clinica e il portello posteriore si spalancò.

«MA STIAMO SCHERZANDO?» tuonò una voce.

Domenico Arulli si infilò di forza nell'ambulanza, inutilmente trattenuto dai due agenti, sbraitando di sciogliere immediatamente le legature del suo paziente.

«Non avete a che fare con Charles Manson, voi guardate troppa televisione!»

Non ottenne nulla, il Cuore fu portato dentro sulla barella, con Miré che camminava rapido accanto a lui, la mano sul calcio della pistola.

«Non mi lasci solo» piagnucolò l'uomo.

«Stia tranquillo» rispose il poliziotto, che non si sentiva tranquillo lui per primo.

Arrivati all'ambulatorio il medico li stoppò tutti quanti.

«Sentite, ci avete rotto l'anima perché approntassimo una sala senza possibilità di fuga e lo abbiamo fatto, l'avete controllata, l'avete approvata e ora ci lasciate entrare. Noi facciamo il nostro lavoro e voi rimanete fuori.»

«Quanto ci vorrà?» chiese Miré.

«Una mezz'oretta.»

Memore delle istruzioni ricevute, l'agente scelto diede un'occhiata all'interno. Era una stanza abbastanza piccola, con delle finestrelle alte e strette nelle quali sarebbe potuto passare al massimo un gatto. Gli infermieri spinsero dentro la barella e poi uscirono. Dalla porta che si chiudeva, Augusto Miré intercettò un ultimo sguardo di supplica da parte del giornalista. Si sentì in colpa, ma il suo compito non era tenergli la mano, lo avrebbe difeso ma non in quel modo. Si guardò intorno. Erano in un lungo corridoio illuminatissimo sul quale si affacciavano diverse porte. Da un lato il corridoio andava a finire su una porta interna a doppio battente, arancione, dall'altro lato c'era l'uscita antipanico che dava sul cortile dove era parcheggiata l'ambulanza. Miré percorse il corridoio in entrambe le direzioni e provò tutte le porte. Erano chiuse a chiave e quella arancione si apriva solo tramite un codice da digitare su una piccola tastiera. Tornò davanti alla saletta dove si stava svolgendo l'operazione, piantonata dall'agente penitenziario e da uno dei due infermieri. Il secondo era uscito per preparare l'ambulanza al ritorno. Insospettito, Miré andò a guardare attraverso i vetri della porta antipanico. Quando lo vide tornare si spostò di lato, la mano pronta di nuovo sulla fondina. Ma quello entrò senza degnarlo di uno sguardo e l'agente scelto fece per seguirlo quando l'occhio gli cadde sul parcheggio. Fermò la porta tagliafuoco prima che si chiudesse. Nel parcheggio c'era una macchina, una Volvo verde bottiglia, parcheggiata in uno degli spazi destinati ai dipendenti. Miré non si era guadagnato la promozione per le azioni da telefilm americano, come aveva invece fatto Apuano, ma era stato spesso lodato per avere occhio per i dettagli. Lui quella macchina la conosceva. Non era la più comune delle automobili ma nemmeno era particolarissima, eppure era certo di averla già vista. Uscì e si guardò intorno. Quello era un ingresso destinato solo a chi lavorava in quella clinica e per uscire c'era solo una sbarra che si azionava automaticamente tramite una fotocellula. Non il posto più sicuro del mondo, insomma. E lì, in mezzo a tante auto più pregiate, quella Volvo verde. Iniziò ad avvicinarsi, la mano che tornava nervosamente al calcio della pistola. Da quella distanza vedeva il cruscotto, su cui era stato appoggiato un permesso provvisorio di parcheggio. I permessi come quello erano per i visitatori, il personale ce l'aveva attaccato sul vetro oppure appeso allo specchietto, mentre quel talloncino era stato buttato lì sotto il parabrezza. Non gli piaceva. Si avvicinò e pensò che gli era davvero familiare quella macchina, forse conosceva qualcuno che ne possedeva una?

Tentò di aprire la maniglia e quella scattò. Aperta. Una Volvo verde aperta proprio in quel parcheggio, in quel giorno. Di colpo gli tornò in mente perché la conosceva. Si sporse all'interno e fece solo in tempo a vedere le chiavi infilate nel cruscotto.

CANALOLITIASI

Mentre la macchina si arrampicava su per il monte, Flavia sfogliava mentalmente le opzioni.

Potevano arrestarlo, chiamare Orsini, far venire dei colleghi di zona, chiedere una tracciatura dei suoi spostamenti, interrogarlo sino allo sfinimento. Ma non sapevano dove fossero gli altri, in che condizioni, se fossero in reale pericolo di vita. E se lui non avesse parlato non avevano nessuna garanzia per la loro incolumità.

Anche il Cuore si è andato a prendere.

Dio mio.

Poteva tentare una comunicazione sottotraccia, mandare un messaggio, far sì che Orsini tracciasse lei, lei, non le Cornee, o addirittura Iacoangeli. Poteva far partire una chiamata mentre l'uomo non la guardava, silenziare il volume, dare delle istruzioni in codice e far sì che i colleghi li trovassero.

Certo, come nei film.

E poi cosa faccio? Aspetto? Aspetto mentre quelli muoiono?

Potevano farcela solo lei e Iacoangeli, seguire le sue indicazioni, trovare gli altri e poi intervenire. Iacoangeli sapeva sparare, ma nemmeno lei era da buttare via. Non lo faceva spesso, ma almeno una volta al mese al poligono ci passava e qualche centro lo portava a casa.

È facile ragionare così, seduta con una pistola in mano accanto a un uomo disarmato.

Ma non ha fatto tutto da solo.

Ed ecco il punto della questione. Quell'uomo sapeva che gli altri riceventi erano stati rapiti, conosceva lo stato in cui si trovavano e il luogo in cui erano nascosti, sosteneva che se non li avesse raggiunti sarebbero morti tutti e lei era incline a credergli. Del resto, senza il suo aiuto, non avrebbero saputo nemmeno da dove cominciare a cercarli. Ma la cosa davvero preoccupante era che non li aveva sequestrati lui, quanto meno non tutti. Perché il rapimento del Rene Sinistro era avvenuto mentre l'interprete era ancora a Padova, e il Cuore era stato preso mentre si trovava lì, insieme a loro.

Lui è la mente, il braccio è un altro.

E cosa farà il braccio, se lui non arriva?

Nonostante tutto non riusciva a smettere di guardarlo. Abbassando gli occhi aveva osservato le scarpe da tennis che indossava. Gli agenti di Padova le avevano detto che portava il 48, altra cosa che non tornava. Era calmo, sereno, un uomo in gita che si godeva il paesaggio. Avevano due pistole, eppure gli ostaggi sembravano loro. Iacoangeli le lanciava continue occhiate interrogative, ma Flavia non faceva che ripetersi

ancora un po' più vicino

dobbiamo avvicinarci agli altri il più possibile.

Seguendo le indicazioni delle Cornee avevano continuato a dirigersi a sud, quasi facendo a ritroso la strada che avevano percorso all'andata. Orvieto, Terni, Rieti, fissi sulla Statale 4. Poi il passaggio sulla Provinciale 34. Non avevano mai smesso di parlare, durante il viaggio, Flavia aveva tempestato le Cornee di domande e perfino Iacoangeli si era lanciato in un tentativo di confidenza.

«Parlavamo così bene, noi due. Perché non vuoi parlarmi più?»

«Parleremo quando saremo arrivati, Nico. Promesso.»

Nico.

La donna lo guardava, gli occhi belli, la bocca morbida, ogni volta che incrociava il suo sguardo le sorrideva. E non riusciva a capire.

«Ma perché state facendo questo? Ricevere gli organi di un matto non è una colpa. Non sono persone cattive.» Poi si corresse, dimenticava sempre con chi stava parlando. «Non SIETE persone cattive, non siete destinati a diventare dei mostri.»

In risposta lui le sorrideva. Arrivati all'altezza di un posto chiamato Ascrea aveva detto a Iacoangeli di girare. Flavia aveva la sensazione che si stessero avvicinando alla loro meta, i cartelli indicavano RISERVA NATURALE MONTE NAVEGNA E MONTE CERVIA, un posto mai sentito, anche se non dovevano essere troppo lontani da Roma. Sentì la pressione dell'urgenza farsi più forte.

«Ma almeno dimmi la ragione. Perché non ci credo che sia quella fesseria del "gauna"! Santo cielo, tu sei un uomo come si deve, un uomo intelligente, un uomo che ha studiato, queste sono favole che si possono raccontare ai cretini. Come fa a crederci uno come te?»

Di fianco all'auto aveva cominciato a correre una parete rocciosa, dall'altro lato una specie di guardrail di legno. La strada si era stretta al punto che ci sarebbe potuta passare una sola auto. Lui guardava fuori dal finestrino la pietra che gli correva accanto. Flavia invece evitava di guardare fuori, dalla sua parte, perché appena oltre il bordo della strada c'era un vuoto spalancato, una voragine di alberi che le dava le vertigini.

Se non guardo non mi gira la testa.

E così fissava lui.

«Okay, lasciamo stare gli altri. Tu che colpa avresti, eh? Ammettiamo che abbiate ragione, il gauna vi ha mangiati, diventerete tutti Valerio Felici. Tu cos'hai fatto?»

L'uomo non rispondeva e, senza preavviso, Flavia gli diede un cazzotto alla spalla.

«Ascoltami, cazzo! Non me ne frega niente se mi denunci per abuso di autorità, io voglio sapere cos'hai fatto di così terribile!»

«Non ho fatto niente.»

Si era voltato a guardarla. Era sera, la luce non sarebbe durata ancora a lungo, ma ce n'era abbastanza da mostrarle i suoi occhi umidi.

«Non hai fatto niente, appunto» sottolineò dubbiosa.

Lui annuì, si mise una mano sulla fronte, la abbassò, la rialzò.

«Io ho sempre saputo tutto, ogni dettaglio del piano, sin dall'inizio. Lui mi raccontava ogni cosa.»

Flavia scambiò una veloce occhiata con Iacoangeli, facendogli cenno di rallentare. L'uomo nemmeno se ne accorse.

«Gli ho sempre parlato, come fai tu con me, ho sempre detto che era una follia, una cosa campata in aria. Eppure non l'ho fermato. Non ho fatto niente per impedire che portasse avanti il piano, non ho fatto niente per fermarlo. Sono rimasto a guardare, come davanti a un documentario o a un esperimento.» Senza preavviso le prese la mano. «Lo sai cos'è l'accidia?»

Pur in un momento simile, Flavia non riuscì a trattenersi dall'alzare gli occhi al cielo. Lui rise, in mezzo al pianto, in mezzo alla confessione.

«È uno dei sette peccati capitali, ma non è la pigrizia, come viene erroneamente detto. È la mancanza di volontà di fare del bene. Ed è grave come tutti gli altri peccati, perché» le fece il verso «se sei un uomo come si deve, un uomo intelligente, un uomo che ha studiato, non puoi rimanere a guardare senza fare niente. A meno di non essere un mostro.»

Che stronzata.

Ma non lo pensava davvero. In tutta la sua carriera la categoria contro cui Flavia si era sempre scagliata con maggior ferocia erano gli omertosi. Quelli che si voltano dall'altra parte. L'auto era praticamente ferma, l'uomo biondo esitò.

«Nico...»

Iacoangeli si voltò.

«Devo girare qui?»

«Sì.»

«Qui dove?» chiese Flavia, e si voltò a guardare oltre il finestrino. Di fianco alla strada, scendeva un viottolo sterrato parallelo che si immergeva nelle frasche.

«E come lo giro, questo catafalco? Vado avanti e scendo in retromarcia?» si disperò il poliziotto.

«Usciamo e andiamo a piedi» propose Flavia.

«No. Fai come hai detto.»

Si sarebbe aspettata mille proteste e lagne da parte del giovane agente, invece Iacoangeli, con mirabile sangue freddo, avanzò di qualche metro, mise la retromarcia e cominciò a scendere.

Ecco fatto.

Finiremo in fondo a un burrone.

Ma non c'era un burrone, lì sotto. Alla fine del sentiero, completamente nascosta dagli alberi, c'era una casetta. E, parcheggiata accanto alla casetta, una macchina.

Il buio non aiutava, ma la costruzione, una casa su un piano e mezzo, arrampicata da un lato sulla parete di roccia, era l'insieme di varie incompiutezze. Una parte era fatta in pietra, un'altra di mattoni a crudo, le finestre erano tutte murate e intorno l'erba era cresciuta senza alcun controllo. Un unico elemento era abbastanza nuovo, una grossa porta centrale priva di maniglia, c'era solo la serratura e sopra un pomolo messo come ornamento. Flavia aprì la portiera ordinando alle Cornee

«Tu resta lì»

e a Iacoangeli

«Tienilo sotto tiro, se fa qualcosa di stupido, spara»

poi prese la torcia dalla borsa di suo padre e l'accese.

La mise sotto alla pistola che puntava intorno a sé, anche se non sapeva in che direzione, perché c'erano solo alberi e non si vedeva anima viva.

Loro sono dentro.

Illuminò la facciata della casa e si mise in ascolto. Silenzio. Allora puntò la luce sull'auto. Era una grossa berlina, verde scuro, le pareva. Stava per passare oltre, poi tornò indietro.

La conosco, quest'auto?

Si avvicinò, sforzandosi di ricordare. Era una vecchia Volvo verde. La ricordava parcheggiata sempre nello stesso angolo, sempre un po' sporca, relegata nel punto più angusto del cortile.

In cortile?

Esitò. Non poteva essere la stessa.

«Iacoangeli, questa Volvo non è nostra? Non è una delle auto civetta del commissariato? Perché sembra uguale» chiese ad alta voce, rivolta alle sue spalle.

«Sì, è quella che non usiamo mai perché ha un colore che dà nell'occhio. Ma le altre, la grigia e la blu, le avevano già prese.»

Allora arrivò il freddo. Nelle gambe, a correre dentro alla pancia, fin su nelle spalle.

Avevano sempre saputo tutto, i luoghi giusti, i tempi giusti, la distanza delle volanti.

«Resta ferma, Flavia. Niccolò ha davvero un'ottima mira.»

La voce delle Cornee le arrivò da dietro, vicinissima. Sentì la sua mano sfiorarle le dita, sfilare la pistola e lasciarvi una carezza. In un altro momento avrebbe avvertito una contrazione, un bisogno, una richiesta.

In un altro momento.

Si voltò senza alzare le mani, perché non le alzava, le mani, davanti a un pezzo di merda come Iacoangeli. Era sceso dall'auto senza spegnere i fari e ora stava lì, in controluce, a gambe larghe, perfettamente in posizione, una mano tesa a puntare l'arma, l'altra che recuperava dalle mani delle Cornee la sua.

«Io ho cercato in tutti i modi di farla desistere, ispettrice» le disse. «Ma lei ha la testa dura.»

Flavia abbassò lentamente gli occhi sulle sue scarpe.

«Quanto porti di piede, Iacoangeli?»

«Il 44.» Si strinse nelle spalle. «Ho sempre avuto il piede piccolo.»

L'aria era immobile.

Loro tre erano immobili come l'aria.

«Hai sparato ad Apuano.»

«Ho usato un calibro piccolissimo, e ho chiamato subito l'ambulanza. Sapevo che non gli avrei fatto troppo male.»

«Hai cercato anche di strangolarlo.»

«È lui che non ha mai imparato a liberarsi dalle prese. Luca è così, un po' superficiale. Si è fatto più male cadendo che altro, quando si è ferito all'orecchio mi sono spaventato. Per fortuna c'era la molletta.»

La voce di Iacoangeli era calma, una voce che Flavia non gli aveva mai sentito.

Perché non l'ho mai voluto ascoltare.

Che cretina.

«Quindi c'eri tu dietro a tutto quanto? Ci sei sempre stato tu?»

«Diciamo di sì.»

Lei spostò gli occhi sulle Cornee, immobile in attesa. Ricordò quello che le aveva detto, che lui e il suo persecutore si erano parlati a lungo, che erano diventati quasi amici.

Io conosco le voci.

Tornò al primo momento in cui li aveva visti in università, chini uno verso l'altro, sin quasi a toccarsi.

Troppa intimità persino per un poliziotto inesperto.

Imbecille che sono.

«Può allontanarsi dalla macchina, per favore?» chiese Iacoangeli, gentilmente.

«Perché? Cos'ha questa macchina che non va?»
Subito tornò sui suoi passi e mise le mani sul bagagliaio.
«Se lo apre mi toccherà sparare.»
«Se spari qualcuno sentirà.»
Iacoangeli fece un risolino.
«Quassù nessuno sentirebbe nemmeno se scoppiasse una bomba.»
«E ALLORA SPARAMI!» gli gridò lei, armeggiando con il sistema di sblocco.
«Non a lei, al bagagliaio. E io avrò una buona mira finché vuole, ma non so in che posizione sia messo Miré, quindi rischio di fargli comunque male.»
Flavia si fermò. Avvicinò impercettibilmente la testa al retro della berlina.
«Miré?» chiamò incerta.
Nessuna risposta.
«Immagino sia ancora stordito» ipotizzò Iacoangeli.
«È stato colpito da un taser.»
«E tu come lo sai?» gli ringhiò.
«Perché l'ho nascosto io nella saletta per la biopsia.»
Flavia continuò a fissare il bagagliaio.
«Oppure è un bluff» sbraitò così forte che dalla macchina, per reazione, arrivò un tonfo sordo.
Tutti e tre fecero un salto. Poi all'agente scappò di nuovo quella risatina.
«No, non è stordito.» E quindi: «Dio, che situazione surreale».
«È quasi finita» replicò l'altro.
E sentendo questo dialogo, Flavia tornò in sé. Lo aveva sottovalutato? Certo. Ma Dio santissimo, era pur sempre Iacoangeli. Si voltò.
«Io non ci credo, che hai fatto da solo.»
«Fatto cosa?»
«Tutto. La casa in mezzo al nulla, l'auto civetta rubata, il calibro 22, dove lo hai preso un calibro 22?»
«In magazzino.»

«Ma se ci vogliono permessi scritti per entrare in magazzino! Non puoi entrare e portar fuori della roba così, come se nulla fosse. Ci sono i registri, ci sono...»

«Ma è stata lei a farmi portare fuori tutto.»

C'era una nota nuova, nella voce di Iacoangeli. Una nota inattesa: la rabbia.

«Quando è andata a Bari per trovare Luca, io e Claudia abbiamo dovuto rimettere in archivio tutti gli incartamenti di casi di persone scomparse. Abbiamo firmato, certo, ma entravamo e uscivamo così spesso che avremmo potuto portar via qualunque cosa.»

Un attimo di silenzio.

«E tu cos'hai portato fuori?»

«La calibro 22 e il suo silenziatore. Faceva parte di un grosso sequestro dell'anno scorso. E poi il taser.»

«E a che è servito, il taser? Oltre a stordire il povero Miré.»

«Per i Polmoni. Stava per ammazzare Luca, lo sa? Ho stordito lui, ho messo fuori gioco Luca e poi ho dovuto trascinarlo giù per le scale.»

«Con una scarpa sporca di sangue.»

Iacoangeli si era stretto nelle spalle.

«È successo quando gli ho messo la molletta.»

Di nuovo la risatina. E nessuno dei due si muoveva, come se stessero aspettando

ordini.

«Continuo a non credere che sia stata una tua idea, Iacoangeli. Scusa, non voglio insultarti, ma è un piano troppo articolato.»

«Certo,» rispose lui freddo «perché io sono il deficiente, sono l'inetto, quello a cui non affiderebbe nemmeno la spazzatura da buttare.»

Flavia scosse la testa.

«È ovvio che non sei deficiente, altrimenti non saresti riuscito a fregarci tutti con quella storia di Cristiano Marchi.» Ci ripensò. «Lo hai anche incontrato nel mio ufficio, e sei stato zitto, perché se avessi parlato avrebbe riconosciuto "il ragazzo gentile al telefono". E io che non credevo esistessi. Ma resto della mia idea, non sei tu il cervello.» Guardò le Cornee. «E neanche lui.»

Iacoangeli non rispose.

«Le devo chiedere di salire in macchina.»

«Chi è?»

«Non mi costringa a minacciarla con la pistola, ci salga e basta.»

«Chi è?» chiese ancora Flavia, stavolta rivolta alle Cornee.

Lui scosse la testa.

«Non lo so. Non l'ho mai saputo.»

«Stai zitto» sibilò Iacoangeli.

«Non lo sa nemmeno lui» proseguì il biondo, tranquillo. «Ma non ha più importanza. Davvero, salga in macchina.»

«Qualcuno ti deve avere insegnato come schermare le mail, o dove procurarti delle schede telefoniche» insistette invece lei. «In polizia si impara come fare il criminale, ma sarebbe stato un corso troppo accelerato, Iacoangeli, io non ci credo!»

Spinta dalle Cornee l'ispettrice scattò in avanti, camminando rabbiosa mentre reggeva ancora la torcia, l'agente avvisò subito l'altro

«Stai attento, non lasciarle fare niente»

e subito quello le fu addosso, alto com'era, sembrava un giocatore di basket che stava placcando un avversario. Flavia iniziò a dargli degli schiaffetti quasi leziosi, per una poliziotta addestrata come lei, mentre lui la sospingeva verso il sedile posteriore dell'auto, gridandogli nel contempo, con voce piena di pianto:

«Non mi mettere le mani addosso, pezzo di merda! Te ne sei approfittato, perché mi piacevi! Tu lo sapevi di piacermi!».

Era sempre una piccola magia, quando il trucco riusciva. Questo argomento inatteso aveva fatto esitare le Cornee.

Flavia gli afferrò il polso e alzò l'altra mano come per picchiarlo, lui cercò di parare il colpo ma lei, invece di colpirlo, lanciò qualcosa lontano, con tutte le forze che aveva. Si sentì un suono lieve, uno spostamento di foglie, erba, rametti, chissà. Quando abbassò lo sguardo sul suo polso, l'uomo biondo vide che Flavia gli aveva stretto intorno una manetta e che stava facendo lo stesso intorno al proprio. Ora erano legati assieme, e quelle che aveva gettato erano le chiavi.

«CHE CAZZO HA FATTO?» gridò Iacoangeli avvicinandosi.

«Mi ha ammanettato. Ci ha ammanettati insieme.» La voce delle Cornee era incolore.

«E le chiavi?»

«Le ha buttate.»

Flavia fissava Iacoangeli. Se fosse morta in quel momento, se lui per reazione le avesse sparato in faccia, almeno sarebbe morta soddisfatta.

«Ma perché lo hai fatto?» le chiese le Cornee.

«Perché adesso dove vai tu vado io. E non credo che tu dovessi andare dentro la mia auto.» Si rivolse a Iacoangeli. «Ti avviso, nel bagagliaio in due non ci stiamo.»

Quell'altro mise via la pistola, estrasse il cellulare e alla luce della torcia tentò di trovare le chiavi nell'erba.

Dio, fai che non ci riesca.

«Ma perché lo hai fatto?» le chiese di nuovo l'uomo legato a lei, come se non riuscisse a dire altro.

Aveva il viso sconvolto, sembrava terrorizzato.

«Perché qualunque cosa vi abbiano riservato, non lo meritate. Quella del gauna è una fiaba per matti. E se ci vado di mezzo io, allora è una fiaba sbagliata.»

«Niente, è impossibile trovarle, l'erba è troppo alta» disse Iacoangeli, tornando.

«Non ci sono attrezzi?» chiese l'altro.

«No, ho eliminato tutto, non doveva esserci niente da poter usare e infatti non c'è niente.»

«Nell'altra auto?»

L'agente scosse la testa. Poi, inaspettatamente, scoppiò a piangere.

«Non doveva andare così» disse tra i singhiozzi.

«Non sta scritto da nessuna parte che le cose debbano andare in un modo o nell'altro. Siamo in tempo per farle andar bene» suggerì Flavia a voce bassa.

«Non posso» rispose il ragazzo.

«Sì che puoi.»

«NON POSSO!» le urlò, paonazzo, le vene in rilievo sulla fronte.

Flavia sentiva che era vicina, vicinissima a portare la situazione a suo vantaggio.

«A tutto c'è rimedio, Iacoangeli. Se non hai fatto niente di irreparabile puoi tornare indietro. Se loro sono là dentro, sani e salvi, ne uscirai.»

Lui la guardò con odio, odio puro.

«Lei non sa di cosa parla.»

«E allora spiegamelo. Fammi capire. Perché lo fai?»

Il ragazzo respirò pesantemente, combattendo una lunga lotta intestina. Poi si arrese e tra i denti disse: «Per Lorenzo».

Flavia rimase spiazzata.

«Per l'ispettore Carrozzini?» chiese, per esserne sicura.

«No» ringhiò ancora lui. «Per Lorenzo.»

PARALISI

"Resta immobile" si era detto.

Aveva sentito un grido, e quel grido, inaspettatamente, non arrivava da Claudia o da Augusto, a gridare era stato Luca. Niccolò lo aveva sempre saputo, che Luca non era per niente forte come fingeva di essere.

«Luca deve stare attento» aveva buttato lì una volta Lorenzo. «Quelli come lui, a voler tenere duro sempre e a tutti i costi, prima o poi si spezzano.»

Molto più avanti nel tempo, Niccolò avrebbe raggiunto la consapevolezza che lui era lì, nel momento in cui Luca si era spezzato. Ma non se ne era accorto, allora, perché era troppo impegnato a morire lui stesso. Si era sentito sfaldare, cadere a pezzi, un brandello di anima alla volta. Eppure, fisicamente era ancora in piedi, così come si era imposto. Claudia si era seduta su una sedia, pesantemente, e aveva affondato il viso nelle braccia. Augusto aveva infilato le mani nei capelli, non faceva altro che tenerle così, gli occhi sbarrati fissi sulla porta dove Orsini restava aggrappato. Di Luca si sentivano solo i gemiti, ma Luca era a terra, da qualche parte. Avrebbe dovuto chiedere: "Dove?". Oppure: "Come?". Troppo difficile, per arrivare a queste domande sarebbe dovuto andare oltre la grande Verità: Lorenzo era morto.

Lo aveva chiamato Rosanna, quella mattina.

«Niccolò, non è che a te ha detto dove andava, stanotte?»

e lui era stato abbastanza bravo a parare il colpo, perché gli era bastato leggere il suo nome sullo schermo per sapere che dovesse essere successo qualcosa e che il suo ruolo, in qualunque emergenza, era quello di rimanere fermo, saldo.

«Se mai qualcuno vedesse qualcosa, o capisse qualcosa, tu non fare niente. Resta immobile, ci penso io.» Così gli aveva insegnato Lorenzo.

E così lui aveva fatto.

«No, signora Carrozzini, mi dispiace, l'ispettore di questa indagine condivide poco, lo sa che a lui piace ragionare solo quando ha delle certezze, non con i dubbi.»

Questo aveva risposto, non la frase che gli era salita spontanea alle labbra:

"Ma come, stanotte?".

Non era previsto nessun incontro, quella notte, se così fosse stato Lorenzo glielo avrebbe detto. E glielo avrebbe detto non solo perché era il suo pupillo, l'agente giovane a cui stava insegnando tutto e che lo affiancava in ogni fase delle indagini, ma perché glielo doveva, altrimenti sarebbe stato in pensiero.

«Stai attento» gli diceva Rosanna quando usciva.

«Stai attento» gli ribadiva Niccolò quando andava in missione senza di lui.

Ma la notte prima era uscito, mentendo a lei e senza dire niente a lui, e questo era preoccupante, ancor prima che sospetto, perché Lorenzo non era rientrato. Aveva chiamato subito Luca e poi Claudia, aveva sperato che avesse parlato con loro, anche se gli avrebbe dato fastidio, perché avrebbe significato che i loro problemi uscivano dalla camera da letto per riflettersi sul lavoro. Ma nemmeno gli altri sapevano nulla. Niccolò aveva tentato di chiamarlo, il telefono era spento o non raggiungibile, non lo aveva fatto di nuovo perché una telefonata da parte di un collega era normale, due sarebbero state sospette.

«Devi stare attento a queste cose, Nico. La gente bada alle stranezze» gli aveva spiegato lui.

Era uno dei suoi pregi, la chiarezza, avere le idee chiare, mettere le cose in chiaro.

«Io non ti posso promettere niente» gli aveva detto la prima volta.

«Lo so» aveva sospirato Niccolò, ancora travolto dalla felicità di quell'amplesso insperato, dopo un anno che lo guardava da lontano chiedendosi perché gli uomini migliori dovessero essere tutti etero e sposati.

«Non dobbiamo mai parlarne con nessuno. Però non credere che per me non significhi niente.»

Un po' gli aveva creduto e un po' no, gliene avevano fatti già tante volte, di quei discorsi, e non solo uomini impegnati, ma anche quelli liberi come l'aria. Niccolò non cercava una relazione duratura, però si era stancato alla svelta delle storie da una botta e via. Forse non era una cima, ma sapeva che con il suo aspetto un po' efebico non avrebbe fatto fatica a trovare una compagnia diversa ogni giorno, ma proprio non gli interessava. Voleva qualcuno che arrivasse e rimanesse, se non per sempre almeno per un po'. E aveva aspettato, accettando qualche appuntamento, facendosi una dose ragionevole di scopate ma senza l'assillo di dover avere qualcuno a tutti i costi. Poi quell'ispettore di quindici anni più grande era arrivato in commissariato e lui si era innamorato senza speranza. In fondo questo non lo aveva reso mai davvero infelice, lo poteva vedere tutti i giorni, Lorenzo era molto protettivo e gli insegnava senza perdere la pazienza. Niccolò si alzava la mattina con il sorriso sulle labbra, accontentandosi di poter prendere un caffè con lui e tutta la squadra nel bar vicino alla centrale, di potergli chiedere consiglio, di guardarlo lavorare. L'ispettore Carrozzini, così bravo, così umano. Ci aveva fatto su un piccolo sogno, anche le poche volte che moglie e figli si erano presentati in ufficio per fargli una sorpresa non si era fatto il sangue amaro. Non ce l'aveva con loro, li invidiava ma di un'invidia buona. Perché anche lui, Niccolò, era buono. E poi le cose erano proseguite spontaneamente. Visto che i suoi genitori gli ave-

vano lasciato l'appartamento in città, quando con la pensione avevano deciso di trasferirsi a Ostia, quello era diventato il quartier generale della squadra dopo il lavoro. Augusto Miré era quello che veniva meno spesso, aveva la sua famiglia da cui tornare, tra cui un paio di figli poco più giovani di Niccolò, che gli davano dei grattacapi. Claudia e Luca arrivavano sempre carichi di cibo, perché i relativi compagni non li lasciavano mangiare quello che volevano, soprattutto la ragazza di Apuano, che era una salutista. Aveva sempre avuto il sospetto che, se fossero stati single, tra i due sarebbe nato qualcosa. Lorenzo veniva sempre dopo gli altri e andava via presto perché voleva vedere i suoi bambini prima che si addormentassero. Era una sua fissazione, quella della buonanotte a Gioele e Mattia, viveva la paura di ogni poliziotto, cioè che potesse essere l'ultima.

Una sera di maggio faceva già molto caldo e avevano lavorato sul piano per beccare una baby gang che negli ultimi tempi aveva messo a punto diversi furti nella metropolitana. Claudia Turriziani era dovuta scappare via prima degli altri perché l'avevano avvisata che sua nonna era caduta e Apuano l'aveva seguita poco dopo, perché il mattino dopo aveva il turno presto. Lorenzo si era fermato per aiutare Niccolò con i piatti e a tagliare i cartoni della pizza, così da mettere le parti pulite insieme alla carta e il resto nel secco. Si erano trovati vicini a sistemare e a un certo punto avevano smesso di parlare. Niccolò temeva di avere capito male, e invece aveva capito bene. La loro relazione era durata sedici mesi. Negli ultimi tre ogni tanto ci scappava una litigata, perché Lorenzo sembrava fare sempre più fatica a trovare tempo per lui, con tutto che non gli chiedeva granché, si accontentava di una sera alla settimana e qualche sorriso in più in ufficio. Mai gli aveva chiesto di lasciare la moglie, mai gli aveva chiesto un coming out che lui stesso non aveva mai fatto, mai aveva preteso un ruolo accanto a lui. In questo Lorenzo era un pavido, si era rifugiato nella finzione per tutta la vita, ogni volta con una scusa diversa. Prima i geni-

tori che non avrebbero capito, poi l'ambiente della polizia che non lo avrebbe accettato, quindi il desiderio di figli biologici e infinite altre balle che corrispondevano al semplice fatto che la verità era un luogo troppo difficile da abitare. Ma Niccolò lo amava così com'era e per non creargli problemi aveva nascosto a sua volta ciò che sentiva, fingendosi un altro. Tanto non aveva nulla da nascondere, a parte Lorenzo non frequentava nessuno, non si era mai scaricato un'app di appuntamenti, nemmeno quelle poco conosciute, meno frequentate, più "prudenti". Non ne aveva bisogno. Quello che considerava intimamente il suo uomo, invece, spesso gli sembrava irrequieto, insofferente alla doppia vita nella quale si era costretto da solo. Niccolò aveva iniziato a sospettare che potesse vedere qualcun altro. Niente di serio, solo avventure, ma non intendeva farselo andare bene, perché lui non era il bel ragazzino che Lorenzo si scopava in segreto, lui era l'altro, ma l'altro sul serio, quello che lo ascoltava, quello sulla cui spalla l'ispettore aveva pianto, quello che conosceva i suoi segreti e gli aveva dimostrato di essere pronto a tutto, tutto pur di difenderli.

Questo stava facendo, allora.

Quando Orsini era entrato nell'ufficio dicendo che Lorenzo era morto, dopo un giorno intero in cui lo avevano cercato.

Mentre Luca Apuano gridava e si accasciava a terra.

Mentre Claudia Turriziani crollava seduta piangendo.

Mentre Augusto Miré si metteva le mani nei capelli.

Niccolò Iacoangeli era rimasto fermo, le lacrime che gli rotolavano quiete sulle guance, mentre pensava che Lorenzo glielo avrebbe detto, che aveva un appuntamento con un informatore, e invece era uscito di nascosto, da Rosanna e da lui. Non per lavoro, ma per vedersi con qualcuno.

Per tradirli entrambi.

C'era stata un'indagine e lui aveva collaborato, come tutti gli altri. Aveva detto ciò che già sapevano: la scomparsa di alcune persone in circostanze strane, Lorenzo che si era pre-

so a cuore la cosa perché «degli ultimi non frega mai a nessuno», le tracce che non conducevano da nessuna parte. E poi quell'uscita serale, il treno, la caduta. C'era stato il funerale e Niccolò era rimasto in disparte, insieme ai colleghi della squadra, libero di piangere il giusto ma sempre attento a non eccedere. In casa urlava nei cuscini, prendeva a pugni le cose, si metteva sotto la doccia fredda per cercare di uccidere il dolore con il gelo. Non aveva niente. Non gli era rimasta una maglietta, un asciugamano usato, dall'ultima volta che Lorenzo era stato nel suo letto aveva lavato le lenzuola. Il suo odore era nell'aria, ma si stava affievolendo sempre più e presto non avrebbe avuto nulla al di fuori dei pochi messaggi sul suo cellulare. Lì dentro c'erano alcune foto di loro due insieme, le sole che Lorenzo non gli aveva fatto cancellare, foto che sarebbero sembrate innocenti, a un occhio esterno. E, tra i messaggi, per la maggior parte cancellati anch'essi, l'ultimo che si erano scambiati era del giorno prima che Lorenzo salisse su quel treno. Sarebbe stato bello, se fosse stato un messaggio particolare, sentito, affettuoso, invece era uno scambio secco sull'ennesimo appuntamento rimandato.

"Mercoledì no."

"Okay."

L'ultima traccia di un amore che, Niccolò ne era certo, c'era stato ed era stato reciproco. Un amore che negli ultimi tempi si era fatto ingombrante e che aveva aggiunto pressione a pressione. Anche con Rosanna c'erano dei litigi, Niccolò lo sapeva da Luca. Pareva che la moglie lamentasse la scarsa presenza di Lorenzo a casa, e di certo la colpa non era sua, perché lo vedeva meno di lei. Apuano aveva ridacchiato, all'epoca, dicendo che se nemmeno Carrozzini era un santo allora per il mondo non c'era speranza. Niccolò si era ritrovato a macerarsi nel dubbio: a casa Lorenzo aveva Rosanna e le sue lamentele, in ufficio aveva lui e il suo malumore, aveva una sua logica immaginare che un po' di leggerezza sarebbe andato a cercarla altrove.

"E quella leggerezza lo ha ammazzato."

Diventò sempre più una certezza, e da certezza passò a ossessione. Perché la polizia guardava dalla parte sbagliata, cercava in una direzione che Lorenzo non aveva percorso, perché Lorenzo su quel treno ci era salito per scoparsi qualcuno, magari nel bagno, e questo qualcuno invece...

Cosa?

Aveva scoperto che lui era un poliziotto e si era spaventato?

Gli aveva chiesto soldi e la cosa era finita male?

Niccolò si concentrò sul fatto che si fosse tenuto il telefono, il portafogli, la fede. Da una parte aveva senso, uccidi un uomo, sai che è un poliziotto e fai sparire tutto per sempre. Oppure, forse, il telefono poteva essere una chiave. Lorenzo e il suo assassino potevano essersi scambiati dei messaggi. No, suonava male. Rosanna era sospettosa e anche lui lo era, ragione principale per cui l'ispettore usava una cover a libretto blu scura che nascondeva lo schermo. Ma se il cellulare di Lorenzo avesse iniziato a tintinnare oltre misura uno dei due se ne sarebbe comunque accorto. Potevano essere messaggi che arrivavano in un'altra maniera, magari via app. Due settimane dopo il funerale, chiuso tra le mura domestiche, Niccolò iniziò a esplorare le app di incontri gay che conosceva, prima la più nota, dove però era difficile che Lorenzo avrebbe deciso di esporsi. Ne trovò altre due e poi una relativamente nuova: U41. Si fece un profilo su tutte e andò in cerca di quello di Lorenzo. Non ci mise più di tre quarti d'ora per trovarlo. Era un profilo povero, nessuna foto pubblica se non quella obbligatoria che mostrava solo una bocca che sorrideva. Niccolò quella bocca l'avrebbe riconosciuta tra mille. Il pianto che si fece davanti all'account di "Becero79" fu il primo vero pianto di dolore da quando il suo uomo era morto. Era il pianto davanti al tradimento, il pianto di chi sapeva di non essere abbastanza. Si chiese se quel dolore fosse peggiore di quello per la morte di Lorenzo e pensò che avrebbe voluto saperlo vivo e coinvolto in un'or-

gia con Apuano, Miré e perfino Orsini, piuttosto che essere costretto a non vederlo più. Compreso questo, sentì due urgenze. La prima era quella di cancellare subito il profilo di Lorenzo, per evitare che qualcuno arrivasse alle sue stesse conclusioni, lo riconoscesse e facesse saltare la copertura di una vita intera. Del resto a chi avrebbe giovato, adesso, far sapere al mondo che Lorenzo era gay, che il suo matrimonio era una farsa, che aveva un giovane agente come amante e che si era fatto uccidere da uno scopatore occasionale scovato su una app? Doveva assolutamente impedire che succedesse. Ma d'altro canto sapeva che proprio su quell'app si nascondeva il suo assassino. Tentò di accedere all'account di Lorenzo, provò diverse password ma poi venne preso dal timore che, se avesse insistito, sarebbe stata inviata una mail di segnalazione. Su quale indirizzo? Il suo personale, a cui aveva accesso anche Rosanna? No, troppo rischioso. Tentò un'altra strada. Su quell'app, come su molte altre, era possibile mettere un flag di apprezzamento o di interesse al profilo di qualcuno. Lorenzo doveva averlo fatto con quello del suo assassino, e il suo assassino doveva averlo fatto con quello di Lorenzo. Aveva controllato, e i contatti che avevano manifestato interesse per "Becero79" erano 37. Andò sui loro profili e vide che Lorenzo aveva ricambiato l'interesse, o forse viceversa, erano stati loro a ricambiare lui. Allora tornò a loggarsi col proprio profilo e mise a sua volta un flag a tutti e 37. Tre gli scrissero subito e poté vedere le loro foto in chiaro. Lui non ne aveva caricate e non intendeva farlo, quindi rimase sulle sue e fece un po' il misterioso. Se ne fecero vivi altri due o tre, ma nessuno voleva prendere appuntamento con lui senza avere visto prima alcune sue foto. Niccolò sapeva che era un rischio troppo grosso, non voleva essere associato all'app, non poteva fare coming out, quindi fece l'unica cosa che gli fu possibile fare: rubò delle foto. Riuscì a scovare un sito d'incontri belga nel quale c'erano delle foto non troppo raffinate di ragazzi che si mettevano a disposizione per appuntamenti e ne rubò cinque di un tizio castano con la barbetta. Le caricò sull'app e il suo successo crebbe. Poté iniziare a chattare con un po' di gente. Si era inventato un'identità abbastanza credibile, carrozziere con la passione delle moto d'epoca. Per lui era tutto molto nuovo, era Lorenzo quello che aveva le idee, di solito, lui quello che le imparava. Cogliendo l'occasione di San Valentino diede i primi appuntamenti e poi si nascose per osservare le persone che si presentavano. Erano tutti esattamente come nelle foto, magari meno patinati e forse non così dotati come millantavano. Restò a osservarli da lontano e poi li seguì. Ricevette da tutti una segnalazione negativa per non essersi presentato e, al quarto appuntamento saltato, l'app lo bloccò. Niccolò era disperato, avrebbe dovuto ricominciare tutto da capo e, quel che era peggio, in commissariato si era presentata la sostituta di Lorenzo, tale Flavia Mariani, sua collega e amica ma una vera iena. Lui gliene aveva parlato, a volte, mentre restavano abbracciati a letto dopo l'amore.

«Tu ci moriresti, sotto Flavia. Ti mangerebbe vivo e sputerebbe le ossa. Lei li odia quelli come te, i ragazzi gentili, delicati, magari un po' ingenui...»

«Ingenuo a chi?»

Avevano lottato un po', avevano riso, e quella sera Niccolò era stato certo che Lorenzo non avesse mai detto alla Mariani la verità su di sé. Perché lei era una donna gretta, una di quelle che vedono una sola via, quella tradizionale, e tutto il resto è merda.

«Non è cattiva» insisteva Lorenzo. «Ma nella sua idea del mondo noi due non esistiamo.»

E ora ce l'aveva lì, ad attraversare gli uffici a falcate, a sbraitare ordini, a guardarlo storto perché sì, effettivamente non le piaceva.

"Ma era sua amica. Questo deve valere qualcosa."

Si rifece un profilo, tornò in Belgio a rubare un'altra faccia e ripeté l'operazione precedente, mostrando interesse per tutti quelli che avevano interagito con Lorenzo. Ma que-

sta volta niente appuntamenti, tergiversava, cercava di raccogliere informazioni, si sforzava di capire con chi avesse a che fare. Gli risposero in molti, aveva diverse foto di cazzi e culi, poca roba di schiena, pettorali, tartaruga, tante bocche schiuse e occhi languidi. Chattò con alcuni di loro, la maggior parte perdeva interesse subito, alla seconda o terza domanda. Molti, dopo qualche mese sparirono. Allora decise che si sarebbe buttato e fece un terzo profilo con all'interno delle foto sue, vere, accettando appuntamenti ma solo fuori Roma. Dei 37 iniziali, tolti i quattro a cui aveva dato buca, ne conobbe 31. Si segnò i loro nomi, scandagliò le loro vite, occupò tutto il tempo che non trascorreva al lavoro per sapere chi fossero, cosa facessero, se uno di loro avesse mai preso un treno da Termini alle 23.06 per uccidere il suo grande amore. Ma non ne ricavò nulla. Fino al 31 maggio 2022. Quel giorno ricevette un messaggio. Era uno dei due che non gli avevano mai risposto, un tale "Eros". Il messaggio diceva:

"Ciao, Niccolò. Vuoi sapere chi ha ucciso Lorenzo?".

Le chiavi erano lì, esattamente dove gli aveva detto che sarebbero state. Box 23 del magazzino Filotto, infilate nel lucchetto più in alto. Niccolò si era avvicinato, sentendo un freddo mortale a gambe e braccia. Per un mese lui e la persona che si nascondeva dietro al nome di "Eros" avevano chattato. Quel tizio gli aveva detto che il profilo da cui scriveva non era suo, ma apparteneva proprio all'assassino di Lorenzo. All'inizio aveva pensato di darlo in pasto a un hacker che lo individuasse, ne avevano parecchi al soldo della polizia, ma poi si era fatto venire un dubbio: l'hacker avrebbe scoperto Lorenzo e la verità avrebbe rischiato di emergere. Poi aveva avuto paura, perché "Eros" non era stato mai minaccioso o aggressivo, si era limitato a scrivergli quel che sapeva, ovvero che l'ispettore Carrozzini era stato ucciso da un uomo con cui aveva preso appuntamento per stare un po' insieme. Già questa era una minaccia, anche se quel tizio non l'aveva mai usata contro di lui. Avevano par-

lato un po', o meglio, "Eros" gli aveva scritto e Niccolò aveva letto. Quell'altro sapeva delle cose. Sapeva da quanto tempo lui e Lorenzo stavano insieme. Sapeva che erano entrambi poliziotti. Sapeva il nome della moglie e dei figli di Lorenzo e una marea di altre informazioni su di lui.

"Perché ti racconto queste cose? Perché voglio che tu capisca che io non voglio in alcun modo infangare la memoria di Lorenzo e non voglio fare del male nemmeno a te. Desidero solo che venga fatta giustizia e che il colpevole paghi."

Alla fine Niccolò si era arreso.

"Cosa vorresti che facessi?"

"C'è un magazzino, nella periferia di Roma. In quel magazzino ci sono delle cose. Io voglio che tu le veda e che decida cosa farne. Sei libero, puoi scegliere di chiamare la polizia e di consegnare tutto a loro. Ma sai che in questo caso è possibile che la verità su Lorenzo venga a galla insieme a tutto il resto. Oppure puoi fare giustizia. E in questo caso il segreto dell'ispettore Carrozzini finirà nella tomba insieme al suo assassino."

"Sai chi è?" aveva chiesto Niccolò.

"Sì."

"Vuoi che lo uccida?"

"Sì."

"E se prendo la decisione sbagliata?"

"Non me la prenderò con te, se questa è la domanda."

Niccolò si tormentava nel dubbio.

"Lo ucciderò solo se avrò la certezza che è colpevole. Se avrò anche il minimo dubbio non lo farò."

"Va bene."

Alla fine glielo aveva chiesto.

"E tu che ci guadagni?"

"Giustizia."

"Per fare giustizia non puoi ucciderlo tu stesso?"

La risposta era arrivata dopo un po'.

"Il diritto alla vendetta non è di tutti. Non basta sapere che un uomo è colpevole per avere il diritto di vendicare le

sue vittime. Se lo facessi io, diventerei esattamente come lui. Ma tu questo diritto ce l'hai. Tu e tutti gli altri."

"Tutti gli altri chi?"

"Il magazzino si chiama Filotto, il box è il numero 23, troverai le chiavi attaccate a un lucchetto, domani alle 19."

Niccolò smontava alle 18, "Eros" lo sapeva, quindi non riuscì ad arrivare in anticipo per incrociarlo o scoprire chi fosse. Passò davanti alla guardiola senza che l'uomo dietro il vetro lo degnasse di uno sguardo. Prese le chiavi, attaccate a una piccola palla da bowling azzurra e bianca, e aprì i tre lucchetti. Sollevò la saracinesca ed entrò, chiudendosi dentro. Diversamente da quello che avrebbe fatto dieci mesi dopo l'ispettrice Mariani, Niccolò Iacoangeli estrasse tutti i cassetti, srotolò il tappeto, aprì le scatole. Gli ci volle qualche minuto per capire che si trovava nel magazzino di un serial killer, ma solo mezz'ora dopo capì di chi si trattava veramente, dopo aver pianto riverso sul cassetto numero ventitré, proprio come il box, abbracciato al tesserino di Lorenzo, al suo portafogli, al pacchetto di fazzoletti di carta che teneva sempre in tasca perché soffriva di allergia, alle chiavi di casa e dell'auto, ai preservativi e al suo taccuino per gli appunti.

"Stupido" disse al cassetto.

Farsi uccidere da un serial killer solo per farsi una scopata. Si mise seduto sui talloni, gli oggetti di Lorenzo in grembo. Di che scelta aveva parlato, "Eros"? Se avesse chiamato i colleghi non ci sarebbe stato modo di nascondere come avesse scoperto il covo di Valerio Felici, neanche se fosse stato davvero bravo a mentire, e non lo era, non così tanto. Ma, soprattutto, nel ventitreesimo cassetto non c'era il telefono di Lorenzo.

"Ce l'ha lui. Sul telefono c'è tutto. È con quello che mi tiene in pugno."

Perciò aveva una sola scelta, e la sola scelta se l'era trovata davanti appena entrato. Una serie di cartellette appoggiate a terra, in mezzo alla stanza. La curiosità lo aveva portato a scavalcarle, a guardare prima nei cassetti, e poi era successo tutto il resto. Le cartellette erano otto, su ciascuna delle prime sette una parola sola: "cuore", "rene destro", "fegato", "cornee", "rene sinistro", "pancreas", "polmoni". E dentro fotografie, informazioni, movimenti, numeri di telefono, mail. Sette persone che erano ciò che restava di Valerio Felici. L'ultima cartelletta portava in cima una parola sola, misteriosa: "GAUNA". Dentro c'erano tutte le istruzioni. Niccolò le raccolse, andò al ventitreesimo cassetto e prese tutte le cose appartenenti a Lorenzo. Tutte, meno una: la fede nuziale non la voleva. Chiuse il box, pensando che sarebbe dovuto tornare il giorno seguente con guanti e candeggina, per eliminare le sue impronte. Ma sapeva che ci sarebbe tornato altre volte, ancora e ancora, per cercare, in mezzo a tanta ferocia, la forza di fare quello che doveva fare.

IPERVENTILAZIONE

Erano tante informazioni da elaborare.

Iacoangeli era stato scelto come una specie di angelo vendicatore.

Perché lui e Lorenzo erano stati amanti.

E lei non ne sapeva niente.

Era il mio migliore amico.

No, non era vero. Perché i migliori amici se le dicono, certe cose, e se non se le dicono le capiscono lo stesso. Invece lei non aveva capito niente e non era solo colpa di Lorenzo, che glielo aveva nascosto. Lei non aveva capito perché...

«Perché non l'ho capito?»

Prima che riuscisse a fermarsi lo chiese a voce alta. Non era una vera domanda, in fondo, perché in quel momento non riusciva a essere razionale, era tutto ovattato, impastato insième. Iacoangeli fece ancora quella risatina, che di ilare non aveva niente.

«Lorenzo diceva che con lei bisognava tenere un basso profilo, fare il finto tonto, perché per certe cose aveva fiuto. Diceva che se c'era qualcuno che poteva accorgersene era lei. Perché a lei quelli come noi fanno schifo.»

«No, non è...»

Non è vero?

Stavi per dire che non è vero, Flavia?

Non terminò la frase. La torcia che le era caduta nella colluttazione per prendere le manette ora l'aveva l'interprete biondo. La stava puntando sull'anello stretto al polso, girandolo e rigirandolo, così intento che forse nemmeno li ascoltava.

«Lorenzo è riuscito a ingannarla per vent'anni. Diceva che lei non lo avrebbe accettato, per questo non le raccontava mai niente. Non era una buona amica» continuò Iacoangeli con la voce rotta. «Lo ha lasciato solo.»

«Questo non è vero.»

«Sì, invece.» Il ragazzo si incupì ancor di più. «Ha preferito tenersi stretta l'idea che aveva di lui, perché le faceva comodo. Anche quando ha preso il suo posto si è fatta andar bene quello che le aveva raccontato di noi, senza cercare di capire se ci fosse dell'altro. Io ero il povero agente Iacoangeli, giovane, inesperto, scemo. Questo è ciò che le ho mostrato e questo è ciò che ha visto.»

La luce della torcia la colpì sul viso.

«Dobbiamo trovare il modo di aprirle.»

Il viso delle Cornee era corrucciato, mentre i suoi pensieri procedevano su un binario a parte.

«Non è come il lucchetto del diario del cuore» gli disse in tono incolore. «Sono manette, solo nei film si aprono con due forcine. E comunque io di forcine non ne ho. Quindi restiamo così.»

Seguì con gli occhi Iacoangeli che si passava i palmi delle mani sul viso e si avviava verso il portoncino d'ingresso. A terra c'era un mattone, lo sollevò e illuminò sotto. Cercò lì intorno, spostò un paio di pietre e alla fine si avviò verso la Volvo verde. Aprì l'auto e dal bagagliaio si sentì un nuovo tonfo.

«Guarda che Miré non respira!» disse Flavia.

«E a lei che gliene frega?» brontolò Iacoangeli, infilandosi nell'abitacolo.

«Non respira» ripeté lei, rivolta alle Cornee.

«Dobbiamo aprirle assolutamente. O sfilarle. Riesce a stringere la mano?» continuò lui, come ipnotizzato.

Con uno scatto lei gli afferrò il viso, tenendolo forte tra

le dita. Nella testa aveva Lorenzo che tradiva Rosanna, che abbracciava Iacoangeli, che mentiva, che piangeva da solo, che cercava compagnia nei bar, che teneva in braccio i suoi figli, che quando si salutavano faceva sempre qualche battuta scema per prevenire una commozione che non si poteva permettere. E tra tutti i sentimenti contrastanti che provava ne emerse uno prepotente: il dovere. Verso se stessa, verso gli ostaggi, verso Lorenzo stesso. Lorenzo amava la sua squadra, e Miré rischiava di soffocare.

«Senza la chiave puoi solo tagliarmi la mano. E se non puoi tagliarmi la mano, c'è un uomo che sta soffocando, lì dentro.»

Finalmente il biondo si scosse, la guardò e fece un passo verso il bagagliaio. Iacoangeli riemerse dall'abitacolo.

«Che Felici avesse ucciso Lorenzo lo sapevo già» gli disse veloce Flavia.

«Lo so.» L'agente stava tenendo in mano qualcosa, oltre alla pistola, e non la guardava. «Perché ha trovato l'anello e non lo ha consegnato.»

Di nuovo l'ispettrice ebbe un capogiro, ma questa volta non si oppose e si appoggiò all'auto. Prima o poi le cose vanno affrontate, e lei non avrebbe avuto un momento migliore per farlo, oltre a quello.

«Sì, l'ho messo nel barattolo del caffè.»

Altro risolino di Iacoangeli. Ma questa volta era forzato, cercava disperatamente di non rimettersi a piangere.

«E perché?» le chiese.

Sì, era venuto il momento di farsi quella domanda.

Perché ho tenuto l'anello?

Perché i colleghi avevano lavorato male, perché avevano perso la pista, perché avevano sottovalutato il caso, perché non

Perché ho tenuto l'anello?

Perché non voleva che Lorenzo passasse per l'ennesima vittima, il ventitreesimo uomo ucciso da Felici senza che fosse riuscito a

Perché ho tenuto l'anello?

Si sentì stanca, certe cose sono faticose e per quanto tu ci metta tutta la volontà di cui sei capace, a un certo punto devi lasciarle andare, altrimenti ti schiacciano.

Ho tenuto l'anello perché Valerio Felici era un predatore sessuale.

E Lorenzo è stato una sua preda.

«Perché ho voluto proteggerlo» rispose.

Iacoangeli annuì.

«È esattamente quello che sto facendo io.»

In mano aveva la chiave del portone blindato. Perché fosse in macchina non era chiaro, lui l'aveva cercata sotto a quel mattone, il che dava a Flavia l'esatta percezione della desolazione di quel luogo.

«Spegni i fari dell'auto di mio padre, consumi la batteria. O pensi di andartene con la Volvo?» lo apostrofò.

Lui la guardò sospettoso, poi andò a spegnere i fari.

Flavia strattonò con sé le Cornee, cercando di rimettere insieme le idee, di abbandonare Lorenzo e quello che era stato e tornare al qui e ora.

«Iacoangeli, aspetta. Dimmi almeno cosa succederà adesso.»

«Adesso entriamo e poi troveremo la maniera di levarle le manette. Cercherò le chiavi, mi ci vorrà un po' ma...»

«Non mi importa di me, dimmi cosa succederà a loro. Sono vivi? Sei certo che sono ancora vivi?»

Lui si strinse nelle spalle.

«Non fare finta che non ti importi.»

«Certo che mi importa, ma mi importa più di Lorenzo.»

L'ispettrice riuscì ad afferrarlo, tirandosi dietro quella zavorra di interprete, e a farlo voltare prima che infilasse la chiave.

«Lo hai fatto per il telefono? Per riavere il suo telefono dove c'erano le prove...?» non proseguì.

L'agente annuì, stanchissimo.

«Se li portavo tutti qui lui mi avrebbe dato il telefono, erano questi i patti, anche se non me l'ha mai detto esplicitamente, ma erano questi i patti.» La guardò fissa. «Ma prima, se vuole saperlo, ho controllato che avesse ragione.»

«Per quella stronzata del gauna?»

«Non è una stronzata, è vero.»

«Dio, ma come fai a credere a una cosa simile?» disse, stringendo la presa.

«Sono cambiati tutti!» si liberò Iacoangeli. «Hanno ucciso!»

«Solo il Cuore ha ucciso, e che cazzo! E ha ucciso perché tu gli hai fatto il lavaggio del cervello, Dio solo sa come ci sei riuscito!»

«Anche il Rene Destro ha ucciso.»

Iacoangeli lo disse con voce ferma, la voce di chi sa cosa dice. Flavia si ammutolì.

«Sua madre, nel sonno. Il Pancreas stava avvelenando suo padre, gli metteva le sue medicine nel caffè, per questo dormiva tanto. Ho fermato i Polmoni prima che ci andasse di mezzo Apuano, il Rene Sinistro metteva dei coltelli nei lettini dei suoi bambini, il Fegato era disposto a uccidere Marchi, cos'altro dovevo aspettare? Sei su sette, ispettrice. Sei su sette.»

Flavia scosse la testa. Non ci credeva, erano leggende per fessi, non ci voleva credere.

«Ha fatto il lavaggio del cervello anche a te.»

Lui scosse la testa.

«Ora dobbiamo entrare. Lui mi aspetta.»

Aperta la porta con uno scatto, la luce della torcia illuminò l'interno. C'era una grande stanza vuota, senza mobili, solo una vecchia stufa accesa e dei materassi per terra. Oltre, un piccolo disimpegno con una scaletta a pioli che saliva verso il soffitto, quindi l'accesso a una seconda stanza. Niente luce, niente lampadari, niente prese di corrente, niente interruttori, niente di niente. A terra delle immondizie messe ordinatamente da parte, bottiglie di acqua, incarti di cibi secchi. Due persone erano legate, una nell'angolo sinistro della stanza, una nel destro, entrambi uomini, con circa vent'anni di differenza tra loro. Il più giovane stava riverso a terra, a sinistra, le mani erano bloccate dietro alla schiena, i piedi uniti. Aveva capelli ricci e occhi scuri, colmi di odio. L'uomo a destra, invece, aveva sia le mani che le caviglie legate davanti e poteva stare seduto. Non guardava verso il fascio di luce che proveniva dalla porta, teneva la testa bassa, i capelli bianchi a spazzola ben visibili. In piedi in mezzo a loro c'era quella che a una prima occhiata sembrava una bambina. Piccola, bionda, occhi azzurri, labbra rosse. Stava tra i due uomini, il mento alto, le braccia lungo i fianchi, come se fosse la padrona di casa, e forse ci si sentiva. Subito dietro di lei altre due persone, una donna sulla trentina, con i capelli lunghi, castani, snella, scossa da un pianto irrefrenabile. Accanto, a cingerle le spalle con un braccio, un uomo, piccolo e tozzo. Flavia guardò meglio e si rese conto che era una seconda donna più grande, i capelli cortissimi, gli occhiali sporchi. Doveva essere il Rene Destro. Strizzavano gli occhi a causa della luce e non facevano un passo avanti né uno indietro, non sapendo chi fosse sulla soglia. Da dietro la porta, infine, uscì un fantasma, un uomo vecchio, vecchissimo, che indossava un camice da ospedale e un paio di pantaloni della tuta. Sulle spalle si era buttato una delle coperte che si trovavano raggomitolate nella stanza, una qui e una là. Come era già successo a Miré, Flavia fece fatica a riconoscerlo, mentre alzava il braccio magro per ripararsi gli occhi dalla luce.

«Chi siete?» chiese, unico ad avere il coraggio di parlare.

«Siamo noi» rispose Iacoangeli, facendo un cenno alle Cornee, che venne avanti tirandosi dietro Flavia.

Lei non li aveva conosciuti tutti, non di persona, di alcuni aveva visto solo la foto, ma ora che li aveva davanti riuniti insieme sentì gli occhi pizzicarle. Quel che restava di Valerio Felici, ma anche le sue ultime vittime.

«Ispettrice!» la chiamò il Rene Sinistro, mettendosi le mani davanti alla bocca.

«È la polizia?» scattò subito l'uomo legato nell'angolo a sinistra.

A quella parola il Pancreas e il Rene Destro si guardarono, e negli occhi di entrambe serpeggiò la paura.

«Ma cosa ci fa qui?» la guardò il Cuore, gli occhi affossati nelle orbite.

«Mi dispiace» rispose lei, a lui ma anche a tutti gli altri. «Non ci sono arrivata prima.»

Si voltò verso Iacoangeli, la sola persona armata presente, il simbolo del potere, che era letteralmente nel panico, mentre faceva correre gli occhi all'interno della stanza.

«Lui dov'è?» chiese.

Poi, senza aspettare altro, entrò di corsa, superando il vecchio e le donne, dirigendosi in una seconda camera che spalancò, muovendo la torcia del telefono di qua e di là. Tornò indietro, sempre più in agitazione, con il fiato che si accorciava a ogni istante.

«Dov'è lui? Aveva detto che lo avrei trovato qui!»

Iniziò a girare su se stesso, la torcia che correva sulle pareti, sulle finestre murate, a cercare un luogo invisibile, un nascondiglio in cui si fosse nascosto l'uomo che lo aveva costretto a fare tutto questo.

«Niccolò, calmati.» La donna più anziana aveva lasciato quella giovane e gli si era avvicinata.

«Perché non c'è?» le chiese lui, sull'orlo delle lacrime «Lo aveva promesso... doveva darmi... lo aveva promesso...»

Crollò in ginocchio, Flavia sentì le manette che la tiravano, anche per le Cornee quello in mezzo alla stanza era un amico in difficoltà, ma lei non aveva intenzione di muoversi. Sia il Cuore che il Pancreas si avvicinarono all'agente che li aveva rapiti tutti, vittime di una sindrome di Stoccolma bella e buona.

«Lui non ne ha colpa» disse l'uomo accanto a lei. «È l'unico innocente, qui dentro.»

«Ma stai zitto» ribatté.

Ora che Iacoangeli boccheggiava in cerca di ossigeno e il fascio luminoso del suo telefono era puntato a terra, l'unica fonte di luce era la torcia che impugnava il suo compagno di manette, che seguì la voce che arrivava da sinistra, esplodendo in un

«PERCHÉ NON CI LIBERI, STRONZA?»

L'urlo dei Polmoni l'aveva raggiunta con furia, mentre lui cercava di mettersi seduto per poterla vedere meglio. Aveva sospirato.

«Andiamo a liberarlo.»

«No» rispose l'interprete.

«E perché? Perché sennò ci ammazza? Tanto ce ne sono già due che sono qui per ammazzarci» e iniziò a tirarlo.

«Tu no, tu non c'entri, non fare follie» le disse l'uomo, facendosi trascinare, nonostante tutto.

Iacoangeli piangeva, Pancreas, Rene Destro e Cuore gli erano vicini, il Rene Sinistro piangeva anche lei sullo sfondo, il Fegato osservava la scena indifferente, il corpo dei Polmoni si dimenava, la porta era aperta e nessuno scappava.

E poi la matta sono io.

«Stai fermo» disse all'ingegnere nell'angolo.

«PERCHÉ NON SIETE ARRIVATI PRIMA?» le sputò addosso.

Flavia prese il polso libero del suo compagno, lo girò e puntò la luce su Iacoangeli.

«Lo vedi, quello? È un poliziotto. Ecco perché non siamo arrivati prima. Ora stai fermo o non riesco a slegarti.»

«Non può essere liberato» singhiozzò l'agente, risollevandosi. «Lui ho dovuto costringerlo. Potrete slegarlo quando me ne sarò andato.»

«Prova a fermarmi» disse piano Flavia, ma subito l'uomo biondo che era entrato in tutti i suoi sogni romantici, la sollevò in aria come un fuscello, prendendosi botte e schiaffi e insulti in romanesco.

«ANCHE SE NON LI HO AVVISATI, CI STANNO CERCANDO!» gli urlò. «COSA CREDETE, AVETE SEQUESTRATO DUE POLIZIOTTI, TRE, SECONDO LORO, VISTO CHE NON SANNO CHE L'INFAME È IACOANGELI! TRACCERANNO I NOSTRI TELEFONI!»

«Non c'è campo» rispose l'agente, ricomponendosi. «Qui non prende niente nell'arco di dieci chilometri.»

«Ma l'ispettrice ha ragione. Vi hanno tracciati fino a dieci chilometri da qui, e questo non era previsto. Quindi dobbiamo sbrigarci.»

Iacoangeli si voltò verso l'uomo che aveva parlato. Gli stava sorridendo, con i suoi occhi buoni e il naso adunco. E, sorridendo, gli stava porgendo un telefono con una cover a libretto blu.

«Ma non fa niente, Niccolò» disse il Cuore. «Sei stato bravo.»

SINDROME DI RAYNAUD

Gli avevano offerto qualcosa da bere, un caffè, un tè freddo, ma lui aveva rifiutato con un sorriso. Non voleva stargli tra i piedi più del dovuto, anche se in realtà sarebbe rimasto ad ascoltarli parlare del figlio scomparso ancora per ore, se non per giorni.

"Gauna."

Ogni tanto col pensiero riaccarezzava quella parola. Ricordava perfettamente la prima volta che l'aveva letta, era stato alla Biblioteca Nazionale Centrale, in quello straordinario spazio del sapere dove era sempre stato il benvenuto.

«È l'ultimo giornalista al mondo rimasto a fare ricerche su carta» lo canzonavano benevolmente all'ingresso.

Ma quel pomeriggio di un anno prima non era andato lì per lavoro, si era messo in aspettativa già da un po' e non erano trascorsi più di dieci giorni da quando Domenico aveva pronunciato la parola "trapianto". Nessuno lo sapeva, però, men che meno i bibliotecari. Riflettendoci si era reso conto che lui in materia di trapianti sapeva davvero poco. Aveva studiato la propria patologia, questo certamente, sia con l'aiuto dell'amico cardiologo che da autodidatta. Era consapevole di cosa stesse succedendo al proprio cuore, aveva potuto persino visionare alcune foto di organi asportati dopo anni di quella medesima patologia. Diventavano sacche inspessite, dai colori cupi, che parlavano di morte.

«Trapianto» aveva detto Domenico.

Un sogno, una chimera, a sessant'anni. Chi gli avrebbe mai donato un organo che avrebbe potuto salvare una vita più giovane della sua? Aveva comunque lasciato che la curiosità facesse il suo corso, era andato a prendersi dei manuali di anatomia, aveva visionato filmati in cui si mostrava l'asportazione e il ricollocamento di un muscolo cardiaco, si era studiato tutto sulla circolazione esterna. E poi, inevitabilmente, era andato in cerca di storie edificanti che raccontassero come un trapianto avesse cambiato la vita di qualcuno. Aveva preso in prestito alcuni libri e se li era letti sulla chaise-longue del soggiorno, mentre Emmalyn gli cucinava la zuppa di cicoria e Crisanto teneva il caminetto acceso, anche se era solo ottobre. Lui aveva sempre freddo, soprattutto alle mani. Mentre girava le pagine sentiva le dita farsi insensibili, i polpastrelli bianchi e freddi.

«È colpa della cattiva circolazione» gli aveva spiegato Domenico, ma secondo lui erano invece i primi pizzichi della morte, che veniva a prenderselo un pezzettino alla volta.

Non voleva fare il melodrammatico, però, il suo più grande pregio, che era anche il suo peggior difetto, era sempre stata la curiosità, e perfino della morte era curioso. Nell'autobiografia di un medico che aveva introdotto la tecnica dei trapianti in un ospedale della Papua Nuova Guinea, aveva trovato quella parola: "gauna". Il testo diceva:

«Il paziente rifiuta di ricevere il rene del fratello perché lo considera moralmente deplorevole. Sa che senza quel rene non vivrà, ma è certo che se lo accetterà inizierà a bere e a picchiare la moglie e i figli, così come attualmente fa il donatore. Rifiuta l'organo, quindi, per salvaguardare la famiglia da se stesso e da quel "gauna" malvagio».

La biografia era poco più di un'autopubblicazione, ma gli aveva solleticato la curiosità. Aveva fatto un po' di ricerche su internet, dovendosi fermare spesso perché capitava che, stando seduto con la schiena dritta, improvvisamente gli mancasse il fiato. E la parola era ricomparsa, sempre all'in-

terno di testi poco affidabili, tra il sentito dire e il compendio di miti e leggende. Storie che non riguardavano solo gli organi, ma anche le trasfusioni, il trapianto di midollo, tutto quanto inerente il passaggio di parte di un organismo dentro a un secondo organismo, in qualunque modo questo avvenisse, compreso il cannibalismo.

"Gauna": dono.

E sì, lo era, qualunque cosa avesse portato con sé.

Non che ci credesse davvero, a quella faccenda della spiritualità che impregna anche la carne, altrimenti con tutte le bistecche che aveva mangiato avrebbe dovuto sentirsi una mucca.

"Ma le bistecche sono morte. Un cuore sarebbe vivo."

Aveva giocato con quest'idea: pensa un po' avere il cuore di una persona estremamente pia e ritrovarsi ad accendere i ceri in chiesa. Sai che ridere se invece gli fosse venuta la passione per gli animali, a lui che non aveva mai voluto tenere nemmeno un gatto? Oppure, che ne so, ricevere il cuore di un pervertito e finire nascosto nei cespugli dei giardinetti. Sorrideva di quelle fantasie e lasciava che andassero, perché ne era certo, un cuore lui non lo avrebbe avuto. E adesso, seduto su quel divano tanto grande che aveva visto crescere un bambino biondo e solare, ora che una parte di quel bambino ormai adulto continuava a pulsare dentro di lui, si sentiva grato. I genitori insistevano nel volergli mostrare la stanza del ragazzo, Valerio. Non era davvero più la sua stanza da un po' di tempo, ma per loro sarebbe sempre rimasta la cameretta di quel figlio adorato. Il Cuore ci era entrato come in chiesa, a testa bassa, colmo di rispetto e di gratitudine. Sul letto c'era un sacchetto trasparente che conteneva abiti e alcuni oggetti.

«Sono le cose che ci ha restituito l'ospedale. Non abbiamo ancora avuto il coraggio di aprirlo, perché i vestiti sono sporchi di sangue e perché... perché è difficile. Forse è troppo presto, aspetteremo il momento giusto. E chiameremo anche Lavinia, perché Lavinia deve esserci» aveva spiegato la madre, riferendosi alla fidanzata del figlio.

Lui aveva guardato il sacchetto e aveva visto il mazzo di chiavi. Era mescolato insieme ad altra roba, un mazzo grosso, seminascosto dal portafogli, ma con una particolarità: aveva attaccate tre piccole chiavi di un box del Filotto. Lo sapeva perché ci era stato mille volte, in passato, al Filotto: lì era stata stivata la refurtiva di alcuni piccoli delinquenti e sembrava che una delle cassette di sicurezza fosse stata usata come punto di scambio di un paio di ricettatori. Informazioni che riceveva sottobanco mentre seguiva qualche indagine, per cui due chiacchiere con i vari guardiani che si erano avvicendati negli anni le aveva sempre fatte volentieri. Ricettatori a parte, al Filotto si stivavano poche cose. Mobili, avanzi di garage da cui non ci si voleva separare, collezioni o archivi. E segreti. Chissà cosa ci teneva, Valerio. In quel momento gli era arrivato l'impulso: quei due poveri genitori non avrebbero aperto quel sacchetto ancora per qualche giorno, lui avrebbe sempre avuto una scusa per tornare e restituire le chiavi, oppure avrebbe potuto inscenare un ritrovamento in obitorio, altro posto che in vita sua aveva frequentato con assiduità.

«Lo sa che forse un caffè lo prenderei?» aveva quindi detto.

La madre era uscita subito, il padre era rimasto con lui, il tempo di inventarsi

«Posso averlo decaffeinato? Altrimenti ci rinuncio, mi scusi tanto con la sua signora»

per allontanarlo. Il sacchetto non era sigillato, solo ripiegato. Lo aveva aperto, aveva sganciato il portachiavi con le tre chiavette e lo aveva richiuso. Non ci aveva messo più di sei secondi. Aveva seguito l'uomo in cucina, con le mani in tasca, il decaffeinato c'era, ma solubile, andava bene lo stesso? Certo che sì. Uscendo aveva constatato di non sentirsi affatto in colpa. In parte perché quelle chiavi erano un po' anche sue, adesso, e poi perché, volendo, aveva il diritto di scoprire se quel ragazzo avesse dei segreti. Ma nessun senso di colpa, niente di niente? Pareva proprio di no.

I genitori non lo avevano chiamato per accusarlo di furto e lui al Filotto non ci era andato. Aveva scritto l'articolo, elencando alcune delle meravigliose peculiarità del ragazzo che gli aveva donato una vita, poi aveva avvisato la famiglia e quindi si era detto: andiamo avanti. Così era stato. Le chiavi giacevano in un cassetto, ogni tanto le guardava, poi sorrideva e lo chiudeva. Poteva lasciare a Valerio qualcosa che restasse esclusivamente suo, no? Magari, scaduto l'affitto del box o della cassetta di sicurezza, qualcuno avrebbe chiamato la famiglia. Oppure no. Ma non era obbligato a pensarci subito. La sua era stata poco più di una monelleria da bambino.

"In fondo sono nato da poco."

Se lo raccontava, fingeva di crederci, in realtà non aveva spiegazioni né per il furto né sul perché in quel magazzino non ci fosse mai andato. Un pomeriggio stava scrivendo e ascoltava un raro vinile di Dionne Warwick. Quando la canzone si era inceppata, era andato a controllare che non ci fossero graffi sul disco. E poi. Poi quella furia improvvisa, feroce, che gli era salita dal petto alle mani e aveva spezzato un oggetto che ci aveva messo due mesi, ad arrivargli dall'America.

"Perché l'ho fatto?"

Aveva ripreso a lavorare, aveva cercato di andare oltre, ma era stato un gesto terribile, un gesto incontrollabile, un gesto folle. Da dove era arrivata, quella rabbia? Fingendo un controllo di routine era andato a parlare con Domenico, che gli aveva rifilato la solita manfrina del trauma da superare. Aveva cercato di spiegargli che non si trattava di un trauma ma di aver provato un sentimeno che NON ERA SUO.

"Non ho mai sentito una furia del genere. Mai, in sessant'anni di vita."

Era tornato a casa, aveva continuato ad aggirarsi inquieto, ma alla fine aveva ceduto, aprendo il cassetto e prendendo le chiavi. Che facile rifugio gettare tutte le colpe delle proprie azioni nella superstizione o sulla memoria di un altro. Con profondo biasimo verso se stesso era andato in auto fino al Filotto. Non ci entrava da un po', il guardiano era una faccia nuova che nemmeno aveva alzato gli occhi dal cellulare. Magazzini come quello, del resto, erano luoghi discreti dove la gente voleva essere lasciata in pace, e così era stato. Era arrivato al numero 23 e aveva constatato che non si trattava di uno sportello per piccoli beni ma di un box, sebbene non troppo grande. Aveva infilato le tre chiavi, fatto scattare i tre lucchetti e aveva pensato:

"Oh, certo, adesso saprò perché ho rotto un disco da circa quattrocento dollari".

Poi aveva alzato la saracinesca.

Dentro non c'era granché, solo un paio di cassettiere, scatoloni, un tappeto arrotolato. Sopra una delle cassettiere c'era un telefono cellulare, spento ma certamente carico, perché era attaccato a un caricabatteria collegato a una presa a muro.

"Tutto qui?" aveva pensato.

Sotto il telefono c'era una busta in acetato con dentro le ricevute dei pagamenti per quel box. In fondo alla busta, i documenti per l'acquisto di una scheda SIM, probabilmente quella contenuta nel telefono. Il Cuore lo aveva acceso e sulla schermata era comparso uno sfondo giallo. Istintivamente aveva sorriso. Un piccolo riquadro chiedeva il PIN: aveva preso da dentro la busta il rettangolino di plastica con i codici della schedina e aveva provato quello riportato in cima. Era sbagliato, ovviamente. Aveva tentato con la data di nascita di Valerio e un paio di sequenze standard, finché il telefono si era bloccato. Allora, sempre dalla scheda d'acquisto aveva grattato via la patina d'argento che conteneva il codice di sblocco, il PUK. Con quello era riuscito ad avere l'accesso al telefono e aveva potuto cambiare il PIN. In fondo quella piccola indagine era divertente. Aveva dato un'occhiata alla rubrica, immaginando di trovarla piena di nomi di ragazze, invece non c'era nulla. Molte chiamate in uscita e in entrata, ma nessun numero registrato.

"Eri un ragazzaccio, Valerio. Per fortuna alla mia età non riuscirei a starti dietro neanche volendo."

Con quel sorriso sornione che il pubblico tanto amava, aveva premuto l'icona con le foto.

Il telefono era caduto a terra e le sue ginocchia lo avevano seguito.

Aveva abbassato la saracinesca ed era rimasto chiuso dentro per quattro ore. Aveva aperto tutto, aveva toccato tutto, aveva letto i documenti, aveva passato le dita sugli attrezzi, aveva tolto dalle scatole tutti i vestiti degli uomini che Valerio aveva ucciso. Aveva anche sollevato verso la lampadina ogni singolo barattolo, perché voleva sentire fino in fondo ciò che era l'uomo che rimbombava dentro di lui. Quei souvenir non gli facevano né caldo né freddo, non dopo tutte le fotografie che quel mostro aveva scattato durante le sue "imprese". Cose disgustose, che andavano al di là della follia. Lui ci giocava, con gli uomini che ammazzava. Ci giocava prima, durante e dopo. E si divertiva. Il Cuore non aveva vomitato e non aveva pianto. Si era tenuto dentro tutta la violenza con cui la sua mente voleva reagire, perché non poteva farlo, non ancora. Non si trovava davanti a uno dei tanti casi che aveva studiato lungo la sua carriere, quella storia lo riguardava, quella storia gli apparteneva. Ricordava almeno cinque delle vittime rinchiuse nei cassetti, casi di sparizione di cui si erano occupati i colleghi. Una vittima, invece, la conosceva personalmente, e questo era stato così inatteso che per un attimo aveva vacillato. Lorenzo Carrozzini, ispettore di polizia, ucciso in un agguato su un treno, forse da un informatore. Un pezzo d'uomo, lo conosceva, era stato anche al suo funerale. Ma non era stata una frequentazione approfondita, e lo dimostravano il suo distintivo, insieme al tesserino, al cellulare, alla fede nuziale, a un pacchetto di fazzoletti, uno di gomme e uno di preservativi che giacevano nel cassetto numero ventitré. L'ultima vittima, non un eroe caduto in servizio, ma un padre dalla doppia vita adescato su un sito per aspiranti scopamici. Tanto onore e gloria per niente, l'unico merito che aveva avuto Carrozzini era stato di avere chiuso la lista di delitti. Del resto quando era stato, il suo funerale? In dicembre? E quando era morto Valerio? In aprile. Quattro mesi dopo.

"Si deve essere spaventato, quando ha capito che era un poliziotto."

Spaventato prima o dopo averlo ucciso? Aveva importanza? In effetti no. Moltissime cose avevano perso importanza, in quel momento. L'unica che si imponeva su tutte le altre stava battendo dentro di lui, e non nel petto. Non era un organo, era una parola.

"Gauna."

Ma no, quella era una leggenda per boccaloni, per lui valeva la faccenda delle bistecche e delle mucche, avere il cuore di un assassino non significava nulla.

"Eppure, il disco di Dionne Warwick? Io non lo avrei fatto mai."

No, "mai" era una parola troppo pesante, in quel momento. Aveva rimesso le cose a posto come le aveva trovate, aveva riaperto la saracinesca e spento la luce, era uscito rimanendo giusto un passo fuori, per almeno un minuto. Poi era rientrato, aveva afferrato il telefono di Valerio Felici, aveva chiuso il box e fatto scattare i lucchetti ed era tornato a casa.

I corpi erano stati scoperti, la collega che aveva firmato l'edificante articolo lo aveva chiamato costernata, lui si era finto senza parole. In realtà lo sapeva già da abbastanza tempo per trovare la forza di fingere. Perché a fingere era obbligato, almeno con una manciata di persone. Con Domenico, che certamente sapeva cos'avesse impiantato nel suo corpo, anche se non poteva parlarne. Con i genitori di Felici, che avrebbero potuto trovare strana la coincidenza del suo interessamento. Con i colleghi a cui aveva chiesto casualmente chi fosse morto proprio in quella data. Si era aspettato che alcuni di loro si facessero vivi, ma non era successo. Aveva deciso di passare dal cardiochirurgo per una specie di visita di cortesia, tirando in ballo gli effetti collaterali dell'intervento, ma aveva avuto solo riprova della sua specchiata professionalità.

"Io so che tu sai che io so", era questo il gioco.

Nessuno aveva chiesto del portachiavi. Era possibile che non ne avessero notato l'assenza? Con tutto quello che la polizia stava trovando, sì, era possibile. In ogni caso, anche se se ne fossero accorti, era difficile che riconducessero la scomparsa a lui. E dunque ecco, si riduceva a una questione tra sé e sé. Fuori dalla sua cassa toracica il mondo si affannava per mettere insieme i pezzi dell'eredità sanguinosa di Valerio Felici. Dentro, lui sapeva tutto. Era tornato al magazzino, tante e tante volte. Aveva ricostruito i nomi, aveva abbinato a ogni atroce fotografia del telefono un cassetto, sapeva chi, sapeva come, sapeva quando. Solo i primi delitti restavano confusi, quelli che il mostro doveva aver commesso quando ancora non si riconosceva come tale, i più impulsivi, i più casuali.

Si era fatto un'idea abbastanza precisa di come si svolgessero le cose. Valerio individuava la vittima, la seguiva, ne studiava le abitudini, poi la agganciava, ci si appartava e a quel punto la uccideva. Secondo il Cuore ogni omicidio si svolgeva in due momenti ben distinti: la furia e la calma. Prima non c'era niente a trattenere l'assassino, le condizioni dei corpi e dell'ambiente in cui erano stati uccisi dimostravano un accanimento assoluto. Placata quella fame, Felici diventava calmissimo, metodico, si prendeva il tempo di cui aveva bisogno, puliva tutto, sezionava, seppelliva. E qui emergeva il primo punto di cui la polizia era all'oscuro: il ragazzo aveva un'automobile. Usava certamente il monopattino per tutta la fase dell'adescamento, ma quando doveva occuparsi delle pulizie usava l'auto. Dove la teneva? Questo non si capiva, nel box le chiavi non c'erano. Un segreto che sarebbe rimasto tale. Se la polizia avesse potuto tracciare i movimenti del telefono segreto sicuramente l'avrebbe trovata, ma quel telefono era suo, almeno per il momento. Doveva comunque essere un veicolo che si poteva agilmente spostare in campagna, lungo stradine sterrate o campi incolti, perché era lì che li seppelliva. In tante foto c'erano zolle di terra o erba secca. Il Cuore si era chiesto più volte in quali raccolti rigogliosi fossero stati trasformati quei cadaveri.

La seconda cosa che aveva scoperto era il movente. Valerio Felici era omosessuale? Forse sì, forse no, forse anche. Era omofobo? Parzialmente. Si accaniva su quegli uomini che negavano la propria omosessualità, che la nascondevano, la mascheravano. C'era una app, sul suo telefono. In quell'app lui si era annidato per cercare potenziali vittime. Lo avevano contattato in tanti, lui aveva risposto, sempre con grande dolcezza. Li aveva lasciati stare tutti, tranne cinque. Quei cinque vivevano una doppia vita, non tanto per reale timore, quanto per opportunismo. La loro non era una scelta forzata, ma di comodo. Avrebbero potuto fare coming out e invece erano rimasti all'ombra, come ratti, portando avanti avventure che danneggiavano gli altri. Questa era la visione di Felici, una visione distorta dall'odio ma formulata su una base realistica. Perché di almeno una vittima aveva avuto la certezza di una chiara scelta rispetto a come vivere la propria omosessualità. Lorenzo Carrozzini non si era "scoperto" gay, lo aveva sempre saputo. Ma voleva fare il poliziotto e così, per non avere rogne, aveva pensato bene di nasconderlo. Si era sposato, aveva avuto due figli e parallelamente aveva mantenuto una vita segreta, fatta di scopate al buio e di ragazzini che non osavano chiedergli niente, spaventati dal peso della divisa. Non ci aveva messo niente, il Cuore, attraverso il suo telefono, a individuare nel membro più giovane della sua squadra un amante ingannato. Niccolò Iacoangeli, ingenuo, desideroso di approvazione, malleabile. Sul cellulare di Carrozzini c'erano i loro scambi, o meglio: quel che ne rimaneva. Ma lo avrebbe capito chiunque che il ragazzo andava a mangiare in mano all'ispettore, era bastato recuperare le immagini del funerale. C'erano due vedove, quel giorno, una libera di piangere tra le braccia della migliore amica del marito e una che era stata costretta a mettersi in uniforme e a trattenere un pianto feroce che lo mangiava dentro.

"Che figlio di puttana" aveva pensato il Cuore.

Ma non si riferiva a Felici.

Si riferiva a Carrozzini.

Non si parlava d'altro, erano stati presi d'assalto parenti e amici del carnefice, così come quelli delle vittime. Nessuno però aveva detto nulla dei trapianti. Il Cuore aveva la certezza che prima o poi ci sarebbero arrivati, una volta spolpata la vita del mostro avrebbero cercato di spolparne il cadavere.

"Domenico dice che il segreto professionale li obbliga al silenzio. Ma i soldi possono comprare tutte le parole del mondo."

Non voleva che il suo nome venisse collegato a quello di Felici e non voleva che di conseguenza venisse reso noto che lui aveva subìto un trapianto. Ogni volta che il suo telefono squillava, sobbalzava. Si aspettava che una voce conosciuta, un collega, gli chiedesse in maniera strettamente confidenziale conferma delle informazioni che aveva ottenuto da qualche segaossa. Perché sì, i chirurghi che avevano operato l'espianto avrebbero protetto il proprio buon nome, ma c'erano persone che facevano lavori di manovalanza in ospedale che non si sarebbero fatte scrupoli. Per esempio, lui conosceva un medico legale a cui piaceva chiacchierare. In cambio di qualche biglietto in tribuna allo stadio o di una discreta busta chiusa. Gli aveva raccontato molti particolari succosi, negli anni ruggenti della sua militanza in cronaca nera. Adesso era più vecchio di lui, già con un piede in pensione, andava e veniva ancora dalle sale mortuarie ma aveva la testa altrove. Dopo tanti caffè presi assieme il Cuore aveva imparato quando trovarlo e quando invece si sarebbe inevitabilmente fatto attendere, perché in una delle sue lunghe pause. Era arrivato all'ospedale con i mezzi e aveva gironzolato nel parcheggio, tenendo d'occhio la porta di metallo che dava sull'ingresso dell'obitorio. Aveva visto uscire il medico legale, abbassandosi le lenti scure applicate sugli occhiali per avviarsi al bar lì di fianco, dove c'era roba bella fresca, non quello schifo della macchinetta. Il Cuore era entrato in obitorio con aria sorniona, pronto a dire che era lì per una visita di cortesia. L'ambiente era vuoto, il computer in stand-by, dentro un vago odore dolciastro che sapeva bene da dove arrivasse. Si era seduto alla scrivania, dondolandosi un po', con lo sguardo rivolto alle sale mortuarie, una battuta in canna

«Ho deciso di dimettermi e di venire a lavorare direttamente alla fonte»

nel caso qualcuno fosse entrato. Aveva sessantaquattro anni, ufficialmente era un boomer, ma con i computer lavorava da sempre e a qualche ricerca in obitorio aveva assistito. Il medico legale una volta gli aveva detto che i sistemi informatici di tutti gli ospedali erano un gran casino, ma che lui aveva accesso un po' dappertutto. Aveva inserito il nome di Valerio Felici e aveva lanciato una richiesta di informazioni. Erano comparse tre cartelle virtuali, una del Pronto Soccorso, una della rianimazione, una dell'obitorio. Aveva cliccato sulla seconda ed erano comparse una serie di sottocartelle con nomi di altri ospedali. Con un occhio alla porta d'ingresso aveva copiato e incollato i nominativi dei destinatari, importandoli in un'unica lista. Poi aveva lanciato la stampa e, con sua sorpresa, una specie di mammut si era messo a ronzare dal fondo della stanzetta. Aveva involontariamente selezionato una vecchia stampante ad aghi con carta continua, quasi un pezzo da museo. Aveva strappato il foglio, che portava scritto in cima il nome dell'ospedale, era tornato alla scrivania e aveva cancellato l'intera cartella della rianimazione. Poi com'era entrato, era uscito. L'intera operazione aveva chiesto poco tempo e nessuno lo aveva visto. Aveva pensato con disappunto a quanto fossero questi dettagli a mandare la sanità a rotoli. Poi aveva ragionato su quel ragazzo libanese a cui aveva affidato un paio di ricerche delicate, qualche anno prima. Non avrebbe fatto fatica a entrare nel sito del ministero e cancellare i sette nomi, appena stampati sul foglio, dallo storico delle varie liste d'attesa. Non erano dati sensibili, si sarebbe trattato di un'incursione indolore, sarebbe bastato pagarlo e se ne sarebbe dimenticato. In fondo a chi importava sapere chi avesse ricevuto gli organi di Valerio Felici? A chi, a parte lui?

Prendeva la macchina e partiva. Diceva ai suoi che andava a fare delle ricerche, raccontava a Crisanto ed Emmalyn che andava a trovare degli amici, agli amici faceva intendere che volesse finalmente godersi la vita. Non prenotava mai hotel all'interno dei paesi o in città, restava sempre a una decina di chilometri di distanza. Poi sistemava l'auto da qualche parte e restava a guardarli. Il Fegato, i Polmoni, il Rene Destro, il Rene Sinistro, il Pancreas, le Cornee. Non aveva iniziato con il Fegato, che era di Roma come lui, aveva preferito un certo distacco, fingere anche con se stesso di essere in gita. Per prima aveva scelto il Rene Sinistro, per una questione semplice: anche lei scriveva come lui. C'erano online tutti i resoconti della sua malattia, aveva creato un blog informativo e il suo ritorno alla vita lo aveva celebrato con marito e figli. Era rassicurante, nessuna traccia di gauna, ecco l'esito positivo del trapianto di un organo da parte di un mostro. Visto che Domenico aveva ragione? Visto che era stato un contraccolpo solo suo, dovuto all'età? Non le era mai andato vicino, il suo era un volto noto, anche se non al grande pubblico, bisognava essere amanti del settore criminale per riconoscerlo, ma la prudenza non era mai troppa. La vedeva uscire con i bambini, andare al parco, spingere il grande sull'altalena e far giocare la piccola nel recinto della sabbia. Era davvero un amore di ragazza, avrebbe potuto essere la figlia che non aveva mai avuto.

Però.

C'erano dei momenti in cui si dimenticava di guardare i bambini. Per carità, succede a chiunque, ma non si trattava di chattare sul cellulare, chiacchierare con un altro genitore o magari leggere un libro. Lei si spegneva. Completamente. Perdeva lo sguardo da qualche parte mentre i bambini scorrazzavano. Poi si scuoteva e si guardava intorno, ma sempre senza ansia, come se non fosse affatto in apprensione. C'era uno scollamento tra ciò che raccontava di sé sui social e quello che faceva nella vita reale. Aveva sempre raccontato di essere pronta a dare la vita per i propri figli (e in effetti aveva corso questo rischio a ogni gravidanza), mentre adesso sembrava che di loro non le importasse.

"Adesso che non è più intera? Adesso che non è sola con se stessa?"

All'inizio aveva riso di quel suo ruolo di investigatore, si era detto che una carriera di studi sulle indagini qualcosa gli aveva insegnato. Poi aveva iniziato a nutrire qualche dubbio sulla natura di quell'abilità. Non lo aveva mai fatto prima, ma non incorreva in errori goffi, sembrava che avesse anni e anni di esperienza. Che sapesse come spiare la gente, come costruire un dossier sulla loro vita, come trovare le discrepanze, le menzogne, le colpe. Aveva osservato il Rene Sinistro vagare in giro per casa, di notte, chiudersi in cucina e lavare ossessivamente dei piatti già puliti guardando fuori dalla finestra. L'aveva sentita urlare ai figli. L'aveva vista tenere una faccia davanti al marito e un'altra da sola. Aveva colto i segnali, l'aveva vista, lontana da occhi indiscreti, guidare con ferocia, oppure parcheggiare fuori mano e mettersi a piangere e a urlare. Il Cuore si era chiesto perché nessuno se ne accorgesse. Ma del resto non se ne accorgevano nemmeno con lui: non era forse a chilometri da casa, non stava pedinando una sconosciuta solo per inseguire un'idea fissa, che aveva messo radici nella sua mente e non se ne andava?

"Forse è solo esaurita. Ma, se non è questo, ha due bambini. Il gauna e due bambini."

E non andava bene.

Aveva redatto una scheda su ciascuno di loro. Era stato un lavoro lungo, aveva prima pescato da quanto pubblicavano online, se avevano una vita social, e poi attinto alla fonte, in lunghi appostamenti. Ogni volta si immergeva nella concentrazione sino ad annullarsi solo per ascoltarli, per sentirli. Perché lui li sentiva. Non avrebbe saputo spiegarlo, non si era mai granché curato di entrare in sintonia con gli altri, era un giornalista, era analitico, razionale, ma adesso era tutto diverso. Adesso gli sembrava che il mondo fosse sempre meno una questione di dati e sempre più una faccenda di percezione. Guardava le espressioni sui volti, si fissava con la rigidità delle spalle, andava in cerca delle mani. Soprattutto li fotografava e lo faceva col telefono di Valerio, le foto dei suoi organi si sommavano a quelle delle sue vittime. E in tutti loro aveva trovato un po' di lui. Non quelle sciocchezze contenute nell'articolo, non era così ingenuo da credere che una difficoltà aritmetica o un'allergia potessero essere state trasmesse attraverso un trapianto, ma altre cose. Cose più profonde che conosceva meglio ogni giorno che passava, perché erano le stesse cose che crescevano dentro di sé. La rabbia, sempre pronta a emergere, a lambirgli le parole, che a fatica teneva sotto controllo. L'ossessione per la verità, il disgusto per i bugiardi. Tornava nel magazzino, di cui pagava ogni sei mesi l'affitto, approfittando del totale disinteresse dei guardiani, cercava di capire se provasse un senso di familiarità, se gli si affacciasse alla mente un ricordo. Toccava i coltelli, le seghe, la mannaia, li impugnava, provava a fare il gesto di calarli e ogni volta gli sembrava sempre meno surreale, sempre meno strano.

"Mi verrà voglia di farlo. Se ho ragione, prima o poi mi verrà voglia di farlo."

E non solo a lui. Lui era conscio di quello che gli stava succedendo, ma gli altri? I Polmoni sapevano di avere un approccio incredibilmente aggressivo con l'altro sesso? Di soffrire di una specie di delirio di onnipotenza? L'apatia del

Rene Destro davanti alla morte della madre cosa significava? Non una lacrima, non una piega del viso, non un abbraccio coi fratelli? E la piccola Pancreas, feroce come nessuno, difficile da scovare, che passava di clinica in clinica, ogni sua foto, ogni sua storia, ogni suo video intrisi di violenza subliminale. Il Rene Sinistro che odiava i figli. Il Fegato che odiava il mondo. E le Cornee, nella più totale incapacità di distinguere il bene dal male. Nessuno di loro avrebbe potuto prendere il controllo del proprio gauna, se non avessero saputo la verità. Ma lui non gliela poteva dire. Non lui, che condivideva il loro stesso destino, era una narrazione ovvia, un altro trapiantato viene a trovarti e tu pensi sia pazzo. Non gli avrebbero creduto, non li avrebbe convinti.

"A fare cosa?"

A stare attenti. A combattere.

Doveva essere qualcun altro a farlo. Qualcuno che avrebbe avuto una ragione meno egoistica della sua. Qualcuno che avrebbe potuto veramente cercare di fermarli. Tutti, compreso lui stesso.

Il magazzino era in ordine, ora. Aveva ripulito tutto, le cassettiere e il loro contenuto, gli scatoloni, ogni superficie dove avrebbe potuto esserci un'impronta. All'ingresso aveva lasciato delle cartellette con i sette dossier su tutti i riceventi degli organi di Felici, lui compreso. Su ciascun dossier c'era scritto quanto aveva scoperto su di loro e come procedere per portarli ad affrontare il gauna. Il processo era diviso in due passaggi, il primo li avrebbe portati a riconoscere i propri cambiamenti e a cercare di porvi rimedio. Il secondo andava messo in atto nel caso il primo fallisse. I riceventi erano stati divisi in due gruppi: uno da convincere e uno da costringere. Tutti avrebbero dovuto essere contattati nello stesso giorno, attraverso lo stesso strumento e con lo stesso messaggio. A seguire bisognava fornir loro le prove di quanto scritto: la foto di Valerio Felici, la lista con i loro sette nomi, l'articolo di giornale. Questo era il momento in cui le due categorie si dividevano. Alle Cornee, al Rene Destro e al Rene Sinistro si poteva dare modo di comunicare, a discrezione. Potevano ricevere le comunicazioni da un indirizzo attivo, ma nel caso del Rene Sinistro, sorvegliata dal marito, sarebbe stato meglio passare attraverso il telefono. Poi, a seconda delle reazioni e della disponibilità, si poteva instaurare un dialogo per un tentativo di guarigione. Loro tre erano gli organi da convincere. Per quel che riguardava il Pancreas, i Polmoni, il Fegato e il Cuore, nessuna comunicazione era consentita, l'indirizzo mail e il numero di telefono dovevano essere criptati, loro si sarebbero difesi e dovevano arrivare spontaneamente ad affrontare il loro gauna. Ogni stimolazione era consentita, molti erano i suggerimenti sulla base delle diverse personalità ed erano tutti contenuti nei dossier. In caso di fallimento c'era un foglio contenente delle istruzioni, un indirizzo, una chiave e una data. Aveva dato un'ultima occhiata al box, poi aveva spento il telefono di Valerio Felici e lo aveva appoggiato sopra i dossier. Era il passaggio di testimone, forse entro quella sera si sarebbe presentata a casa sua la polizia.

Oppure.

C'era un perché se aveva scelto il ragazzo. Aveva preso in esame molti parenti delle vittime, gente straziata dal dolore e desiderosa di vendetta, ma temeva che non avrebbero seguito il piano. Era possibile che si sarebbero fatti prendere dalla rabbia e che invece che condurre all'epurazione del gauna nei sette trapiantati, li avrebbero trasformati in martiri. E questo non doveva succedere. Valerio Felici aveva vinto. Era morto senza che fosse mai stato punito. I suoi organi avevano veicolato una parte di lui dentro altre sette persone, che potenzialmente potevano moltiplicarne l'essenza. Se queste sette persone avessero continuato a vivere senza espiare i suoi peccati, lui avrebbe di nuovo vinto. E se queste sette persone fossero state uccise nel suo nome, allora avrebbe vinto ancora. Ma se queste sette persone lo aves-

sero combattuto e fossero state disposte a sacrificarsi, allora no. Allora lui avrebbe perso. Ma perché questo accadesse dovevano essere guidati da qualcuno che avesse sì il desiderio di distruggere definitivamente Valerio Felici, ma anche un codice morale ferreo, così da consentire loro di arrivare da soli alla soluzione finale.

Il ragazzo, Niccolò Iacoangeli, aveva tutto quello che serviva. Un'ottima motivazione, perché era legato sentimentalmente a Lorenzo Carrozzini, ma anche un grandissimo senso della giustizia. Inoltre, era giovane e manipolabile con accesso illimitato a mezzi che sarebbero stati preziosi per portare a termine quell'impresa. E il Cuore aveva fiducia in lui. Del resto Iacoangeli a Felici ci era arrivato, tramite la stessa app con cui Felici aveva adescato Carrozzini: U41. Quando per la prima volta il profilo di "cucciolotto" era comparso sull'app e aveva mandato un messaggio al profilo di "Eros", il telefono dell'assassino era già nelle mani del Cuore. Era un messaggio strano, con un tono inquisitorio che lo aveva messo in sospetto. Aveva controllato a quanti altri profili avesse messo il flag ed erano tutti profili che avevano avuto a che fare con l'ispettore morto. Allora gli era girato un po' intorno, aveva confrontato le foto con le poche, innocenti, contenute nel telefono di Carrozzini. Quando aveva capito che era lui, quando si era reso conto che era risalito a Felici, da solo, senza strumenti se non il proprio intuito, aveva compreso che era la persona giusta. Gli aveva scritto dal profilo del mostro e gli aveva fatto la propria proposta. Il ragazzo non si era fatto convincere subito, aveva detto che prima di fare qualunque cosa avrebbe voluto verificare di persona l'aberrazione dei trapiantati e lui aveva accettato questo patto. Il 7 luglio aveva ricevuto la prima mail. Dopo dieci giorni, sul fax del suo vecchio ufficio, alla data e all'ora che aveva suggerito nel suo dossier, era arrivata la lista. Quindi a ruota le chiamate e le minacce, spesso un po' goffe ma comunque efficaci, se solo non avesse saputo da chi partissero. Aveva subìto tutto, scegliendo di allontanare Crisanto ed Emmalyn perché non si spaventassero. Aveva aspettato i cuori sulle finestre, aveva apprezzato la combinazione graffiata sulla cassaforte, ma ancora, in realtà, non stava succedendo niente. Nessuno degli altri guariva e nessuno degli altri cedeva. Non capivano. Non ammettevano una verità che invece lui ormai riconosceva come inevitabile. Sarebbe bastato pensare a quello di cui era stato capace lui. Ma gli altri sei erano troppo chiusi nei loro piccoli mondi, e non c'era più tempo. Prima che facessero qualcosa di irreparabile, dovevano capire. E l'unico modo era mostrarglielo.

Aveva tagliato la lista, eliminando tutto ciò che avrebbe potuto dare un vantaggio alla polizia, e l'aveva chiusa in cassaforte. Si era trasferito dai suoi e aveva fatto sì che le loro ultime settimane fossero bellissime. La sua morte li avrebbe annientati, lo sapeva dai tempi della malattia, potendo scegliere avrebbero preferito andarsene loro. Non sarebbe stato un sacrificio vano. Nel pomeriggio era stato all'ipermercato, dopo cena aveva aspettato che suo padre fosse in poltrona e sua madre in cucina a lavare i piatti. Era andato nella sua camera da bambino, aveva estratto il coltello e aveva pensato

"GAUNA".

INTOSSICAZIONE

Iacoangeli infilò la pistola nella tasca, lentamente, come un automa, e prese in mano il telefono di Lorenzo Carrozzini che il Cuore gli porgeva. Non tentò nemmeno di sollevare la cover blu che copriva lo schermo, sembrava una statua di cera, Mosè che aveva ricevuto le tavole della legge, impietrito di fronte alla fine della sua impresa.

«È sempre stato lei?» chiese, senza guardare il giornalista.

«Sempre» sorrise l'uomo.

Finalmente il ragazzo alzò gli occhi su di lui.

«Ma io l'ho perseguitata, come tutti gli altri. Ho seguito le istruzioni, ho nascosto il taser in ambulatorio per farla rapire...»

«E io ne ho fatto buon uso, Niccolò. Mi sono rapito da solo.»

Iacoangeli scosse la testa.

«Non capisco... a cosa è servito? I cuori, le telefonate, le minacce...»

«Perché volevo che fosse tutto vero.»

Nel silenzio che seguì quel momento, che avrebbe voluto essere solenne, si sentì solo la voce di Flavia Mariani che diceva

«Come no, figlio di puttana!»

Il Cuore si voltò verso di lei con quell'adorabile sorriso che tutti conoscevano.

«Macché, anzi, mia madre era un po' bigotta, se posso dirla tutta.»

«Certo. Il conforto di Dio le sarà stato utile, mentre la massacrava.»

Lui annuì.

«È stata una cosa terribile, necessaria ma terribile. Per ottenere l'effetto domino doveva cadere il primo pezzo. Io non le ho mai mentito, ispettrice. Solo in merito ai simboli dipinti sulle mie finestre, che sono stati fatti da Niccolò» concluse, mettendo una mano sulla spalla di Iacoangeli, ancora ipnotizzato dal telefono, a dimostrazione di quanto fosse stato fiero di quella bravata.

Era paterno, cameratesco, disarmato, la porta restava spalancata e nessuno si muoveva.

«Perché non uscite?» chiese l'ispettrice, rivolta a tutti. «Non avrete davvero paura di Iacoangeli? O di questo vecchio impazzito? Siete sei contro due, sette con me!»

«Non le hai spiegato?» chiese il giornalista al poliziotto.

«Non mi crede» rispose Iacoangeli, fissando il telefono.

«Noi siamo tutti d'accordo» concluse il Cuore, subito interrotto da un urlo dei Polmoni

«NON È VERO, CAZZO!»

che fece allargare un sorriso sul volto di Flavia.

«Ecco qui come non mente mai.»

«Negare l'evidenza non serve» proseguì imperterrito l'uomo. «Siamo tutti Valerio Felici, tutti e sette. Abbiamo riscontrato che in ciascuno di noi si è attivata una parte oscura, da quando abbiamo ricevuto gli organi. Potevamo essere innescati, ma non esplode nulla, se non c'è nulla da far esplodere. Che ci fosse lo abbiamo percepito tutti, anche chi adesso lo nega. Ciò a cui ha portato questa parte oscura è stato inevitabile, per alcuni di noi, ma si può ancora fermare negli altri.»

L'ispettrice ne aveva avuto abbastanza, strattonò l'interprete verso i Polmoni, decisa a liberarlo.

«Questa è una farsa! Gliele ha messe in testa lei, quelle idee. Come dire a qualcuno: "Non pensare a un elefante rosa"! Li ha condizionati, li ha suggestionati, li ha perseguitati, anzi, li ha fatti perseguitare da Iacoangeli, solo per dimostrare che aveva ragione. Se avesse perseguitato così anche me, ci finivo pure io qui dentro. Oppure le piantavo una pallottola in testa, che è la stessa cosa!»

Ignorandola, il Cuore mise una mano sulla spalla dell'agente.

«Ora devi andare.»

Poi si tolse un oggetto dalla tasca e lo mostrò a tutti, compreso il poliziotto, compresa Flavia, che non sapeva che accidente fosse. Quindi lo gettò fuori dalla porta, suscitando la furia dei Polmoni, a cui lei stava slegando le mani.

«BASTARDO! MALEDETTO!»

«Che era? Perché si incazza?» chiese inutilmente alle Cornee.

Iacoangeli sembrò risvegliarsi.

«Prima dobbiamo liberarla» indicò la sua superiore. «Dobbiamo rompere la catena delle manette.»

«Non c'è tempo.» Il giornalista iniziò a spingerlo fuori e, come richiamate telepaticamente, sia il Pancreas che il Rene Destro vennero avanti per aiutarlo. «Avevo detto di venire senza telefoni.»

«Io sono sempre venuto senza telefoni, ogni volta che ho portato da mangiare a tutti! E anche oggi ho spento il mio quando eravamo più o meno a Terni, ma non potevo dire a lei di spegnerlo, avrei rischiato che ci fermasse.»

«E nemmeno a lui?» Il Cuore indicò col mento le Cornee.

«È dovuto venire qui da solo» lo giustificò Iacoangeli. «Non sapeva la strada.»

A Flavia tornò in mente il segnale intermittente tracciato da Orsini e la titubanza delle Cornee quando doveva dare loro indicazioni sulla strada.

Iacoangeli non gli ha praticamente mai chiesto nulla.

Anzi, lo imbeccava per farsi dare le direzioni, e io non ci ho badato.

Certo che anche innamorarsi di uno che non sa leggere una mappa.

Il poliziotto era ormai sulla porta, spinto da tre persone, Flavia lasciò andare le mani dei Polmoni, ormai libere, e si lanciò verso la porta. Subito subì il contraccolpo delle manette, e si voltò a guardare le Cornee. Era imbambolato, stranito, come se non sapesse che fare.

«Potrebbero metterci un'ora, forse due. Non ci resta tempo» concluse il Cuore.

«Ma lei non c'entra!» si disperò Iacoangeli.

«Hai ragione, Niccolò. Lei non c'entra. Le definiscono vittime collaterali.»

Queste ultime parole sbloccarono le Cornee, che allungò una mano intorno alla vita di Flavia, la cinse e iniziò a spingerla, correndo con lei verso la porta. Il Cuore li intercettò con la coda dell'occhio e lanciò uno sguardo eloquente alle due donne.

«NO! NO!» urlò Iacoangeli, mentre il Pancreas e il Rene Destro lo spingevano fuori, il Cuore recuperava dalla serratura la chiave e tutti e tre gli chiudevano la porta blindata alle spalle un attimo prima che l'ispettrice e l'interprete arrivassero.

«Scusa.»

Fu l'unica parola che gli uscì dalla bocca. Lo sguardo delle Cornee era annichilito, vitreo. Dell'uomo disinvolto conosciuto in università non rimaneva nulla.

«Ma che ti prende?»

Flavia si voltò verso il Cuore, tirò ma le Cornee erano una zavorra assurda.

«E MUOVITI!» gli sbraitò.

Trascinandoselo dietro arrivò sino all'anziano e gli strappò la chiave dalle mani. Senza la luce del telefono di

Iacoangeli restava solo la sua torcia, quindi non perse tempo a levarla al suo compagno di manette e gli sollevò direttamente il braccio per puntarla sulla porta. Non c'era un posto, sulla porta, in cui infilare la chiave, c'era un buco che si affacciava su ingranaggi e stantuffi.

«DOVE CAZZO È LA TOPPA?» urlò.

«Non sono un genio del male, ispettrice,» le rispose il Cuore «ma mi sono tutelato da possibili imprevisti. La porta è blindata, gli operai hanno riso, quando l'hanno montata, dicevano che se ci fosse un terremoto la casa crollerebbe, ma la porta rimarrebbe su. Mi hanno avvisato del pericolo di rimanere chiuso fuori, se non avessi avuto la chiave. Perché questo modello, da fuori, si apre solo con la chiave, e la chiave ce l'ha lei.»

Flavia cominciò a capire.

«Quindi da fuori non si può aprire perché la chiave è dentro. E da dentro non si può aprire perché lei ha tolto il meccanismo che serviva a questo.» Lo guardò. «E cos'era quell'affare che ha buttato fuori?»

«ERA IL MODO IN CUI QUESTO STRONZO HA DECISO DI FARCI MORIRE QUI DENTRO COME TOPI!»

La corsa dei Polmoni li investì tutti quanti. Si era liberato le caviglie da solo e Flavia avrebbe giurato che sarebbe saltato addosso al Cuore e lo avrebbe ucciso con le sue mani. Invece l'ingegnere li superò senza degnarli di uno sguardo e si buttò sulla stufa. Cercò di aprirla, vi batté le mani sopra, poi di lato, poi gridò a Flavia

«DAMMI LA CHIAVE!»

e lei ubbidì, perché c'erano molte cose nella voce dell'uomo, odio, rancore, rabbia ma anche urgenza e tantissima paura.

«Cosa c'è, cosa succede?»

Ma prima che lui potesse rispondere, da fuori risuonò uno sparo. Polmoni a parte, gli altri si paralizzarono, voltandosi verso la porta.

«Oh, no» mugolò il Rene Destro, correndo davanti a

tutti e iniziando a battere sulla superficie blindata, chiamando:

«Niccolò! Niccolò!».

A lei si unirono le Cornee e poi Flavia stessa, che urlava il cognome di quel ragazzo che avrebbe tanto volentieri strozzato negli ultimi due anni, che l'aveva tradita e poi l'aveva fatta sentire una merda perché non era stata capace di voler bene a Lorenzo come aveva fatto lui. Lui che per Lorenzo aveva rinchiuso lì dentro otto persone e che forse non aveva retto il peso di questa cosa.

«IACOANGELI, CAZZO!» batté la mano sulla porta.

«Vittime collaterali» disse il Cuore.

Flavia si voltò, tirandosi dietro le Cornee, e diede una spinta all'uomo. Di più non poteva, era stata educata a trattare con rispetto gli anziani.

«Ma cosa ti credi di fare? Di riportare la giustizia nel mondo? Non lo sai che se ci fai del male ci saranno sette famiglie che piangeranno, e dico solo sette perché tu una famiglia non ce l'hai più» aggiunse con cattiveria.

Il Cuore non reagì, il Rene Destro piangeva e il viso delle Cornee era sconvolto.

«Perché state piangendo? Eh? Siete qui, di vostra volontà, nessuno è scappato» si accanì Flavia.

«SAREI SCAPPATO IO!» fu la risposta dei Polmoni mentre picchiava ancora sulla stufa.

«Ma vaffanculo» gli sputò da lontano il Pancreas, e quello si alzò, partendo verso di lei, come volesse asfaltarla, ma di nuovo si limitò a una spallata e andò oltre, nella stanza accanto.

«Dove sta andando?» chiese Flavia, e poi, visto che nessuno le rispondeva: «Che succede?».

«Ho formulato diverse ipotesi. La prima era semplicemente di chiuderci qui dentro e poi lasciare che le cose andassero come dovevano» iniziò il Cuore, e il Rene Sinistro si fece sfuggire un singhiozzo. «Ma sarebbe stata una soluzione crudele. Sarebbe potuta andar bene per me, ma molti altri non hanno colpe, non così gravi, non ancora. Per questa ragione ho escluso dalle possibilità anche il fuoco o una qualsiasi esplosione, perché sono cose che non controlli e, diciamocelo, sono anche un po' medievali.»

Flavia smise di starlo a sentire, si mosse verso l'altra camera e poi si fermò, arenata dalle Cornee.

«Andiamo.»

«Non serve a niente. Scusa» ripeté.

«Allora ho pensato che sarebbe stato bello un gesto collettivo, come avviene in certi raggruppamenti...» proseguì il giornalista.

«SI CHIAMANO SETTE!» gli abbaiò Flavia, tirando di nuovo l'interprete.

«...dove si decide di morire tutti assieme. Avrei volentieri procurato delle pastiglie per ciascuno, o anche altre sostanze, ma questo metodo avrebbe richiesto l'unanimità, che non abbiamo raggiunto. In effetti sarebbe stato molto cinematografico anche ucciderci a vicenda, come in un libro di Agatha Christie, oppure come in quel gioco, Cluedo.» Il Cuore ridacchiò. «Ognuno avrebbe avuto un'arma e un'occasione. Ma sarebbe stata una lotta impari, alcuni sono molto più forti di altri e il superstite o i superstiti avrebbero comunque portato a compimento l'evoluzione completa del *gauna*.»

Flavia vide i Polmoni uscire dall'altra stanza, le mani tra i capelli, girarsi intorno, cercando non sapeva nemmeno lui cosa.

«Ma alla fine ho pensato che le cose semplici sono le migliori. Una morte dolce, che liberi il mondo dalla nostra presenza ma che non ci punisca. Ho pensato: in fondo perché no? Non abbiamo scelto noi di ricevere questa maledizione e alla fine il nostro è un sacrificio per il bene collettivo. Per cui la espieremo senza soffrire.»

Flavia guardò i Polmoni.

«Le stufe» gli disse.

E lui annuì.

«Lo ha spiegato prima che arrivaste. Questa casa era di suo nonno, che faceva la guardia forestale.» Le mani dei Polmoni erano tornate sulla prima stufa, frenetiche.

«Guardiacaccia» lo corresse il Cuore.

«FA LO STESSO! Ci hanno messo le mani, perché non volevano farla abbattere. Qui sotto non c'è niente. Zero fondamenta, solo terra battuta. Non ha termosifoni, non c'è elettricità o acqua corrente, allora hanno fatto mettere un bombolone di GPL, è sepolto qui intorno, e ci hanno attaccato le stufe.»

«Ci sta avvelenando con il GPL?» chiese Flavia, iniziando a sentire la gola che si chiudeva.

«No. Ma ha acceso le stufe manualmente e ha rotto le manopole di spegnimento. Non ci sono condutture di sfiato, resta tutto dentro. Basterebbero un cacciavite e delle pinze e potremmo spegnerle, ma non li abbiamo.» Gli occhi dei Polmoni erano febbrili, mentre tentava ancora, con la chiave della porta blindata, di far scattare qualche meccanismo all'interno. «E non abbiamo tempo, perché la casa si sta riempiendo di monossido di carbonio.»

L'ispettrice annuì, alzandosi istintivamente un braccio davanti alla bocca.

Non andare nel panico.

Pensa.

«Ma questa casa è una merda, lo hanno detto, solo la porta è solida, noi siamo in otto, possiamo abbattere le finestre murate.»

«Con cosa?»

«Be', con la forza di otto persone!»

«Ma quale forza? Dovrebbe già iniziare a farci male la testa?»

Ora che ci pensava, sì, iniziava ad avvertire un certo fastidio. Istintivamente fece un passo indietro, allontanandosi dalle esalazioni.

«Sarà pieno di crepe, questo posto, di spifferi.»

Ora si era alzato anche lui e aveva iniziato ad arretrare.
«Sì. Per far entrare ossigeno quando eravamo rinchiusi erano sufficienti. Ma non abbastanza da far uscire il gas.»
«E cosa possiamo fare?»
Lui si guardò ancora intorno, cercando qualcosa da dire.
«Niente.» Le Cornee concluse per lui. «Il piano era questo.»
Flavia lo spinse indietro, per quanto possibile.
«Bagnare degli stracci, fasciarci la faccia?»
«Non c'è tempo» insistette l'ingegnere.
«Sdraiarci a terra?»
«Non è metano, non va in alto, il monossido va dappertutto. Bisognerebbe aprire le finestre o aumentare lo spazio.»
Il Pancreas e il Rene Destro passarono davanti a tutti e tre, dirette nell'altra stanza.
«Dove vanno?» chiese Flavia.
«All'altra stufa. Lasciale perdere. Sono venute per conto loro, quella coi capelli corti ha portato anche la mammina. Hanno deciso da sole, non sono state costrette.» La voce dei Polmoni era ridotta a un bisbiglio.
«E allora non dovremmo fare niente? Tu mi dici che non c'è via di fuga, quelle due vogliono morire, l'altro dice che sono una vittima collaterale.» Flavia si interruppe, ricordando: «La casa non è tutta così bassa, c'è una parte che si alza. Dov'è che si va di sopra?».
«Non c'è un di sopra» confermò il Cuore, e diede un primo colpo di tosse. «È un sottotetto. Venite, sdraiatevi con noi. Non sentirete niente, lo prometto.»
«Col cazzo che mi sdraio.»
Flavia andò sino alla scaletta a pioli tra le due stanze. Sul soffitto prima ci doveva essere stata una botola, ora c'erano tre assi inchiodate.
«Okay» disse alle Cornee. «Saliamo e le stacchiamo.»
«Ma Flavia, a che serve? È troppo tardi.» Era la prima volta che la chiamava per nome. «Mi dispiace tanto, dovevamo essere solo noi.»

«Se mi chiedi scusa un'altra volta, l'ultima cosa che farò in vita sarà menarti» rispose lei, sentendo la testa girare.

«Vado io.»

Ai Polmoni bastarono tre gradini, era altissimo. Si appese all'asse, ma non successe niente. Si lasciò cadere a terra e quasi perse l'equilibrio. Il Rene Sinistro continuava a piangere e a tossire, guardava loro, poi guardava verso la stanza accanto, poi verso il Cuore che si era messo accanto al Fegato, a occhi chiusi. Flavia si avvicinò, allungando il braccio privo di manetta, e la prese per la nuca.

«Perché stai piangendo?»

Lei scosse la testa.

«Lo hai scelto tu di stare qui, sei scappata, ricordi?» la incalzò ancora.

Il Rene Sinistro la guardò smarrita, poi disse piano: «Ho due figli».

«E li stai salvando da te stessa. Non è quello che volevi? Non sei felice?» sbraitò lasciandola andare.

Lei pianse ancora più forte.

«Ho messo dei coltelli nei loro letti.»

«E io ho messo la prova di un omicidio in un barattolo del caffè. Ma non per questo sono un mostro.»

«Non posso correre il rischio» pigolò lei.

«Sì che puoi. Perché hai paura. Valerio Felici non aveva paura.» Poi si rivolse alle Cornee. «Saliamo insieme.»

«Perché?»

Lo vide appoggiare una mano alla parete, forse aveva avuto un giramento di testa.

Non ancora, non ci pensare.

«Usiamo la catena delle manette. La infiliamo sotto l'asse e tiriamo.»

«L'asse è inchiodata.»

«Ma le maglie sono sottili, basta che riusciamo a infilarle tra l'asse e il soffitto, sotto un angolo, poi tiriamo. Su, su, SU!»

Iniziò a salire, se lo trascinò dietro, pensò che se fosse

davvero finita come nelle fiabe tutto quel trascinamento sarebbe stato stancantissimo. Toccò l'asse, avvertì una vertigine, se ne fregò, alzò le mani e iniziò a spingere la catenella tra l'asse e il legno del soffitto.

«Quando te lo dico tu tira in giù con il tuo polso, io tiro in giù col mio. È lo stesso principio di un piede di porco.»

L'interprete la guardava senza capire, ma fece comunque di sì.

«TIRA!»

Non successe niente. Flavia infilò di nuovo una maglia delle manette e ripeté l'ordine. Questa volta l'asse si mosse. Era legno vecchio, umido, le faceva male la testa e aveva la sensazione di cadere, ma infilò la maglia per la terza volta e disse di nuovo:

«TIRA!».

Questa volta il chiodo che teneva l'asse uscì un po'. Flavia allora ci infilò sotto l'intera catena, lei e le Cornee tirarono, l'ingegnere spiccò un salto e si appese. Non bastava. Flavia guardò in giù, verso il Rene Sinistro che osservava la scena immobile. Le ci volle ancora un secondo. Poi la donna saltò, afferrando i Polmoni per la vita e tirando verso il basso.

Fu così che l'asse cedette.

Ce n'erano altre due a ostruire il passaggio, ma venuta via la prima era bastato che ci si appendessero tutti e quattro, finché riuscivano ad avere il controllo delle dita delle mani. Gli effetti del monossido di carbonio si facevano sentire, mal di testa, nausea, debolezza. Una volta aperto il passaggio, Flavia spinse su il Rene Sinistro, poi strattonò le Cornee.

«Dobbiamo andare a prendere gli altri.»

Lui la guardava confuso, forse per il gas, forse per la situazione, forse proprio per la reazione di quella strana donna alla loro scelta di lasciarsi morire. La seguì nella stanzetta, dove il Rene Destro e il Pancreas sedevano sul lettino singolo che aveva ospitato la principessa del lardo di Colonnata.

«Dobbiamo salire di sopra» disse a entrambe.

Il Pancreas non le rispose. Il Rene Destro invece era in stato confusionale.

«Perché non vuole morire con noi? Sono andata a prenderla a casa, noi dobbiamo stare insieme, abbiamo lo stesso organo...» disse, riferendosi al Rene Sinistro.

Flavia la afferrò per un braccio, ordinando alle Cornee di fare altrettanto. Il Pancreas, con una forza che era impossibile avesse ancora, si avventò su entrambi, graffiando, mordendo, urlando:

«LASCIATELA IN PACE! LASCIATECI IN PACE!».

Flavia si sentì come quegli eroi che cercano di salvare gli altri dalla nave che affonda e che vengono considerati pazzi. Aveva la testa pesante, avvertiva dei tonfi nelle orecchie ma fece cenno alle Cornee di tornare nella stanza principale. Andò a scuotere il Cuore, che stava a occhi chiusi di fianco al Fegato, che pareva in catalessi.

«Venite di sopra» disse, iniziando a tossire.

Lui aprì gli occhi, le sorrise e disse:

«Gauna».

Flavia lo scosse forte una, due, tre volte. Poi scrollò la testa, si alzò insieme all'interprete e tornarono alla scaletta a pioli. Subito dopo la botola Flavia respirò un meraviglioso odore di muffa. Non si poteva stare in piedi, nel sottotetto, e il Rene Sinistro si era raggomitolata in un angolo, tremando.

«Le assi. Dobbiamo chiudere» disse Flavia, accorgendosi poi dell'assenza dei Polmoni. Sentì lo scricchiolio della scala, poi le spalle dell'ingegnere attraversarono il riquadro di legno, trascinando con sé altre spalle, altre braccia, altre gambe. Flavia e le Cornee lo afferrarono ciascuno da una parte, aiutandolo a issarsi e a scaricare a terra, sulle assi marce del sottotetto, i quarantacinque chili del Pancreas, incosciente. Piegato in due per lo sforzo, i dolori alla testa e la nausea, l'ingegnere rimase fermo qualche secondo a tentare di riprendere fiato. Poi li guardò con quei pozzi di rancore a cui si erano abituati e disse

«È una stronza, ma non ha nemmeno vent'anni»

quindi, rivolto solo a Flavia:

«Non lo avrei ammazzato, il vostro cazzo di poliziotto».

Recuperarono le assi e le accatastarono sul buco. Non sarebbe servito, avrebbe solo rallentato il passaggio del monossido di carbonio ma non lo avrebbe fermato. Flavia provò a picchiare il soffitto, tutto di legno, sul quale dovevano esserci le tegole. Ma ogni suo colpo era più debole, la testa le ronzava, sentiva rimbombi ovunque e aveva la nausea. In più le faceva male il polso, e poi la gente diceva che i legami non sono dolorosi. Le venne da ridere e sentì che le Cornee facevano lo stesso.

«Che modo del cazzo di morire» gli disse. «Sarebbe bastato che uno solo di voi cambiasse idea.»

Lui la guardò.

«Io ho cambiato idea.»

«E quando?»

«Adesso.»

Flavia si allungò e gli diede un bacio.

«Cosa fai?» chiese lui.

«Mi levo una soddisfazione prima di morire.»

L'interprete le appoggiò la testa sulla spalla e un attimo dopo le scivolò in grembo. Le assi non servivano a niente, il monossido stava salendo. Flavia vide i Polmoni riverso accanto al Pancreas e il Rene Sinistro seduta nell'angolo come una bambola.

Ci siamo.

Aveva alzato gli occhi. Nelle assi marce del soffitto le era sembrato di vedere un occhio di cielo, tante piccole stelle lucide che la osservavano, assistendo alla sua morte.

Che razza di finale romantico.

Sentiva che se ne stava andando, verso l'incoscienza prima, verso il resto poi. Così pensò che un saluto sarebbe stato una cosa carina, in fondo tra quelle stelle inesistenti di quel cielo inesistente doveva esserci anche Lorenzo.

Scusa, Lore', se non ho capito.

'A fonte!

Sorrise e allungò la mano verso l'alto, le dita protese alle stelle.

E dalle stelle una mano si infilò attraverso il tetto e prese la sua.

SHOCK

Augusto Miré non era un uomo d'azione. Quando era stato attraversato dall'elettricità del taser, la testa infilata nell'abitacolo della Volvo verde parcheggiata nel cortile della clinica in cui avevano condotto il Cuore, aveva avuto solo il tempo di capire che sarebbe stato meglio non reagire. Da una scossa poteva riprendersi, due lo avrebbero messo ko per un pezzo. Quando aveva riacquistato lucidità si era reso conto di trovarsi in movimento. Dato che era al buio ma non aveva un cappuccio in testa, trasse la conclusione che dovesse trattarsi del bagagliaio della macchina. Il suo primo pensiero perfettamente lucido fu

"La Mariani mi crocefigge"

e il secondo fu rivolto al Cuore, quel pover'uomo che gli aveva chiesto protezione in tutti i modi e che aveva ottenuto invece questo. Poi la parte professionale ebbe il sopravvento e iniziò ad analizzare i fatti. Era chiuso in un bagagliaio, non aveva più la sua pistola ma non era legato e l'andamento dell'auto non era velocissimo, segno che non si trovava nel bel mezzo di una fuga, o meglio, la fuga era già finita.

"Deve avere rapito il Cuore per portarlo dove sono gli altri."

Non aveva mai abbracciato la teoria del gauna, *lui era un uomo solido, di una religiosità tiepida, faceva ancora fatica ad accettare la resurrezione del Cristo, figuriamoci quella di un assassino attraverso qualche pezzo di carne. Però l'esperienza gli aveva insegnato che doveva vedere le cose attraverso la logica del criminale che le commetteva, altrimenti difficilmente sarebbe riuscito a procedere con un'indagine. E quindi tutto lo portava a credere che qualcuno si fosse messo in mente di eliminare Valerio Felici in maniera definitiva, uccidendo quel che restava di lui. Questo qualcuno aveva appena preso il Cuore, e questa era una sua responsabilità, perché Orsini lo aveva mandato apposta per difenderlo. Quindi se ne era rimasto buono buono nel bagagliaio, cercando di capire se ci fosse un modo per sbloccare il portellone dall'interno. La Volvo iniziò a sobbalzare, segno che le ruote non viaggiavano più sull'asfalto, fece un paio di curve brusche e poi si fermò. Miré rimase immobile ad ascoltare. Si aprì una portiera, una sola, senza chiudersi. Sentì dei passi muoversi sul ghiaietto, ma non riuscì a capire se si trattasse di una persona sola oppure di due. Poi non sentì più nulla per un po', quindi altri passi che si avvicinavano, e si preparò, se non a reagire almeno a morire tentando di fare qualcosa. Ma invece sentì solo la portiera chiudersi e i passi andare via. Poi silenzio. Miré tentò di capire se ci fosse qualcosa, in quel bagagliaio, che potesse aiutarlo. Sotto al tappeto c'erano di sicuro il cric e la chiave a croce, ma c'era lui sopra a bloccarli. Aveva capito come funzionasse il meccanismo di sblocco, ma con le sole mani non riusciva a farlo scattare. Si levò anche la fede, infilandola in quella specie di molla che doveva spingere, ma non servì a niente. Erano trascorse almeno due ore, l'ossigeno non gli mancava perché l'auto era vecchia e i bordi del portellone non coincidevano perfettamente, ma iniziava a non sentire più parte del fianco destro, su cui era sdraiato. Poi udì un rumore, un'auto che si avvicinava, e cercò di tenersi pronto, di nuovo. Sentì il suono della frenata, poi le portiere che si aprivano, e, a sorpresa, la voce dell'ispettrice Mariani.*

«Iacoangeli, questa Volvo non è nostra? Non è una delle auto civetta del commissariato? Perché sembra uguale.»

E prima che Miré riuscisse a tirare il fiato per gridare che era lì, era chiuso dentro, sentì un'altra voce nota dire:

«Sì, è quella che non usiamo mai perché ha un colore che dà nell'occhio. Ma le altre, la grigia e la blu le avevano già prese».

E capì tutto. Le coincidenze, l'impressione che loro fossero sempre un passo indietro, che qualcosa o qualcuno avesse in mano delle carte che a loro mancavano.

Niccolò? Ma com'è possibile?

«Resta ferma, Flavia. Niccolò ha davvero un'ottima mira.»

Una terza voce. Miré ascoltò tutto il ribaltamento di ruoli, sentì l'ispettrice avvicinarsi, poi allontanarsi, poi avvicinarsi ancora, ascoltò la minaccia di Iacoangeli di sparare al bagagliaio, e poi la voce di lei, vicinissima.

«Miré?»

Diede due colpi, senza dire niente, solo per far sapere che era lì, sveglio, presente. I tre si allontanarono, la conversazione si fece concitata ma lui non riuscì più a capire molto. Poi qualcuno si avvicinò, aprì la portiera e in quel momento avvenne il miracolo: il gancio che bloccava il portellone fu rilasciato da qualcuno che si era appoggiato all'auto. Miré non si mosse. Sentì la portiera sbattere, Iacoangeli dire qualcosa, le voci allontanarsi di nuovo. Aspettò. Poi, lentamente, sollevò il portellone. Non vedeva nulla, si trovavano all'aperto, in montagna, faceva freddo ed era buio pesto, anche se c'era un bellissimo cielo stellato e una fettina di luna. Uscì dall'auto con metà corpo che gli formicolava furiosamente. C'era una costruzione vicino alla macchina, una specie di baracca rappezzata, ne aveva viste a centinaia nelle campagne dove trascorreva i fine settimana con la famiglia. La porta doveva essere aperta, perché dall'interno usciva un po' di luce. Pensò che la sua pistola dovesse essere dentro alla Volvo, ma non aveva il tempo di cercarla. L'Alfa Romeo dell'ispettrice Mariani era lì a pochi passi, ma sarebbe stato un rischio raggiungerla, era troppo esposta, per quanto al buio. Si voltò verso il bagagliaio aperto e sollevò il tappe-

tino. Con il cric in una mano e la chiave a croce nell'altra, si avvicinò alla finestra murata più vicina e si mise in ascolto. Dentro c'era gente che parlava, Iacoangeli piangeva. Poi di punto in bianco si mise a gridare

«NO! NO!»

e un attimo dopo lo sentì cadere fuori, sulla ghiaia. La porta si chiuse con un tonfo. Con gli occhi già abituati al buio, Miré lo vide rialzarsi, rimanere immobile e poi fare una cosa del tutto priva di senso. Mise qualcosa a terra, puntò la pistola e sparò. Sull'onda dello sparo, era balzato fuori e lo aveva colpito alla testa con la chiave a croce.

Gli mise delle manette, recuperate nella Volvo, lo assicurò a un albero e controllò il suo cellulare. Non c'era alcun segnale. Allora fece il giro della casa. Dall'interno giungevano urla, colpi, sembrava di ascoltare un girone dell'inferno. Miré pensò che poteva trovare la maniera di entrare usando la pistola di Iacoangeli, o quella dell'ispettrice, o anche la sua, che aveva trovato nell'auto verde. Stava prendendo la mira sull'angolo di una delle finestre murate quando sentì un flebile

«No»

venire dall'albero a cui aveva legato Iacoangeli.

«No» ripeté il collega. «Gas.»

Miré non si fece sopraffare dalle emozioni, prese il telefono e con la torcia rifece il giro. In effetti c'erano dei tubi che emergevano dal terreno ed entravano nei muri. Ci doveva essere un serbatoio seppellito, erano molto comuni nelle zone in cui non arrivavano gli allacci. Fece qualche passo indietro e illuminò la costruzione. Sul lato sinistro, dove era parcheggiata la Volvo, la casa poggiava contro la roccia sino al tetto. Miré salì sull'auto civetta e fece manovra, così che fosse messa parallela alla casa in corrispondenza del punto più basso del tetto. Prese il cric e la chiave a croce, si infilò il telefono con la torcia accesa nel taschino e iniziò a scalare la casa. Non era molto alto, né molto atletico, per quanto si sforzasse non riusciva a montare sul tetto.

«Liberami, ti aiuto.»

Ignorò Iacoangeli, aveva letto abbastanza fiabe, da bambino per potersi fidare.

«Augusto, ti prego, lascia che li aiuti» scoppiò a piangere il ragazzo.

E questa volta, invece, si fece prendere dal dubbio. Scese, andò davanti a lui.

«Perché lo hai fatto?» gli chiese.

L'altro scosse la testa e Miré ricordò lo sparo di prima. Tornò davanti alla porta blindata e guardò l'oggetto a cui Iacoangeli aveva sparato. Era un un telefono con la cover a libretto, blu. Miré lo raccolse, lo osservò, lo riconobbe e venne da piangere anche a lui. Ma non era il momento, avrebbe pianto dopo. Lo mise in tasca, liberò il ragazzo e insieme riuscirono a salire sul tetto. Augusto spostò le tegole e impugnò il cric, Niccolò la chiave a croce. Iniziarono a colpire il legno sottostante, un colpo col cric e uno con la chiave. Quando il legno marcio cedette, Miré ebbe l'impressione di vedere un fantasma, là sotto, una mano che si protendeva verso di lui. Allora infilò il braccio nel buco che avevano aperto e la afferrò.

Erano rimasti sul tetto a fare segnali con le torce per le luci lampeggianti che si avvicinavano. Il commissario Orsini era partito dall'ultima posizione del telefono dell'ispettrice Flavia Mariani, inviando una squadra con il compito di rintracciarli. Ci avevano messo solo tre ore, ma erano state comunque tre di troppo. Iacoangeli e Miré erano riusciti ad allargare il buco abbastanza da consentire alle cinque persone nel sottotetto di respirare. Erano senza dubbio intossicati e sarebbero dovuti ricorrere alla camera iperbarica, ma sarebbero sopravvissuti. Altri colleghi erano arrivati, un'ambulanza era scesa in retromarcia, un vigile del fuoco aveva infilato come riusciva le mani nel buco e con un piccolo tronchese aveva spezzato la catenella che univa le due manette. Attraverso la stessa apertura Miré aveva passato una maschera a gas all'unico membro della polizia che si trovava all'interno. L'ispettrice Mariani era scesa al piano inferiore e poco dopo era tornata confermando la morte di tre persone: il Rene Destro, il Fegato, il Cuore. Era stato individuato il bombolone interrato ed era stato sigillato dai tecnici, poi, quando l'edificio era stato considerato sicuro, si era proceduto con l'abbattimento dei muri sulle finestre. L'agente Niccolò Iacoangeli era stato dichiarato in stato di fermo e portato via, sotto gli occhi di Miré. L'agente scelto avrebbe testimoniato contro il collega, omettendo solo un dettaglio ininfluente al fine delle indagini. Quel dettaglio era ancora dentro alla sua tasca. Abbattuto il muro di mattoni, puntellando il perimetro della finestra perché continuavano a cadere frammenti, i vigili del fuoco erano entrati e avevano portato fuori per prime due donne. Una sulla barella, dato che non si era mai svegliata, l'altra, in stato confusionale, che si lamentava e chiedeva dei suoi bambini. Quindi era uscito il più alto degli ostaggi, polsi e caviglie segnati da ferite da costrizione. Aveva continuato a chiedere ossigeno e ossigeno e ossigeno. Per ultimi era toccato ai due che erano stati ammanettati sino a mezz'ora prima, aggrappati l'uno all'altra come se lo fossero ancora.

Il sole stava iniziando a sorgere da dietro le montagne, investendo con i primi raggi di luce la casetta. Da fuori il commissario Orsini annunciò a voce alta che avrebbe voluto avere un rapporto dettagliato, ma poi allungò le braccia per aiutare a uscire quell'assurda, testarda donna che aveva dimostrato più coraggio di tutti loro messi insieme. Si abbracciarono e a loro si unì Miré, che mai come allora aveva desiderato di andare in pensione. Subito dopo uscì dal buio l'ultimo ostaggio, le palpebre serrate per proteggere da polvere e frammenti la parte più importante di sé.

L'interprete biondo scavalcò la finestra verso la salvezza.

Aprì gli occhi alla luce.

E starnutì.

RINGRAZIAMENTI

Questo libro ha visto la luce in un periodo difficilissimo, che ha reso il suo percorso particolarmente accidentato. Se sono riuscita a procedere è senza dubbio grazie alle persone che in ogni maniera hanno contribuito a farmi tenere il timone dritto.

Per primo ringrazio il professor Gianni Capannini che ha avuto la pazienza di sorbirsi tutte le mie domande sui trapianti, plurime telefonate e ipotesi quanto meno bizzarre.

Grazie al professor Antonio Di Lonardo, presidente SIUST, che, con l'intercessione di Maria Tridico, mi ha spiegato gli insormontabili problemi relativi ai trapianti di pelle.

Grazie alla sovrintendente della polizia di stato Veronica Becuzzi per aver risposto a tutte le mie domande sulle procedure d'indagine.

Grazie alla dottoressa Barbara Frittoli per avermi fornito le informazioni necessarie per capire come funziona il sistema informatico di un ospedale.

Grazie a Enrico Fovanna, che mi ha illustrato come funzionassero le redazioni di un quotidiano negli anni Novanta.

Grazie a Thomas Pistoia per avermi spiegato come sia possibile inviare mail senza mittente e a cui il destinatario possa non rispondere.

Grazie agli amici Giacomo Bevilacqua, Elisabetta Melaranci e Roberto Recchioni per aver tradotto per me le poche espressioni in romanesco con tre approcci diversi a seconda delle zone (il mash-up è roba mia).

Infine c'è il mio gruppo di betaleggenti, che è stato come

sempre prezioso, nell'incitarmi quando ero sconfortata, nel segnalarmi incongruenze o passaggi difficili, nel darmi sempre tutto l'apporto che era loro possibile. Quindi grazie (in stretto ordine alfabetico) ad Alessandra, Elena, Maddalena, Marco, Mattia, Natascha, Ro, Sara, Silvia, Simona, Veronica, un ringraziamento particolare a Caterina, che mi ha impedito di commettere un errore madornale e a Monica (C6?). E a Elisa, cui questo libro è dedicato.

Finito di stampare presso Grafica Veneta S.p.A.
Via Malcanton, 2 – Trebaseleghe (PD)
Printed in Italy

Certificato PEFC

Questo prodotto è realizzato con materia prima da foreste gestite in maniera sostenibile e da fonti controllate

PEFC/18-31-226

www.pefc.it

Piemme usa carta certificata PEFC
che garantisce la gestione sostenibile delle risorse forestali

GRAFICA VENETA
CARBON NEUTRAL

Questo libro è fabbricato da Grafica Veneta S.p.A.
con un processo di stampa e rilegatura certificato 100% carbon neutral
in accordo con PAS 2060 BSI